LA NOIRE

LA NOIRE
LA NOIRE
LA NOIRE
LA NOIRE
LA NOIRE
LA NOIRE

LA NOIRE

LA NOIRE
LA NOIRE
LA NOIRE
LA NOIRE
LA NOIRE
LA NOIRE

ANTOINE CHAINAS

Bois-aux-Renards

(Contes, légendes et mythes)

nrf

GALLIMARD

Né en 1971, Antoine Chainas a longtemps fréquenté les plateaux de cinéma, les stations de radio, les salles de rédaction, les morgues, les scènes de concert, les commissariats de quartier, les maisons de repos et les centres d'essais militaires. Il est l'auteur très remarqué de plusieurs romans parus à la Série Noire. Il a reçu le Grand Prix de littérature policière 2014 pour *Pur*.

UN

An 01

Au commencement étaient les hommes. Puis vinrent les armes et la chasse. Ensuite il y eut l'accumulation, et l'on bâtit des routes et des abris.

La femme apparut alors que le prix des choses était déjà fixé. L'accumulation devint multiplication, il fallut restaurer l'équilibre ancien.

Ainsi fut créé l'animal. On l'appela vie, mais son œuvre était mort.

Extrait d'un carnet retrouvé dans un hameau abandonné du Haut Pays. Plusieurs pages arrachées en tête de volume suggèrent des hésitations. L'ouvrage s'intitule Bois-aux-Renards (Contes, légendes et mythes).

DEUX

An 1951

Il faisait environ minuit. Tout sommeillait. Artémis cornue brillait à peine à travers le fin réseau des nuées nocturnes, dont une brise plutôt chaude déchirait par moments la trame inconsistante. Des cirrus plus sombres que la nuit planaient en altitude. L'étrangeté jusqu'à présent masquée de la déesse lunaire, avec son visage plat et oblique, jetait à la faveur d'une trouée une lueur calcaire sur le massif des Alpes endormies.

La voûte étoilée, lande scintillante éclairée par des feux lointains que l'on savait morts depuis des siècles, des millénaires peut-être, ouvrait entre les nuages les lacets de son corsage, dénouait les fils lascifs des ténèbres et défrayait les imaginations fiévreuses trop promptes aux extases ou à l'effroi.

Pluie de vers luisants sur les collines, les vallons et les chênes. Les courtilières, la tête flanquée de gros yeux d'ébène saillants, frottaient leurs râpes stridulantes. Des escargots qu'avait égarés l'absence du jour traçaient des itinéraires liquides sur le bas-côté. Les araignées brodaient dans les herbes des pièges de mousseline frémissante. Une paire de phares éclaira un bref instant le lierre stérile élevé sur le bois des clôtures chaussées de glycine, giclement de pieux tordus, noueux, variqueux.

La soirée avait été médiocre, ratée pour ainsi dire. Monsieur avait trop bu, il s'était laissé déborder. D'amples, ses gestes étaient devenus excessifs. L'alcool chez lui tenait d'un compte à rebours : une goutte suffisait à entraîner les rouages implacables d'une mécanique chronométrée, la prochaine dose gouvernait les projets immédiats, l'instant présent s'effaçait au profit d'un désir qui ne trouvait sa joie que dans l'anticipation du passé. Le premier verre assoiffait, le dernier noyait. Entre-temps l'esprit s'échauffait de telle sorte que la bouche massacrait avec application les mots et les idées. Chaque son se doublait d'une fausse clarté polyphonique, une netteté trompeuse embellissait à ses yeux les détails les plus triviaux; les plus vives tortures morales se tissaient alors de plaisirs.

Et inversement.

Ils étaient d'abord allés au cinéma. Cette sortie aurait dû constituer le premier moment de détente familiale depuis la naissance des triplés, quatre ans auparavant. *Cendrillon* s'accordait le titre de nouveauté. Elle devait plaire, elle n'avait qu'effrayé. La corruption trop franche de lady Trémaine avait heurté les jeunes yeux. Articulant le nom de sa belle-fille, la marâtre se brûlait les lèvres, se déchirait la langue, et, dans le souffle murmuré des vastes donjons, la perfidie suintait de ses doigts mous. Chloé avait pleuré, Jean-Jacques s'était caché les yeux, et Loïc était resté tétanisé sur son siège.

Puis la famille avait soupé à La Meringue, un restaurant de la vieille ville qui avait, laborieusement mais non sans éclat, restauré son lustre d'avant-guerre. Monsieur avait, peut-être par dépit, peut-être poussé par un instinct plus sourd, commandé son premier verre.

Quand la soirée s'était achevée ils avaient regagné leur véhicule, une Citroën 15-Six dont la fameuse publicité affirmait qu'elle domptait la force centrifuge. La mère, Cécile Marchant, avait installé les enfants sur la banquette arrière, tandis que Monsieur s'était planté devant le trou de manivelle sans un regard ni pour sa turbulente progéniture, ni pour sa femme trop silencieuse, ni pour la nuit vêtue de charbon. La clarté même des réverbères semblait faire retraite. Les mains sur les hanches, le corps alourdi, il s'était absorbé un instant dans la contemplation des pare-chocs, plus massifs que ceux de la gamme précédente. Et avec la brutalité du veneur qui cherche à coups de couteau une âme au fond d'un gibier, il avait enfoncé la manivelle dans les entrailles de la machine.

Chaque être était autant régi par les éléments proches que défini par ceux, lointains, qui n'entretenaient en apparence aucun rapport avec lui. La seule loi qui prévalait pour survivre était celle du regroupement, et à cette fin il n'existait pas d'autre méthode que l'élimination ou le contournement des obstacles naturels. On déplaçait la terre pour tisser des liens.

Toujours à la recherche d'un combustible étranger à lui-même, l'homme n'aimait rien tant que ce qu'il pouvait obtenir au prix d'un grand saccage. Grisé par la monstruosité de sa propre puissance, possédé par des visions d'infini ou quelque vague flatterie pour son genre, il s'était mis à tracer des routes.

Le Touring Club de France avait ainsi émis en 1909 un rapport sur l'itinéraire des vallées. Léon Auscher, vice-président du TCF, membre du conseil supérieur des travaux publics et président du groupe XII de la commission centrale des automobiles, avait parlé d'établir « la plus belle route de montagne du monde ». Le vertige qui s'empara des architectes rivalisait sans doute avec celui de Napoléon sur le pont d'Arcole, aimanté par Vérone. Ils s'engagèrent entre les reliefs avec toute leur science, avec tout leur entrain.

En 1912, la Voie des cols fut déclarée d'utilité publique. Les sentiers muletiers transformés en chaussée carrossable devinrent le passage obligé du grand tourisme. La compagnie de transports Paris-Lyon-Méditerranée et le génie militaire joignirent leurs efforts pour ajouter des tronçons d'agrément aux portions stratégiques.

Quand la crise de 1930 éclata, les pouvoirs publics renoncèrent avec une vigueur comparable à leurs résolutions précédentes à promouvoir cet accès. Subsistèrent les bus décapotables du PLM et quelques rares voitures.

Les grandes têtes molles des ingénieurs – qui ensemble ne composaient pas un cerveau entier – conçurent alors une nouvelle route plus à l'ouest, concurrente effroyable de l'ancienne Voie des cols. Cette dernière renoua avec le mépris originel où on l'avait autrefois tenue, celui dont on l'avait brièvement tirée, celui où on la replongeait. L'homme, toujours prodigue en travaux stupides et féroces, mettait autant d'ardeur à poser sa marque sur les paysages qu'à s'en détourner. Fallait-il compter les ruines des villes antiques, les édifications avortées en lisière du désert, les emplacements tactiques délaissés au profit d'intérêts supérieurs ? Aucune trace ne subsistait des palais suspendus à quarante-cinq kilomètres de Bagdad ; le bronze de Rhodes avait été fondu et revendu depuis longtemps ; le brome et la fétuque s'étaient approprié les derniers fragments de marbre du temple d'Artémis. Qui se souvenait de telle usine de banlieue désaffectée, de tel immeuble abandonné puis démoli au cœur d'une cité, de telle chapelle de montagne condamnée, entre les murs de laquelle plus aucun appel ne résonnait depuis des générations ?

La Voie des cols glissa en silence dans les ombres amères de la désuétude, les soirs sans fin du délaissement. Et le siècle, qui pourtant ne manquait pas d'ignominies mercantiles, put ajouter un nouveau bonnet d'âne à son chef : celui d'un aménagement absurde et oublié de tous. Ou presque.

À présent, dans une obscurité à loup glapir, la lumière des phares lançait des coups d'épervier sur la terre battue. Monsieur marquait une pause à chaque changement de vitesse, la main sur le levier. À cette heure-ci la route était abandonnée aux limaces qui traversaient la chaussée entre les flaques. Monsieur poussait le moteur de la traction familiale. Le manuel affirmait qu'elle pouvait monter à 135 km/h. Il jeta un coup d'œil au tableau de bord à barrettes horizontales, puis aux enfants assoupis sur la banquette. Chloé, Loïc et Jean-Jacques dans le confort du sommeil.

Cécile posa une main délicate sur le bras de son mari. Elle n'était pas inquiète, simplement déçue. « Tu roules trop vite. Ralentis. » Monsieur écoutait-il seulement ?

Les lacets s'enchaînaient dans le mutisme désapprobateur du firmament ; la gomme des pneus, les limites de l'adhérence et le moteur offraient mille complaintes. Le voile opaque de la nuit, un instant déchiré au passage de l'engin, se refermait très vite. Les boucles, l'inclinaison capricieuse de la chaussée, tout disparaissait, à peine entrevu. « Ralentis, s'il te plaît », répéta Cécile d'une voix douce. Les secousses ne réveillaient pas les enfants. Chloé tenait son frère Jean-Jacques par le bras.

Soudain une masse noire se dressa au milieu de la route, la tôle poussa un gémissement et, tous, ils s'élevèrent dans l'obscure douceur des choses.

Un large frisson parcourut les ténèbres, se dispersa dans les ombres lentes.

Une seconde ou des années plus tard l'épaisse carcasse de la 15-Six se posa dans les pétales mouillés, roula sur elle-même. Les corps se pressèrent, se brisèrent sans avoir le temps d'exprimer leur détresse. Ciel et terre jouaient à s'inverser, la tête en bas, le reste en haut.

La ronde s'interrompit lentement, comme assagie par les remontrances du métal froissé. L'herbe tordue se redressa lentement sur la terre chavirée, comme des mains d'imprécateurs vers les cieux. Une odeur de troncs, de feuilles et d'écorce s'attardait dans l'atmosphère. Au bas du ravin, bloquée entre deux éboulis, une tombe d'acier encore chaud s'enguirlandait de sang.

Des formes apparurent sur la route en surplomb, trois silhouettes aux bras ballants comme des queues de serpents tout juste occis. L'un des témoins empoigna une lanterne dont la mèche faisait concurrence aux lampyres. La faible palpitation lumineuse semblait grossièrement équarrir des personnages tout plats contre la Voie lactée. Ceux-ci hésitèrent, firent de longs pas en bordure de route, comme s'ils venaient de très loin ou s'acheminaient en un long voyage. Puis ils descendirent la pente.

La plainte d'un enfant émergea de la carrosserie écrasée. Son cri esseulé, grêle et nu illustrait l'œuvre réversible de la vie : il pouvait remplir des cathédrales.

Une première ombre s'inclina dans l'habitacle, la lanterne à bout de bras. « Le gamin est encore vivant.

— La gamine, précisa un deuxième personnage penché par-dessus son épaule. Regarde la layette.

— La gamine, d'accord. Vise sa jambe.

— Moche.

— Qu'est-ce qu'on fait ? Les autres sont… Ils sont morts, non ? »

L'homme à la lanterne s'enfonça un peu plus dans l'automobile broyée, palpa les corps, éclaira les membres fracturés, les boîtes crâniennes ou les poitrines défoncées. Ses manipulations rudes, sans hésitation, dénotaient une longue habitude du trépas. « C'est fini pour eux.

— Bon sang, ils sont vraiment arrivés au mauvais moment. Cette fichue jeep… Je ne t'avais pas dit de la réparer ?

— Les Willys MB sont de véritables poubelles. Les Américains avaient déjà arrêté de les entretenir quand ils les ont laissées aux FFI.

— En attendant on a fait de bonnes affaires. Avec les Alliés comme avec les autres.

— On n'aurait pas dû acheter ce surplus au 551e bataillon.

— Oublie ça. Le conducteur de la Citroën roulait trop vite. Et malgré l'odeur d'huile et d'essence, je sens la gnôle sur lui.

— Bon, et maintenant ?

— Quoi, maintenant ?

— On ne peut pas les laisser là.

— Tu veux appeler les flics ? Il faudrait descendre dans la vallée, trouver un téléphone. Avec l'alambic dans la jeep, bonjour. À moins de remonter la cucurbite jusqu'au hameau. Personnellement, je trouve ça compliqué. Sans compter que les autorités poseront des questions. »

Ce fut à cet instant-là que le troisième individu se manifesta. Jusque-là il se tenait en retrait. « En effet, on ne peut pas les laisser là, et il ne vaut mieux pas contacter la maréchaussée. Alors ils disparaissent. Comme les autres. »

L'homme à la lanterne pivota vers lui. « Et la gamine ?

— On l'emmène avec nous. Hermione pourra peut-être la soigner. Sinon elle disparaîtra aussi. »

Fermez le ban. La réplique du troisième homme ne souffrait aucun commentaire, aucune contestation.

Où était la nuit ? Toujours là.

TROIS

An 1986

Les hypermarchés s'apparentaient à un champ de bataille en temps de paix, un pugilat en bermuda et en sandales. La débauche d'achats, c'était la version moderne des effusions de sang en temps de guerre. Tous les excès avaient des similitudes de frères, voilà ce que pensait Yves Beltrand en observant les clients sur le vaste parking sans horizon. Asservis par leur ventre, le regard à terre, les consommateurs ressemblaient à des épiciers en faillite, se dit-il encore, des négociants ruinés éternellement séduits par la noyade ou la corde ; des êtres à bout, animés de remords sans cesse recommencés. Le faux calme avec lequel ils patientaient devant les portes automatiques s'apparentait à celui des condamnés à mort, à demi consumés, déjà éteints entre deux rives monotones.

Yves avait été chef de rayon pendant trente ans. Sa morale de barème lui avait assuré une carrière dénuée de heurt sous la fidèle livrée de Mammon. Il n'avait connu que tardivement l'arrivée des codes-barres et des données alphanumériques. Lorsque le déchiffrage unidimensionnel utilisé pour l'étiquetage des wagons s'était propagé à l'ensemble des marchandises, il avait su que l'installation des capteurs électroniques n'était qu'une question de temps et que la lecture automatisée ne balbutierait pas longtemps. Le code EAN signait la fin d'une époque.

Il avait rencontré sa femme Bernadette en 1974, année où l'on avait scanné le premier produit : un paquet de chewing-gums. Ensuite, on avait supprimé le marquage des prix à l'unité et ils avaient perdu Romain, leur premier et unique enfant.

Si Yves en jugeait par la limpide circonférence de sa montre Porsche Varilux, Bernadette quitterait sa caisse dans dix minutes. Une heure plus tard, ils seraient sur la route des vacances. Les congés annuels constituaient selon lui la meilleure invention de la bourgeoisie à l'intention des travailleurs sous-qualifiés, prouesse d'autant plus remarquable que la bourgeoisie ne pensait pas. Cette classe dominante et acéphale avait simplement eu la fulgurance de deviner avec quel bonheur, quel entrain la plèbe dépenserait son salaire annuel en un mois d'oisiveté. Le libéralisme, séide incarné de l'immédiate rentabilité, avait inventé une fable : celle de l'émancipation par l'acte d'achat. La liberté épouserait désormais les formes du produit manufacturé. Il fallait les voir, ces acheteurs encombrés de sacs de provisions, arrêtés devant les vitrines, immobiles comme des dévots statufiés par l'objet de leur culte. La vacuité de leur regard donnait la chair de poule, ils irradiaient d'un rayonnement presque céleste. Leurs yeux de vache devenaient soudain des cierges aux offices solennels. Leurs lèvres gourmandes, ensemble dédaigneuses, rondes et soumises, se marquaient de frémissements que n'altérait nullement l'inertie compacte de leur attitude. Rivés aux élégances des présentoirs ainsi que le faisait la limaille à l'aimant, ils laissaient leurs traits s'emplir d'une sensualité les éloignant de tout.

Les caddies stockés s'accouplaient sous l'abri. Yves laissa passer un frisson le long de son échine. L'aubaine contemporaine à laquelle répondait l'endurcissement des cœurs le dégoûtait et l'emplissait d'une fascination secrète en même temps.

Un enfant nanti d'une pièce de dix francs se présenta pour débloquer un chariot. Yves le dévisagea, la bouche plate, mince et sévère. Quelque chose remuait dans ses entrailles. Il aurait aimé expliquer à l'enfant que le premier mérite de la prédation consistait à placer les choses simples, essentielles et naturelles hors de portée des plus faibles. Heureux celui qui grandissait à l'ère de la toute-puissance des mirages, médita Yves. L'humanité coupée du ciel se rabattait sur les exigences consuméristes. L'enfant tendit sa pièce mais l'adulte faisait obstacle, refusait de bouger. Yves n'avait pas besoin de regarder derrière lui pour savoir qu'il était adossé à des modèles C11, plus légers que les modèles traditionnels, dont la corbeille et le socle constitués de plastique étaient compatibles avec la facturation automatique.

Orla Wilson, l'inventeur du panier emboîtable, aurait été surpris du profil actuel de son *telescope cart*, moins de cinquante ans après sa création. Un homme devant un socle muni de quatre roues : il n'en fallait pas plus pour asseoir sa domination.

Yves étudia le garçon. Celui-ci avait les cheveux ramassés en boucle sur le front. Cette frange lui donnait une sorte de profondeur, attestant que les premiers âges respectaient parfois les doctrines de la volupté. Ses pommettes hautes, sa bouche épaisse, à la limite de l'incarnat, accentuaient l'illusion prodigieuse que des yeux électriques tiraient l'ensemble de la physionomie vers une ultime pureté. Son corps juvénile paraissait aussi mobile qu'une eau claire, légère et silencieuse : un frémissement ou un reflet suffirait à troubler l'onde. Sa peau, enfin, se recouvrait d'une sueur pailletée d'or, blanchie par les courbes des épaules étroites et le soleil frappant droit. Quel âge avait-il ? Yves considéra sa posture : les épaules effacées, la poitrine creuse, le ventre légèrement bombé par une échine en lordose. Ce relâchement ne possédait plus la mollesse du bambin, pas encore la fermeté contrôlée de l'adolescent ou la composition de l'adulte qui s'étudiait constamment, et peut-être jamais le tragique affaissement du vieillard. Tout en lui demeurait en transition ; la fragilité, la fluidité, la souplesse semblaient le livrer à une sorte d'inachèvement perpétuel. *Quel âge aurait Romain aujourd'hui ?* Les mots frappèrent l'esprit d'Yves sans que ses lèvres produisent un son. *Personne ne t'aidera, petit. Ni ici, ni là-haut : nous ne sommes que des combinaisons d'atomes, des combinaisons grimées en consciences. Quand nous mourons, les particules se reconfigurent. Il n'y a pas de Dieu, il n'y en a jamais eu. Ne prie jamais, tu entends ? Surtout pas devant un Dieu qui piétine Ses enfants. Nie Son existence, insulte-Le, tu verras comme c'est facile. Répète après moi : sois maudit ! Va Te faire foutre, Dieu ! Frappe si Tu l'oses ! Tu vois ? Il ne se passe rien. Nous sommes les uniques guides, les uniques serviteurs de ce que nous sommes.*

L'enfant aurait aimé introduire la pièce dans le monnayeur mais il aurait fallu pour cela contourner Yves, qui persistait à faire obstacle.

L'adorable visage du garçon s'alluma de transparences pourpres, la lividité tyrannique des plus violentes émotions ravit ses lèvres. Ses traits empruntèrent l'espace d'un instant la colère rentrée du sensuel Achille sous le pinceau de Benouville. Ces images, Yves le savait, ressortissaient au pur fantasme, mais il n'était pas rare qu'il s'y abandonne, qu'il laisse un monde d'illusions gouverner ses jours en attendant la véritable frénésie de l'été, durant laquelle, en compagnie de sa femme, il s'ingénierait à concrétiser certaines de ces chimères. Mais pas tout de suite. Trop de monde sur le parking, trop d'attroupements devant les boutiques, trop de gens dans les voitures. Les moteurs bourdonnaient sans fin sur l'asphalte, les véhicules suivaient des trajectoires privées de logique, pareils à des insectes qu'une substance neurotoxique aurait déboussolés, à la recherche d'une place libre.

Yves ne doutait pas de la justesse de ces réalités contradictoires – celle du rêve éveillé et celle du concret, c'est-à-dire du cosmos intérieur et de l'univers des objets que l'on situait, que l'on manipulait à l'extérieur de soi-même. Le conflit apparemment insupportable de ces mondes concurrents constituait à ses yeux une preuve de justesse, car une vie sans contradiction lui semblait une vie amputée à mi-corps ou une vie terrassée par l'au-delà.

La grâce de la figure de son jeune interlocuteur, inexplicable de manière rationnelle, suggérait un phénomène d'essence divine. Les traits angéliques appartenaient aux visions ineffables que l'on recherchait, et qui échappaient désespérément à l'observateur parce qu'elles n'étaient que des moments.

Yves sentit de petites décharges électriques crépiter sur le bleu de ses veines. Ces étincelles à l'ascension de l'écheveau nerveux sous l'épiderme suscitaient à la fois plaisir et douleur. Il se pencha insensiblement vers l'enfant, il allait...

Quand Romain était mort, Yves avait cessé de se connaître. Le garçon avait six ans, lui trente-deux et sa femme, Bernadette, trente. Jusque-là il pouvait prévoir ses réactions, savoir comment tel ou tel événement influerait sur lui, mais la disparition de l'enfant l'avait défiguré de l'intérieur. Il savait que l'expression n'était pas appropriée, mais elle reflétait à merveille le bouleversement radical, le changement qui s'était opéré en lui. Bien sûr, il identifiait encore l'homme qui lui faisait face lorsqu'il s'observait dans un miroir, mais l'enveloppe de chair dissimulait quelqu'un qui ne pouvait plus, qui ne devait plus lui être associé.

En règle générale les gens ne voulaient pas vraiment changer. Ils n'avaient aucune raison de désirer opérer une transformation complète. Ils souhaitaient juste des modifications mineures, de subtiles altérations qui interviendraient au fil du temps, et qui leur offriraient une meilleure version d'eux-mêmes. L'illusion du progrès demeurait un moteur puissant, pas celle de la rupture. Mais quand survenait le traumatisme de la perte d'un enfant, on devenait tout à coup quelqu'un d'autre, quelqu'un avec qui il fallait apprendre à cohabiter, quelqu'un de plus puissant que soi, de plus retors ; un alter ego en face de qui on devait abdiquer.

Certains voudront peut-être apprendre les circonstances du décès, découvrir comment et pourquoi un garçon de six ans en venait à mourir, mais ces choses-là n'étaient pas réellement importantes. Pas à ce stade de l'histoire en tout cas, tandis qu'Yves attendait son épouse sur le parking surchauffé de l'hypermarché, et qu'un enfant presque identique à Romain demandait qu'on le laisse mettre une pièce dans un chariot. Combien de temps encore l'homme ou l'entité qui se cachait à l'intérieur d'Yves reconnaîtrait-il Romain à travers les âges, à travers les saisons, à travers les étapes de sa vie fictive ? Combien de temps repérerait-il dans les foules, chez certains individus, des inflexions, des traits qu'il aurait jurés appartenir à son enfant ?

Une femme s'interposa brusquement. Un faciès moustérien ; des bras robustes de femelle néandertalienne préparée à repousser l'assaut de l'homme moderne ; des jambes courtes, puissantes, nerveuses, formées à la défense ou à la fuite. La mère de l'enfant à la pièce, sans doute.

L'envoûtement était rompu. Yves laissa rebondir sur lui

les jurons crachés de l'enclos des vilaines dents carrées de la génitrice. « Qu'est-ce que vous faites ? vitupéra-t-elle. Laissez mon fils, espèce de pervers ! Je vais aller me plaindre, vous savez. » Elle emmena gravement le garçon, sans se retourner, et gagna un autre abri à chariots. L'ancien chef de rayon se demanda si, égaré dans le monde des rêves qui déformait son quotidien, un geste déplacé, un mouvement belliqueux lui avait échappé. Non, évidemment. Il avait simplement refusé de libérer le passage pour que l'enfant puisse accéder aux C11. Brusquement revenu à la réalité, il regarda s'éloigner la créature étrange et son marmot, représentatifs selon lui d'une ère qui ne s'émanciperait jamais de son néant constitutif.

Va, Romain, disparais. En quelque lieu où reposera ton corps, il poussera des fleurs et des chardons...

Il tourna la tête et soudain, bonheur suprême, il aperçut Bernadette à l'autre extrémité du parking, sa tenue de caissière pliée ainsi qu'un tabar au creux du bras. Elle rejoignit son mari, le sourire en virgule prudente, le front plissé d'une convenable inquiétude. Yves connaissait chacune de ses rides, il savait par cœur les sinuosités qui s'étaient accentuées avec l'âge et les épreuves, marquant ici l'autorité, là le soulagement, et plus loin encore une forme exceptionnelle de férocité. Sa voix en revanche demeurait inaltérable ; elle était pour le quadragénaire comme un éclat de lumière sur de l'eau claire. « Qu'est-ce que voulait cette bonne femme avec son gosse ? Elle n'avait pas l'air contente... »

Yves haussa les épaules. « Je ne sais pas. Une folle, probablement. »

L'usine de Wolfsburg, en RDA, accoucha du camping-car Volkswagen en 1949, anticipant l'embryon de goût populaire pour les vacances. Dix ans plus tard, à Hanovre, la production passa de 80 à 250 combis par jour. Le volume habitable augmenta au fil des modèles successifs. Physiquement autant que symboliquement le fourgon suivit le développement de la société de loisirs et de consommation. Comme les chariots, il sacralisait le transportable, le pliable, l'encastrable, le coulissant, l'escamotable. À mesure que le règne du pratique et de l'utilitaire s'installait, les paysages devenaient lampadaires, stations-service, centres commerciaux, entrepôts, néons, diadèmes, escarbilles, lasers, points de fuite et lignes d'horizon.

Yves et Bernadette Beltrand possédaient un Volkswagen Transporter T3 Joker Westfalia beige. Quatre mètres de long sur deux de haut. Taille standard. La table du coin cuisine se dépliait au moyen d'un bras articulé que l'on bloquait avec un levier de sécurité. Le manque d'espace contraignait à l'ingéniosité.

Ils se dirigeaient vers la côte.

Une cassette chrome qu'il fallait retourner toutes les demi-heures défilait dans l'autoradio. Le *si* bémol grave des *Vêpres* de Rachmaninov appelait à la mort de Siméon. Les vignettes hexagonales des années 83 à 86 occupaient en mosaïque l'angle inférieur droit du pare-brise. La bleue, la mauve, la verte et de nouveau la bleue : l'arc-en-ciel des chevaux fiscaux honnis par la quasi-totalité des contribuables.

Aux vacances d'été, certains s'en allaient lézarder au soleil, d'autres partaient en chasse.

La fille se tenait dans l'ombre du panneau de signalisation « Armand-les-Plages », barré d'un trait sang. La tôle jetait sur ses épaules blanches un chiton obscur. Elle tendait un pouce à l'ongle raccourci, que les incisives avaient mordu trop de fois pour symboliser autre chose qu'une agitation intime. Brûlure et démangeaison tout à la fois, la jeunesse consumait, égarait et poissait. Les longs poils bruns de ses aisselles formaient des torsades emperlées de sueur. Ces chapelets salés et luisants conféraient un charme particulier à la fille, expression d'une animalité résiduelle localisée entre le coude et l'épaule.

Les plis de la face dessinaient un profil capricieux. Ses cheveux secs, ondulés aux extrémités, conseillaient de procéder à un rafraîchissement.

Qui était-elle ? Mystère ! Elle avait un nom, certes, un état civil, mais savait-on jamais qui l'on était ? Yves Beltrand se pencha par la fenêtre du combi. Son sourire ressemblait à celui de la Belle Jardinière. L'hypocrite réclame prétendait qu'on rendait l'argent de tout achat qui avait cessé de plaire.

La jeune femme indiqua où elle souhaitait aller. Une localité du Moyen Pays. Les Beltrand, couple de quadragénaires propres sur eux, inspiraient la sympathie par l'agrément de leurs traits et la simplicité désuète de leur mise.

« On longe la vallée, expliqua Yves. On peut vous rapprocher. »

La jeune femme dévoila ses dents nacrées en guise de remerciement. Yves, lui, exhiba ses crocs.

La passagère s'étira, s'étala, croisa les jambes. Une sandale crottée effleura le levier de vitesses, tige métallique surmontée d'une boule noire méticuleusement astiquée. Yves retint une grimace.

Une répétition de notes staccato s'échappait des haut-parleurs. Le trémolo statique pouvait s'apparenter à du Liszt.

« C'est quoi cette musique ? interrogea l'auto-stoppeuse.

— Ravel, annonça Yves. Vous aimez ? Admirez les arpèges en octaves de la main gauche.

— Quel air sinistre ! »

Yves informa sa passagère que Ravel avait en effet composé sa pièce dans un sordide appartement de Levallois-Perret, où son père agonisait. « Le morceau s'intitule *Scarbo*, continua-t-il.

— Pourquoi *Scarbo* ?

— C'est le nom d'un nain dont les trépidations nerveuses contrarient la contemplation. Ravel s'est inspiré d'un poème de Bertrand au XIXe.

— Je déteste, se renfrogna la fille avec un beau sans-gêne. J'ai des cassettes dans mon sac. Vous voulez écouter ? Ce serait plus dansant. »

Yves songea un instant que l'humanité avait commis une faute morale – une de plus ! – le jour où elle avait remplacé la danse par la course. Le jour où la ronde s'était changée en vol, le vol en fuite, la fuite en frustration. Il quitta un moment la route des yeux. Ses paupières s'allongèrent, un accent félin s'y devina. Il allongea les lèvres en un sourire gourmand : « Bernadette et moi adorons danser. »

I Will Survive retentissait dans les baffles. « Bernadette et moi sommes allés en boîte de nuit l'année dernière, raconta Yves. Imaginez un peu, deux quadras comme nous en train d'écouter du... comment dit-on... du disco. »

La passagère se retourna : large sourire de Bernadette, dents blanches. Une bâche imperméable et transparente recouvrait la banquette latérale du compartiment arrière, sur laquelle Bernadette avait pris place, ainsi que le plancher. Si le pare-brise du véhicule laissait passer une lumière de fournaise, toutes les vitres arrière – la latérale au-dessus de la banquette et les deux lucarnes des portes battantes – étaient masquées par des panneaux de bois amovibles, conférant un sentiment de claustration oppressante à l'habitacle. Les reflets plastifiés dans la pénombre, ajoutés au sourire fixe de l'épouse, qui appuyait son dos sur le cache, mettaient la jeune fille mal à l'aise. Elle pivota vers le conducteur, dont les réflexions se poursuivaient : « Tous ces corps sautaient sur la piste circulaire. On aurait dit des poupées désarticulées. Pour moi, le véritable danseur doit comprendre que la construction du rythme repose sur l'absence de hâte. Cette boîte de nuit n'était que désordre et précipitation. Un signe des temps. »

Les phalanges blanchissaient net et bref sur le large volant évidé, mais le visage restait impassible. Les manifestations du dérèglement, même les plus infimes, devaient demeurer strictement bornées, comme tout ce qui appartenait au monde sauvage et que l'on domptait ; la *privatio boni* ne touchait pas à l'expression du mal, car la colère n'était jamais que ce qui se passait sous un front.

Yves avait de petites mains vicieuses et pointues. Très soignées.

N'a-t-il pas prétendu être soudeur quand il s'est présenté ? se demanda la jeune femme. Affirmant une nouvelle fois qu'elle aimait le mouvement, elle dissimulait son malaise derrière une décontraction de façade.

Yves atténua la pression sur le volant. Peut-être avait-il conscience du trouble de la fille. Les muscles et les tendons continuaient pourtant à jouer avec une exactitude millimétrée sous la peau des avant-bras puissants et glabres. Cette partie de son anatomie semblait isolée du reste de son corps, spécialement si l'on s'attachait à ses mains effilées. À la jonction des poignets on avait l'impression que tout se résorbait en rien.

Le conducteur lâcha d'une voix faussement enjouée, une voix de potence grimée en remise de peine : « Nous également. »

L'obligation des précautions sordides, les gestes fixés à l'avance pour apaiser l'esprit ou détourner l'attention augmentaient le plaisir.

Le quadragénaire omit à dessein de préciser que leur excursion en boîte de nuit s'était soldée par du rouge dans une ruelle. Du rouge fumant sur une gorge froide.

Lorsque l'on quittait le littoral, on pénétrait dans une sorte d'ossature archaïque. Les maisons se raréfiaient, agrégées en trouées de béton dans les pins. La nationale qui s'enfonçait dans les terres courait le long d'une moelle épinière de froncements alpestres, que hantaient les derniers signes d'urbanisation.

Ici plus qu'ailleurs le soleil avait quelque chose de sournois ; l'astre oubliait la franchise des rivages et du sable fin pour entrer dans des demi-jours qu'il aurait été téméraire de prendre pour des accalmies, car ils redoublaient en proportion la force de nuisance des zones claires.

Dans le lointain, des nuages de marbre frôlaient les pics couronnés de neige éternelle.

L'auto-stoppeuse avait chaud. Toutes les fenêtres étaient fermées. Elle chercha par réflexe la manivelle contre le bord intérieur de la portière, n'y trouva qu'un moignon de plastique impossible à faire tourner. Yves justifia cette anomalie avant que la fille puisse l'interroger. « La manivelle est cassée depuis une quinzaine de jours. »

Un petit rire gêné lui échappa, contraction d'un diaphragme chargé de dérision triste.

Cette oppression contenue du larynx, qui évitait l'aboiement, évoquait plutôt à la jeune femme les manifestations de joie sonores préenregistrées auxquelles personne ne croyait dans les émissions télévisées. Son malaise s'intensifia. Pour masquer son trouble, elle ouvrit son sac, chercha une gomme à mâcher. Le sac contenait un nombre invraisemblable de poches à fermeture éclair.

Yves, du coin de l'œil, ne perdait pas de vue ses doigts

aux ongles rongés. L'espace d'un instant le manche d'un couteau à cran d'arrêt brilla dans une des poches ouvertes. Le conducteur conserva une mine assurée, un léger sourire. Il savait que la crédibilité résidait moins dans l'affabilité ostensible des traits que dans leur dignité subtile.

Son regard croisa celui de Bernadette dans le rétroviseur. Un message silencieux circula entre eux : *pas maintenant !*

« Vous voulez boire ? interrogea Yves en désignant une glacière aux pieds de la jeune femme. Nous avons du jus de fruits et de l'eau minérale au frais. »

L'auto-stoppeuse crut détecter, elle n'en était pas sûre ; elle n'était sûre de rien avec cette chaleur d'étuve dans l'habitacle du combi ; elle crut donc détecter une nuance de ruse dans la mélodie nonchalante de l'homme. Mais pourquoi ruser ? Ce vieux couple semblait convenable. De son côté elle ne possédait rien qui pût susciter la convoitise : juste un débardeur, un short en jean effiloché aux extrémités et un sac qui ne contenait que ses papiers, un tube de crème à bronzer, une serviette de bain, quelques tampons hygiéniques et un couteau en cas de pépin. Il n'y avait, jugea-t-elle, aucune raison de s'en prendre à elle. Elle se faisait des idées, voilà tout. « Non merci, dit-elle d'une voix à laquelle elle s'efforça de conférer un accent de légèreté, je n'ai pas soif. »

L'ombre des platanes jalonnant la nationale disparut brutalement, cédant la place à une zone lumineuse que l'absence de transition rendait plus contrastée encore. Un violent rayon de soleil frappa le pare-brise : visant droit à l'œil, il aveugla la jeune femme. En une fraction de seconde le paysage devint étoiles, échos, pulsations, blancheur. Comme pour répondre à un signal, se livrer à une impulsion subite ou profiter d'une opportunité, Yves mit son clignotant, rétrograda et s'engagea sur une départementale perpendiculaire. Un instant désorientée, la jeune femme se retourna. La nationale rapetissait sans doute à travers la lunette arrière obstruée. Sur la banquette, Bernadette souriait toujours. La fixité de son expression transformait son visage en tenture de peau privée d'élasticité naturelle.

La jeune femme reporta son attention sur la route. « Vous vous êtes trompé, il fallait tourner plus tard à gauche, pas à droite. »

Yves ralentit, fit mine d'hésiter, batailla un court moment avec le levier de vitesses, désireux de passer au point mort pour s'arrêter en douceur sur le bas-côté. « Je suis désolé, bafouilla-t-il. J'ai cru que... Nous venons tous les ans, mais avec ces nouvelles intersections, ces lotissements en construction, vous comprenez... »

La jeune femme acquiesça. Presque malgré elle, sa main chercha la poignée de la portière. Des traînées de sueur faisaient courir des lames glacées sur ses flancs. Elle rappela poliment la bonne direction. Yves se confondit en excuses. Bernadette, derrière, ne disait rien. La passagère sentait des dizaines d'asticots grouiller sur sa peau, s'agiter en spasmes sur la couche supérieure de l'épiderme, entrer en convulsion sur sa nuque. La présence de l'épouse dans son dos suscitait une oppression rare. L'auto-stop l'avait pourtant accoutumée aux bizarreries diverses de l'être humain, aux comportements singuliers, cocasses la plupart du temps; mais aujourd'hui c'était différent : les éblouissements, la chaleur, les manières trop polies du couple, le regard de la femme... L'auto-stoppeuse aurait pu se retourner vers elle pour en avoir le cœur net, pour mettre un terme au malaise, mais elle redoutait ce faisant de trouver une confirmation à ses soupçons absurdes. Une longue série de battements de cils lui permit finalement de conserver quelque sang-froid.

Yves manœuvra plusieurs fois pour effectuer son demi-tour. Gloria Gaynor termina de reprendre *I Am What I Am* et la cassette s'arrêta avec un claquement sec. La passagère réprima un tressaillement. Personne ne songea à faire jouer la face B ou à changer de cassette. La main droite de la passagère ne quittait plus la poignée de la portière, la gauche reposait sur le sac ouvert. Au premier geste suspect, elle était prête à sauter en marche ou à sortir son couteau. Le cœur pompait des flots d'adrénaline dans son corps, l'hypothalamus saturait les muscles de cortisol. Elle devait lutter contre de terribles crampes dans les jambes et dans l'estomac.

Ils déposèrent la jeune femme sur la place du village, une grande aire ronde et déserte, au centre de laquelle se dressait une fontaine en pierres carrées. Il y coulait presque sans bruit une eau huileuse, lourde et noire, qui se mélangeait à la moire luisante du bassin. Les bords s'ornaient d'excréments de pigeons solidifiés en croûtes blanchâtres.

Des touffes d'herbe courbée poussaient entre certains pavés disjoints.

On faisait sécher un linge multicolore sur des cordelettes tendues hors des fenêtres par des vergues. Yves ne s'y trompait pas : des dizaines d'yeux les observaient à travers les jalousies rabattues, dans la fraîcheur poussiéreuse de logements aux murs épais.

Le conducteur avait volontairement laissé l'inconfort s'installer durant le reste du trajet. À la vérité, sa proie n'avait plus d'intérêt pour lui. Et une proie qui perdait son intérêt perdait aussi la nécessité d'être rassurée. La fille descendit du combi un peu plus sèchement qu'elle ne l'aurait voulu sans doute. Elle les remercia du bout des lèvres avant de s'éloigner d'une démarche raide. On pouvait supposer qu'elle ne saurait jamais à quoi elle avait échappé. L'eût-elle su, elle n'en aurait pas compris les implications profondes.

Le couple la regarda disparaître dans une ruelle transversale, crevasse où les ombres semblaient s'épaissir avec la montée du soleil. Yves baissa les yeux sur l'autoradio : « Elle a oublié sa cassette de musique disco. »

Bernadette mit pied à terre, longea sans se presser le Volkswagen T3, revint s'asseoir près de son mari. Sa main caressa le skaï encore chaud du siège. « Pourquoi tu n'as pas fait comme d'habitude ? »

Yves secoua la tête. « Elle était trop méfiante. Ne t'inquiète pas, on en trouvera une autre.

— Pourquoi pas une prostituée ? questionna-t-elle avec impatience. Ça fait longtemps qu'on n'en a pas eu.

— Aujourd'hui ?
— Aujourd'hui. »

Lentement les heures avaient basculé, les ombres tourné, mais l'air brûlait encore. Certaines routes se prolongeaient en pistes, qui elles-mêmes devenaient sentiers. Ces sentiers s'étrécissaient pour se transformer en layons. Inexplicablement, quelques-uns d'entre eux se terminaient en impasses, noyées dans la végétation.

Ils s'étaient arrêtés au fond d'un chemin de campagne qui n'aboutissait à rien, à l'abri d'un bosquet chargé de fleurs parfumées. Des pétales confisqués aux abeilles étaient tombés dans la boue, d'autres s'accrochaient encore aux guirlandes molles des asphodèles. Les tiges formaient des tresses alanguies et luisantes au bas des genévriers.

Ils avaient franchi des croisements multiples, traversé de nombreuses intersections. Un vieux panneau de bois figurait à la dernière d'entre elles. On ne savait s'il avait été oublié ou laissé là à dessein par quelque paysan désireux de rentabiliser une terre en jachère : « Camping du Goubier, 5 kilomètres ». Cinq kilomètres sur une route pareille en valaient trente sur une route goudronnée. Yves avait pris grand soin de ne pas rayer la carrosserie et de ménager les suspensions du véhicule. La prostituée avait supporté le voyage sans un mot, blasée et suffisamment rétribuée pour ne s'étonner de rien. Son temps était payé, alors ici ou ailleurs, sur une banquette fatiguée ou dans les cahots d'une voie défoncée, les secondes filaient à la même cadence. Il était des professions où l'on apprenait à accorder au tic-tac des montres une valeur strictement numéraire. La plupart des gens ignoraient à quel point leur vie était précieuse, à quel point ils avaient peur de la souffrance, jusqu'au moment où il était trop tard. Alors il n'était pas rare de les voir mendier, supplier, marchander quelques heures supplémentaires au quota qu'ils avaient si soigneusement dilapidé, laissant courir leurs jours entre deux rives monotones, sans boussole ni cris. Négligence coupable, songeait Yves, qui rendait la mort d'autant plus libératoire.

La professionnelle avait des cheveux durement bouclés, presque bleus à force d'être noirs, et d'étranges yeux, aussi verts que le souvenir du regard d'un chat. Peut-être avait-elle été belle dans sa jeunesse, mais tout s'alourdissait au passage des ans. Robustes ou frêles, les physionomies s'engluaient dans la pesanteur du temps aussi sûrement qu'un diptère sur un papier tue-mouche.

Elle mâchait un chewing-gum, autre fléau du siècle selon Yves.

Par jeu ou par sadisme pour sa propre sensibilité de mélomane, il avait remis la cassette de Gloria Gaynor. Le chant de l'artiste lui rappelait la proie qu'ils avaient laissée filer plus tôt dans la journée. Il le regrettait, mais il savait qu'il avait pris la bonne décision. Le couteau dans le sac de la fille laissait peu d'alternatives. Comme tout prédateur, Yves redoutait avant tout la blessure physique.

Bernadette s'était à moitié allongée sur la banquette latérale, le haut du dos et l'occiput collés au panneau de bois dissimulant la vitre, le bassin tendu au bord du siège dans une posture provocante. Elle avait remonté sa jupe et écartait maintenant les jambes. Une paire de collants remontait le long des mollets et des cuisses, avant de s'éclaircir entre les abducteurs. La toile d'un slip blanc recouvrait son sexe. Opacité révélatrice : c'était la mort qui se cachait derrière le tissu extensible du sous-vêtement.

Assis à la place conducteur, tourné vers l'arrière du fourgon, Yves demanda à la prostituée de danser sur *I Will Survive*. Il monta le son d'un cran et la professionnelle se déhancha mollement. Yves devait se faire violence pour réprimer une moue de dégoût : cette cruche se révélait incapable de la moindre conviction, et pourtant il l'avait grassement payée. Pour ce prix-là, il aurait aimé qu'elle divorce d'elle-même, qu'elle entre en transe; peut-être alors l'aurait-il épargnée... Non, rectifia-t-il aussitôt, Bernadette ne l'aurait pas laissé faire.

La prostituée jeta un coup d'œil oblique à Yves. Il lui fit signe de continuer, l'encourageant par la promesse d'un supplément, le pouce frotté contre l'index. *Tu auras un beau bonus si tu y mets du tien, ma belle.* La femme imprima à son corps des mouvements de balancier un peu plus prononcés. Elle ressemblait à un bouquet d'algues docilement porté par le courant marin. Yves sentait osciller sous lui le plancher du combi, en rythme avec la musique. Il s'amusa à l'idée que le T3 Volkswagen, saisi à son tour par le démon de la danse moderne, s'accorde de son propre chef à la pulsation binaire... Il chassa cette vision de son esprit et adressa un nouveau signe à la prostituée qui s'était approchée de Bernadette. La professionnelle avait reçu des consignes claires une demi-heure auparavant, elle connaissait la marche à suivre pour gagner sa croûte.

Les yeux de Bernadette brillaient de reflets de jade. La caissière ressemblait à une chercheuse d'or qui, après quarante-neuf semaines à patauger huit heures par jour dans la boue, dénichait enfin un filon. Elle s'éloignait du moment présent, elle anticipait. Ses reins, ses veines pulsaient déjà dans l'instant d'après.

La prostituée chuta sur les rotules plus qu'elle ne s'agenouilla. La maladroite génuflexion ne devait rien à la prosternation ou à l'allégeance, et encore moins au morne accomplissement de quelque besogne tarifée, mais à une terrible absence de vitalité musculaire. Bernadette écarta un peu plus les cuisses.

QUATRE

Elle s'appelait Anna et elle n'avait pas encore soufflé ses douze bougies. Manière de parler car il y avait beau temps qu'elle ne soufflait plus de bougies. Beau temps également que les gâteaux d'anniversaire appartenaient au mieux à l'univers des fictions télévisuelles, dont elle s'abreuvait sans relâche lorsque sa mère se sentait fatiguée.

Pour l'heure elle parcourait son segment de la circonférence du monde. Son pas vif portait encore la marque de l'insouciance, mais devenait par moments plus hésitant. N'était-elle pas déjà passée par ce lacet, au détour duquel il lui semblait reconnaître un tas de branches mortes amassées sur le côté ? Et cette souche d'arbre, ne l'avait-elle pas aperçue auparavant ? Depuis deux semaines, elle croyait pourtant s'être familiarisée avec un bon nombre de sentiers et les chemins dérobés autour du camping du Goubier.

L'accès de colère contre sa mère – point de départ futile de son escapade champêtre – avait cessé de distiller son acide corrosif. La marche était un baume universel qui faisait sentir ses pouvoirs apaisants dès le plus jeune âge. Et puis Anna n'était pas d'un tempérament rancunier.

La chaleur ne l'incommodait pas. La sève de son corps, saturée d'acides gras et de sucres rapides, avait encore un goût de miel. Elle s'émerveillait des papillons et des mouches qui venaient s'enivrer au contact de sa peau. La fillette s'immobilisait de temps à autre pour les laisser se poser sur ses bras, les chassait en douceur lorsqu'elle reprenait sa déambulation. Les rayons de lumière tranchaient si nettement l'atmosphère qu'il lui semblait qu'après cette sortie elle ne verrait plus son environnement avec autant de clarté, qu'elle ne serait plus capable d'en percevoir la beauté. Du haut de ses onze ans, et en dépit de capacités mentales que d'aucuns jugeaient restreintes, elle avait l'intuition que cette beauté s'enfuyait déjà. Elle en verrait d'autres, mais pas les mêmes, pas celle-ci précisément.

Elle s'était arrêtée un court instant pour observer une cigale perchée sur un long brin d'herbe. Si l'insecte avait cessé de chanter à son approche, il n'avait pas contracté les muscles puissants de ses pattes arrière pour prendre la fuite et, au terme d'un vol plané gracieux, se fondre dans la végétation. Les grands yeux marron de la fillette se fixaient sur la bestiole tandis qu'immobile elle dodelinait au sommet de son perchoir. Anna présentait un léger strabisme, qu'elle avait hérité de sa mère, Tina. Elle n'aimait pas cette particularité, qui semblait faire écho sur un plan physique aux limites intellectuelles dont elle souffrait. Les miroirs ne lui rendaient jamais son regard et cette divergence instaurait chez ses interlocuteurs, outre une manière singulière de voir le monde, un malaise qu'en son for intérieur elle rapportait à une impossibilité d'établir une juste distance entre elle et le reste de l'univers. Chose plus troublante : ce strabisme était un détail qu'elle appréciait chez sa mère, créature vulnérable, mais d'une grande vitalité selon elle. Anna doutait d'atteindre un jour la même flamboyance.

Quand l'insecte déciderait-il de bouger ? Elle savait que ce serait soudain et rapide. Elle n'aurait même pas le temps d'esquisser un geste : il disparaîtrait avant qu'elle réagisse, laissant en guise de trace non pas un nuage de fumée, comme l'autruche de l'un de ses dessins animés préférés, mais un brin d'herbe moins courbé qu'auparavant. L'oscillation constituerait la seule preuve d'un départ éclair.

Elle tenta de lui adresser quelques mots. Elle n'ignorait pas la confusion de ses paroles, mais sa candeur naturelle l'empêchait d'en ressentir trop cruellement l'incohérence. L'insecte ne broncha pas. La fillette tendit brusquement les mains et l'emprisonna dans ses paumes en cloche, ainsi qu'elle avait vu plusieurs fois Maurice le faire. Maurice n'était pas son père, elle ne savait pas qui était son père, mais c'était parmi tous les amis de Tina celui qui était resté le plus longtemps avec elles, la mère et la fille, et celui dont la gamine avait été le plus proche. Elle sentit les pattes de l'homoptère, peut-être ses mandibules et ses élytres, gratter contre sa peau. Sa gorge expulsa un joyeux rire, comparable à une éructation. Elle libéra finalement son petit prisonnier. Les doigts écartés vers les cieux, les bras tendus dans la lumière aveuglante du soleil, elle l'observa qui s'élançait dans les airs, se laissait manger un bref instant par le contre-jour, puis retombait dans les herbes, son royaume.

Anna tourna sur elle-même. Que le monde était beau ! Il lui semblait parfois qu'elle jouissait d'un avantage et non d'un handicap. Les gens normaux, intelligents, ne pouvaient complètement percevoir la magnificence de l'existence car les idées leur mangeaient le cerveau, brouillaient l'équilibre et polluaient la perception.

Quand enfin elle s'immobilisa et embrassa le paysage des yeux, elle ne localisa aucun point de repère susceptible de l'aider à s'orienter. Il lui vint à l'esprit qu'elle s'était peut-être aventurée trop loin. Les sensations de la marche et le singulier oubli qu'imposait sa façon de penser avaient probablement imprimé à son expédition un élan excessif. Elle aurait dû garder en mémoire le conseil de l'ancêtre. Elle l'appelait l'ancêtre parce qu'il était plus vieux que toutes les personnes de sa connaissance, les héros de feuilletons et les personnages de dessins animés, mais en réalité c'était juste un vieux qui logeait à l'année dans la caravane voisine.

Il avait croisé Anna alors qu'il revenait du village, où selon son habitude il allait acheter ses cubitainers de rouge. Anna s'en allait du camping, lui il y rentrait. Il ne s'était pas étonné de voir la fillette partir seule, les résidents s'étaient accoutumés depuis une quinzaine de jours à voir l'étrange gamine vagabonder à son gré. Mais quand Anna avait obliqué à gauche pour prendre la direction des vastes étendues boisées, alors qu'en temps ordinaire elle allait plutôt vers le village ou la départementale, il l'avait interpellée : « T'éloigne pas trop par là-bas, petite. Une grosse partie de la forêt, c'est Bois-aux-Renards. L'endroit est traître. On s'y paume facilement, tu comprends ? »

Anna avait acquiescé.

L'ancêtre avait continué de l'observer, les yeux plissés. On aurait dit qu'on avait enfoncé sa peau jaunâtre avec une cognée de bûcheron dans les protubérances osseuses du crâne. Il se tenait un peu voûté, carcasse étique dans une salopette sale, que le poids du cubitainer semblait courber davantage. Une expression pensive investissait ses traits, comme s'il devinait que la fillette n'écouterait pas ses recommandations, ou pire, ne les comprenait pas. « Le bois est dangereux, martela-t-il. Va pas t'y enfoncer, parce que je voudrais pas qu'on soit obligés d'organiser une battue pour aller te chercher. Il y a des touristes ou des marcheurs qui se sont perdus dans le coin, on les a jamais retrouvés. »

Anna s'était remise en marche sans répondre. Cap à gauche, c'était décidé. Elle ne s'éloignerait pas trop, d'accord.

Elle avait senti le regard de l'ancêtre dans son dos. Pas fâché, non, ni inquiet. Juste un peu perplexe. Il ne l'avait pas quittée des yeux jusqu'à ce qu'elle ait disparu au premier embranchement.

Elle plissa les paupières. Une sorte de camionnette beige stationnait à l'abri des feuillages. Elle reconnaissait l'emblème de Volkswagen parce qu'elle l'avait vu à la télé un soir où sa mère était sortie « gagner un peu d'argent ». Dans le film, un pilote automobile se servait d'une voiture vivante pour participer à une course. Mais la voiture ne ressemblait pas du tout au van qu'elle apercevait à présent.

La fillette hésita. Fallait-il demander son chemin ? Elle ne comprenait pas toujours ce que lui disaient les gens. Peut-être valait-il mieux poursuivre sa route. Cependant le paysage était dépourvu d'indications valables ou de repères. Rien, en tout cas, ne paraissait digne d'être retenu. Elle pressentait qu'à progresser ainsi sans but, l'espoir d'un retour avant le soir s'amenuisait. Parviendrait-elle à se faire comprendre des occupants du véhicule ? Peut-être si ces derniers s'exprimaient simplement. Elle se dirigea vers le fourgon, résolue à tenter sa chance.

Eût-elle débouché une centaine de mètres en aval, elle serait tombée sur le panneau en bois : « Camping du Goubier, 5 kilomètres ». Anna ne savait pas lire, elle reconnaissait à peine quelques lettres, vestige du maigre enseignement qu'avait tenté de lui dispenser Maurice. Mais la flèche lui aurait peut-être fourni un indice.

Maurice se tenait penché sur la table branlante, dans la pièce unique de la caravane. Tina s'était absentée pour une raison inconnue ; il n'était pas rare qu'elle disparaisse des jours entiers sans donner de nouvelles. Il tirait la langue et découpait des lettres dans un magazine de VPC, pour les coller ensuite sur une grande feuille où figurait un barbu aux cheveux longs, très brun, dont les yeux ressemblaient à des soleils noirs jumeaux. Anna le regardait faire, debout près de la table.

« Tu veux bien m'apprendre à lire ? »

Maurice s'était redressé, avait gratté sa tignasse blonde d'un ongle incrusté de colle séchée. « Eh bien, je ne sais pas, Anna. Ce n'est pas une chose facile que tu me demandes là.

— S'il te plaît. »

La fillette l'entendait souvent parler de son métier de journaliste, et la télé racontait que les journalistes étaient des gens intelligents. En tout cas ils savaient lire et écrire, Anna en était pratiquement persuadée. Tina, sa mère, prétendait lorsqu'elles se trouvaient seules que Maurice n'était pas vraiment journaliste. Elle crachait alors un vilain ricanement que la gamine détestait. « Ne l'écoute pas, Anna. Il écrit dans des fanzines. Tu sais ce que c'est ?

— Non.

— Des journaux que personne ne lit, des torchons d'amateurs.

— C'est quoi, des amateurs ?

— Maurice adore se vanter, continuait-elle comme si elle n'avait pas entendu la question de sa fille. En réalité il pond des articles dans des brochures photocopiées vendues par correspondance. Des revues qui parlent de tueurs en série, de nazis, et de démonologie, la belle affaire !

— Des nazis ? »

Tina soupirait. Les interrogations de sa progéniture l'exaspéraient, c'était du moins l'impression de la gamine. « Va te coucher, Anna. Je sors ce soir, alors pas de bêtises. Ne passe pas la nuit devant la télé, et laisse les paquets de bonbons dans l'armoire. »

Bien entendu Anna ferait tout le contraire, et sa mère en

avait conscience. Ces consignes étaient une sorte de jeu entre elles, un divertissement complice dont aucune n'était dupe.

Maurice avait tourné la feuille vers Anna. « Regarde cette première lettre. C'est un *C* majuscule.

— *C* majuscule, avait répété Anna comme pour se pénétrer de l'information.

— Et ici un *h* minuscule. »

Ils n'avaient même pas terminé la première ligne qu'Anna était perdue. Elle ne se souvenait même plus de la première lettre. Maurice avait sans doute compris que la fillette avait atteint, et même dépassé ses limites. Il résuma en soulignant le texte du bout du doigt. « Charles Manson – mort aux porcs. »

Anna avait ri. *Mort aux porcs* lui rappelait la marque Cochonou, qu'elle adorait. Maurice avait ri avec elle, mais on pouvait douter qu'un esprit comme le sien, aussi brillant soit-il, ait opéré un rapprochement avec le célèbre saucisson. Anna avait plutôt l'impression qu'il se moquait gentiment d'elle.

CINQ

Yves et Bernadette avaient étudié et testé divers produits au fil des ans. Un long tâtonnement. Le soluté de mannitol à 10 ou 20 %, utilisé dans les années 1960 pour réduire la pression intracrânienne dans les traumatismes, offrait de bons résultats. La victime entrait dans un état de confusion proche de celui de l'ébriété ou de l'anoxie, mais restait capable d'étonnants sursauts de lucidité. Yves en avait gardé une blessure à l'épaule droite, qui aujourd'hui encore lui occasionnait de très désagréables élancements. Il se souvenait qu'à l'époque il n'avait pu se faire soigner en structure hospitalière qu'au prix d'atroces contorsions éthiques, en prétendant qu'il s'agissait d'un jeu sexuel qui avait mal tourné. Les traces de dents sur la lésion étaient trop évidentes pour prétexter un vulgaire accident, et leur origine trop manifeste pour qu'on les attribue à un prédateur autre qu'humain. Le praticien n'avait prêté qu'une oreille distraite à son discours, tandis que le fil passait dans les bords de la plaie, mais Yves conservait encore le sentiment honteux d'avoir réduit leur entreprise à des dimensions triviales.

Certes il ne mentait pas totalement en arguant d'un simple divertissement charnel, mais ce faisant il occultait la dimension primordiale de leur démarche, et cela lui coûtait. Ce qu'ils accomplissaient Bernadette et lui était tellement plus beau, tellement plus essentiel qu'une maladresse consécutive aux emportements fugaces de la passion.

L'oxybate de sodium, avec ses reflets opalescents, se diluait très bien dans l'eau et neutralisait en une dizaine de minutes certaines fonctions du système nerveux central qu'il était dangereux de maintenir en éveil. 500 milligrammes d'oxybate dans de l'eau portée à un pH de 7,5 par de l'acide malique suffisaient à briser les volontés les plus déterminées. Toutefois la solution provoquait d'effroyables haut-le-cœur, de répugnants vomissements dont l'aspect disgracieux – outre qu'il accordait au sujet de renouer avec une clarté d'esprit relative – s'accordait mal aux buts esthétiques qu'ils poursuivaient.

Le Xyrem, fort utile dans le traitement de la narcolepsie, provoquait une relaxation presque immédiate – moins de cinq minutes – des muscles striés, mais on en avait abandonné l'usage quatre ans auparavant en raison de complications hépatiques, et les stocks résiduels n'existaient qu'en voie injectable.

Le sévoflurane, anesthésique volatil qui remplaçait l'halothane depuis le début des années 1980, offrait un palliatif raisonnable à tous les inconvénients précités. En s'opposant au passage du potentiel d'action des synapses, il privait la victime de ses forces en sept minutes, mais la conservait dans un état de conscience satisfaisant durant deux heures.

Contrairement à la jeune auto-stoppeuse, la prostituée avait accepté sans faire de manière l'eau de la glacière, suffoquée par la chaleur du combi. Les vitres fermées et les manivelles d'ouverture « temporairement cassées » transformaient l'habitacle en étuve. Yves et Bernadette utilisaient ce subterfuge depuis trois ans pour inciter leurs proies à s'hydrater. Eux-mêmes s'étaient habitués à force d'entraînement au T3 mué en sauna. Cette mithridatisation de la canicule artificielle leur permettait même de supporter aujourd'hui les vêtements relativement chauds – gilet pour lui, robe en toile épaisse pour elle – grâce auxquels ils peaufinaient leur image de couple inoffensif, vieux avant l'heure et un peu frileux.

La péripatéticienne se tenait maintenant agenouillée, sans tonus, entre les jambes écartées de Bernadette. Répondant à la soudaine lourdeur de son corps, des mèches nocturnes avaient échappé à ses barrettes et touchaient à présent les sourcils. La caissière observait le visage sans grâce s'amollir, la physionomie se transformer en terre glaise et les traits s'effacer comme sous le frottement d'un énorme pouce gras. Yves, lui, avait bondi de son siège. Il savait qu'il ne fallait pas laisser le temps aux proies de se ressaisir, de s'armer contre l'attraction inévitable de la stupeur.

En un éclair il passa derrière elle, lui enroula une corde de nylon autour du cou. « Regarde, chérie, elle est pour toi. » Bernadette, les yeux brillants comme du silex, jouissait plein feu du spectacle.

La prostituée comprit malgré sa confusion le geste dangereux de l'homme, peut-être même pressentit-elle la nature fatale du piège qui se refermait sur elle, mais elle ne réagissait plus que par réflexe. Elle amorça quelques contractions, ses bras se jetèrent mollement à l'encolure pour desserrer l'étreinte. Bernadette recula sur la banquette afin de profiter, les paupières écarquillées, du sacrifice libérateur. L'arrière de sa chevelure accrocha un coin du cache sans qu'elle s'en aperçoive, le panneau de bois se déplaça légèrement sur ses fixations. Nul ne prêta attention au mince rayon de lumière qui pénétra par l'ouverture, transformé en ligne d'opale par l'alanguissement avec lequel il rampait dans l'interstice.

Yves maintint fermement le garrot. La femme se débattit un peu plus. Un jour il avait étranglé pour Bernadette une vieille ivrogne dont les soubresauts s'étaient prolongés une quinzaine de minutes, autant dire une éternité. Il n'avait jamais eu si mal aux bras. Aujourd'hui il sentait malgré tout le désordre s'atténuer, les hoquets s'espacer rapidement. Celle-ci avait déjà la mort chevillée au corps : Bernadette et lui n'en dévoilaient qu'avec un peu plus d'insistance les adhérences.

La bouche de la prostituée, luisante de rouge à lèvres pourpre, béait mais ne happait rien. Bernadette aurait sans doute voulu plonger au fond de sa gorge comprimée, où le goulot d'air s'amenuisait. L'être humain au seuil du trépas n'avait pas son pareil pour rapprocher la grâce du grotesque, l'espérance de la farce. Un spasme de joie anima les traits frémissants de Bernadette.

SIX

Avançant vers le T3 beige, Anna froissait les hautes herbes, jusqu'alors dressées vers le ciel inflexible. Les brins végétaux se relevaient doucement après avoir été foulés par les tennis Stan Smith, souliers usés jusqu'à la corde dont la fillette continuait néanmoins d'être très fière. Elle approchait par l'arrière, constatant avec désappointement que les baies étaient obstruées par du carton ou du bois. Cependant le véhicule oscillait doucement sur ses suspensions, ce qui signifiait qu'il était occupé.

La sueur sur ses épaules tentait encore les mouches et les taons. Leurs bourdonnements, elle ne les entendait pas davantage que l'harmonieux babillement des oiseaux à la lisière du bois ou le lointain rugissement d'un long-courrier incisant avec lenteur le zénith. Elle ne percevait pas non plus les gloussements de jouissance de Bernadette à l'intérieur du van ni les râles que la victime expulsait tandis que ses jambes animées de convulsions trépignaient contre le plancher du véhicule.

L'odorat monopolisait pour l'instant la fillette. Des odeurs de créosote lui parvenaient, des fragrances de pollen enrichi de pistils. Les lacunes de son esprit aiguisaient paradoxalement ses sens, lui assurant une présence plus pleine, plus entière au monde. En un souffle elle pouvait retrouver le parfum d'une fane brûlée, d'une écorce, d'un tronc ; une déglutition rappelait à sa mémoire la sapidité d'un grain de raisin diapré de gouttelettes, qu'elle avait un jour écrasé entre ses dents et qui avait libéré sa pulpe ; un battement de cils suffisait à faire renaître le hérissement d'un cyprès déchiré par les plongeons du vent ou le bouillonnement silencieux d'une écume sur un rivage. Les tièdes exhalaisons de la terre, la paresse de l'air fatigué d'entrer en turbulence, le vide du ciel tissé de bleu infini, tout cela entrait bien mieux dans son esprit que les chiffres, les formules et les lettres. Inutile de compter, inutile de déchiffrer ou de raisonner : il fallait juste sentir le courant profond et obscur des choses, éprouver le mouvement inlassable que dictaient les événements à la mesure de ses propres limites. Les véritables infirmes possédaient des moyens intacts.

Souple comme une couleuvre elle contourna le véhicule et constata que le cache de la fenêtre latérale avait été déplacé. Pas beaucoup mais suffisamment pour risquer un coup d'œil à l'intérieur. Rien de plus facile que de se hausser sur la pointe des pieds pour regarder à travers la fente. Ses mains effleurèrent le métal du combi, dont elle sentit les moindres aspérités, les plus petits reliefs. Des vibrations lui parvenaient mais elle ne pouvait les associer à rien de connu : il ne s'agissait pas des bruits et des cliquetis épisodiques d'une table qu'on dressait, pas non plus du rythme régulier auquel on pouvait associer une mélodie... S'ils avaient écouté la musique à moitié aussi fort que Maurice, elle l'aurait entendue sans peine, même depuis l'extérieur de la camionnette. Peu après son installation avec sa mère, Maurice avait apporté une grosse radiocassette à la caravane : il avait expliqué à la fillette qu'on appelait ces appareils des ghettos blasters, et qu'il y avait de quoi sacrément s'éclater avec les deux enceintes stéréo. Maurice écoutait du hard rock. Lorsqu'il disait ça, il serrait le poing et contractait le bras (celui avec le bracelet de force clouté), ce qui faisait ressortir toutes les veines du biceps et des muscles palmaires. Cette manifestation de puissance impressionnait beaucoup Anna, au moins autant que le t-shirt de Judas Priest dont Maurice ne se séparait jamais, tout noir avec un aigle de métal dessus.

Quand Tina n'était pas là, il mettait une cassette dans le ghetto blaster et montait le volume à fond. Maurice avait montré à la fillette comment bouger la tête, et ils s'en donnaient à cœur joie dans la petite caravane transformée en salle de concert. Le chanteur hurlait, la batterie filait à toute vitesse tandis que les guitares saturées mitraillaient des flots de décibels. Anna faisait voler ses cheveux dans tous les sens. Maurice montait sur la chaise et faisait semblant de jouer un solo. Ils riaient si fort que la fillette en avait mal aux côtes et aux joues. Anna avait ensuite les oreilles qui sifflaient et bourdonnaient pendant des jours.

Plus tard Maurice avait changé. Tous les amis de maman changeaient au bout d'un certain temps passé avec elle.

Anna tendit l'oreille pour essayer d'identifier les bruits

dans le combi Volkswagen. Une voix peut-être, et un tambourinement trop frénétique pour évoquer un motif apparenté à de la danse, dût-elle s'accorder au rythme d'un hard rock.

Ses doigts s'accrochèrent au rebord extérieur de la fenêtre. Les orteils crispés, les mollets contractés, elle se hissa à la hauteur de l'ouverture et figea son buste dans une immobilité de Praxitèle. L'espace d'une poignée de secondes elle ne vit rien. D'abord l'intérieur du combi était plongé dans une demi-pénombre, et ensuite son visage occultait soudainement le seul rayon de lumière qui éclairait le compartiment arrière.

SEPT

Quelque chose n'allait pas. Une anomalie s'était glissée dans l'apothéose qui se formait au moment où, affranchissement incomparable, la victime succombait. Yves ne parvint pas immédiatement à mettre le doigt dessus puis il comprit soudainement. Face à lui, le triangle lumineux qui s'était formé sur un coin du panneau de bois déplacé avait cessé d'exister. De grands yeux auxquels la peur, imaginait-il, conférait une espèce de strabisme s'encadraient dans la lumière du jour extérieur. Les muscles de ses bras que la traction prolongée avait tétanisés, les jointures de ses doigts que le nylon avait entamées n'eurent plus d'existence concrète. Son crâne ne supporta plus ni l'extase ni la pensée, balayées par le souffle abject, explosif de la plus haute colère. Il lâcha son lacet d'étrangleur et le corps de la prostituée encore vivante chuta à terre.

Trois mots glissèrent hors de sa gorge comme un feulement : « On nous observe ! »

Bernadette eut un battement de paupières, l'éclat aveuglant d'une jouissance sans nom s'estompa dans son esprit, les volutes du plaisir s'écartèrent telle une lourde brume tordue au ras du sol, lacérée par une bourrasque inattendue. Elle se retourna mais il n'y avait déjà plus personne.

« Finis-la ! » ordonna Yves en désignant la femme inconsciente sur le plancher, puis il se rua à l'extérieur. On aurait cru un animal qui, ayant perdu l'équilibre, ne le retrouvait qu'en courant vers sa proie.

Ébloui par le soleil il roula des yeux, tourna sur lui-même, cherchant dans la lumière ce qui se dérobait au regard. Où était-elle ? C'était une femme, il en était presque sûr, une fillette peut-être… Que fichait-elle dans ce coin perdu ? Pourquoi ici, pourquoi maintenant ? Ces questions se bousculaient à la lisière de la conscience, tandis qu'il se précipitait dans une direction au hasard. Tout plutôt que de rester immobile.

La course était franche, les enjambées fluides ; le diaphragme se chargeait de catécholamines, les herbes claquaient sur l'épaisse toile de son pantalon. Malgré ses chaussures de ville il allait à vive allure. Les instincts de l'homme et de la bête étaient les mêmes : l'un tuait, l'autre aussi. Pour les victimes, il fallait passer entre des rangées de crocs.

Mais rapidement sa propre haleine, mélange de dentifrice et d'alcool de bain de bouche, lui revint à la figure, signe qu'il s'essoufflait. Ses cheveux commencèrent à s'imbiber de sueur, sa bouche à se tordre ainsi que celle d'un affamé. Sa physionomie s'apparentait de plus en plus à celle de l'homme civilisé changé en gelée de viande. La poitrine le brûlait, la peau se pigmentait de vilaines rougeurs. Sa chair partait à la dérive, irriguée d'une sève trop pauvre et révoltée contre elle-même. Il finit par abandonner la cavalcade.

HUIT

Dans la précipitation, tous les ornements de la forêt devenaient des obstacles, toutes les anomalies du sous-bois des pièges. Chaque branchage s'affûtait à la manière d'une lame, chaque tapis de feuilles desséchées se muait en invitation à la rupture de ligaments, les racines et les branches mortes prenaient des allures de brise-copeaux, le moindre bouquet de ronces acquérait des propriétés de clôture barbelée. Anna courait sans regarder derrière elle. La fillette ignorait si son poursuivant était à deux pas dans son dos ou plusieurs dizaines de mètres en arrière, elle ignorait même s'il avait seulement quitté son horrible van. Les longues jambes cagneuses de la gamine bougeaient en tous sens, moulinaient, tricotaient; elle esquiva une première branche, franchit d'un bond une ornière, contourna un gros arbre veiné de lierre. Encore un bond. Dans sa fuite les nuages tournaient les uns sur les autres, les formes du monde s'unissaient, les teintes variées de l'ombre et du soleil dessinaient une mosaïque à peine compréhensible : elle montait sur un carrousel incontrôlable. Des marguerites agitées par les remous du vent en périphérie de son champ de vision ressemblaient à des grains de sucre dans un champ verdoyant. Elle obliqua sans réfléchir vers le champ. Toute pensée qui durait plus d'une fraction de seconde était un désaccord, une fausse note. Là-bas, sur l'étendue verdoyante, il y aurait moins d'obstacles, plus de vitesse. Qu'importe si son short rose et son t-shirt blanc la rendaient aussi visible au milieu d'une prairie que le nez rouge sur le visage poudré d'un clown.

NEUF

Yves s'était arrêté au sommet d'une petite éminence, le visage congestionné, les mains sur les genoux. *C'est fichu pour les vacances*, pensait-il. *Il ne nous reste plus qu'à plier bagage en quatrième vitesse.* La rage lui tordait le ventre. Cette petite salope lui avait échappé. Qui savait ce qu'elle avait vu exactement ? Parlerait-elle immédiatement aux autorités ? Quel détail surgirait de sa mémoire ? Yves serra les poings. Si Bernadette n'avait pas tué la prostituée dans le fourgon, il se chargerait de l'achever avec le plus grand plaisir, piètre consolation… Cela ne ramènerait pas le témoin qui avait réussi à filer, mais il se délasserait les nerfs.

Ayant enfin stabilisé son souffle, il se redressa. La vue portait assez loin. Il mit sa main en visière. À présent qu'il était sorti de la forêt où il s'était empêtré et qu'il avait gravi le petit promontoire, il apercevait les bois de pins noirs qui entoisonnaient les terres sur sa gauche, coulaient dans un vallon et se prolongeaient dans des plaines lointaines. De quoi perdre un millier de fillettes, si c'était bien une fillette qui les avait espionnés. Sur sa droite moutonnait une vaste prairie, probablement une ancienne culture laissée en jachère, s'il en jugeait par les murs de pierre sèche qui, lorsqu'ils ne s'étaient pas effondrés ou noyés dans la végétation, dessinaient encore, mais de façon imprécise, des planches que les anciens cultivateurs avaient autrefois exploitées.

Malgré l'état d'abandon séculaire de la surface plate, il ne pouvait s'empêcher de quêter de petits personnages courbés, loin de tout, occupés aux travaux des champs. Évidemment il n'en trouva pas, mais son regard vide s'obstina. Un heureux détail attira alors son œil : une minuscule tache rose et blanc, tout juste perceptible, qui progressait à une cadence de fourmi dans la vaste zone dégagée. *Voilà comment on sort de l'ombre*, se réjouit-il intérieurement. Un sourire étira ses lèvres, il sentit ses muscles puiser une vigueur nouvelle dans quelque repli secret de son anatomie. *La chasse reprend.*

Il déboutonna le premier bouton du col de sa chemise. Ce serait la seule facilité qu'il s'accorderait. Une répugnante odeur de sueur et de poils monta jusqu'à ses narines, ses aisselles crachaient des relents de vieille bête. Depuis la mort de son fils Romain, il supportait mal le parfum de ses propres sécrétions. Mystère de l'hérédité nichée jusque dans les bouleversements cellulaires du métabolisme, la détection olfactive des processus chimiques à l'œuvre dans son propre corps lui rappelait trop les terribles effluves qu'il avait été contraint d'inhaler quand lui et Bernadette avaient enterré le garçon.

Cette fois-ci, il ne commit pas l'erreur de s'engager dans les bois et coupa directement vers la prairie, sans quitter sa cible des yeux. De temps à autre, se dit-il, la destinée fatale de certaines personnes ne tenait qu'à cela : être debout au lieu d'assis.

DIX

Bernadette observait la prostituée inanimée sur le plancher du combi. Ses mains tremblaient, son corps encore fébrile de la montée du plaisir accusait maintenant une singulière faiblesse. Le sentiment de libération s'était refusé à elle au moment crucial. La présence d'un spectateur importun lui avait ravi l'instant incomparable où le flambeau dévorait le règne de l'existant, où les sens décochaient des traits plus brûlants que le feu ou les météorites... Bernadette imaginait qu'il s'agissait d'un spectateur et non d'une spectatrice, son époux n'avait pas été très loquace sur le sujet.

Il l'avait laissée seule, la victime respirait encore et les premiers aiguillons de la frustration commençaient à la tourmenter. Elle savait d'expérience que désormais le manque se ferait plus insistant, jusqu'à ce qu'ils trouvent une proie de substitution.

Yves s'y refuserait peut-être par prudence ou par peur. Il voudrait sans doute reporter le prochain meurtre à une date ultérieure mais elle connaissait les mots et les actes et le désir qui l'amèneraient à changer d'avis. L'intimité des corps s'augmentait chez eux du contact de deux esprits fermes, conciliants quand il le fallait, sages parfois, vulnérables au déséquilibre souvent, et pourtant fluctuant toujours en harmonie, selon une chimie changeante et particulière dont elle saisissait la rareté. Leur amour monstrueux, terrible, sans question et sans réponse, ne se rencontrait nulle part ailleurs.

Ses doigts caressèrent la gorge tuméfiée de la femme à ses pieds. Le fil de nylon avait creusé un profond sillon violet en travers de la gorge mais n'avait pas entamé les chairs. Bernadette avait la conviction qu'elle n'aurait pas la force physique d'achever le travail de strangulation opéré par son mari. L'incendie de la petite mort, apaisé de façon précoce, ne subsistait plus en elle que sous la forme d'un tas de braises rougeoyantes. Ainsi Bernadette ne voyait plus l'utilité d'une agonie prolongée, sans compter qu'en l'absence d'Yves elle redoutait un brusque regain de la moribonde, un sursaut, un coup de pied de l'âne, pour ainsi dire. Elle regarda autour d'elle. Il lui fallait une arme plus pratique, plus expéditive. Les deux femmes se trouvaient dans la partie centrale du van, un espace délimité par les sièges avant, la banquette latérale, le coin cuisine et les portes arrière du véhicule. Des pièces de tissu à rayures rouges décoraient tous les sièges, mais les reflets de la protection plastifiée, concession nécessaire, empêchaient d'en admirer avec justesse les motifs. La banquette latérale se dépliait pour former un coffre, jamais utilisé, où il était néanmoins possible de dormir. Yves et elle ne se servaient que du toit, qui se déployait en soufflet et demeurait ouvert, le temps du sommeil, à quarante-cinq degrés.

Le coin cuisine se résumait à un petit réfrigérateur, un évier modeste, une cuisinière à gaz surmontée d'une hotte, et une table pivotante. Au-dessus du réfrigérateur et de l'évier se situaient deux rangements pour les ustensiles de table. Bernadette se doutait qu'il n'y avait rien à glaner de ce côté-là ; en tout cas rien qui corresponde à ce qu'elle recherchait en termes de brièveté et de certitude. Elle savait qu'Yves possédait un couteau de chasse à lame pliante – un outil large et puissant, au tranchant parfait, dont le manche ergonomique, en bois de cerf, offrait selon son mari une prise idéale –, mais elle ignorait où il l'avait rangé.

La caissière scruta le visage de la femme inconsciente. Ses traits semblaient apaisés. Le dénuement lui conférait une sorte de noblesse qu'elle ne possédait pas quand elle était en pleine possession de ses moyens. À la lourdeur des traits avait succédé une espèce de grâce suspendue. Le rouge à lèvres pourpre, quoique conservant sa vulgarité initiale, avait pâli pour adopter une teinte plus subtile, moins agressive. Même la stupidité de son expression – qu'elle avait manifestée jusqu'au comble de l'asphyxie – paraissait avoir cédé la place à une neutralité empreinte de quelque hauteur. Bernadette envisagea un moment de lui broyer la tête, de lui écraser le visage avec la bonbonne de gaz, mais d'une part elle ignorait comment ôter la fixation du détendeur et d'autre part elle n'était pas sûre de pouvoir soulever le réservoir.

Yves et elle disposaient d'une penderie à droite, fermée par des rideaux couleur lie-de-vin où ils rangeaient leurs vêtements de rechange. Un volume en hauteur permettait de stocker les draps et les couvertures. Il n'était pas rare, même en été, qu'ils superposassent leurs couvertures, afin de continuer à endurer les chaleurs étouffantes grâce auxquelles ils chassaient. La penderie était équipée d'un miroir, d'un plafonnier et d'une vingtaine de cintres. Bernadette songea qu'elle pourrait crever les yeux de la prostituée avec un cintre. Cela ne la tuerait pas, certes, et puis la mutilation provoquerait peut-être une réaction violente, mais cette pensée lui plaisait. Elle joua avec l'idée un moment, puis l'abandonna sans regret, ainsi que l'on délaisse un animal affectueux impossible à adopter.

ONZE

La course d'Yves se révélait moins éprouvante que la première fois parce qu'elle n'était plus troublée par la surprise et par la rage. Il pouvait calmement trouver son rythme, l'accorder à celui de sa propre respiration, de ses propres limites. Les possibilités qu'offraient le cœur et les poumons quadragénaires s'avéraient encore nombreuses, pourtant Yves s'obstinait à entraver son anatomie de tous les accessoires vestimentaires de la civilisation, comme pour en prouver l'inanité complète, le mensonge destructeur : les chaussures McAllen à empeigne surélevée lui meurtrissaient le bord extérieur des pieds; son pantalon de toile, s'il le protégeait des griffures des herbes, torturait son entrejambe; le gilet comprimait la poitrine; la chemise à manches longues, boutonnées jusqu'aux poignets, ralentissait les mouvements de ses bras. Il en était jusqu'à la montre Porsche Varilux qui lui entaillait le bas de la main chaque fois qu'il pliait le poignet. Ces symboles contraignants étaient aussi les outils par lesquels il se déguisait, se camouflait pour accomplir ses méfaits. Toute civilisation reposait sur les concepts d'obligation et de crime, de tolérance et de limite. Une espèce qui acceptait sans sourciller les embouteillages, les supermarchés, les églises, la mode et les restaurants méritait peu de considération. Yves n'était pas naïf au point de croire qu'on pouvait éradiquer ces fléaux consubstantiels à l'être humain. Leurs meilleurs spécimens profitaient des vacances pour s'échouer en groupes compacts sur les plages, pour s'étourdir d'alcool et de tabac achetés au prix fort dans toutes les enseignes légales, pour agiter leurs corps jusqu'aux heures pâles du matin sous le martèlement du disco dans les boîtes de nuit... puis n'étant plus à une aberration près, guidés par des instincts qu'ils ne comprenaient pas eux-mêmes, s'accouplaient dans le noir de chambres aux volets clos pour faire des enfants.

Lui et Bernadette avaient choisi un autre chemin depuis longtemps. Tuer était beaucoup plus simple et plus honnête. Ils ne laisseraient personne, surtout pas l'homme, leur dicter la bienséance de leur choix.

Son corps – ce corps que malgré tout il redoutait autant pour sa fragilité que pour son imprécision – le guidait en droite ligne vers le petit point blanc qui, lentement, parcourait l'étendue de la verdoyante prairie.

Yves s'arrêta de justesse : devant lui s'étirait un fossé rempli de ronces, d'asparagus et de chardons, singulière association de végétaux qu'on jurerait unis par la férocité. Le tueur n'avait pas besoin de s'aventurer dans le lacis d'épines et de tiges urticantes pour augurer de l'échec d'un passage en force. Il devait contourner l'obstacle. À droite la tranchée se prolongeait aussi loin que portait le regard.

À gauche elle s'enfonçait dans les bois qu'il venait de quitter. L'idée de retourner dans les épais fourrés et de lâcher sa proie des yeux ne l'enchantait guère, mais c'était encore là qu'il avait le plus de chances – à l'exemple d'un voyageur qui cherchait un gué pour passer un cours d'eau tumultueux – de trouver une voie. Il lança un coup d'œil à la cible lointaine, étouffant un juron.

Épuisée ou confrontée à des accidents de terrain indiscernables depuis l'endroit où Yves l'observait, la fille avait cessé de courir. Si elle continuait à marcher, il estimait qu'il disposait d'un peu moins de dix minutes avant qu'elle n'atteigne la lisière du pré. Ensuite ce serait trop tard.

DOUZE

Anna avait vu juste. La vaste latitude lui offrait plus de liberté, mais c'était sans compter la hauteur des herbes, qui lui arrivaient presque jusqu'à la taille, et leur densité, dont elle s'avisa rapidement qu'elles pouvaient abriter mille chausse-trappes, plus redoutables les unes que les autres. Elle se cogna rudement les orteils sur une pierre invisible, se tordit le genou en trébuchant dans un trou recouvert de végétation, et consentit enfin à ralentir l'allure. La Stan Smith lui avait épargné une vilaine fracture du pied et par chance la rotule n'avait pas trop souffert de la torsion infligée par son faux pas, mais si elle s'obstinait à courir, le prochain accident se montrerait peut-être moins clément.

Elle lança un regard par-dessus son épaule, ne vit rien d'autre que les arbres, et une colline dénudée au loin, comme une île dans l'écume colorée d'un océan d'ulves. Même les insectes et le vent semblaient absents. Elle se serait crue seule au monde.

Aller tout droit jusqu'au bout de la prairie, ne pas réfléchir, fuir encore. Les réflexes avaient perdu de leur urgence, la marche désormais prudente apaisait les battements de son cœur et surtout donnait à l'effroyable vision – dont elle n'avait pas totalement saisi la signification – des airs de cauchemar nocturne aberrant qu'au matin on considérait dans toute son incongruité. Au cœur de ce songe étrangement dépourvu de sons, une femme au cou gonflé, à la bouche grande ouverte et aux yeux écarquillés, tremblait sans s'arrêter. Son visage trop large, véritable face de cercueil en devenir, criait grâce dans l'immense dédain du silence. Derrière elle se tenait un homme à tête d'oiseau, dont les prunelles étrécies, irradiées et enfoncées dans des saillants du crâne, paraissaient en mesure d'attirer à elles tous les corps gravitant dans leur périmètre. Il ressemblait de manière frappante à l'aigle mécanique sur le t-shirt de Maurice. Une chevelure assez courte mais ébouriffée couronnait les plis d'un front bas, de petites oreilles presque dépourvues de sinuosités se plaquaient sur les côtés de son visage, la concentration accentuait l'austérité de ses traits. Il personnifiait la volonté de nuire, tout à fait comme l'aigle de Maurice. Peut-être Anna opérait-elle ce rapprochement parce que sur la fin Maurice était devenu très méchant.

Il y avait dans la pénombre du van, contre la cloison, une autre personne aux cheveux châtains. La fillette n'avait pu l'observer en détail par manque de temps. Quand le regard de l'homme à tête d'oiseau avait croisé le sien, Anna avait compris qu'il était disposé à détruire indifféremment le bien et le mal, car pour lui tout était décombre. Elle avait senti de grandes ténèbres de fer noir s'abattre sur elle. Il fallait disparaître, vite, et ne pas pleurer.

À présent elle avançait dans l'épaisseur des herbes, le terrain devenait plus accidenté. Un picotement remonta le long de sa nuque, perception extrasensorielle d'un danger potentiel. Elle se retourna. L'ogre était là, tout au bout, à la lisière de la forêt. Il criait des phrases qu'elle ne comprenait pas. Lançait-il des appels à la réconciliation ou des insultes, des prières ou des anathèmes ? Peu importait. Les mots qui tombaient de sa bouche ne pouvaient être que mensonges, effrois, souillures. Chaque syllabe brûlait l'âme d'Anna comme une goutte salée sur une plaie. Elle se remit à courir.

TREIZE

Yves avait cheminé un moment dans les sous-bois, longeant le fossé aussi peu abordable dans la forêt qu'à l'extérieur. Sa progression s'était trouvée contrariée assez vite. Les branchages, les pierres, les obstacles avaient formé un labyrinthe instable ; les entrelacs répétés s'étaient mués en motifs circulaires. Les alternances de clarté et d'opacité endossaient successivement des rôles d'attracteurs ou de repoussoirs ; ruptures, interruptions, syncopes brisaient le rythme de la marche. Il avait eu l'impression de suivre le fil heurté d'un itinéraire secret, traçant la carte mentale d'un esprit ancestral attaché aux lieux sauvages. Il s'était étonné de la passivité avec laquelle il laissait les tours et les détours, les perspectives cachées qui métamorphosaient les bois en énigme, le guider. Les caprices du relief, triomphant avec une surprenante facilité de son libre arbitre, s'étaient fait obéir sans grande résistance de sa part. Chaque issue dissimulée dans les feuillages en avait appelé une autre, comme une suite naturelle de couloirs en trompe-l'œil, mais son regard n'aboutissait nulle part.

Quand il avait consulté sa montre – cela faisait déjà six ou sept minutes qu'il tournait –, il s'était découragé. Mais alors qu'il s'apprêtait à rebrousser chemin, une masse sombre avait capté son regard. Un orme s'était couché dans l'ombre des épais feuillages. Le tronc enjambait le fossé et il semblait assez large pour permettre le passage d'un homme. Mais serait-il assez solide pour en supporter le poids ? Yves s'approcha. L'arbre, gris cendre, avait succombé à la terrible graphiose, une maladie fongique transmise par un coléoptère. Il reconnaissait les déformations de l'écorce et les stries noires aux endroits où celle-ci s'était effritée. Quelques années auparavant on avait abattu des dizaines de baliveaux frappés du même fléau dans le parc de son quartier. Yves caressa le bois du bout des doigts. La graphitose attaquait les branches et la périphérie du tronc, mais pas toujours les tissus centraux. Il testa la stabilité de l'arbre, en éprouva la robustesse du plat du pied, conscient qu'à chaque seconde le témoin en fuite s'éloignait. Il devait prendre une décision. Avait-il seulement le choix ? Il s'engagea sur le tronc. Tout allait bien. *Dépêche-toi, imbécile.*

Parvenu aux deux tiers du parcours, il entendit un craquement suspect. Il se figea. Inutile d'être grand clerc pour comprendre qu'il n'avait que deux possibilités : soit il tentait le grand saut pour atteindre l'autre côté du fossé, au risque de se rompre une cheville, soit il continuait à pas de velours. La prudence élémentaire faisait pencher la balance en faveur de la solution la moins acrobatique. Il se remit donc en mouvement avec mille précautions, prit appui sur le pied droit, puis sur le gauche, les bras écartés à la manière d'un funambule de pacotille.

La passerelle naturelle se déroba sans avertissement supplémentaire. Il chuta au sol dans un grand fracas. La providence – mais pouvait-on encore parler de providence ou d'œuvre divine ? – voulut qu'il tombât sur le versant opposé, autrement dit après les amas de ronces et de chardons. Une roulade dans la poussière puis il s'immobilisa. *Va te faire foutre, Dieu !*

Il entreprit de gravir le reste de la pente. Plus que deux ou trois minutes. Si ses calculs étaient bons, il lui resterait une dizaine de mètres à parcourir lorsqu'il serait monté, alors il déboucherait sur la prairie.

Il émergea du bois couvert de poussière, d'herbes sèches et de bouts de bois friable. La sueur trempait ses vêtements. Il rêvait de se déshabiller et de courir nu, débarrassé de presque deux mille ans de pudeur chrétienne, à la poursuite de sa proie.

Quand il s'essuya le front, il constata qu'il était blessé. Le sang au dos de sa main indiquait une entaille au cuir chevelu. Il baissa les yeux : l'hémoglobine avait taché le haut de sa chemise. Une chemise achetée la semaine précédente !

La fillette – car il voyait bien maintenant qu'il avait affaire à une gamine – marchait au beau milieu de la prairie. Elle s'éloignait d'un bon pas mais ne courait plus. Il mit les mains en porte-voix, gonfla la poitrine et essaya de l'appeler, de l'amadouer. Elle ne risquait rien, il fallait qu'elle revienne, elle allait se faire mal, vraiment il n'y avait aucun danger. Cette peste se retourna un bref instant et se remit à courir. Yves étouffa une bouffée de rage peu commune, un courant profond et obscur qui se diffusait en lui comme une consumation. La sensation était d'autant plus déplaisante qu'elle s'accompagnait des ricanements du Tout-Puissant, peut-être offusqué par l'insulte qu'il avait ruminée quelques instants auparavant.

La fillette avait maintenant franchi plus de la moitié de la zone à découvert. Il crispa les mains, ses phalanges blanchirent. La petite gueule de cette morveuse, il allait l'effacer à coups de poing. Après avoir proféré un dernier blasphème, il s'élança à son tour dans les herbes.

Arrachant tout sur son passage, il piétinait les insectes, soulevait des mottes de terre, écrasait la vermine. Tout succombait.

QUATORZE

La prostituée laissa échapper un faible gémissement, sa main et son pied droits frémirent. Simple mouvement réflexe, mais Bernadette savait qu'elle n'allait pas tarder à reprendre conscience. Elle se souvint alors d'un outil conservé dans la boîte à gants du véhicule. Elle et Yves ne s'en étaient jamais servis en dehors du stand de tir. Trop bruyant, trop sale. Son emploi, elle le pressentait, produirait un résultat qui n'aurait que peu de rapport avec ce qu'elle recherchait habituellement. Mais l'urgence de la situation nécessitait des mesures exceptionnelles. Chaque heure avait son devoir, son exigence qui surpassait les autres.

Bernadette gagna l'avant du véhicule, ouvrit la boîte à gants. L'arme était là, qui semblait attendre qu'on la saisisse. La caissière avait participé à quelques séances de tir en compagnie d'Yves. Celui-ci tenait à ce qu'elle sache se servir de l'arme sans toutefois envisager la possibilité d'un recours. Bernadette ne comprenait pas la soif de puissance qu'étanchait chez la gent masculine le recul viril de l'arme, cette métaphysique de la détonation par laquelle se dépassait celui qui sentait remonter l'onde de choc dans son bras, dans son épaule et dans sa poitrine. Elle considérait simplement l'objet pour ce qu'il était : un moyen d'abréger une vie ou de blesser. L'odeur de poudre dans le stand de tir lui avait d'ailleurs confirmé la nature foncièrement vulgaire de l'exercice, mais elle s'y était pliée par esprit pratique.

Maintenant l'arme brillait d'un éclat noir dans le compartiment du tableau de bord. Elle s'en empara sans émotion particulière. Comme elle ignorait ce qu'Yves avait vu, ou cru voir par la lucarne du van (il avait simplement dit : « On nous observe ! »), elle conservait un calme relatif.

En son absence elle allait donc achever ce qui devait l'être, mais sans plaisir, sans désir, sans soulagement. Avec le départ d'Yves s'était enfuie la félicité du crime lent. Onze mois par an elle s'astreignait à la discipline stricte de ce que les chefs de service appelaient le BRASMA – Bonjour, Renseignement, Accueil, Sourire, Merci, Au revoir ; onze mois par an elle passait à ses chevilles et à ses poignets les fers du salariat ; mais le douzième mois elle reprenait le contrôle de son existence, elle s'émancipait de la servitude. La mort de son fils Romain avait constitué un premier jalon. Elle n'ignorait pas la dimension illusoire de la maîtrise, mais les gens qu'elle tuait avec son mari constituaient des preuves d'amour insurpassables. Dieu savait pourtant qu'elle voyait défiler chaque année des couples à sa caisse. Aucun d'eux à sa connaissance n'aimait autant qu'eux. Connaissaient-ils simplement ce sentiment ? s'interrogeait-elle parfois. À les contempler, vains, usés, lents, craintifs, on aurait juré que non.

Le bois des plaquettes de crosse du 9 mm Parabellum adhéra à sa paume. Elle vérifia le chargeur, ôta le cran de sécurité.

Dans son dos la prostituée émit un grognement confus. Bernadette se hâta de la rejoindre. La femme à demi étranglée demeurait à l'endroit de sa chute, sur le dos. Son visage et ses lèvres s'animaient d'étranges trémulations. Rêvait-elle de réincarnation ?

Bernadette avisa un des épais coussins posés sur la banquette. *Ça fera l'affaire.*

Sans attendre elle posa l'enveloppe matelassée sur le visage de la prostituée, y appliqua le canon du semi-automatique et pressa la détente.

Le premier recul fit remonter son bras. Elle tira encore. Il fallait que la prostituée cesse de gémir, que les muscles s'apaisent, qu'enfin elle sorte des étranges labyrinthes que la douleur renfermait. Le coussin glissa sur le côté. Trois fois encore le coude et l'épaule de la caissière furent parcourus de secousses, mais la gueule de l'arme n'était plus bâillonnée, la bouche lança des aboiements d'enfer dans l'espace clos. Quelques plumes rougies projetées en l'air redescendirent lentement.

Tout s'évanouit promptement.

Dans l'atmosphère confinée du Volkswagen monta une injurieuse odeur de cordite et d'intestins relâchés.

QUINZE

Anna sentait couler dans son corps une substance qui révélait une facette du monde encore plus nette, encore plus certaine que celle d'avant. Cette substance lui procurait une force et une agilité que lui auraient refusées en d'autres circonstances ses muscles recrus. La beauté n'appartenait plus à sa sphère mentale : la clarté que la peur étrécissait se résumait à une vision au couteau, dont la lame tranchait le réel, afin d'en révéler l'inaperçu. Ici un passage plus court que la végétation laissait à peine deviner, là un accident de terrain que la fillette évitait de justesse, sur la gauche un crochet dont elle estimait qu'il pourrait égarer son poursuivant, puis à droite un chemin plus direct pour parvenir à son but. Une trouée se dessinait au bout de la clairière, dans les épais sous-bois de la forêt. Vélocité, rythme : chaque mouvement de son anatomie imposait une scansion, chaque réflexe une fulgurance, chaque intuition à peine formée une décision. Elle pouvait entendre son souffle entre ses dents, le battement de son cœur affolé dans sa poitrine, au milieu de son cou et derrière les tympans. Les cellules s'activaient et le sang affluait, poussé dans ses veines par quelque prodigieuse force inertielle. La fillette courait sans s'arrêter entre les herbes, bondissait, feintait pareille à un gibier accoutumé à la fuite. La nature sous sa forme élémentaire se faisait alliée, l'homme, lui, endossait le rôle d'un oiseau de proie. Avec sa peau brunâtre et son profil aquilin, elle l'imaginait tourner au-dessus d'elle, les bras écartés, les yeux percés comme des coups de vrille très près du bec, attendant le moment propice.

Maurice lui avait lancé un étrange regard. L'aigle sur son t-shirt paraissait plus volumineux, plus destructeur que jamais. Il ne s'était plus rasé depuis plusieurs jours et sentait très mauvais. Il avait dit : « Tu veux jouer à un jeu, Anna ? »

Elle lança une nouvelle esquive, à droite cette fois. Son poursuivant à tête d'oiseau continuait d'accomplir sa ronde aérienne, elle en était persuadée ; il dessinait dans le ciel les contours d'une piste, guettait une occasion en ce moment même. Une impulsion absurde la poussa à lever les yeux. *Il est là, il plonge sur moi !* Les vastes cieux plus nus, plus creusés que jamais apportèrent un démenti à ses appréhensions. Évidemment que l'homme à tête d'oiseau ne pouvait pas voler. Où se trouvait-il à présent ? Elle voulut regarder par-dessus son épaule mais son pied d'appui plongea brusquement dans le vide. Elle partit en avant, la terre changée en projectile déposa un baiser fracassant sur son front, et la nature, pour qui la mort ou l'agonie se moissonnait dans le champ de l'erreur, explosa en mille morceaux.

« C'est quoi ton jeu, Maurice ?
— Attends, tu vas voir. »
L'abîme entra, l'ombre avala.

SEIZE

Yves fonçait sans perdre sa proie des yeux, comme s'il aspirait à trouver une issue de météorite à sa folle trajectoire. Ce qui se jouait dans la poitrine était du mode impératif. Il gagnait du terrain, il sentait, il flairait, la fillette s'épuisait. Ses yeux clairs et rigides offraient comme ceux de tigres des feux annonciateurs de ruines. Tous les obstacles sur son passage devenaient incendie, puis cendre. Rien ne résistait aux flammes. Les chemins et les vallons, les pétales secs et l'azur torride, les feuilles noircies et les routes où tout palpitait, les feuilles recouvertes de suie et le bois arsin… Les rivières ? À sec. Les berges ? Creuses. Les joncs ? Fumée. Les ifs et les cyprès hérissés chutaient dans le brasier, les roches se déchaussaient pareilles aux dents d'un cadavre sur un bûcher funéraire. Dans ce grand basculement, le monde formait un tunnel incandescent, une cheminée.

Brusquement l'horizon se dégagea, la lumière s'élargit. La proie vers laquelle il se dirigeait l'attirait comme une limaille à l'aimant.

Un feulement d'exaltation émergea par anticipation de son poitrail. Soudain l'écho d'une déflagration lointaine, semblable à un coup de tonnerre, rompit le charme. Un deuxième claquement suivit, trop rapproché pour croire à une hallucination acoustique ou aux signes avant-coureurs d'un orage. Le propre de l'instinct étant d'être troublé, sans quoi il ressemblait trop à de l'imprudence, le troisième éclat sonore acheva de capter son attention. Il cessa de courir, se retourna. Il savait reconnaître des détonations d'arme à feu, et celles-ci ne provenaient pas d'un fusil. Il fallait donc écarter la possibilité d'un groupe de chasseurs en goguette. Pour imprécis qu'il soit, l'écho semblait émaner de l'endroit où stationnait le van. Bernadette avait achevé le travail de façon expéditive.

Il se ressaisit. Ne pas oublier pourquoi il était là, et ce qu'il comptait faire. Il n'avait détourné les yeux qu'une seconde ou deux, mais quand il reporta le regard sur la clairière, prêt à reprendre sa course, la fillette avait disparu.

Un hoquet de surprise contracta son diaphragme, il eut l'impression d'être victime d'un mauvais renvoi. Elle n'avait pas pu gagner l'orée des bois aussi vite, il lui restait au moins cent mètres à parcourir. Alors quoi ? La conclusion qui s'imposait à lui n'était guère réjouissante : il sentit un frisson lui parcourir l'échine. On disait qu'un chien furieux attaquait quand on laissait échapper un geste de terreur ; on disait également qu'il n'y avait plus moyen de lui échapper après la première morsure : il se jetait sur vous et vous dévorait malgré les cris et les gesticulations. En revanche si vous avanciez d'un pas régulier, sans rien perdre de votre gravité, et dépassiez le fauve, celui-ci vous emboîtait le pas un moment, grondant entre ses dents, puis abandonnait. Mais il existait une seconde stratégie. La gamine avait eu le réflexe de s'arrêter et de s'allonger. Tout ça juste au moment où il avait le dos tourné. Il enrageait. Son arcade sourcilière se plissait, ses traits s'anamorphosaient à la manière d'un reflet dans un miroir de fête foraine : beaucoup de menton, peu de front. Dans son crâne luttaient mille pensées qui n'en faisaient qu'une seule : même pour ceux qui ne croyaient plus en Lui, pour ceux qui L'avaient rejeté et L'insultaient, Dieu disposait.

Bien que le désespoir concurrençât l'infini dans son cerveau, il fit ce qu'un autre imbécile avait fait presque deux millénaires avant lui : il marcha.

Yves errait depuis un quart d'heure à la recherche de la fillette, dans un champ si vaste que l'on aurait pu y tracer dix mille marelles. C'était un monde d'herbes folles et de chardonnerets, de fleurs de pissenlits et de sève, où la mort faisait chaque jour de nouvelles promesses. D'infinies possibilités surgissaient des ombres grises en mouvement, ondulations du tapis végétal agité par le vent. Yves voyait la trace de celle qu'il pourchassait partout et nulle part à la fois. *Qu'attends-tu pour sortir de ta cachette, vilaine punaise ?* Il ne savait où chercher, ses doigts caressaient les tiges inclinées, effleuraient les bourgeons avec leurs nervures capricieuses. La pulpe explorait distraitement le renflement des caryopses. Pouvaient-ils lui fournir une réponse ? Non, évidemment. Ses semelles écrasaient des achaines ou d'autres choses encore, qui craquaient et éclataient sous ses pas. Le friselis des herbes murmurait : *petite, petite...*

Cette mioche n'est pas si bête que ça, médita Yves. *Elle a de la patience et ne laisse pas ses impulsions gouverner la raison.* Il songea également qu'avec un peu de flair elle pourrait demeurer immobile jusqu'au soir, voire jusqu'au lendemain, et que sous une certaine forme la persistance ressemblait à de la pensée.

Un soir d'été 1984 ils avaient pourchassé une femme qui s'était réfugiée dans une maison en construction, sur un des nombreux chantiers abandonnés en lisière de civilisation. Ils n'avaient dû leur salut qu'à un incroyable coup de chance quand, deux jours plus tard, ils remontaient la nationale pour filer en douce et avaient croisé la créature errante, échevelée et épuisée au bord de la route déserte.

Avant de mourir, elle leur avait révélé avoir passé presque quarante-huit heures sans manger ni boire sous une bâche protégeant un tas de gravats.

Si la fillette possède moitié moins d'obstination...

Il tourna sur lui-même, força sur ses cordes vocales. « Sors, petite, je veux juste t'aider. » Un temps, puis : « Je sais que tu es là. Montre-toi ! »

Pas de réponse, pas d'aveu, pas de trahison. Alors que tout était vivant, que tout brillait, cette gamine tenait une posture de statue obscure couchée dans l'herbe. Elle s'apparentait à un vestige creusant l'humus, à une pierre déjà enfoncée dans le loess fertile. Il ne la trouverait jamais.

Un regard en arrière. Bernadette devait l'attendre, et même s'impatienter.

Il reprit sa progression plus doucement, non loin de l'orée du bois. Les frondaisons se gonflaient d'un souffle amoureux des branchages. Le concert visuel ajoutait de nouveaux spectres aux leurres du paysage. Toute une légion de troncs aux feuillages indomptés se dressait dans les ombres. *Petite, petite…* Des bruits, des frissons, des rumeurs… Il s'en fallait de peu pour que le couvert se croie substance et Yves savait qu'il se trouvait dans un état d'esprit propice aux confusions. Une envie de cécité s'empara de lui, chaque illusion menaçait d'être une réalité. L'idéal, songea-t-il, serait de devenir taupe, d'accueillir le brouillard dans son champ de vision pour accorder de la place à d'autres radiations, à d'autres échos. Il ferma les yeux un instant, mais impossible de jouer aux aveugles. L'appel qu'il ressentait se manifestait avec trop de puissance, il réclamait le corps-à-corps là où il fallait privilégier le combat à distance. Comment faire abstraction de l'hypervigilance ? La fermeté du ciseleur sur son œuvre, comme celle du chasseur à la traque, pouvait constituer un atout mais aussi entraîner d'irréparables erreurs. L'excès d'attention qui fortifiait les sens les brouillait également.

Un froissement de feuilles mortes s'éleva dans les buissons sur sa gauche. Il pivota. L'animal se tenait à quatre ou cinq mètres de lui et l'observait avec de grands yeux verdâtres. Un renard. Une bête magnifique qu'Yves devina même un peu lourde. Une maman sans doute. Son pelage soyeux frémit. Elle affectait une pause incertaine qui pouvait aussi bien constituer l'amorce d'une retraite qu'une préparation à l'attaque. Yves secoua la tête. Sa seule proie, c'était l'humain. Bernadette ne se satisferait pas d'une créature sauvage. Il réservait donc sa dureté, sa cruauté à ses semblables. Non seulement il ne voulait aucun mal à la bête, mais il n'était pas loin d'éprouver de l'admiration pour l'élan vital qui l'animait. Cet élan que l'homme, en accédant à la conscience et surtout en s'inventant un dieu, avait selon lui perdu.

L'animal jappa une fois dans sa direction.

Yves écarta les lèvres, exhiba ses propres crocs, tout à fait blancs. Il émit un grognement qui ne constituait pas une menace, mais plutôt une marque de sympathie. Dans ses entrailles le tueur gardait quelques traces d'avant le mal.

En quelques bonds l'animal se fondit dans la végétation. Quoique son apparition subsistât encore un peu, aussi lumineuse qu'irréelle, Yves comprit à la facilité avec laquelle il s'éclipsa qu'il ne retrouverait pas la fille. Pas aujourd'hui du moins.

Il chassa d'un geste las une mouche qui bourdonnait autour de son visage. Puis tourna le dos au ciel pour rebrousser chemin.

À deux mètres de lui, dans les épaisses broussailles jaune et or, Anna demeurait couchée sur le flanc. Les paupières fermées, elle paraissait assoupie. N'était la plaie sur son front, qui accordait à son visage une physionomie d'ange sans ailes couronné de roses écarlates, on pouvait en effet croire que, profitant du silence à l'intérieur de son âme, elle s'était autorisé un instant de répit. Son souffle apaisé, ses mains relâchées semblaient accueillir une forme d'amour inconnue des vivants.

On sentait dans l'air calme les prémices du déclin du jour, un affaiblissement de la luminosité qui n'en était pas un, mais ressemblait plutôt à un engrisaillement précoce, où la fatigue paraissait se projeter sur tout, où la pensée se refusait aux muscles. Les odeurs de terre et de racines plongées dans la terre remontaient, comme s'exhalaient celles du plâtras et du mortier, du crépi et du ciment, quand les chantiers des maisons en construction s'achevaient. Les troncs, les feuilles, l'écorce et la sève soufflaient au dernier clair du ciel une haleine chaude, longuement retenue et enfin libérée. Cette haleine disparaîtrait lorsque la foule y installerait des tentes, puis des maisons, et enfin des supermarchés.

Un rossignol piquetait l'obscurité des bois d'une pluie de notes annonciatrices d'une obscurité plus prononcée, plus étendue. L'attaque des staccatos, les notes accentuées des trilles, les silences d'un demi-soupir anticipaient les trémolos poignants et la tension des heures ténébreuses. Un basculement miraculeux advenait : il se dégageait de ce chant quelque chose de solennel et d'éternel. Yves jugeait pourtant que le miracle était mort avec la disparition du sacré. Le jour où l'humanité avait échangé son ciel contre un bilan comptable, sa pensée contre un billet de banque, le prodige était devenu intraduisible. De toutes les absurdités de l'existence, songeait-il, la moins convenable – celle de l'homme qui ne s'encombrait plus de religion – était encore celle qui lui allait le mieux.

Ses souliers soulevaient des nuées de poussière. D'innombrables cigales s'écartaient de son passage, bondissant de tous côtés. Elles avaient cessé de chanter bien avant qu'il marche jusqu'à elles. Bientôt s'élèveraient les stridulations des grillons et les interrogations inlassablement répétées des batraciens : *quoi ? quoi ?...*

Fourbu, les vêtements sales, Yves se serait cru dans la peau d'Assuérus, condamné à errer éternellement pour avoir refusé d'aider le Christ à porter sa croix. Arborait-il sur son front le signe de Tau, était-il marié à une Hérodiade moderne ? Saint Jean en avait fait un symbole du mal incompris. Yves se remémorait certains passages de la guérison à Cana : *il lui demandait de descendre à Capharnaüm pour guérir son fils mourant. Jésus lui dit : « Vous ne pourrez donc pas croire à moins d'avoir vu des signes et des prodiges ? »* Yves sentait malgré lui d'anciens psaumes lui caresser les lèvres, des consolations auxquelles il avait cru autrefois, avant la mort de Romain. Ces appels profonds le touchaient encore par leur simplicité élémentaire, mais plus par leur sincérité : *ma place est parmi les morts, avec ceux que l'on a tués, enterrés, ceux dont tu n'as plus souvenir, qui sont exclus et loin de ta main.*

Il s'ébroua dans l'air encore chaud. Les ombres s'étaient allongées sans qu'il s'en aperçoive. Quand il émergea de la forêt il aperçut le van, toujours stationné à l'endroit où ils l'avaient garé. La disparition de la fillette, témoin de leur dernier crime, le contrariait fortement. Il s'interrogeait sur la façon de présenter le problème à Bernadette. Devait-il mettre l'accent sur l'aspect préoccupant de la situation ou au contraire minimiser l'événement ? Comme toujours, elle aurait le dernier mot.

Un mauvais pressentiment l'étreignit au moment où il ouvrit les portes battantes à l'arrière du véhicule. *Mon amour, qu'as-tu fait ?*

Le corps de la prostituée gisait sur le dos, un coussin éventré sur le visage. Des plumes tachées de sang parsemaient le plancher. Il leva les yeux sur sa femme. Bernadette avait repris sa place sur le siège passager. Elle fixait les branchages de l'autre côté du pare-brise comme si elle attendait d'un instant à l'autre qu'ils repartent, qu'ils continuent leurs vacances et poursuivent leur infernal périple, exutoire à une vie de domestication et d'asservissement.

Elle ne prit pas la peine de se retourner vers lui. « Je t'attendais. » Le 9 mm pendait au bout de son bras, canon pointé vers le bas. Le métal avait refroidi depuis longtemps.

« Combien de balles as-tu tirées ? » voulut savoir Yves.

Elle contemplait toujours le pare-brise. « Quatre.

— Je n'ai entendu que trois détonations.

— Le premier coup a été étouffé par le coussin. Ensuite mon bras a dévié.

— Je comprends. »

Il s'approcha pour examiner le corps, souleva un coin d'étoffe entre le pouce et l'index. « Ce n'est pas beau. Son visage est en bouillie.

— Elle commençait à bouger. Elle allait se réveiller.

— Mmh. Il faut regarder sous la tête pour voir si les balles ont traversé le plancher.

— Elle allait se réveiller », répéta Bernadette pour toute justification.

Il marqua un temps de réflexion, songeant qu'il en allait de même pour les corps et pour les véhicules : le moindre accident, la plus petite détérioration pouvait nécessiter l'intervention d'un spécialiste, et cette intervention était susceptible d'initier des interrogations malvenues, des questions dérangeantes. Il fallait par-dessus tout, dans le loisir qu'ils s'étaient choisi – ou qui les avait choisis; Yves ne savait pas très bien dans quelle mesure la vie, leurs orientations respectives et l'incroyable hasard qui avait présidé à leur rencontre avaient servi de révélateur –, éviter les blessures ou les accrocs qui pourraient attirer l'attention. Des impacts de balles sur la tôle feraient mauvaise impression. Yves aurait préféré que son épouse achève leur proie plus discrètement, plus proprement, mais il ne dit rien.

Il retira doucement le coussin, étudia les linéaments – du moins ce qu'il pouvait distinguer dans l'incroyable coagulation blanc et rouge du visage – puis empoigna les cheveux et souleva le crâne. Le pariétal se décolla de la protection plastique avec un bruit de succion, mais l'adhérence résultait de l'hémoglobine accumulée sur les côtés, non d'une perforation de l'os. Il étouffa un soupir de soulagement. « Les projectiles sont encore dans la boîte crânienne. » Comme sa bien-aimée continuait d'admirer le paysage, il ajouta d'une voix égale : « Viens m'aider. »

Elle émergea de ses rêveries, fit basculer l'ouverture de la boîte à gants pour remettre l'arme dans le compartiment.

Yves interrompit son geste : « Le pistolet accompagne la femme sous terre. On ne peut pas le conserver. La bâche aussi, il faut s'en débarrasser. »

La caissière approuva, tournée vers lui dans une posture d'angle. La lumière oblique associée à une infime inclinaison de la tête élevait ses yeux vers une lumière presque surnaturelle, marquait l'arête du nez d'une ligne ferme et magnétisait sa chevelure, métamorphosée en crinière de limaille de fer. Un sourire las se logea aux coins de ses lèvres. « Et pour le reste ?

— On fait comme d'habitude. »

Un sillage phosphorescent s'inscrivit à l'ouest, bientôt englouti par les masses noires de l'Érèbe. Les profils des collines lointaines s'écrasèrent contre l'horizon, puis les étoiles montèrent une à une aux places que le firmament leur avait assignées. Chaque nuit d'été le monde renaissait.

Ils n'avaient pas dormi dans le compartiment supérieur du van. Un curieux sentiment avait dissuadé Yves de profiter du spectacle de la nuit à travers la lucarne étanche du toit.

Après avoir nettoyé les souillures du cadavre de la prostituée – humeurs, liquide céphalorachidien, sang, urine et fèces –, l'espace exigu du T3 lui avait semblé une cage. N'était-il pas cependant dans une sorte de cage depuis bien longtemps; une geôle vaste, certes, et dont on n'apercevait pas les contours, mais un espace strictement limité ? N'évoluait-il pas dans un périmètre dont il ne franchirait jamais les bornes, un enclos que certains nommaient par commodité société, peur, envie ou plaisir ? Pour le quadriller – disposition bien vaine – il n'existait pas d'autre méthode que de procéder par cercles concentriques, et donc de se tenir pour un temps indéfini à la périphérie.

Ils avaient garé le Volkswagen un ou deux kilomètres plus loin, pas plus. Yves gardait l'espoir que l'épisode de la fille sous la bâche de chantier se reproduise : il se voyait déjà croiser une petite silhouette vêtue d'un short rose et d'un t-shirt blanc sur un layon ou en bordure d'une route communale, lorsqu'au lever du jour ils se remettraient en route dans le silence des pins et des châtaigniers. Le sommeil ou la terreur avait chiffonné les traits de la fillette. L'épuisement d'une nuit à la dure la leur livrait ainsi qu'un animal qui, de guerre lasse, se couchait et attendait la fin. Yves imaginait la gamine avec la figure pâle de celle qui venait de sortir d'un rêve, le regard fou dans le vide, sans point de fixation ; il l'imaginait avec ces yeux traversants qu'avaient certains enfants trop pieux, ces yeux en état de suspension quasi hypnotique, absorbés par une pensée étrangère au monde d'ici-bas. Ils n'auraient plus qu'à la cueillir.

Ou plutôt à la faucher.

Comme des adolescents, ce qu'ils n'étaient plus depuis fort longtemps, l'un et l'autre s'étaient allongés sur le toit du van, guère prévu à cet usage.

Yves détaillait pour Bernadette le dessin des constellations, il lui demandait si elle savait qu'aujourd'hui beaucoup d'enfants n'avaient jamais vu de vraies étoiles. Elle ne répondait pas. Elle l'écoutait. Elle était une reine, une impératrice. Il lui montrait la longue file de la queue du Dragon, avec sa tête de losange, et Pégase, collée aux étoiles d'Andromède. À vrai dire il n'y connaissait pas grand-chose, ses explications se résumant à quelques notions de base. L'essentiel de sa démonstration se situait en réalité sur un autre plan. Il posait la main sur son bras et lui disait : « Imagine le nombre de possibilités qui s'offrent à nous. Il y en a autant que d'étoiles dans la Voie lactée. » Il mentait, bien entendu, et il savait qu'elle ne croyait pas à sa fable une seconde, toutefois elle feignait d'y accorder crédit car le temps était au réconfort.

En vérité ils n'avaient plus guère le choix. À présent qu'un témoin leur avait filé entre les doigts, ils devaient plier bagage au plus vite. Le bon sens aurait même voulu qu'ils fussent déjà hors du département, mais quelque chose les avait retenus : peut-être cette fameuse cage que chacun emportait avec soi et que seule la mort ouvrait, ou bouclait définitivement.

Ils n'étaient rien, songea Yves. Pas seulement elle et lui, mais l'humanité entière. Le monde s'apparentait à un atome chahuté dans une unique respiration. Celle de Dieu pourquoi pas, mais un Dieu protéiforme qui ordonnait à ses créatures de s'entretuer parce qu'il présentait un visage différent à chaque peuple et à chaque époque. Les plus malins – qui n'étaient pas les moins passionnés – se contentaient d'éliminer leur prochain par intérêt économique, pour s'accaparer les ressources naturelles. D'autres s'adonnaient à cette activité par distraction, pour tromper l'immense bouderie où les jetaient le dévoilement de la supercherie divine, l'incroyable ennui que le mensonge des apparences suscitait en eux. Les plus rares accomplissaient cet acte par amour. Yves avait cette conviction chevillée au corps que dans la multitude il n'était pas le plus nuisible.

Bernadette intervint après un long silence, comme si elle lisait dans l'esprit de son mari. « Tu aimes tuer ? » Son timbre ressemblait au ricochet d'une pierre plate sur la surface d'un lac.

Yves toussota. « Alléger la Terre de quelques âmes bossues ?

— Oui.

— Avec toi, oui. Pour toi. Ceux que nous supprimons ne manqueront à personne. » Il laissa échapper un petit rire. « À l'échelle géologique du moins.

— Et moi, est-ce que tu m'aimes ? »

Yves médita un instant, choisit des termes qui pourraient approcher la vérité de ses sentiments mais ne les épouseraient jamais. Certaines réalités s'effaçaient à voix haute. « Les mots que je vais prononcer, je les ai passés cent fois au tamis de ma conscience. Je les ai nettoyés pour en chasser les ombres, pour te les livrer clairs et nets comme du lait maternel dans la bouche d'un nourrisson : oui, je t'aime, Bernadette Beltrand.

— *Comme du lait maternel dans la bouche d'un nourrisson*, c'est beau. » Yves ignorait si son épouse plaisantait ou non, il ignorait même si elle ressentait la moindre émotion, excepté le soulagement d'une tension qui la taraudait sans cesse.

La caissière posa sa main piquetée d'éphélides sur la sienne. Le contact de milliers de boîtes de conserve, d'autant de bouteilles de soda, avait rendu ses paumes rêches, les pots de yaourt avaient excorié les jointures. Depuis un ou deux ans, d'étranges irrégularités longitudinales altéraient la surface bombée de ses ongles. « Descendons, je veux écouter un peu de musique. »

DIX-SEPT

Avant Maurice, il y avait eu Gilles, et avant Gilles, d'autres encore. Des types que Tina, la mère d'Anna, ramassait au cours de leurs étapes dans les différents campings ; des types avec qui elle se mettait plus ou moins en ménage. Elle les laissait rester un peu avec elles dans la caravane, mais reprenait invariablement la route. Alors on n'entendait plus parler du type en question. Tina le rayait du paysage et passait au suivant. Ceux qui avaient défilé dans sa vie se trouvaient relégués aux oubliettes : elle ne les mentionnait plus, n'y faisait même plus allusion, comme s'ils n'avaient jamais existé.

Anna n'avait jamais compris le motif de ces déplacements incessants, pas plus qu'elle ne comprenait pourquoi sa mère s'entichait de ces mecs toujours fabriqués dans le même moule : des hommes en marge, avec de la colère au fond du ventre. Beaucoup d'entre eux avaient des idées bizarres. Ils entretenaient chacun à leur manière une forme de rapport conflictuel avec le monde. Certains pensaient que la fin de la civilisation se profilait, d'autres attendaient des émeutes ou une guerre raciale… D'une manière générale, théories du complot et événements surnaturels se taillaient la part belle.

Aucun d'eux n'était véritablement violent, mais Anna trouvait qu'ils possédaient une force de caractère excessive, qui les rendait incapables de mener une vie normale, ou ce que la fillette imaginait être une vie normale, puisqu'elle ne pouvait se baser que sur ce qu'elle voyait à la télévision. Il n'était pas rare qu'elle se prenne à espérer – tout en connaissant l'absurdité de cette pensée – que l'un d'eux fût son père caché. La puissance de ces hommes constituait souvent leur fragilité. Ils fascinaient autant qu'ils effrayaient la petite. Peut-être était-ce également ce qui plaisait à Tina.

Mais il arrivait toujours un moment où les relations s'envenimaient. Tina refusait de s'engager, les crises d'euphorie précédaient de longues périodes d'accablement où elle demeurait allongée, incapable de bouger. Si le problème s'était limité à cette cyclothymie extrême, quelques-uns s'en seraient peut-être accommodés. Les plus habiles ou les plus obstinés auraient sans doute trouvé un moyen de gérer la situation, mais à ces fluctuations d'humeur s'ajoutaient des absences régulières, parfois longues, durant lesquelles la fillette se retrouvait seule ou bien à la charge du type qui logeait dans la caravane à ce moment-là. La plupart voulaient bien faire, mais, peu accoutumés aux responsabilités (même si en général Anna s'en sortait très bien par ses propres moyens), ils déclaraient rapidement forfait, ce qui coïncidait presque toujours avec un nouveau départ.

Plus d'un s'était interrogé sur le mode de vie de Tina.

Pourquoi fuyait-elle sans arrêt ? Et surtout, d'où tirait-elle l'argent pour les faire vivre, elle et sa fille ? Avec quoi payait-elle la nourriture et l'essence, de quelles ressources disposait-elle pour louer les emplacements de camping ?

Tina et Anna ne menaient pas précisément grand train, mais elles ne manquaient de rien. De quoi manger, bien qu'Anna se nourrisse presque exclusivement de sucreries et de gâteaux apéritif dans les moments où sa mère ne pouvait pas s'occuper d'elle, assez de combustible pour se chauffer, de l'eau pour prendre des douches, et une télévision pour Anna. L'appareil, branché sur une parabole qu'il fallait régler à chaque fois qu'elles emménageaient quelque part, ne lui servait pas tant de fenêtre ouverte sur l'extérieur, puisque la fillette était plus souvent qu'à son tour dehors livrée à elle-même, que de maître étalon pour vérifier que ce qu'elle voyait correspondait à peu près aux scènes visionnées sur l'écran. En certaines occasions la mère et la fille s'offraient des excursions dans les grands magasins, où Tina dévalisait littéralement les rayons. Elle achetait des robes et des chaussures qu'elle ne mettait même pas, offrait à sa fille des montagnes de bonbons et des magazines. Anna ne savait pas lire mais elle se plaisait à regarder les photos. Oui, d'où sa mère tirait-elle l'argent pour ces achats compulsifs ?

Jimmy, un homme qui était resté presque deux mois à la caravane (elles s'étaient établies dans une région très pluvieuse dont Anna conservait peu de souvenirs), avait un jour interrogé Tina devant sa fille. D'ordinaire, quand la conversation s'engageait sur des thèmes délicats, la mère expédiait sa progéniture à l'extérieur. Elle se contentait de dire : « Va te promener, Anna », et la fillette savait qu'il fallait aller se balader pour laisser à sa mère le temps de mettre les pendules à l'heure. C'était d'ailleurs fréquent qu'à son retour, l'indiscret se fût éclipsé et que Tina fût en train de préparer les valises.

Cette fois-là, quand Jimmy avait demandé en désignant un tas de vêtements sur le lit dont on n'avait même pas ôté les étiquettes : « Hé, Tina, où tu trouves le fric pour tout ce bazar ? », l'intéressée n'avait pas dérogé à la règle. Elle avait regardé sa fille du coin de l'œil. « Va te promener, Anna. » La gamine s'était exécutée. Une fois dehors elle avait eu tout le temps de cogiter. Elle savait qu'elle était moins intelligente que les enfants normaux et qu'elle possédait une très mauvaise mémoire, toutefois quelque chose dans la question de Jimmy, son intonation peut-être, avait suffisamment éveillé son attention. Elle avait réfléchi et en était venue à la conclusion que les frénésies d'achats se produisaient souvent quand elles s'installaient dans un nouvel endroit. Dès leur arrivée, sa mère s'absentait, et le lendemain ou le jour d'après, elles allaient au supermarché faire la fête.

Lorsque Anna était revenue à la caravane, Jimmy avait fichu le camp et Tina rangeait leurs affaires en vue d'un départ imminent. Comme presque toujours, les vêtements encore neufs avaient fini à la poubelle.

Le lendemain elles franchissaient l'entrée d'un nouveau camping.

Néanmoins, ce jour-là, quand Tina s'était absentée durant l'après-midi, Anna l'avait discrètement suivie.

Anna reprit conscience dans le noir. Elle ignorait où elle se trouvait. Des herbes hautes et sèches la surmontaient, la protégeaient presque, inclinées au-dessus de sa tête. Un ciel noir semé d'astres apparaissait entre les têtes oscillantes des plantes. Une terre dure et froide meurtrissait son flanc droit, sa hanche, sa jambe. Une douleur sourde la poussa à explorer la surface bombée de son front, où les extrémités de ses doigts rencontrèrent les contours d'une plaie bordée de croûtes. Sang, boue séchée, ou même pourquoi pas roche volcanique ? Elle ôta un fragment de l'agglomérat d'un coup d'ongle, le porta à sa bouche, le laissa fondre sur sa langue, se diluer dans la salive poussiéreuse. Le goût ferrugineux, mêlé de vagues nuances salées, ne la trompait pas : elle s'était blessée à la tête. Quant à se rappeler où, pourquoi, comment…

Au prix d'un intense travail de concentration les images de sa chute lui revinrent en mémoire : la course affolée dans la prairie, l'homme à la tête d'oiseau lancé à sa poursuite, et plus loin, à rebours du temps, le van beige et la femme à l'intérieur, dont les lèvres pourpres s'écartaient comme pour appeler à l'aide, sans produire le moindre son.

La fillette s'assit. La dissolution du sang dans sa bouche réveillait une soif dont elle souffrait sans doute à son insu depuis un moment.

Elle tâta sa poitrine sanglée de lanières en polyester : elle n'avait pas perdu son sac à dos. Après avoir défait les boucles de fixation, elle ouvrit le rabat, aussi blanc que son t-shirt. Au fond de la besace reposait une petite bouteille d'eau. Elle dévissa le bouchon et porta le goulot à ses lèvres. Une première gorgée tiède et plastifiée se fraya un chemin dans l'œsophage, mais elle cessa brusquement de boire. On l'observait dans les herbes. Elle posa doucement la bouteille près d'elle, tentant de scruter les ombres du sous-bois. Rien ne se discernait dans les profondeurs végétales, qu'un vent discret caressait. Pourtant, si Anna se fiait à son instinct, un être vivant se dissimulait dans les fourrés. La fillette n'avait pas peur. L'homme à la tête d'oiseau l'aurait déjà attaquée, il aurait transpercé ses yeux avec des serres pointues et enfoncé son bec d'aigle mécanique dans son crâne. La présence qu'elle devinait lui paraissait au contraire bienveillante. Intriguée peut-être, mais nullement hostile. Elle poussa un petit gloussement, qu'elle imaginait correspondre à une forme de salutation. Deux yeux brillèrent par intermittence dans les feuillages secs. Anna ne les aperçut que lorsque ceux-ci clignèrent. C'étaient de grands yeux clairs qui, d'une façon curieuse, se confondaient avec la pénombre. La fillette y détectait de la timidité, étrange mélange de distance et de proximité. Elle se demandait si la créature voyait son strabisme et ce qu'elle en pensait. Une idée lui traversa soudain l'esprit : elle fouilla dans son sac avec des mouvements lents, pour prendre une barre de céréales dans son emballage. D'ordinaire elle emportait quantité de gâteaux et de sachets à grignoter dans son sac, mais cette fois-là – conséquence de son départ impulsif du camping – elle avait négligé de se munir d'un vaste assortiment, pour n'emporter qu'un biscuit sucré et une simple bouteille d'eau.

La fillette déchira la protection de la barre avec les dents puis, penchée en avant, laissa la friandise devant elle, assez loin pour que la créature puisse s'approcher en sécurité.

Les yeux dans le noir suivaient ses moindres gestes, et ne la quittaient pas davantage à présent qu'elle s'était immobilisée.

Pendant très longtemps il ne se passa rien. Anna respirait calmement, sentait l'air entrer dans ses poumons, élargir la cage thoracique, ressortir par le nez. Une infime vibration se répandait dans ses sinus, se diffusait dans les cavités intracrâniennes. Les soirs où sa mère était présente, elle posait la main sur sa poitrine d'enfant et lui faisait sentir quelque chose de très doux, de très tendre, qui n'était ni un battement de muscle cardiaque ni une respiration.

Les yeux d'Anna se fermaient lentement. La rudesse de la nuit, et plus encore celle du jour qui l'avait précédée, lui faisaient sentir la fatigue accumulée, dont la perte de connaissance ne l'avait nullement soulagée. Ses cils s'alourdissaient, son souffle gagnait en amplitude, il s'absentait même par moments. Mais un changement presque imperceptible la tira de sa torpeur. Elle battit des paupières.

Les herbes s'écartèrent en silence, dévoilant une superbe tête de renard, puis les pattes avant, le buste lustré d'une toison fauve. La bête ouvrit la gueule dans un bâillement muet, signe d'émoi contenu. Ses membranes nictitantes masquèrent un court instant les pupilles ovales et verticales. Anna ne bougeait pas.

Le renard baissa la tête sans la perdre une seconde du regard, flaira la barre déposée au sol. Anna se mit à chantonner très doucement, s'efforçant de rendre la mélodie amicale. L'animal recula mais ne fuit pas. La fillette continua à chanter.

Quand enfin il sembla rassuré, il plongea avec une vivacité surprenante vers la friandise, la happa et disparut aussitôt dans la végétation. Anna émit un grognement de pure joie.

Elle patienta dans l'espoir de revoir la créature, en vain. La fatigue ankylosa de nouveau ses muscles, troubla sa lucidité avec une force redoublée. Elle s'allongea sur le flanc, le sac glissé sous sa tête, et sombra presque immédiatement dans un sommeil profond.

La léthargie avait déjà formé un cocon réparateur d'une grande épaisseur autour d'elle quand un son lointain, grave et continu s'inscrivit dans le paysage de la nuit. La nature, du reste, se souciait peu de cette manifestation sonore presque imperceptible, qui n'altérait ni son œuvre ni sa fin.

Le *si* bémol des *Vêpres* de Rachmaninov retentissait dans les espaces vierges de civilisation.

DIX-HUIT

Choix de Bernadette : *Les Vêpres* jouaient dans les baffles du Volkswagen.

Yves était resté derrière le volant pour régler le volume. Il avait ouvert la portière afin de continuer à profiter des bienfaits de l'obscurité et des cieux privés du jour.

Sa femme se tenait entièrement nue dans la lumière des phares. Les cônes lumineux éclairaient son corps fatigué par les ans, par la station assise, par les gestes répétitifs de sa profession, par l'intolérable litanie du quotidien dont les premières obligations – sans doute les plus contraignantes pour l'état naturel des êtres – s'exprimaient par la nécessité de se vêtir, de chausser ses pieds, de dissimuler son sexe et ses odeurs.

La caissière oscillait doucement au rythme du cinquième mouvement. C'étaient d'abord les varices et les imperfections du derme ayant perdu de son élasticité que l'on remarquait dans la clarté dépourvue de concession, pourtant d'incontestables traces de beauté voyageaient encore sur son corps. Yves les voyait renaître dans les ondulations du bassin, dans l'abandon des membres. Il n'avait jamais vu pareille grâce. À cet instant précis Bernadette semblait s'émanciper du monde et des choses ordinaires. Pas d'affection sans éblouissement, pas de volupté sans émancipation.

Le glas de Syméon, «*Maintenant, maître, tu laisses aller en paix ton serviteur*», imprimait à la physionomie de la danseuse un élan plus prononcé. Elle frappa du pied dans la poussière. Une fois, deux fois. Et au chant suivant, l'échine se ramassa sur elle-même comme prête à bondir, résolue à attaquer. Les bras se levèrent vers le ciel, les doigts recueillirent des moissons d'étoiles. Elle sauta sur place, sans égard pour les voûtes plantaires qu'une année de semelles rembourrées avait fragilisées. Les muscles frémissant sous le porphyre grenu de sa peau retournaient à la dérive d'une tempête oubliée. Sa toison brillait et l'air revivifiait les parties intimes dévoilées. Dans son ventre sans doute un magma attisé rougissait et palpitait. Le feu sous la cendre n'oubliait jamais comment renouer avec son combustible.

«*Car mes yeux ont vu ton salut...*»

Les articulations accusaient des angles étranges, la posture accédait à des contorsions inédites, entre tension extrême et délassement ultime. À mesure que montait la transe en Bernadette, elle lâchait des grognements, du souffle, des râles qui n'étaient pas d'effort mais de libération. On sentait qu'elle cherchait à renouer avec un acte fondateur. Pour la dixième fois, la centième fois, elle mimait une scène primitive, elle quêtait des sensations archaïques qui n'apparaissaient plus que sous la forme d'imitations. Le soulagement ne durerait pas et il faudrait tôt ou tard se remettre en chasse.

« Ressuscité du tombeau tu as déchiré les liens. »

Yves la contemplait. Lui, après s'être soigneusement débarrassé de la saleté accumulée au cours de la poursuite puis durant le nettoyage du van, s'était habillé des pieds à la tête d'un costume identique au précédent. Il avait accordé une attention particulière à ses mains – ces outils si fins, si dociles, si propres – souillées de sang et de matière cervicale après qu'il avait dû aller chercher les projectiles au fond de la boîte crânienne de leur victime. S'il admirait sa femme, si les convulsions qu'elle acceptait de laisser entrer en elle le fascinaient, il n'était pas préparé à y céder lui-même. Il se contentait par conséquent de dodeliner du chef, unique concession à l'émancipation. *Danse, Bernadette, danse.*

Les pieds de la caissière martelaient les pierres coupantes et les herbes pointues, le sang se mêlait à la terre bouleversée, l'abreuvait. Yves monta le son d'un cran.

« Tu as détruit la damnation de la mort... »

Bernadette écarta les bras telle une mystique prédisposée aux croix, les hanches tremblaient, son corps s'offrit, avide d'incandescence. Puis elle abaissa brusquement les mains, comme si elle plongeait un corps sous l'eau et l'y maintenait jusqu'à la délivrance.

Yves ferma les yeux. L'espace d'une fraction de seconde son fils Romain lui était apparu. Quand il les rouvrit, Bernadette s'était immobilisée, à bout de souffle.

Une forme de jouissance presque cosmique, une

spiritualité au-delà des limites terrestres venait de s'opérer par procuration sur la tombe de la prostituée, trou creusé sur la piste de danse improvisée.

DIX-NEUF

Anna frissonnait dans son sommeil. Le sol froid torturait son petit corps, sans que toutefois l'inconfort ne mît un terme aux impératifs du repos.

Les herbes s'écartèrent de nouveau. Pas un bruit. Le renard à la fourrure épaisse réapparut. Il tourna un instant autour de la fillette, le pas aussi souple que celui d'un chat, la tête basse et les oreilles dressées. C'était une femelle. Sa truffe humide se porta à la hauteur du visage très blême de la fillette. La bête humait les fragrances sucrées de l'épiderme, analogues à la nourriture qu'elle avait ingurgitée plus tôt, ainsi qu'un parfum qui n'était pas uniquement celui d'une enfant au langage étrange et mélodieux, mais également celui d'une malade transie. La créature observa les mains entrouvertes de la gamine, les doigts légèrement repliés; elle y sentit les traces encore plus prégnantes de nourriture sucrée. La langue effleura les articulations collantes, puis l'animal poussa du museau les extrémités inertes. Finalement, quand la renarde jugea qu'elle ne risquait rien, elle se glissa entre les bras d'Anna, se plaqua contre sa poitrine et remonta la queue pour les réchauffer toutes les deux. À l'état de nature la température d'un corps constituait une richesse irremplaçable. Obéissant à un instinct puissant, celui d'une mère peut-être, ou se conformant à une impulsion plus mystérieuse liée au lieu et aux circonstances de sa rencontre, la renarde offrait sa chaleur sans calcul ni contrepartie. La tête posée sur ses pattes allongées, elle veilla longuement puis s'endormit à son tour.

Les femelles s'éveillèrent dans un terrier. Elles n'en connaissaient pas les dimensions, elles n'avaient même pas conscience qu'il s'agissait d'un terrier. Tout juste se souvenaient-elles qu'un jour elles avaient commencé à creuser. C'était une époque où toutes les créatures vivantes parlaient une seule et même langue ; grâce à cette langue elles partageaient les joies et les douleurs de leur existence. Quel événement avait poussé certaines d'entre elles à entrer dans le terrier, et à laisser ce terrier les définir, tandis que d'autres restaient à l'extérieur, erraient longtemps et laissaient cette errance les définir ? Des générations s'étaient succédé, les premières avaient trouvé la mort, les suivantes avaient pris le relais. Fouissaient-elles aujourd'hui le même tunnel que naguère ? Possible. Avaient-elles continué de progresser, ou bien souscrit à un autre cap ? S'étaient-elles élevées ou avaient-elles plongé plus profondément ? Un beau jour elles retrouvèrent l'air libre. Le terrier était devenu un puits, un puits encerclé par une tour hermétique. Cet édifice dressé au ciel ressemblait à un second puits inversé, bâti non pas pour entrer, mais pour empêcher de trouver une issue. Bien qu'elles ignorassent l'étendue du monde, elles se rendaient compte qu'elles venaient d'un endroit où la terre recouvrait tout. Il fallait maintenant sortir de la tour. Qui, de l'humaine ou de la bête, faisait ce rêve ?

Anna cligna des yeux. La fraîcheur du sol indiquait que le jour n'était pas levé depuis longtemps. Entre les bras de la fillette subsistait une étrange chaleur, vestige d'une présence qu'elle ne s'expliquait pas. Elle frotta sa peau aussi rose que celle d'un nouveau-né. Les nuances pêche indiquaient que le sang avait continué de circuler dans les couches supérieures de l'épiderme. Quelques poils roux tombèrent au sol. Elle ne les remarqua pas. Dans son subconscient persistait toutefois l'image d'un corps très doux blotti contre elle, la sensation d'une respiration qui n'était pas la sienne, qui l'apaisait par de légers soupirs. Elle croyait sentir une puissante odeur de violette, mais l'attribuait aux résidus d'un songe dont elle ne se souvenait pas.

Elle s'appuya sur un coude, risqua un œil au-dessus des herbes. Rien, pas de van beige, pas d'homme à tête d'oiseau. Elle demeura un instant pensive. Aucun village, aucune route pour se repérer, et comme nulle particularité du paysage n'attirait son regard, elle décida qu'il valait mieux poursuivre dans la direction où elle s'était engagée la veille. Certains auraient pu trouver son calme étrange, mais la sérénité provenait chez elle d'une étonnante faculté d'oubli. Son incorrigible distraction agissait à la manière d'une contrepartie aux étroites limites de son esprit.

Les rigueurs de la nuit et la poursuite de la veille auraient dû logiquement l'épuiser, pourtant elle se sentait très reposée. La fillette ne s'interrogea pas sur ce surprenant tonus.

Sa décision était prise. Elle ramassa l'emballage de la barre de céréales, le fourra dans la poche de son short, ensuite elle remit la bouteille en plastique dans le sac à dos, puis le sac sur ses épaules. La voilà debout, l'esprit clair.

Anna avait fait mine de s'esquiver dès qu'elles étaient arrivées au nouveau camping. Rien d'étonnant à cela car la fillette partait presque toujours en exploration dès qu'elle et sa mère investissaient un endroit où elles n'étaient jamais venues. La gamine se faisait rapidement une idée de la topographie des lieux. Tina lui laissait totalement le champ libre. En quelques jours la configuration des rues et du quartier n'avait plus de secret pour l'adolescente. Il fallait préciser qu'en dépit de son handicap mental Anna jouissait d'un sens de l'orientation assez remarquable. Le seul problème, c'était la mémoire. Aussi, quand Tina était montée avec son gros sac dans le bus numéro 53, qui effectuait une halte à quelques dizaines de mètres de l'entrée du camping, la fillette s'était concentrée très fort pour ne pas oublier le numéro de la ligne ; numéro qui lui permettrait le cas échéant de revenir à bon port. Une demi-heure avant, cachée derrière des containers à ordures dans l'allée perpendiculaire à l'emplacement de la caravane, elle avait observé Tina qui fouillait sous la remorque, dans une cache probablement aménagée par l'un ou l'autre de ses amants bricoleurs, pour en extraire un sac volumineux en toile noire, qu'elle avait suspendu à son épaule avant de s'acheminer vers l'abribus le plus proche.

Un hypermarché s'étendait juste à côté du camping, et

cet après-midi-là une petite foule de gens attendait, sacs de courses en main, que les transports en commun veuillent bien les ramener chez eux. Il y avait de nombreux enfants et Anna n'avait eu aucune difficulté à se fondre dans la masse. Sa mère avait rapidement consulté le plan fixé sur un panneau plastifié, mais pas un instant elle n'avait levé les yeux pour vérifier si on la suivait. Pourquoi aurait-elle soupçonné Anna ?

L'autobus était bondé. La fillette s'était posée à l'avant, calée contre la cloison entre une mère maghrébine jonglant avec une poussette et deux enfants en bas âge, et un vieillard équipé d'un robuste cabas, rempart convenable derrière lequel se dissimuler. Tina avait déniché une place dans le fond. Elle avait contemplé le paysage durant tout le trajet, et Anna avait eu le sentiment – mais peut-être n'était-ce qu'une impression – que sa mère entretenait une lointaine familiarité avec le panorama. Son regard absent semblait l'attester : Tina se remémorait un parcours autrefois connu. La fillette s'était brièvement demandé si ce qu'elle considérait depuis le début comme un circuit d'errance, une marche forcée vers l'oubli, n'était pas précisément un pèlerinage destiné à stimuler les souvenirs. Cette considération fut de courte durée car Tina descendit à l'arrêt suivant.

Anna n'eut aucun mal à passer inaperçue car d'une part l'affluence s'avérait considérable à cette heure-là, et d'autre part Tina lui avait montré, longtemps auparavant, comment ne pas se faire remarquer. Devenir invisible, s'absenter du monde, s'éloigner de ce qui faisait société (Tina préférait le terme de *système*, auquel elle ajoutait indifféremment les qualificatifs *éducatif, médical, judiciaire, répressif*) : tels étaient les enseignements élémentaires que la génitrice avait dispensés à sa progéniture. La première n'aurait pas mis plus de zèle, plus d'application à inculquer à la seconde des règles de survie en milieu hostile. Sans doute aurait-elle été surprise de constater qu'Anna détournait aujourd'hui cet enseignement à ses propres fins.

La filature s'était révélée plus délicate ensuite car le flot des passants s'était tari. Elles avaient pénétré dans un quartier d'usines à l'abandon, de bâtiments défraîchis et d'ateliers vétustes. Anna avait laissé sa mère la distancer, si bien qu'elle se retrouvait obligée de courir pour combler l'écart lorsque celle-ci tournait à un coin de rue ou franchissait un croisement. Tina se déplaçait comme si elle savait parfaitement où aller.

Après avoir longé une vaste friche bordée de palissades, elle était entrée dans un immeuble à deux étages abandonné. Les fenêtres occultées de planches taguées et les issues de secours condamnées ne laissaient guère planer de doute quant à la funeste condition de l'édifice.

Anna avait attendu trente secondes en comptant trois fois dix dans sa tête. Puis elle avait à son tour pénétré dans l'immeuble.

Dans un premier temps l'obscurité l'avait désorientée. Le bâtiment donnait sur une cour intérieure jonchée de débris et de gravats. Le jour y déposait une lumière grise qui accentuait la désolation du site. Aucune trace de Tina. La gamine se préparait à avancer dans la cour quand elle entendit du bruit à l'étage. On déplaçait quelque chose de lourd sur le sol. Peut-être un gros meuble, à en juger par le raclement du bois sur le parquet.

Anna gravit les premiers degrés, mais entendit aussitôt qu'on remuait dans l'escalier. Par chance elle trouva une pièce d'entresol, dans l'ombre de laquelle elle se faufila. Un instant plus tard une silhouette descendit les escaliers. Tina, sans le sac. La fillette la laissa s'éloigner, sortir du bâtiment. Quand elle fut certaine du départ de sa mère, elle se risqua à l'extérieur. Encore une volée de marches, et elle se trouva sur le palier du premier.

Elle inspecta les pièces les unes après les autres, sombre alignement d'espaces vides de meubles et de décoration, jusqu'à trouver ce qu'elle cherchait. Une imposante armoire se dressait, isolée, contre un pilastre angulaire dans la pièce du fond. Les planches disjointes sur la fenêtre laissaient passer assez de clarté pour que la fillette distingue les traînées toutes récentes dans la poussière. Sa mère avait bougé le meuble. Anna, elle, n'avait pas la même force. Elle sut dès les premières tractions qu'elle ne parviendrait pas à déplacer l'armoire. Du moins pas à la seule puissance de ses bras replets.

Elle chercha autour d'elle, et soudain une anecdote lui revint en mémoire. Jimmy, le précédent copain de sa mère, gratifiait souvent l'assistance – qui se résumait en général à Tina et Anna – de citations attribuées à des penseurs morts depuis longtemps. Il fallait le voir déclamer d'un air très docte, avec son gilet fluorescent des services techniques de la Ville et ses tatouages de marin sur les bras, les mots astucieux de personnages illustres. Comme il connaissait le gérant du camping où la mère et la fille s'étaient installées, il n'était pas rare qu'il y effectuât de menus travaux d'entretien. Un jour, il avait retiré les planches du parquet de la réception pour remédier à un problème d'infiltration. Anna ne l'avait pas quitté d'une semelle pendant toute l'opération, fascinée par ses gestes. À un moment donné, il avait prétendu qu'un certain Archimède disait : « Donnez-moi un levier et un point d'appui, et je soulèverai le monde. » La gamine avait bien compris le principe du point d'appui.

Anna descendit au rez-de-chaussée de l'immeuble abandonné pour fouiller les décombres dans la cour intérieure. Elle trouva son bonheur : une longue pièce de bois résistante.

Remontée à l'étage, elle cala son levier entre le pilastre et le mur nu. Pesant de tout son poids, elle réussit à écarter l'armoire du plan vertical. Craquement sinistre du bois contre le bois, plainte des pieds massifs sur le parquet, nuage de poussière dans les rayons lumineux entre les planches de la fenêtre. La fillette toussa, chassant les nuées d'impuretés qui s'infiltraient dans ses bronches et se déposaient sur ses cheveux. Quand elle eut repris son souffle, elle jeta un coup d'œil dans l'interstice dégagé. Le sac était là, tassé dans un renfoncement de la cloison. Anna se remit à la tâche. Elle fit encore glisser le meuble, jusqu'à obtenir un espace suffisant pour accéder au sac.

La fermeture éclair coulissa facilement.

Anna demeura perplexe. Elle n'avait jamais vu autant de billets de banque, sauf à la télévision, quand les bandits commettaient un hold-up et passaient la frontière mexicaine au galop. Il y avait là de quoi acheter tous les bonbons du monde, et même les usines qui les fabriquaient.

La fillette leva les yeux au ciel, focalisée sur une pensée qui venait de lui traverser l'esprit et occultait toutes les autres. Ses lèvres murmurèrent deux mots, des termes essentiels qu'elle s'était juré de ne pas oublier : « Ligne 53. »

L'été. Ascension du soleil dans l'air épaissi.

Elle parcourut le reste de la clairière avec la foulée d'une âme hardie.

Avant d'entrer dans les bois elle coupa un brin d'herbe, qu'elle glissa entre ses dents. Étendue ou brève, la marche devait être rythmée, et la fillette savait d'expérience que rien n'imprimait un tempo plus régulier qu'une mastication appliquée.

Ensuite la forêt ombragée posa un toit fixe sur sa tête.

Un chien aboya dans le lointain mais elle ne l'entendit pas.

VINGT

Ils repartirent à l'aube, laissant derrière eux, sous terre, la prostituée. L'arme à l'aide de laquelle Bernadette lui avait pulvérisé le visage, ils l'avaient ensevelie loin, très loin du corps, non sans l'avoir au préalable nettoyée. En donnant la mort le pistolet était devenu inutile, voire compromettant.

Yves le sentait : malgré le carnage, ou peut-être précisément à cause des circonstances brouillonnes, expéditives et sanguinolentes de l'opération, la faim reprenait déjà Bernadette. Cette faim était un prolongement noir d'elle-même, peut-être même renfermait-elle son âme. Dans sa manifestation la plus explicite, elle constituait l'expression d'un renouveau sans cesse reporté, d'une promesse qui se dérobait depuis plusieurs années. Le désir animant son épouse, Yves le connaissait bien car il s'apparentait à une volonté qui annihilait toutes les autres volontés, à un moteur qui rendait la lutte vaine, à une préoccupation tenace qui avait raison de tout et de tous.

Le couple avait délibéré la veille, avant de se laisser gagner par le sommeil dans le camping-car. La gamine qui les avait entrevus par la lucarne, et qu'Yves avait pourchassée à travers champs, avait peut-être déjà donné l'alerte. Regagner le bord de mer comportait des risques : un surcroît de routes et d'axes à sens unique, de giratoires et d'impasses, en un mot un excès de civilisation, ne ferait pas leur affaire. Qui disait civilisation disait autorités, barrages, signalements. Leur meilleure option consistait à progresser dans la vallée afin de sortir du département non par la côte mais par la montagne. Le découpage administratif et juridictionnel du pays leur offrait depuis longtemps un avantage considérable. Dès que l'on changeait de département, les services ne communiquaient que peu ou pas leurs informations, quand ils ne se faisaient pas concurrence en accord avec leurs politiques particulières. Yves songeait parfois avec amusement qu'il aurait pu écrire un livre sur la meilleure façon de contourner le système répressif dans la France des années 1980. La clef résidait dans le déplacement. Depuis quatre ans les lois et les décrets se succédaient pour leur faciliter la tâche. Suppression de la tutelle de l'État, affaiblissement du jacobinisme, transfert de pouvoir aux élites locales, avènement des collectivités... Merci Defferre, merci Mauroy, merci Fabius. En faisant voter leurs lois sur la liberté des communes, des départements et des régions, ils avaient confié les clefs du magasin à une clique de barons locaux plus soucieux de transformer la république en mosaïque de monarchies électives que d'entretenir la solidarité nationale. Sous prétexte de corriger les dysfonctionnements dans la répartition du pouvoir, on favorisait la tendance au repli, la faible circulation du renseignement, et les énergies tout entières tournées vers la préservation des situations acquises. La corruption incarnait le meilleur des régimes par compensation. Détournements de subventions, exonérations fiscales, dérogations d'urbanisme, modifications du POS, contrats d'étude, rétention d'informations, sabotage des potentats rivaux : ces éléments participaient à l'ambiance de Far West omniprésente sur le littoral, propice à toutes les exactions, où l'intérêt public devenait le nom pompeux de quelque chose qui n'existait pas. Non seulement le crime – honorable ou non – n'était plus en marge du système, mais il vivait en symbiose avec lui, il se nourrissait de ses faiblesses, il s'institutionnalisait. Conséquence inévitable : on évoluait dans un état de pathologie sociale grâce auquel les vices forgeaient la vertu. Louée soit la décentralisation !

Ce matin le couple s'était ainsi résolu à tenter de retrouver l'ancienne Voie des cols, chaussée peu fréquentée, voire délaissée depuis l'aménagement de l'itinéraire Napoléon, plus sûr et plus rapide pour rejoindre les sommets et les monstrueuses débauches des stations de ski. La carte géographique dont ils s'étaient munis assurait que la route demeurait carrossable. À partir de la Voie des cols ils rejoindraient le département voisin. Seulement, pour cela, ils devaient d'abord s'enfoncer dans les montagnes.

L'engin cahotait laborieusement dans les ornières. Ils étaient encore dans la vallée, mais les premiers contreforts des éperons rocheux se dessinaient déjà. Les herbes et les ronces grattaient le bas de caisse du Volkswagen. Même s'il estimait que leur situation et l'embarras qui en découlait n'étaient que temporaires, Yves voulait renouer au plus vite avec les voies aménagées, les marquages au sol et les accotements. La sûreté des bornes kilométriques lui manquait. Que signalaient les panneaux indicateurs sinon la fin de l'hésitation ?

Il regarda autour de lui. La nature qu'ils parcouraient n'était grande d'aucune éternité, il le savait, son accomplissement était celui de la transformation, sa raison d'être celle du chaos. Pourtant les lacets de l'ancienne voie du PLM relevaient encore de l'abstraction, ils devaient continuer de rouler, fourmis écrasées entre les quatre horizons.

Yves avait consulté sa carte, et selon toute probabilité ils se trouvaient au cœur d'une région vaste et mal limitée laconiquement désignée sous le nom quelque peu énigmatique de Bois-aux-Renards.

Il se souvenait des paroles de la Genèse : lorsque Dieu avait créé les cieux et la terre, les ténèbres étaient sur l'abîme. Le premier récit des Écritures évoquait le souffle divin mais n'était pas très disert, à son grand regret, sur ce qui attendait le pèlerin dans les parages du Bois-aux-Renards.

Il avait observé la course du soleil et, plus tard, il s'était même arrêté pour étudier la mousse sur les troncs en voie de pourrissement. Force lui était d'avouer sa perplexité. Tout indiquait qu'ils suivaient le cap correct, cependant aucune route aménagée ne daignait se montrer. En théorie ils auraient déjà dû se trouver sur la Voie des cols. La conclusion logique, qu'il se gardait de formuler à voix haute, c'est qu'ils étaient perdus. À un moment donné de leur périple ils avaient emprunté le mauvais embranchement, tourné trop tôt ou trop tard dans l'incroyable maillage de sentiers et de trouées qu'ils avaient commis l'erreur de prendre pour de simples écarts. À présent il devait bien admettre qu'ils étaient incapables de trouver leur chemin.

Bernadette assurait au mieux de ses capacités le rôle de copilote, mais la carte n'indiquait rien de valable dans la zone où ils roulaient. Connaissaient-ils seulement leur position approximative ?

Au détour d'un bosquet qui masquait une longue plaine, large étendue d'herbe jaune que limitaient d'abord d'autres bois puis l'horizon où se découpaient les pics sucrés de neige éternelle, leurs regards accrochèrent une silhouette qui se déplaçait lentement, lourdement, sur l'étendue de chaume. Le conducteur laissa un frisson d'exaltation le traverser. Ils n'avaient pas croisé âme qui vive depuis le lever du jour.

Un layon coupait à travers les herbes. Les Beltrand se consultèrent, imaginant qu'il conduisait forcément quelque part : la piétonne avait obligatoirement une destination.

Yves embraya et le combi engagea ses roues dans les sillons. Il ne leur fallut pas cinq minutes pour rejoindre la marcheuse ; moins de temps encore pour se rendre compte qu'ils avaient affaire à une espèce de jeune paysanne, créature adipeuse aux cheveux blond sale, dont la marche entêtée ne connut pas une hésitation, pas un ralentissement tandis que le Volkswagen se portait à sa hauteur. Yves croisa le regard de Bernadette : il lut dans ses yeux animés de reflets ardents une demande, une exigence. Ce qui n'avait pas pu être accompli avec la prostituée, il fallait l'achever.

Yves acquiesça imperceptiblement. *Tout pour toi, mon amour.* Puis il se pencha par la fenêtre.

« Excusez-moi, mademoiselle. » Il imitait à la perfection un rire gêné, mais débonnaire. « Nous sommes un peu perdus. Peut-être pourriez-vous nous indiquer le chemin pour rejoindre la Voie des cols ? Si cela vous arrange nous pouvons vous déposer au passage. Ou vous avancer. » Tout en parlant il pensait que cette promeneuse allait devenir un témoin de leur fuite. Pour peu que la gamine poursuivie la veille ait rapporté aux autorités ce qu'elle avait vu – mais qu'avait-elle vu en réalité ? –, la paysanne pourrait apporter des précisions gênantes sur leur itinéraire. Cette femme était déjà morte, confirma-t-il en son for intérieur. Bernadette aurait ce qu'elle désirait.

La piétonne continua d'avancer, l'échine courbée dans une posture obstinée qui redoublait l'impression de tassement. Aucune habitation en vue. Quelle que soit sa destination, la route serait longue. De profil elle ressemblait à une vieille femme accablée autant sous son propre poids que sous celui d'un fardeau. Elle portait sur son dos un gros baluchon, si lourd que les muscles de ses mollets frémissaient. Les jambes, qu'on devinait puissantes sous l'étoffe grossière de la jupe, martelaient la poussière, les impacts paraissaient se perdre dans la largeur des hanches, se dissiper dans les replis de la panse massive, et s'évanouir avant d'atteindre la poitrine généreuse. Elle tourna enfin le visage vers eux, comme si elle n'avait entendu qu'à rebours la proposition d'Yves. Le conducteur constata avec surprise qu'elle n'avait guère plus d'une quinzaine d'années. Mais son visage ingrat piqueté d'une mauvaise acné, ses traits frustes – nez épaté, méplats larges, petits yeux écartés et plissés, traits mongoloïdes – lui en accordaient vingt de plus. Ajoutez à cela une saleté repoussante, pensa Yves, et vous obteniez un modelé de la misère incarnée. La crasse et la poussière formaient des plaques coagulées sur sa peau luisante de sueur. Il en fut quelque peu déconcerté. L'adolescente les observait avec un air d'animal de bât. Elle chassa d'un mouvement de tête un nuage de mouches rassemblées à la naissance des narines, sur les sourcils et autour des yeux. Les diptères reprirent aussitôt leur position initiale.

Devaient-ils passer leur chemin ? se demanda Yves. Cette créature ne constituait pas une menace ou un témoin potentiel, c'était évident, et elle n'offrirait qu'un pauvre pis-aller à Bernadette. Sa laideur, sa saleté repoussantes... Pourquoi s'embarrasser du spectacle de sa mort ? Sa disparition ne pouvait être que pathétique. Le globe ne méritait pas qu'on le soulageât d'une âme aussi proche du néant, pour qui le trépas serait une délivrance. Et pourquoi creuser une tombe de plus ? Elle serait un refuge. Cependant il y avait la faim toujours désobéie. Faute de grives, on mangeait bien des merles. Il suffisait à Yves d'observer sa femme à la dérobée pour comprendre qu'elle se contenterait volontiers de cet expédient.

L'adolescente ouvrit la bouche. Deux incisives supérieures étaient cassées, il lui manquait une canine inférieure, et le tartre rongeait l'émail. Des sons se produisirent.

La fille articula : « Là-bas. Le hameau. » Elle possédait un étrange accent, qu'Yves n'avait jamais entendu nulle part.

Les approximations de son élocution nécessitaient une écoute supplémentaire. Yves lui demanda de répéter, masquant à grand-peine sa répugnance. Elle désigna un point dans le lointain, qui ne différait en rien du reste du paysage : des arbres, des plantes, de la vie qui grouillait sous terre et dans les airs. La même insuffisance partout.

Bernadette posa la main sur le genou de son époux. La légère pression qu'elle imprima à ses doigts revenait à dire : « Oui, fais-la monter s'il te plaît, ne la laisse pas échapper. » Yves frémit.

« Le hameau », insista la fille. On aurait cru qu'elle mentionnait une localité ou une divinité dont il valait mieux accepter l'existence sans poser de question.

Bernadette passa sans plus attendre sur la banquette arrière et son mari ouvrit à regret la portière passager. « Allez-y, grimpez. On va vous emmener. Vous nous indiquerez le chemin. »

L'intéressée s'exécuta sans une hésitation. Elle déposa son chargement derrière le siège passager. Yves imagina avec effroi les insectes et la vermine se répandre et ramper en silence sur les protections en plastique transparent, puis infester les coussins, les revêtements... Il envisagea de demander à la fille de laisser son baluchon au bord de la route. Pure tentation, évidemment.

Il essaya de décrypter le regard de sa femme dans le rétroviseur mais la caissière avait déjà posé son masque de chair souriante sur son visage outragé par les cosmétiques bon marché.

Le T3 reprit sa progression laborieuse dans la vaste étendue de laîche cassante et asséchée. Brinquebalant doucement dans les reliefs que dissimulait le tapis végétal, il soulevait des nuages de sauterelles qui retombaient plus loin, aux endroits où la gomme des pneus épargnait leur table. Le murmure bas mais autoritaire du moteur à explosion intimait aux arthropodes le silence et l'effacement.

Yves sentait monter une odeur indéfinissable dans l'habitacle dont les issues étaient à dessein hermétiquement closes. Lui et Bernadette avaient monté le chauffage et s'étaient assurés de l'étanchéité des vitres avant d'aborder l'inconnue, la dernière vérification relevant forcément du superflu.

Le conducteur songea un instant que leur passagère avait introduit un animal mort à l'intérieur du véhicule, une quelconque charogne qu'elle aurait transportée dans son ballot, mais il s'avisa aussitôt de l'absurdité de sa réflexion. Cette puanteur chaude, ce relent âcre provenait de la jeune fille elle-même, assise sans façon à ses côtés. Yves n'aurait pas été étonné qu'elle se fût soulagée sur elle-même ou bien roulée dans la fange, elle qui n'avait sûrement pas connu les honneurs d'une douche depuis une éternité. Chose mystérieuse : ce fumet éveillait ses sens, provoquait chez lui une pointe d'excitation.

Non seulement il s'expliquait difficilement le singulier attrait qu'exerçaient sur lui les effluves de la jeune passagère, mais la naissance même de ces émotions achevait de le dérouter.

Il considéra la jeune fille du coin de l'œil. Le regard fixé sur le pare-brise mais la vision périphérique dégagée.

« Je m'appelle André, dit-il finalement. Et voici mon épouse Olivia. »

La fille se tourna vers Bernadette et celle-ci, avenante, effacée, lui adressa un petit signe de la main.

Au terme d'un long silence, qu'Yves se figurait marqué par de profondes ruminations, l'adolescente annonça simplement : « Marjolaine Féral. »

Yves réprima une crispation involontaire de la lèvre supérieure, tic nerveux qui signalait chez lui l'ébauche d'une suspicion. Son corps mû par un instinct plus vif, plus essentiel que le raisonnement, avait compris une fraction de seconde avant l'esprit ce qui clochait : cette Marjolaine avait donné son nom de famille. Personne ne se présentait ainsi, sauf à vouloir attribuer un poids supplémentaire à son patronyme, ou adresser un avertissement à ses interlocuteurs. Il dirigea franchement son regard vers Marjolaine. L'intense chaleur de l'habitacle perlait son philtrum de gouttelettes, sa ligne frontale luisait d'une pellicule moite, les mèches d'un blond cassant formaient désormais des torsades collées à la peau... Yves lui-même acceptait les picotements de la fournaise sur ses bras, le long des flancs, que ses épais vêtements exacerbaient. Bernadette, sur la banquette du compartiment arrière, les acceptait sans doute également. On pouvait même imaginer qu'elle les appelât de ses vœux.

Marjolaine ne semblait pas incommodée. La jeune fille laissait avec indifférence l'exsudat former des gouttes au bout de son gros nez, serpenter au bas de son double menton… Yves avait maintenant la conviction qu'il n'éprouverait aucun plaisir à l'exterminer, fût-ce pour l'amour de Bernadette. Celle-ci, d'ailleurs, prendrait la décision finale.

Par l'intermédiaire du rétroviseur central il vit son épouse s'éventer ostensiblement. « Quelle chaleur. » La réflexion s'adressait bien sûr à Marjolaine.

L'adolescente ne répondit rien. Peut-être réfléchissait-elle simplement aux arguments laconiques par lesquels elle pourrait alimenter l'échange. Les notions de politesse élémentaire figuraient-elles seulement dans son registre de pensées ?

Yves pianota sur le volant. Ses ongles manucurés, ses mains soignées formaient comme des araignées stérilisées sur le cercle de cuir. « Désolé, plaida-t-il à l'intention de Marjolaine, les vitres sont bloquées. Nous devons passer chez le garagiste dans la semaine. » Leur technique était bien rodée. Provoquer un coup de chaud, proposer à boire, feindre ensuite de s'égarer, hésiter, jouer aux imbéciles, s'engager sur une voie secondaire, gagner un abri reculé, un dépôt de matériaux de construction désaffecté, un lotissement abandonné… Quelques années ou des siècles auparavant ils utilisaient un siège bébé pour leur expédition. Le siège rassurait leurs futures victimes. Ils l'avaient acheté quand ils étaient plus jeunes, quand Romain vivait encore.

Yves désigna le plancher. « Nous avons de l'eau bien fraîche dans la glacière à vos pieds. » Marjolaine baissa des yeux aussi plats que son visage, avisa le caisson réfrigérant calé sous le tableau de bord. Le sourire d'Yves s'élargit. La créature à côté de lui n'imposerait pas de passer par de fastidieuses circonlocutions ou d'employer des manœuvres subtiles. Trois mots suffiraient, jugea-t-il. « Vous voulez boire ? »

VINGT ET UN

Anna posa ses vaillantes Stan Smith sur le sol nivelé, bitumé, de la route en lacet qui montait jusqu'aux cols, et dont elle ne discernait ni le terme ni les jalons éventuels. Même si elle ignorait où elle se trouvait, la fillette était soulagée de toucher enfin à une marque de civilisation. Elle regarda à droite, à gauche, tel un passant s'apprêtant à traverser une chaussée encombrée : l'endroit où elle avait débouché ne comportait ni passage clouté ni feu tricolore, et l'on pouvait décemment écarter tout risque d'accident de la circulation. La fillette distingua des panneaux indicateurs légèrement en amont. *Courage, Anna !* Elle dévala la pente douce, parvint à la hauteur des écriteaux. L'oxyde avait rongé le métal jusqu'à former des dentelures de rouille au bord des plaques. Les mots demeuraient lisibles. Anna reconnut certaines lettres que lui avait apprises Maurice, mais elle n'identifia aucune destination. Ses capacités de déchiffrage demeuraient trop limitées. Cependant, si elle s'en remettait aux nombres qu'elle voyait, elle se trouvait à une distance considérable de la prochaine agglomération.

Possible dans l'intervalle qu'elle croise une voiture ou bien des habitations isolées. Son instinct lui soufflait qu'elle trouverait les adultes de préférence en descendant. Gilles, le type qui avait habité avec sa mère avant Maurice, assurait que c'était toujours en bas que les hommes se massaient. Et Gilles s'y connaissait, question nature humaine. Il se promenait toujours avec des objets dangereux. Il avait un fusil caché sous la banquette de sa voiture. Un jour il avait même ramené un lapin mort à la caravane, pour leur apprendre à dépecer un animal, mais Tina lui avait demandé de s'en débarrasser. Gilles prétendait que la fin du monde approchait, et que seuls les plus habiles survivraient. Il avait un double S en forme d'éclair tatoué dans le cou. Pendant le laps de temps où il avait résidé au camping, Anna avait éprouvé une certaine admiration pour lui. Il connaissait énormément de choses sur la nature et les hommes.

Elle entreprit donc de longer la route non plus vers les cimes, mais en direction de la vallée, parce que c'était ce que Gilles aurait fait. L'asphalte craquelé, creusé par endroits d'importants nids-de-poule, indiquait que la chaussée n'était plus – ou très mal – entretenue depuis longtemps.

De grands pins s'élevaient sur les côtés, semblables aux éléments d'une imposante armée épargnée par les guerres de civilisation. Le soleil désormais haut faisait danser ses traits dans les bractées ondoyantes. Un léger souffle d'air apportait jusqu'à la fillette l'odeur incomparable des aiguilles tombées au sol, qui se mélangeait à la poussière, au pollen et au mica, à toutes les autres fragrances de l'atmosphère auxquelles les odorats distraits se montraient moins sensibles. Des syrphes se tenaient en vol stationnaire dans les rayons lumineux, suspendus à on ne savait quel fil imperceptible. Dès que la marche d'Anna la menait trop près d'elles, les mouches-abeilles se retiraient avec vivacité dans les beautés inexprimables de l'ombre, disparaissaient, comme brusquement recouvertes d'un voile d'invisibilité. La fillette imaginait avec amusement les diptères dotés du pouvoir de traverser les obstacles, comme Garou-Garou, un personnage qu'elle avait vu à la télévision dans un vieux film en noir et blanc. Elle repensa à l'acteur (sa mère lui avait dit qu'il s'appelait Bourvil) dont le visage émergeait d'un mur, semblable à une tête d'oiseau… Elle secoua la tête, balaya cette association d'idées de son esprit.

La gamine se concentra sur le panorama. La végétation noyait rapidement la route en contrebas. Le moutonnement infini de la vallée et les roches et les branches et les arbres sous le soleil… Elle plissa soudain les yeux. Une légère colonne de fumée montait, à peine perceptible sur le bleu du ciel. Difficile d'estimer la distance qui la séparait de l'infime panache. Un kilomètre, deux, ou dix ? Anna devinait l'émanation agonisante, relictuelle, comme si elle appartenait déjà à un autre monde. Les dernières particules dissipées dans l'atmosphère – tout juste une nuance grise – évoquaient à ses yeux un âtre assoupi, un foyer qu'on laissait s'éteindre à la pointe du jour. Dans son imaginaire se dessinait par anticipation une maison, une chaumière, un logis. Là-bas.

Mais la fumée s'estompait. Il deviendrait bientôt impossible d'en localiser l'origine.

Anna allongea le pas.

VINGT-DEUX

Les paupières de Marjolaine se fermaient malgré la lutte instinctive qu'elle livrait contre la subite torpeur. Sa tête, si lourde, piquait en avant, se redressait brusquement, giflée par le vertige. Le paysage ensoleillé ondulait à travers le pare-brise, les lignes se dématérialisaient. Dans les oreilles, c'était le chuintement grave d'un wagon sous un tunnel qui altérait ses perceptions. Yves savait exactement ce qu'elle ressentait. Chaque cahot projetait la conscience de la jeune passagère plus profondément dans les limbes et il lui serait bientôt impossible de distinguer la réalité du songe, la volonté de la suggestion.

« Un problème, Marjolaine ? »

L'adolescente grogna. La bouche perdait de son élasticité, la langue se chargeait de ciment, les joues paraissaient tirer l'ensemble du visage vers le bas, et le souffle lui-même peinait à animer les cordes vocales.

Sans que l'on ait eu besoin de recourir à d'autre subterfuge que la simple proposition pour l'y inciter, la jeune fille s'était emparée de la première bouteille dans la glacière et avait bu avidement au goulot. Après avoir pratiquement expédié les trente-trois centilitres, elle avait rangé le récipient. Pas un merci, pas un soupir de contentement. Juste la soif brutalement étanchée, la nécessité comblée sans l'apprêt des conventions.

Ensuite Yves avait comme à l'accoutumée joué au conducteur inexpérimenté, maladroit. Il s'était engagé sur un premier chemin de traverse, avait fait marche arrière pour reprendre un autre embranchement, avait de nouveau changé de direction. Marjolaine avait rapidement abandonné toute tentative pour l'orienter correctement, signe que le produit agissait et qu'elle laissait l'indétermination achever de lui brouiller les idées.

Maintenant elle était proche de l'inconscience, cette sœur du repos éternel.

Elle est moins résistante que je ne le croyais, médita Yves tandis que ses yeux quêtaient un endroit discret où ils pourraient assouvir leurs penchants. La faim abdiquerait alors temporairement. Elle cesserait de tourmenter Bernadette pour un jour, une semaine, avant de renaître. Où seraient-ils alors ? Loin.

Il stoppa finalement le véhicule en bordure de forêt et, lorsqu'il serra le frein à main, Marjolaine bascula contre le tableau de bord. Il la retint de justesse. *Ne gâchons pas la marchandise prématurément.* « Marjolaine, vous m'entendez ? »

Pas de réponse. Il s'adressa à Bernadette. « Elle est à point. Aide-moi à la transporter à l'arrière.

— Ça ne va pas être une mince affaire.

— Je sais. Mais tu y seras mieux, non ? Et puis tout est bâché. »

Bernadette acquiesça. Yves rabattit alors le dossier du siège passager et ils firent rouler la lourde masse de l'adolescente jusque sur le plancher du compartiment arrière.

« Elle est répugnante, laissa échapper Yves.

— Elle suffira », répondit sa femme.

L'homme redressa ensuite le dossier, épousseta avec une moue de dégoût le siège avant, tandis qu'à l'arrière Bernadette attachait soigneusement les poignets de la jeune femme. Celle-ci sommeillait, certes, mais ils n'étaient pas à l'abri d'un sursaut quand les nerfs allaient crier, quand la souffrance deviendrait intolérable.

Marjolaine gémit, grogna encore. Bernadette pinça les lèvres. « J'ai l'impression qu'elle n'a pas eu une dose suffisante.

— Elle a pratiquement vidé la bouteille.

— Possible que tu aies trop dilué le produit. »

Yves lui jeta un regard sec dans le rétroviseur. « Le sévoflurane est correctement dosé.

— D'accord. Mais c'est une force de la nature.

— Je vais lui faire une injection, si ça peut te rassurer. »

Les Beltrand conservaient dans la boîte à gants une seringue prête à l'emploi, qu'ils réservaient justement à ce type d'impondérables, au demeurant exceptionnels.

Yves fit basculer l'abattant, tâtonna à l'intérieur du compartiment. Ses doigts effleurèrent la carte, le guide, quelques tickets de stationnement, un paquet de chewing-gums entamé. *Où est cette satanée seringue ?* Yves se penchait pour scruter l'intérieur de la boîte lorsque tout à coup un mouvement puissant à l'arrière fit osciller le combi sur ses suspensions. Il entendit un choc, puis un cri. La voix de Bernadette.

Les poils sur sa nuque se transformèrent en autant d'aiguilles glacées quand il regarda par-dessus son épaule. Horreur ! Marjolaine se tenait debout, vacillante sur la bâche plastifiée. Les jambes solidement plantées au sol, les pieds carrés, elle s'ébrouait à la façon d'une génisse étourdie cherchant à reprendre ses esprits. Ses poignets ensanglantés montraient qu'elle avait arraché plutôt que défait ses liens. La corde avait mutilé les articulations métacarpiennes et proximales, mais la jeune femme ne semblait prêter aucun égard à ses blessures. De sérieuses coupures enlaidissaient les phalanges du poing droit. Elle s'était esquinté la main en frappant Bernadette. La caissière gisait à plat ventre sur la bâche, le bas du visage taché d'hémoglobine, le nez et les lèvres écrasés, la mâchoire portée à l'oblique selon un angle peu naturel. Ses yeux vitreux – peut-être l'aspect le plus effrayant de ce sinistre tableau, songea Yves le temps d'un éclair – n'exprimaient pas seulement la sidération d'une attaque surprise mais le profond abêtissement consécutif à une commotion.

Yves resta proprement tétanisé. Jamais encore ils n'avaient essuyé pareille rébellion. Une autre réflexion se fraya un chemin dans son esprit : un tel enchaînement de calamités sur deux jours tenait de l'acharnement divin. Alors qu'il ouvrait la bouche pour parler, tenter de raisonner la brute que, dans leur tentative paradoxale pour endormir la jeune femme, ils avaient éveillée chez elle, celle-ci agita les grelots d'un rire gras, qui étaient aussi ceux de la folie. Du pus et des glaires saturaient cette hilarité démente. Elle porta les poignets à ses lèvres et lécha le sang qui coulait des chairs fendues avec une avidité d'animal.

Une impulsion soudaine dénoua les pensées d'Yves : les mots ne serviraient à rien; s'il ne passait pas à l'action maintenant, Marjolaine allait l'étriper; elle allait les étriper tous les deux. Au moment même où il se jetait sur la boîte à gants pour retrouver la seringue, Marjolaine s'élançait vers lui, la bouche remplie de sanies, les poings comme des merlins d'abattage.

VINGT-TROIS

Anna aperçut un éclair entre les arbres, à la périphérie de son champ de vision. La route sinueuse s'éclipsait derrière un massif d'arbres aux troncs épais, inébranlables, mais quelque chose de furtif avait troublé l'immuable rectitude de la phalange végétale. La fillette se figea. Les occupants du van, et surtout l'homme à la tête d'oiseau, devaient la chercher. Cet éclat de lumière pouvait provenir d'un reflet sur une carrosserie... ou sur la vitre d'un combi marron.

Elle décida de se montrer prudente : d'un bond elle se réfugia dans le fossé au bord de la route. Son petit corps s'enfonça dans un tapis de feuilles mortes et de branchages desséchés. L'humus et la créosote lui envoyèrent une bouffée capiteuse au visage, signe que la nature l'accueillerait comme une de ses enfants si la fillette savait s'immobiliser. Elle colla sa joue à la terre humide, cherchant à percevoir dans les murmures de la terre les vibrations d'une menace potentielle. Un lombric se tortillait à quelques centimètres de son nez, fouissait le sol meuble en de langoureuses reptations. Ses anneaux s'étiraient, se rétractaient, couverts de croûtes noires semblables à des reliefs de chocolat fondu. Anna le regarda onduler, songeant vaguement que par sa grâce, son indifférence aux choses humaines, il échappait à la crainte de la mort. Le souffle chaud de la fillette caressait l'enveloppe humide de l'annélide.

Au-dessus d'elle roula un engin, du moins l'imagina-t-elle, car elle n'osait pas risquer un coup d'œil hors de sa cachette. Le véhicule pouvait marquer une halte à l'endroit où elle se trouvait, les occupants sortir et se diriger vers le fossé... *Non !* Anna avait formulé un ordre clair dans sa tête. Ne pas laisser prise à la spéculation, chasser les images, refuser de suivre les pensées dans leurs égarements. Peut-être que ces voyageurs-là n'avaient aucun rapport avec ses poursuivants, peut-être même qu'il n'y avait aucun voyageur. *Assez !* Ces illusions n'étaient que les jumelles inversées des précédentes. Elles suscitaient l'espoir au lieu de la peur, ce qui était tout aussi dangereux.

Au bout d'un délai qu'elle jugea raisonnable elle leva enfin la tête, scruta la route.

Une voiture s'éloignait au bout de la langue d'asphalte. Anna reconnut un véhicule militaire tel qu'elle en avait vu dans les vieux films de guerre américains en noir et blanc : une jeep dont la peinture de camouflage s'effaçait pratiquement sous une épaisse couche de boue. Le pare-chocs arrière, massif, dessinait un sourire aux chicots noircis sur la calandre. Trois hommes se tenaient à découvert dans le véhicule. Du premier occupant, Anna n'apercevait que le large dos, protégé par une veste kaki, et une casquette à la visière rabattue sur la nuque. Il conduisait voûté, comme si cette position aérodynamique pouvait faciliter le déplacement du véhicule. Celui-ci, d'ailleurs, n'avançait pas très vite mais disparaîtrait bientôt au prochain tournant. Deux autres hommes occupaient le plateau arrière, visages baissés. Ils paraissaient plus frêles que le conducteur, plus jeunes aussi peut-être, mais des casquettes identiques masquaient leurs traits. De longs cylindres se dressaient comme des pieux obliques entre leurs omoplates. Des fusils en bandoulière.

Aucun des trois chasseurs ne regarda dans la direction d'Anna. Un gros chien noir se laissait bercer par les mouvements de la jeep, assis avec indolence aux pieds des passagers.

Anna bondit sur la route, fit signe pour attirer l'attention, tenta d'appeler en pure perte. La jeep ne ralentit pas. Les passagers à l'arrière semblaient observer le chien. N'était son épais collier hérissé de pointes, qui scintillaient dans les rayons du soleil, on aurait pu le prendre pour l'ombre primitive de ses maîtres. Son silence, sa docilité apparente ajoutaient un aspect irréel à son caractère menaçant. Même de loin, Anna voyait que son imposant gabarit correspondait plus à celui d'un chien d'attaque que d'un fin limier. Qu'importe ! se dit-elle. Ces chasseurs revenaient sûrement d'une expédition, aucun d'eux n'était apparenté à l'homme à la tête d'oiseau. Si elle parvenait à capter leur regard, ils s'arrêteraient, ils la feraient monter. Même si elle s'exprimait souvent mal et que ses propos se révélaient confus, elle leur expliquerait tout et ils la conduiraient à la police. Elle raconterait ce qu'elle avait vu aux fonctionnaires et puis ils contacteraient les services de protection de l'enfance, et puis ils feraient venir une assistante sociale qui s'occuperait d'elle, et puis ils l'enverraient à l'hôpital passer des examens et consulter des psychiatres, et puis ils appelleraient un foyer pour un placement d'urgence, et puis... Non, elle ne pouvait pas rapporter sa mésaventure aux adultes qui représentaient l'État. *Services de protection de l'enfance, assistante sociale, psychiatres, procédure de placement*, la fillette avait souvent entendu ces mots dans la bouche de sa mère. Et la dernière conversation de Maurice avec Tina avait suffisamment marqué son jeune esprit pour qu'aujourd'hui encore elle s'en souvienne.

Sa mère avait dit comme d'habitude : « Va te promener, Anna. » La petite avait regardé Maurice, assis de l'autre côté de la table, sur laquelle se dépliait lentement un magazine froissé – ou plutôt un fanzine intitulé *Bad Corpse* –, que dans un mouvement d'humeur Tina avait malmené quelques instants auparavant. La fillette avait deviné qu'il valait mieux ne pas plaisanter et obéir sans discuter.

Elle avait toutefois marqué une pause sur le seuil de la caravane, dans l'espoir que Maurice lui adresse la parole ou fasse un geste, mais il était resté muet, refusant obstinément de poser les yeux sur elle.

Une semaine auparavant il s'était servi de son couteau et avait pris la jambe d'Anna en photo. Il lui avait expliqué que *Bad Corpse* organisait un concours pour les dix ans du mythique album *Virgin Hunter*. Il fallait pasticher ou recréer le célèbre cliché figurant sur la couverture de la pochette. On y voyait la cuisse d'une jeune fille (une vierge, avait précisé Maurice) sur laquelle était tatoué le titre phare en lettres de sang. Maurice avait l'idée, quant à lui, de graver le même motif à la pointe du couteau sur le quadriceps de la fillette, puis d'envoyer son œuvre à la rédaction. Il avait raconté à Anna que ce serait une version moderne – et donc plus sauvage, plus authentique – de l'image présente sur le 33 tours. Nul doute que son œuvre ferait date. À la clef, un poste de reporter-photographe à *Bad Corpse*, et une fameuse publicité pour elle (peut-être même, avait-il insinué, la possibilité de passer à la télévision). Anna n'avait pas bien compris le lien entre sa cuisse, le poste de journaliste et la photo, sur laquelle n'apparaîtrait même pas son visage – juste sa jambe, en plan rapproché –, mais elle avait accepté pour faire plaisir à Maurice.

Elle n'avait presque pas eu mal.

Maintenant qu'elle s'apprêtait à descendre le marchepied de la caravane, elle quêtait un signe de Maurice, qui lui indiquerait qu'il ne lui en voulait pas. Elle n'avait pas cafté, enfin pas vraiment. Maurice lui avait recommandé de garder le silence sur leur petite séance photo. « Sinon, des choses très graves pourraient se produire », avait-il dit de façon énigmatique.

Mais quelques jours après, et malgré le pansement et l'antiseptique appliqués par Maurice, la blessure avait commencé à démanger Anna. Au début elle n'y avait pas prêté attention, mais rapidement la démangeaison s'était transformée en brûlure, la brûlure en fièvre, si bien que Tina avait exigé que la fillette lui montre « l'endroit où elle avait mal ». Qu'aurait pu faire Anna ? Refuser ? Il n'en était pas question.

Quand Tina avait vu la cicatrice – qui n'était plus une cicatrice mais une boursouflure jaune et violet – elle avait pincé les lèvres. La fillette avait deviné que l'heure n'était plus aux atermoiements, aux manœuvres dilatoires et autres faux-semblants, mais elle avait tenu à résister. *Des choses très graves*, avait dit Maurice. Quand Tina l'avait interrogée, la gamine avait secoué la tête, les paupières fermées, les mâchoires crispées, une grimace renfrognée aux lèvres. Elle avait même tenté de se boucher les oreilles pour ne pas entendre les menaces de sa mère, mais celle-ci n'avait pas vraiment eu besoin d'explication. Elle avait simplement grondé sur un ton comminatoire : « C'est Maurice, hein ? C'est ce salaud de Maurice ? »

Ses questions se dispensaient de réponse.

Ainsi, Anna songeait qu'on ne pouvait pas l'accuser d'avoir dénoncé son tortionnaire. Et puis était-ce son tortionnaire ? Aujourd'hui encore elle demeurait persuadée que Maurice, innocent à sa manière, n'avait pas réellement voulu lui faire mal. D'ailleurs, pendant tout le temps où il gravait l'inscription sur sa peau, la langue tirée entre ses dents pour mieux se concentrer, ne lui avait-il pas demandé si ça allait, si elle ne souffrait pas trop ?... Et tandis que le sang coulait des fines entailles pratiquées dans sa chair, la fillette avait courageusement affirmé qu'elle ne sentait rien.

Tina avait été obligée de faire venir un vieux monsieur à la caravane. Chauve, le teint jaunâtre et la main tremblante. Une moustache brune, taillée au carré, couronnait ses lèvres, et l'on apercevait des cellules mortes accrochées dans les poils. La fillette n'avait jamais vu ses yeux car il portait une robuste paire de lunettes opaques, qu'il n'avait jamais quittée. Le vieux monsieur lui avait fait une piqûre, avant d'oindre la plaie d'une épaisse pommade odorante et de fixer un pansement propre. Tina lui avait donné quelques billets en le remerciant. « Je suis plus à l'aise avec les chevaux et les vaches laitières, avait-il tempéré. Ce serait mieux si elle allait voir un vrai médecin, à l'hôpital.

— Non, pas de médecin, pas d'hôpital.

— C'est vous qui décidez. On ne s'est pas vus, je ne vous connais pas. Changez le pansement tous les jours, surveillez la température. Si ça continue à monter, ne me rappelez pas. »

Après qu'il avait pris congé, Tina s'était conformée à ses instructions. La fièvre avait baissé au bout d'un jour ou deux. Les démangeaisons et les brûlures s'étaient estompées avant de disparaître complètement. L'inscription n'était plus lisible, mais une vilaine cicatrice subsistait sur la cuisse de la fillette.

Elle ferma la porte de la caravane derrière elle et descendit les degrés du marchepied. Le regard fuyant de Maurice, son refus de lui parler ou de lui faire signe paraissaient aux yeux de la gamine relever de l'injustice. Cependant elle était bien forcée de s'en accommoder.

Elle s'éloigna dans l'allée principale du camping, contourna le bâtiment en construction qui jouxtait le terrain. Sa mère regardait peut-être par la fenêtre pour s'assurer de son départ. Pourtant, au lieu de se diriger vers la sortie, Anna coupa à travers les broussailles et les mauvaises herbes afin de revenir à la caravane par-derrière.

Elle se posta près de l'une des lucarnes, qu'en raison de la chaleur on avait entrebâillée.

Elle avait d'abord entendu la voix de Maurice.

« Allez, ce n'était pas bien méchant.

— Pas bien méchant ? Elle a failli avoir une septicémie !

— Je sais. Je suis désolé.

— Tu lui as entaillé la cuisse, salopard.

— Des coupures superficielles. Les parents qui font percer les oreilles de leur gosse se comportent de manière plus barbare. Ce concours, c'était ma chance ! Tu as lu le numéro de *Bad Corpse* ?

— Évidemment. Ta photo est horrible, dégueulasse. Tu ne toucheras plus jamais à un seul cheveu d'Anna. Je ne veux même plus que tu t'approches d'elle. D'ailleurs, tu vas faire tes valises.

— Tina...

— On part. Et tu ne viens pas avec nous. Je devrais te dénoncer aux flics.

— Ah oui ? Et tu penses qu'ils vont être enchantés de voir où habite Anna ? Dans quelles conditions elle vit ? Bon Dieu, Tina, cette gosse ne va plus à l'école depuis je ne sais pas combien de temps, elle n'a aucun ami, ne sait pas lire, à peine parler...

— Elle a un léger handicap, et alors ?

— Sa place est dans un centre spécialisé ou une école adaptée, pas dans une caravane qui change de région tous les deux mois.

— Anna est heureuse comme ça.

— Imagine un peu une enquête des services sociaux sur ton cas.

— Tu n'oserais pas.

— Alors ce sera donnant donnant. Tu la fermes sur notre séance photo. C'était une mauvaise idée, d'accord, je ne recommencerai plus. Et de mon côté je la boucle à propos de votre train de vie clandestin.

— Va-t'en.

— Tina, qu'est-ce que tu fabriques avec ce couteau ?

— Je t'ai dit de t'en aller. »

Anna n'avait pas entendu la suite car elle avait plaqué les mains sur ses oreilles.

Le lendemain Maurice avait levé le camp, emportant toutes ses affaires. Quant à Anna et sa mère, elles étaient reparties sur les routes.

Anna baissa les bras. La longue cicatrice sur sa jambe ne lui faisait presque plus mal, sauf les jours de mauvais temps. Ses pieds, trop longtemps comprimés dans les Stan Smith, commençaient en revanche à la torturer, les articulations des genoux et les tibias manifestaient leur désapprobation et une crampe naissait sur son mollet droit. La jeep continuait de s'éloigner. La fillette avait conscience qu'elle ne la rattraperait jamais ; d'ailleurs elle ne le désirait même plus.

Le chien sur le plateau arrière posa alors les yeux sur elle. Hormis les faibles oscillations de sa gueule entrouverte et le poitrail animé d'un bref halètement, le grand mastiff noir ne faisait strictement aucun mouvement. Il se contentait de regarder fixement la gamine sans alerter ses maîtres. L'absence de reflet sur ses prunelles était-elle signe d'une grande indifférence ou au contraire d'une promesse redoutable ? Anna eut l'étrange sentiment qu'ils se croiseraient de nouveau, elle et lui.

Le 4 × 4 s'éclipsa finalement derrière les arbres. Il ne reparaîtrait plus.

Quelques enjambées encore, puis la fillette s'arrêta. Elle n'en pouvait plus, ses muscles demandaient grâce. Penchée en avant, les mains sur les cuisses, elle tenta de reprendre son souffle. Un filet de salive refusait de quitter sa bouche. Incapable de déglutir, la gamine sentait une douleur atroce lui paralyser les maxillaires. Sa vision se brouilla un instant, tandis que des larmes involontaires formaient des bourgeons liquides entre ses paupières. Ses propres hoquets, ses gémissements d'impuissance, la fillette les ravala. Elle n'offrirait à personne, fût-ce à elle-même, le spectacle d'une détresse vaine. Elle s'admonesta intérieurement : *Du nerf !*

Quand elle se redressa enfin, les yeux au ciel pour localiser la colonne de fumée qui la guidait jusque-là, les dernières particules finissaient de se dissiper dans l'air. *Non, non…* L'épaisseur des rameaux occultant l'horizon, la hauteur des arbres, la solitude du lieu et les ombres imposantes qui proliféraient dans la végétation tombèrent soudain sur ses épaules, pesèrent de tout leur poids pour l'accabler. Au bout d'une minute ou deux, les cieux désormais vierges de tout repère n'offrirent plus que le vide immense du plein jour, que l'on croyait éternel, en guise de boussole privée d'aiguille.

Presque malgré elle, un pied avança sur l'asphalte, puis un autre. Les bras firent balancier. L'air pénétra dans ses bronches. Elle se remit en marche.

VINGT-QUATRE

Marjolaine se jeta sur le conducteur; une pluie de coups aussi violents que désordonnés s'abattit sur Yves. À moitié couché sur le siège passager, coincé entre le volant et le dossier, il tentait de parer les plus vicieux. La jeune femme frappait sans discernement mais la profusion compensait le manque d'efficacité, la quantité l'imprécision. Des cris de rage, d'authentiques hurlements montaient de sa gorge, comme arrachés du plus profond des entrailles. Les phalanges s'écrasaient sur le tableau de bord, s'enfonçaient dans la garniture des sièges lorsqu'elles manquaient leur but, meurtrissaient la poitrine et les avant-bras du quadragénaire quand elles faisaient mouche. La violence des chocs devint négligeable au moment où Yves réalisa l'humiliation qu'il subissait – le tueur transformé en vilain chiot que l'on corrigeait, l'assassin guère mieux traité qu'une sale bête rossée –, et l'humiliation cessa à son tour quand il prit conscience de la saleté – peau morte, sang et crachats – que la furie répandait sur ses vêtements. Même le plus habile des teinturiers ne parviendrait pas à ravoir la veste et le gilet, songea-t-il avec une horreur proportionnelle au grotesque de la situation. Il devait se dégager, et vite !

Libérant l'un de ses bras, il chercha à tâtons l'ouverture de la portière. Un coup plus retors que les autres l'atteignit au coin de l'œil, sa vision se peupla d'étoiles et de motifs géométriques abscons. Elle allait le tuer, s'alarma-t-il, et puis elle achèverait Bernadette.

Le clic du levier de la portière, un courant d'air tiède au-dessus de sa tête. Le battant venait de pivoter, alors que Marjolaine, tel un pugiliste galvanisé par la fin imminente du combat, redoublait d'énergie et de brutalité, à genoux sur les jambes d'Yves. Celui-ci empoigna son adversaire par les épaules et, dans une parodie de planchette japonaise – seule fantaisie que sa posture et son corps lui permettaient à ce stade-là de l'affrontement –, projeta la jeune fille à l'extérieur. Une douleur fulgurante lui déchira le bas des reins et la jambe gauche. Il entendit la jeune femme heurter la terre poussiéreuse, rouler dans les herbes sèches. Sans attendre il rabattit la portière, verrouilla toutes les issues. Pas le temps de reprendre son souffle : il se précipita vers Bernadette. La jambe gauche manqua se dérober lorsqu'il prit appui sur elle. L'effort qu'il avait fourni pour se débarrasser de Marjolaine avait sans doute provoqué une sciatique. Il s'agenouilla près de sa bien-aimée. « Bernadette, réponds-moi. »

Les yeux de la femme papillotèrent, les pupilles retrouvèrent un semblant de vitalité, elle revenait lentement à elle. D'après les premières constatations d'Yves, le nez tuméfié semblait cassé, mais la mâchoire, contrairement à ce qu'il avait d'abord redouté, n'était pas brisée. La caissière essuya sa bouche ensanglantée et lorsqu'elle parla, Yves s'aperçut que deux incisives supérieures avaient sauté. Elle qui était si fière de son sourire.

« Elle m'a eue par surprise. Je n'ai rien vu venir. Où est-elle ?

— Dehors, quelque part. Je l'ai balancée par la portière. » Il ne put retenir un petit ricanement de triomphe.

Bernadette paraissait préoccupée par l'aspect de son époux. « Mon pauvre chéri, qu'est-ce qu'elle t'a fait ? »

Yves s'examina dans la petite glace fixée à la porte de l'armoire. Du sang ruisselait entre les mèches de ses cheveux en bataille. « Ce n'est rien, la rassura-t-il. Une coupure sans gravité. Les artères du cuir chevelu adhèrent au tissu conjonctif et se contractent peu quand elles sont sectionnées, du coup ça pisse pas mal, mais ne t'inquiète pas. » En réalité il déplorait son apparence : les souillures de son costume, sa veste dont une des manches s'était déchirée, ses mains et son visage striés de griffures et d'hématomes naissants, ses cheveux ébouriffés et mêlés de rouge.

« Elle est encore vivante ? interrogea Bernadette.

— Je n'en sais rien. Elle allait me massacrer. Je l'ai virée comme j'ai pu. Peut-être que la chute...

— Il faut être sûrs.

— Je crois... » Yves hésita puis renonça à terminer sa phrase.

Bernadette l'incita à aller au bout de sa pensée. « Quoi ?

— Je crois qu'on devrait abandonner. Nous sommes durement éprouvés. Il y a déjà eu cette gamine hier, et puis l'autre maintenant... Peut-être...

— Accouche, nom d'un chien !

— Peut-être qu'on n'est plus à la hauteur.

— Qu'est-ce que tu racontes ?

— Peut-être qu'on est devenus trop faibles. Cette sortie me fait l'effet d'être celle de trop.

— Si la force nous manque, on peut trouver d'autres moyens de tuer. »

Bernadette soutenait le regard d'Yves par l'intermédiaire de la glace de l'armoire, sa faim était puissante. La caissière attendait depuis plus d'une décennie les manifestations d'un renouveau sans cesse reporté.

Yves considéra qu'il valait mieux exprimer plus clairement son sentiment. « Ce n'est pas un problème de force. Plutôt une question de chance... On a eu de la veine pendant toutes ces années. Il faut bien se résoudre à ce que cela s'arrête. J'ai l'impression que l'heure a sonné...

— Arrête tes salades. Tu n'as jamais cru à la chance. Pas plus qu'à Dieu. »

Yves baissa les yeux. « J'y ai cru autrefois.

— Plus maintenant. Tu veux faire quoi ? Demander pardon ? »

Un silence s'installa. Seul le chant étouffé des cigales dans la prairie leur parvenait. Marjolaine gisait peut-être inconsciente dans les herbes. Ou alors elle s'était enfuie. S'il leur restait quelque reliquat de cette fameuse chance qui semblait pourtant se dérober, médita Yves, l'adolescente s'était rompu le cou en tombant du van. On pouvait toujours espérer.

Il secoua finalement la tête. « D'accord, soupira-t-il, je vais voir ce qu'elle est devenue.

— Prends une arme», conseilla Bernadette. Dans ses yeux luisait l'appétit.

Yves promena son regard sur l'espace exigu du combi. La corde dans la penderie ? Le couteau dans le tiroir de cuisine ? Il hésitait.

Au moment où, ayant finalement opté pour l'arme tranchante, il tendait la main vers le tiroir, Bernadette l'arrêta d'un geste. «Écoute.» Sa voix ? Un simple souffle.

Ils percevaient un raclement à l'extérieur, comme un objet très lourd que l'on déplaçait au sol, que l'on faisait rouler dans la poussière. Et des grognements hybrides, que l'on aurait pu prendre pour ceux d'une laie croisée avec une matrone. Un raclement, un grognement.

Yves et Bernadette ne bougeaient plus. Ils guettaient à l'oreille le laborieux déplacement, qui semblait s'effectuer le long du Volkswagen. Yves avait bien conscience de leur posture paradoxale : ils se comportaient comme des gibiers en puissance; on aurait juré que par une inconcevable inversion des rôles bourreaux et victime avaient échangé leurs attributs.

Un dernier grognement, plus sonore que les précédents, sembla apporter un point final aux opérations qui se tramaient à l'air libre. Le raclement s'acheva, suivi d'un silence oppressant. Ils osaient à peine respirer. Bernadette regarda son mari. Elle posa l'index sur sa bouche luisante d'hémoglobine. *Plus un bruit.* Puis elle se glissa avec mille précautions près de la lucarne latérale, écarta la protection du bout des doigts pour regarder à l'extérieur. Yves l'observait sans remuer un cil. Le bon sens indiquait qu'il fallait passer à l'action, ouvrir le tiroir d'un geste sec, empoigner le couteau. Il devait rompre avec l'envoûtement toxique, s'arracher à l'état hypnotique où la surveillance de sa femme et l'absence apparente d'activité à l'extérieur le plongeaient. Il n'eut pas le temps de reprendre l'initiative.

Bernadette écarquilla les paupières. Un rayon de lumière accrocha son œil droit, fendit la pupille comme celle d'un chat. Elle dit d'une toute petite voix : « Oh Seigneur ! » Et avant qu'Yves ait pu esquisser un mouvement, un choc monumental ébranla le camping-car. Un pan de cloison s'enfonça brutalement vers l'intérieur du véhicule.

VINGT-CINQ

Il s'agissait d'un chemin étroit, perpendiculaire à la route, qui s'enfonçait dans les épais sous-bois. On le soupçonnait plus qu'on ne le discernait. Peut-être avait-il été fréquenté naguère, mais à présent les herbes aplaties et les branchages écartés se remarquaient à peine. Gilles, l'ami survivaliste de Tina, avait autrefois enseigné à Anna que là où il y avait chemin, il y avait destination. La fillette avait gardé ce précepte en mémoire, mais il se pouvait également qu'un instinct plus fondamental la poussât à suivre un itinéraire que d'autres avaient emprunté avant elle. Gilles ajoutait que celui qui cheminait à la suite d'autrui ne découvrait rien, ne cherchait même rien. Anna, pourtant, cherchait bien quelque chose.

Si elle avait dû expliquer a posteriori quelle intuition, quel pressentiment l'incitaient à quitter l'ancienne Voie des cols, ruban d'asphalte en apparence infini, elle s'en serait tenue à une série de raisonnements limités par les bornes restreintes de son cerveau. Premièrement c'était dans cette direction qu'elle avait vu la colonne de fumée pour la dernière fois ; deuxièmement elle ignorait à quelle distance se trouvait le prochain village (peut-être celui où retournaient les chasseurs et le chien noir dans la jeep ?) : il lui paraissait préférable de miser sur une habitation isolée mais relativement proche, plutôt que fonder ses espoirs sur l'hypothèse d'un bourg lointain ; troisièmement elle était simplement fatiguée, elle avait faim et soif. Des frissons intermittents parcouraient ses membres, remontaient dans la poitrine, tétanisaient la mâchoire. Se pouvait-il que la nature et les simples exigences du corps achevassent l'entreprise que l'homme à la tête d'oiseau n'avait pu mener à terme ?

Marcher encore un peu, et si elle ne trouvait rien, se coucher, fermer les yeux et attendre.

Un bosquet de ronces abritait quelques mûres, qu'elle s'empressa de cueillir et d'avaler. La pulpe un peu sèche, passée de saison, laissait une saveur amère au gosier mais Anna puisait tout de même dans cette maigre récolte quelques forces supplémentaires. Un examen plus attentif du buisson lui indiqua que certaines branches avaient déjà été dépouillées de leurs fruits. Quelqu'un était passé par là, quelqu'un s'était nourri, quelqu'un avait avancé. Plus loin elle découvrit un asparagus au pied duquel plusieurs asperges anciennement moissonnées s'anastomosaient en réseaux secondaires. Elle se trouvait sur la bonne voie.

Son estomac grondait toujours alors qu'elle avait mangé cinq minutes auparavant. De fait, les mûres avaient aiguisé l'appétit au lieu de procurer une quelconque satiété.

Elle tentait de progresser en silence. Le tapis de feuilles

mortes, qu'elle essayait de fouler le plus légèrement possible, remua tout à coup à ses pieds. Elle se figea. Son regard suivit le mouvement des feuilles. Un lézard, rien qu'un lézard. Le coupable se fondit rapidement dans les ombres. Elle se pencha au ras du sol pour tenter de le localiser. Plus aucun bruit. Le reptile s'était probablement immobilisé, profitant des jeux incessants des rayons lumineux dans les feuillages pour jouir de l'immunité. Anna s'empara d'une brindille, taquina les feuilles pour l'inciter à se dévoiler. Peine perdue. Soit le fugitif s'était déjà évaporé, soit il possédait un calme qui méritait qu'on lui fiche la paix. Anna jeta la brindille, et c'est là que, toujours penchée au niveau du sol, elle aperçut deux pieds chaussés de sandales en cuir usé.

Son regard remonta, détailla des chevilles et des mollets solides qu'on devinait indifféremment livrés aux saisons ; à la chaleur comme au froid. Une jambe présentait cependant d'étonnantes difformités, la chair sillonnée de flétrissures semblables à d'anciennes brûlures, le tibia festonné d'une longue cicatrice longitudinale, alors que l'autre jambe paraissait intacte, comme le modèle perfectionné de la première. Les yeux d'Anna s'attardèrent sur le bas d'une robe en étoffe grossière. Le tissu devait-il sa couleur grise à sa teinte d'origine ou à un dépôt de saleté que le temps et les années s'étaient chargés de pérenniser ? Impossible à dire. On imaginait volontiers ce vêtement dans un cloître ; une bure sur le dos d'une pénitente.

La fillette se redressa vivement. Rien dans son expression

ne trahissait cependant l'alarme. Elle était juste surprise, à la façon ingénue des enfants inconscients du danger.

La femme se tenait à trois ou quatre mètres de distance. Manifestement elle non plus n'accordait aucun crédit à la peur. La fillette jugea qu'elle devait être plus âgée que sa mère, mais la longue chevelure grise, qu'elle avait ramenée en queue-de-cheval, pouvait parfaitement lui conférer un avancement trompeur. Que faisait-elle là, en pleine forêt, dans un endroit si isolé ? Question réversible, bien entendu. Et Anna, pourquoi cheminait-elle en ce lieu, à cette heure ? L'inconnue lui sourit. Elle portait un sac en toile rempli d'herbes. Apparemment la fillette l'avait interrompue en pleine cueillette. Malgré le sourire, malgré l'affabilité de façade et l'absence d'appréhension, il émanait de son visage une austérité indéfinissable, sorte de profondeur dont on avait masqué à la hâte les abîmes les plus vertigineux.

La fillette distinguait des rides fines comme des nervures de marbre sur ce visage plein, presque rond. Les yeux très brillants apparaissaient dans la mince fente des paupières, que le soleil ou les intempéries avaient étirées de façon permanente. La protection naturelle des cils accentuait les pattes-d'oie sur les tempes. La femme possédait un front large, un nez très droit qu'en d'autres circonstances on aurait pu estimer aristocratique, un menton circulaire altéré d'un imperceptible renflement à sa base, et de larges dents, très blanches devant, jaunies sur les côtés.

« Je cherche un refuge », dit simplement la fillette, ignorant comment expliquer sa situation. Elle ne savait même pas, à ce stade-là de ses pérégrinations, s'il était avisé de confier ses difficultés.

L'adulte ne dissimula pas sa perplexité. Une hésitation fugitive traversa son regard. Ses yeux détaillèrent la petite silhouette, marquèrent un temps d'arrêt sur la cuisse où apparaissaient encore les stigmates estompés de l'ancienne blessure infectée, vestige désormais illisible des œuvres de Maurice. Anna eut l'impression, très brève, que la cicatrice attirait l'attention de la femme parce qu'elle y trouvait peut-être un écho lointain de sa propre infirmité. Ce détail acheva-t-il de la convaincre ? L'inconnue se décida brusquement et, détachant son regard de la section abîmée, dévisagea la fillette. Ses lèvres remuèrent. Quelques mots presque formulés par automatisme, la main tendue en signe d'invitation : « Viens, accompagne-moi. »

VINGT-SIX

Yves bondit sur le siège passager. Ce qu'il vit par le rétroviseur latéral lui fit dresser les cheveux sur la tête. Marjolaine soulevait une roche imposante, qu'elle avait arrachée à la terre. Avec une violence inouïe elle la projeta une deuxième fois sur le flanc du T3. Polyphème, au moment de lancer son rocher sur le navire d'Ulysse en fuite, n'aurait eu plus de rage, plus de puissance aveugle. Le bruit fut effroyable. La tôle s'incurva davantage. Vacillant sur ses suspensions, le Volkswagen semblait la proie d'une bourrasque tempétueuse. Bernadette plaqua les mains sur ses oreilles. « Fais-la cesser ! »

Yves scruta le petit miroir. La jeune femme se baissa et souleva de nouveau, avec un cri bestial, le roc d'où pendaient encore des morceaux de racines festonnées d'agrégats noirâtres. Il se retourna vers sa femme, les traits congestionnés par la panique : « Elle va tout nous bousiller !

— Démarre, elle ne pourra pas nous suivre. »

Un troisième impact secoua l'habitacle. Le métal fit encore retraite ; il ne tarderait pas à capituler. Plusieurs gobelets Duralex mis à sécher sur un égouttoir chutèrent, cascade de verre trempé sur la bâche transparente du plancher.

Yves tâtonnait frénétiquement pour introduire la clef de contact dans son logement. Avec l'échec de l'auto-stoppeuse, puis la fuite de la fillette, quelque chose s'était altéré dans la mécanique qui présidait à ses escapades meurtrières en compagnie de Bernadette. Un doute s'était lentement insinué dans son esprit, mais l'autorité avec laquelle cette incertitude affirmait sa présence montrait combien, en réalité, elle était demeurée longtemps en gestation dans les profondeurs de sa psyché. Les cordes et les couteaux, le plaisir et l'accomplissement, passaient au second plan. Leur trajectoire n'obéissait plus qu'aux impératifs de la survie, de la réaction, de la causalité pure. Tourner la clef, lancer le moteur, écraser l'accélérateur. Quelque trace de fierté, un reste d'orgueil subsistaient néanmoins en lui. Le vandalisme de cette bouseuse n'allait pas rester impuni.

La roche fracassa le métal pour la quatrième fois. Bernadette ferma les yeux, cria à l'intention de celle qui était devenue leur tortionnaire. « Stop ! » Sa voix ne possédait aucun tonus, elle paraissait fragile, tellement faible. Mme Beltrand se réduisait soudain à ce qu'elle n'aurait jamais dû cesser d'être : une employée, une mère, une ménagère usée, asservie, morte avant d'avoir vécu.

Le moteur rugit brusquement. Yves se retint d'exulter. La froide détermination qui durant une longue partie de sa vie avait guidé ses actes venait de reprendre ses droits. Pour combien de temps ? Dans le rétroviseur, Marjolaine se pencha de nouveau sur le bloc qui avait roulé derrière le véhicule. Yves enclencha la marche arrière d'un geste rageur. Le Volkswagen recula si brutalement que Bernadette tomba sur le plancher. Il n'y prêta aucune attention. L'angle arrière droit de la camionnette percuta la jeune femme à l'extérieur. Yves la vit basculer sous les roues. Il laissa l'engin poursuivre sa course, les mains crispées sur le volant, serres opiniâtres rivées à leur dernière branche. Le van se souleva avant de retomber mollement sur ses roues. Yves libéra un cri de victoire. Marche avant. Cette petite salope, il allait la ratatiner jusqu'à ce qu'il n'en reste que de la pâtée pour chiens, une flaque, de la boue sur de la boue. Nouveau cahot. Il se préparait à rééditer l'opération, quand Bernadette, appuyée sur le coude, gémit à l'arrière : « Assez. Partons, je t'en prie. »

Il hésita, la main sur le levier de vitesses. Il était déjà passé deux fois sur le corps de Marjolaine : s'il ne l'avait pas tuée, elle agonisait à tout le moins, les os brisés, les organes perforés. On ne survivait pas longtemps aussi gravement blessé. Qui lui porterait assistance dans ce trou perdu ? Qui pour entendre ses appels de détresse ? Qui pour la regarder mourir ?

Bernadette se rapprocha de son mari, posa la main sur son épaule. « Ça suffit. » Elle en avait assez. Elle était peut-être rassasiée… ou découragée, songea Yves. Il se redressa, respira un grand coup. *Là, tout va bien.*

Puis il passa la première et le véhicule esquinté, lentement, brinquebala sur le chemin caillouteux.

Dans les bois au-delà de la clairière, où gisait désormais un corps inerte, retentit le cri d'un surmulot entre les mâchoires d'un renard. Son poignant appel pouvait passer pour un signal de détresse ou constituer un avertissement. Toutes les autres proies potentielles s'immobilisèrent. Le chant final de la petite créature se prolongea un long moment. Qui savait ce qu'elle ressentait ?

VINGT-SEPT

Loin des villes et des stations, la saison estivale suspendait la nature dans un état de conservation quasi éternel. Tout s'y présentait à la façon d'une apparition ayant subsisté au-delà du temps prévu, une image figée d'avant la destruction. Cette durée prolongée, sur les bases d'une résurgence perpétuelle, semblait défier toute idée de ruine. Les plantes, les oiseaux noirs si haut dans l'azur qu'ils se rétrécissaient en débris cellulaires dans l'humeur vitrée du ciel, les rocs minés de griffes d'érosion noirâtres crevant çà et là le paysage verdoyant : tout semblait arrêté dans un état de grâce et de sécurité, dans une lenteur qui tenait à la fois du repos retrouvé et de la mort conjurée.

Le Volkswagen se déplaça un moment dans la ligne de mire. L'homme qui pointait le fusil – un vieux calibre 16 juxtaposé – était dissimulé dans les fourrés en lisière de forêt. Son regard exercé discernait parfaitement le conducteur et la passagère à travers le pare-brise : il pouvait les atteindre sans difficulté. Un petit rire s'échappa d'entre ses lèvres. L'extrémité du canon suivait centimètre après centimètre le véhicule le long du chemin cahoteux, l'index se posa sur la première queue de détente, la peau blanchit légèrement au contact de la pointe recourbée... jusqu'à ce qu'une grosse main carrée, partiellement recouverte de poils noirs et prise dans un réseau de fortes veines, se pose sur la hausse de l'arme.

« Arrête tes bêtises, Jean. »

Celui qui avait interrompu l'étrange jeu auquel se livrait le dénommé Jean était accompagné d'un chien. Un énorme chien noir avec un collier de pointes autour du cou. « Couché, Orco ! » À ces mots, l'animal s'allongea docilement aux pieds de son maître, laissant reposer son museau trapu sur les pattes avant.

« On les aura plus tard ? voulut savoir Jean.

— Tu sais comment se prennent ces décisions. Mais patience. Ils se rapprochent de la Fourche du Pendu. Il suffit de les devancer. Tu connais la suite.

— Alors allons-y, Hippolyte, tu es d'accord ?

— Mmh, murmura l'intéressé. Passons par la Baisse aux Sangliers, ne traînons pas. »

VINGT-HUIT

La multiplication des branchages, le formidable entrelacs des frondaisons dérobaient la vue du ciel.

Anna et son accompagnatrice évoluaient à travers un dédale végétal tellement protéiforme que la fillette n'aurait pu s'orienter seule. Des excroissances sans nombre – proliférations anarchiques du cambium – métamorphosaient les troncs des chênes, plongeaient les hêtres dans d'insolites postures cyphotiques. Ici le renflement de l'écorce ébauchait un visage attristé, là c'était une silhouette de phacochère ramassé sur lui-même ou encore un chou-fleur géant. Des broussins hérissaient quelques frênes de tignasses désordonnées. Ailleurs des chancres profitaient de l'été pour grossir et faire barrage aux parasites. Le chèvrefeuille s'enroulait autour des jeunes spécimens, qui fabriquaient des bourrelets pour encercler la plante grimpante. Très lentement, dans la lumière et dans l'obscurité, sous la course cyclique des astres, se déroulait une lutte silencieuse pour accéder à la lumière ou aux sols humides. Cependant rien parmi les gélivures, les renflements de cicatrisation et les loupes des strates arbustives ; rien dans l'enchaînement des configurations bizarres ou monstrueuses, parfois belles, du liber ; rien dans les épaississements soudains du végétal, ses soudures, ses associations impromptues ne suggérait un schéma répétitif sur lequel baser l'idée d'itinéraire logique. La gamine progressait un peu en arrière, se laissait guider par cette adulte étrange, dont le dos large, un peu voûté, constituait un point de repère fiable. Ses épaules présentaient une notable asymétrie, comme si la ligne des omoplates compensait un déséquilibre profond. Dès qu'elles avaient commencé à marcher, Anna s'était aperçue qu'une claudication prononcée, résultat probable de la blessure à la jambe, affectait la marche de son accompagnatrice. La régularité de son pas imposait cependant une forme d'obstination tranquille. Pas une fois elle ne se retourna pour vérifier si Anna la suivait.

Elles aboutirent enfin à une grande maison d'architecte, plantée au milieu des bois comme une dent enracinée dans une gencive. Les murs autrefois blancs s'ornaient désormais de larges taches d'humidité grises, des plantes grimpantes s'étaient lancées à l'assaut des fondations. Avec ses grandes baies vitrées ovales et ses murs à angles obtus, l'édifice semblait, même au cœur de la forêt intemporelle, légèrement anachronique. Anna ne prit conscience des murs qui se dressaient devant elle qu'à quelques pas de l'entrée. La construction avait surgi d'entre les arbres tel un vaisseau fantôme écartant brusquement un voile de brumes éternelles.

Qui avait construit cette bâtisse ? Avec quels matériaux

et quels moyens, au cœur de l'impénétrable lacis de ramifications ligneuses, de buissons et de troncs noueux ?

L'hôtesse d'Anna lui fit signe d'entrer, alors qu'elle-même pénétrait sans façon à l'intérieur de la maison et disparaissait dans le vestibule. La gamine regarda par-dessus son épaule, indécise. Saurait-elle seulement retrouver son chemin dans le labyrinthe qu'elles avaient franchi ? Elle choisit finalement d'accepter l'invitation. Après tout elle ne disposait que d'options limitées.

Elle marqua une pause dans l'entrée, large corridor cloisonné du plus extraordinaire entassement de seaux rouillés et de vieilles cordes que l'on pût concevoir. La lumière s'amenuisait encore plus que dans les sous-bois à l'extérieur, si bien que l'on voyait à peine les récipients cylindriques. On devinait pourtant l'assortiment hétéroclite. Les objets rangés sans ordre apparent présentaient des stades d'usure variés. Ils appartenaient également, de par leur type de confection, à des époques différentes : les seaux en acier galvanisé voisinaient avec les modèles à pied feuillard, les spécimens en douvelles cintrées côtoyaient les pièces plus récentes, composées d'aluminium soudé. Certains contenants étaient équipés d'une poignée en bois, d'autres d'un anneau de passage ou d'oreillons latéraux. Les cordes, quant à elles, figuraient un remarquable enchevêtrement de torons incrustés de terre et de sable, de tressages en voie de pourrissement et de torsades élimées.

La lueur d'une ampoule jaunâtre au bout du couloir incita la fillette à avancer. Elle pénétra dans un vaste salon, dont les dimensions paraissaient excéder la capacité de la maison telle qu'Anna l'avait vue de l'extérieur. D'épais rideaux de velours pourpre occultaient les fenêtres et conféraient au living une atmosphère apaisante. Une lampe de chevet dotée d'un abat-jour circulaire, en papier marron, apportait un surcroît d'intimité au séjour calfeutré. Un divan monumental, plus spacieux que celui dont Anna et sa mère avaient éprouvé le confort, un jour où Tina avait succombé à une frénésie d'achats dans un hypermarché, trônait au milieu du séjour. Les coussins profonds et usés semblaient provenir de différents lots. Des plaids roulés en boule, chiffonnés dans le plus parfait désordre, formaient de manière aléatoire des nids douillets appelant au délassement.

La fillette avança timidement. La propriétaire des lieux – mais cette maison lui appartenait-elle ? – s'affairait sur un plan de travail au fond de la salle. Une lucarne sale diffusait un filet de lumière diurne dans ce qui ressemblait à une cuisine, bien que l'on n'y trouvât que de rares ustensiles – deux ou trois assiettes propres mais dépareillées empilées sur une bassine retournée, quelques couverts dressés dans une boîte de conserve vide dont on avait ôté l'étiquette, deux verres que les frottements et le calcaire avaient opacifiés –, et aucun ameublement traditionnel : ni crédences, ni appareils de réfrigération. Un réchaud aménagé à gauche du plan horizontal constituait sans doute ce qui s'apparentait le plus à un piano de cuisson.

La femme regarda par-dessus son épaule. Anna devina qu'elle ne la forcerait pas à parler, qu'elle ne l'interrogerait pas, et peut-être même qu'elle demeurerait silencieuse jusqu'à ce que la petite fille se sente assez rassurée pour s'expliquer. Étrange femme. Mais personnage bienveillant. Son mouvement de menton en direction du canapé indiquait sûrement, pensa Anna, qu'elle avait le droit, voire l'obligation de s'y installer.

La fillette prit place sur les coussins, encore plus confortables qu'elle ne l'avait supposé, et il ne fallut pas longtemps pour qu'elle consente à se détendre, le dos moulé dans le rembourrage, les jambes ramenées sous elle après qu'elle eut ôté ses baskets. Un plaid étalé sur ses cuisses nues lui octroyait une chaleur bienfaitrice, plus agréable encore qu'une douche fumante. La fillette trouva des brins d'herbe et des touffes de poils roux incrustés dans l'étoffe de la couverture. Les fibres dégageaient une odeur fauve agréable, mais éloignée de l'humain. Envahie par le réconfort, Anna ne prêta qu'une attention distraite au fait qu'elle n'avait jusque-là aperçu aucun animal dans ou à proximité de la maison. À vrai dire, des considérations plus prosaïques, plus immédiates occupaient son esprit. La femme avait allumé le réchaud puis disposé une casserole remplie d'eau sur la flamme. Quelques patates coupées baignaient à présent dans le liquide frémissant. Elle fouilla son sac de toile, en sortit une poignée de feuilles dentelées. L'aspect chiffonné des végétaux suggérait qu'elle les avait au préalable roulés entre ses doigts ou traités d'une manière quelconque. Elle déposa sa moisson dans l'eau bouillante. Cinq minutes plus tard une puissante odeur d'esters montait dans le salon. Anna sentit son ventre gargouiller.

La fillette leva les yeux vers le plafond. Les poutres apparentes, à une hauteur considérable, servaient de repère aux araignées et à d'autres insectes assez intrépides pour s'aventurer dans le voisinage des arachnides. Elle se retourna et constata alors qu'une sorte de mezzanine occupait la partie antérieure de la maison. La fillette était passée dessous sans s'en apercevoir en arrivant. Plus tard Anna découvrirait que le surplomb abritait une grande chambre à coucher, en réalité un simple matelas, plutôt fin, disposé au sol et recouvert d'un duvet usé, accompagné d'une petite table de chevet supportant une soucoupe en guise de bougeoir.

Assise sur le divan, la gamine se rendait compte qu'elle contemplait, hormis le vestibule et les sanitaires, la totalité de la maison : pas étonnant qu'elle eût cru – illusion bien compréhensible – l'intérieur plus vaste que l'extérieur.

Le contraste entre l'architecture plutôt cossue du bâtiment et les conditions d'occupation spartiates l'étonnait un peu. Cette femme se comportait comme une campeuse, une voyageuse prête à plier bagage à la première occasion. L'aisance du personnage, son insouciance laissaient malgré tout supposer qu'il s'agissait d'un état de précarité parfaitement assumé, d'une démarche volontaire. Un cheminement plutôt qu'une épreuve.

Anna reporta son attention sur la table basse du salon et constata – comment ce détail avait-il pu lui échapper ? – qu'une photo s'exhibait dans un cadre incliné sur le meuble. Ce cliché, à défaut de fournir une réponse claire aux interrogations de la fillette, offrait les premières touches d'un passé consistant. On y voyait la femme, bien plus jeune, poser devant la maison en construction. La toiture n'était pas encore achevée mais la disposition des murs, les fenêtres ovales et l'environnement naturel ne laissaient planer aucun doute : on se trouvait au même endroit, dix ans, quinze ans auparavant. Sa chevelure d'un roux flamboyant contrastait avec la tignasse gris terne qui protégeait désormais son chef. Les longues mèches bouclées cascadaient sur ses épaules à la manière d'un feu de broussailles inversé. Elle avait alors les paupières plus écartées. Ses grands yeux verts surprenaient par leur intensité presque surnaturelle. Rien à voir avec les minces fentes derrière lesquelles elle dissimulait aujourd'hui son regard. Point important : elle ne figurait pas seule sur la photographie. Un homme se tenait à ses côtés, individu mince à la moustache soignée et aux cheveux bruns coiffés en arrière. Il avait une expression franche mais quelque chose dans sa physionomie suggérait une mélancolie, une tristesse rentrée. Il posait une main sur l'épaule de la femme, sans que ce geste constituât une marque d'amour. Anna aurait plutôt opté pour un élan amical. Elle prit le cadre pour l'examiner tandis que la femme, elle, continuait de cuisiner sans se retourner. Une légère couche de poussière tacha de blanc les petits doigts de la fillette. En observant l'homme plus attentivement elle se dit que sa conduite avait quelque chose d'encourageant, de rassurant. Son visage de trois quarts, son regard de biais ajouté à une esquisse de sourire déformant imperceptiblement sa moustache soulignaient son attitude bienveillante, et accentuaient paradoxalement son statut énigmatique. Elle reposa la photo avec douceur.

La femme se détourna finalement du plan de travail, un bol fumant entre les mains. Si l'inspection d'Anna n'était pas passée inaperçue, l'inconnue n'en concevait ni gêne, ni agacement, ni surprise.

Elle posa le bol sur la table basse, sans rien dire. Un étrange ballet silencieux s'était engagé entre la plus jeune qui ne pouvait pas parler et la plus âgée qui ne le voulait pas, ou plutôt acceptait le mutisme de la première.

La veille, Anna avait quitté le camping à la vision de la Mercedes noire garée devant la caravane. Le moteur du véhicule tournait encore, les portières restaient ouvertes, mais personne n'occupait les sièges. La fillette était entrée le cœur battant dans la roulotte. Celle-ci demeurait également déserte. Aucune trace de sa mère, ni des deux occupants de la voiture, qu'elle avait croisés un mois auparavant et qui cherchaient Tina. Après avoir posé quelques questions à Anna, qui ce jour-là demeurait seule à la caravane, ils avaient assuré qu'ils repasseraient. Ce jour-là était sans doute venu.

Dans la caravane déserte, Anna n'avait pas tenté d'en savoir plus. Elle avait pris son sac à la hâte et s'était dépêchée de ficher le camp.

Les douces vapeurs du bol fumant montaient jusqu'aux narines d'Anna, excitaient le cerveau et l'estomac. Son strabisme s'accentua, imaginait-elle, comme à chaque fois qu'une émotion trop vive la troublait.

Elle attendit que la femme se munît d'un second bol, s'assît dans un fauteuil en face du divan et prît une première gorgée du breuvage. Alors seulement elle s'autorisa à l'imiter. Le mélange de pommes de terre fondantes et d'orties diffusa dans son corps une vague instantanée de plaisir, très différente des violentes jouissances qu'elle ressentait lorsqu'elle dévorait ses paquets de bonbons. Elle sentit une énergie bienfaitrice circuler dans ses veines, instaurer un climat de concorde dans son organisme jusque-là soumis à la privation.

La femme sourit en cachant légèrement ses lèvres derrière le bol. On aurait juré qu'elle tentait par pudeur d'éluder sa satisfaction ou sa sympathie.

L'adulte et l'enfant burent en silence.

Quand enfin Anna eut terminé son bol de soupe, la femme se pencha pour dire : « Je m'appelle Chloé. »

Voilà une première indication, pensa la fillette qui répondit aussitôt : « Anna.

— Très bien, Anna. Tu veux me dire comment tu es arrivée ici ? »

La gamine envisagea de raconter un mensonge, de bâtir une histoire vraisemblable de A à Z, des anecdotes, des faits auxquels on aurait pu se laisser prendre, mais elle savait parfaitement qu'elle ne possédait ni l'imagination ni l'à-propos pour réussir. L'autre option, qui consistait à temporiser, à se taire, n'était plus envisageable. Autant dire la vérité, et tenter de persuader son interlocutrice d'envisager une autre solution que le recours aux autorités. Tina avait toujours mis en garde sa fille contre les instances officielles, contre les institutions, contre ce qu'elle appelait parfois « le système », sans qu'Anna puisse déterminer au juste à quoi elle faisait référence. La fillette comprenait simplement qu'elle devait se garder de confier ses troubles aux autres adultes. La moindre divulgation la rendrait vulnérable.

Simplement, aujourd'hui elle n'avait plus le choix. Un méchant homme à tête d'oiseau la poursuivait, et son bec pouvait faire plus de mal que toutes les grandes personnes du monde extérieur.

La fillette débuta son récit.

Un mois auparavant, elle regardait la télévision dans la caravane, un paquet de Pépito entamé sur les genoux, un second vide à côté d'elle. Sa mère était partie depuis longtemps. Anna ignorait quand elle reviendrait, et du reste s'en souciait peu, car Tina réapparaissait toujours avant que les armoires soient vides, accompagnée ou non d'un homme rencontré dans un bar, dans un squat, dans une soirée... Une scène formidable se déroulait entre Robert Mitchum et une vieille dame armée d'un fusil (elle avait déjà vu le film : sa mère lui avait donné le nom de l'acteur) quand on avait frappé à la porte de la caravane.

Les deux hommes étaient entrés avant qu'elle puisse répondre. Anna avait cessé de manger. Ils portaient tous les deux des costumes noirs trop chauds pour la saison, comme s'ils débarquaient d'une contrée lointaine où le froid ne cessait jamais. Le premier, plus petit et plus mince que son camarade, avait de curieux cheveux blond platine qui juraient avec son teint basané et l'ombre de barbe brune recouvrant son menton. Ses yeux animés de méfiance ne se posaient nulle part. Le second, une véritable armoire à glace, n'avait pas un poil sur le caillou. Il semblait aussi calme que son compagnon paraissait nerveux. Il avait aussitôt demandé à Anna : « Elle n'est pas là, ta mère ? » Voix placide, presque lénifiante, mais à la manière d'un loup plutôt que d'un agneau.

L'autre inspectait la caravane avec une moue de dégoût visible. Anna avait masqué les fenêtres et fermé les stores pour améliorer l'ambiance et mieux voir le petit écran. La pénombre demeurait cependant impuissante à occulter le désordre ambiant et la saleté du précaire logis. L'absence de Tina et l'insouciance d'Anna se conjuguaient pour plonger la caravane dans un état de négligence effarant. Vaisselle sale dans l'évier, emballages de friandises par terre, miettes de gâteaux sur les meubles et la banquette, poubelle pleine. Quand elle revenait de ses escapades, Tina aérait, balayait, nettoyait sans un commentaire désobligeant pour sa fille. Ensuite elles reprenaient leur vie exactement là où elles l'avaient laissée avant le départ de Tina.

Le blond avait levé un store, permettant à une lumière crue de profaner l'espace qu'Anna s'était ménagé en attendant le retour maternel.

La fillette avait cligné des yeux. Par la lucarne elle apercevait une grosse Mercedes noire, qui stationnait à quelques mètres de leur emplacement.

L'armoire à glace lui avait adressé un sourire dont l'apparente bienveillance ne leurrait pas Anna. « Je m'appelle Sidney, mais tu peux m'appeler Sid. Mon copain (il désigna son comparse) n'a pas de nom. Tu peux l'appeler Monsieur. »

L'autre posa sur la fillette un regard qui ne cherchait à paraître ni aimable ni avenant. « Où est ta mère ? » Il avait un accent étranger qu'Anna ne put situer.

Elle haussa les épaules.

Les deux hommes tournaient dans la caravane, ouvraient les tiroirs, les placards... Leur indolence suggérait qu'ils agissaient sans espoir de dénicher quoi que ce soit d'intéressant.

Sidney se tourna finalement vers Anna. « Elle revient quand ? » La gamine ne réagit pas, et il insista : « Ta mère, elle revient quand ? »

Nouveau mouvement d'épaules de la fillette.

« Tu es seule depuis combien de temps ? » soupira Sidney.

L'autre, Monsieur, tapota le bras de son complice. « Laisse tomber. Cette gamine n'est pas normale. Je ne sais même pas si elle comprend ce qu'on raconte. »

Sidney ne se laissa pas décourager et poursuivit en articulant, comme si Anna était brusquement devenue sourde. « Dis à ta maman qu'on la cherche, d'accord ? Dis-lui aussi qu'on repassera. Qu'elle se tienne prête. Tu t'en souviendras ? »

Anna allait réitérer sa mimique. Elle ne trouvait rien à répliquer aux deux personnages, les mots s'absentaient de sa bouche avant qu'elle songe à les formuler. Dans son esprit, le duo était aussi irréel, aussi inattendu qu'un tandem mal assorti dans un film de cinéma.

Ils partirent en laissant la porte grande ouverte. Anna entendit leurs pas décroître à l'extérieur, puis les portières de la Mercedes claquer et le moteur vrombir.

Elle se focalisa de nouveau sur la télévision et recommença à manger ses biscuits au chocolat.

Robert Mitchum s'était enfui dans une grange en poussant un hurlement de bête blessée.

On voyait moins bien l'écran avec la porte ouverte et le store levé, mais Anna ne daigna pas se déplacer pour remédier à cet inconfort.

Elles changèrent d'endroit, de région. Sur la route à nouveau. La voiture tractant la caravane avala des kilomètres d'asphalte et des centaines de lignes discontinues, elle longea les lignes de dissuasion sur les bretelles d'accès, suivit les marques transversales au sol et les flèches de présignalisation, dépassa les damiers rouges des voies de détresse. La fillette dormit, mangea, contempla le paysage, monotonie d'étendues pluvieuses, de stations-service isolées et de lotissements dépressifs; elle oublia la visite de Sid et de Monsieur.

Lorsqu'elles s'établirent dans un nouveau camping, Tina s'absenta comme à l'accoutumée. Avait-elle auparavant fouillé dans le compartiment secret aménagé sous la caravane ? Était-elle partie pour une destination inconnue avec son sac d'argent, redoutant que des étrangers tels que Sid et Monsieur, ou d'autres individus du même acabit, ne trouvent les billets ? Et ensuite, où s'était-elle rendue ? Dans un troquet, dans une boîte de nuit ou quelque lieu de rencontre nocturne, où elle trouverait un nouvel homme pour l'aider à endurer une certaine partie de son existence ? Anna n'y songea pas. Elle demeura dans la caravane, sortant parfois pour explorer les environs, regardant la télévision le reste du temps, un sachet de friandises ou un paquet de biscuits à portée de main. Nul ne se préoccupa dans le camping d'une petite fille non accompagnée, visiblement simplette et livrée à elle-même.

Cette fois-là Tina revint au bout de trois jours, seule.

Elle fit le ménage, astiqua, récura, puis se blottit avec sa fille sur la banquette pour regarder la télévision. Anna adorait ces instants de complicité avec sa mère, pourtant rares et souvent teintés d'une inexplicable mélancolie. Il arrivait fréquemment que cette mélancolie, chez Tina, se transforme ensuite en profonde neurasthénie. D'autres fois elle emmenait sa fille dans les hypermarchés et, retombant dans une sorte d'enfance, devenait l'égale d'Anna. On assistait alors à la virée de deux gamines insouciantes, propriétaires d'une immense fortune, qui dévalisaient les rayons sans discernement, au gré de leurs impulsions.

Il fallait voir les yeux de Tina briller quand elle entassait les céréales et les pâtisseries industrielles dans son chariot. Se figurait-on la gourmandise, la voracité qui soudain s'emparait d'elle quand elle déposait aux pieds d'Anna, montée avec fierté dans le chariot, les sucreries comme autant d'offrandes à une déesse ?

Quand elles passaient devant les présentoirs à journaux, Anna avait le droit de choisir tous les magazines qu'elle voulait. Tina les rangeait très nettement dans le panier pour laisser de la place aux autres marchandises, mais il y avait tellement d'imprimés qu'après être passées en caisse, elles en jetaient la plupart sans les lire.

Le sourire de Tina s'élargissait lorsqu'elle virevoltait dans le rayon des robes, piochant pour elle et sa fille des vêtements colorés qu'elles n'essayaient pas.

Un jour elles s'étaient baignées dans une vaste fontaine octogonale aménagée sur le parking d'une grande surface, à titre d'embellissement estival. L'évidente fonction décorative de l'ouvrage dissuadait les badauds de s'y rafraîchir ou d'y trouver un réconfort autre que visuel. La fillette avait été intimidée au début, car les passants leur jetaient des regards désapprobateurs, mais Tina, par sa décontraction, par sa joie émancipée du passé et du futur, avait eu tôt fait de triompher des réticences de sa progéniture.

Anna avait alors trempé dans l'eau fraîche ses pieds fatigués d'avoir parcouru les allées commerçantes. Tina l'avait éclaboussée en s'esclaffant. Elles s'étaient lancées dans une bataille d'eau tandis que les automobilistes sur le parking leur adressaient des regards éberlués à travers le pare-brise ou détournaient simplement les yeux. Tina avait montré à sa fille comment faire la planche et cracher des jets d'eau comme une baleine. Elles avaient ri et joué jusqu'à ce que deux vigiles, passablement embêtés, viennent leur dire de sortir. La fontaine répondait à une nécessité purement esthétique. Non seulement la baignade y était proscrite, mais Tina et Anna effrayaient certains clients, en scandalisaient d'autres. Riant sous cape, la mère et la fille s'étaient échappées sans demander leur reste. Leurs vêtements dégoulinants avaient laissé des traces qui s'étaient rapidement évaporées sur le bitume chaud du parking. Sans cesser de courir, Anna avait couvé sa mère d'un regard admiratif. Des milliers de gouttes translucides, dorées par le soleil, pailletaient le sillage de Tina. On eût dit que cet instant de bonheur devait se prolonger pour l'éternité.

Elles avaient abandonné dans la plus grande insouciance toutes leurs emplettes du jour sur le bord de la fontaine : des dizaines de robes et de jupes plissées, trois paires de chaussures de prix, une grande pile de magazines.

Les biscuits, elles les avaient emportés.

Ce soir-là, à la caravane, la première chaîne diffusait un feuilleton policier. Le lieutenant mâchonnait toujours une sucette et, détail plus marquant, possédait un crâne totalement lisse. L'image de Sidney avait ressurgi dans l'esprit d'Anna à la manière d'un spectre brusquement tiré du sommeil.

« Des hommes sont passés au camping », avait-elle simplement dit sans quitter l'écran des yeux. Elle avait continué à manger alors que Tina la regardait, pétrifiée sur la banquette. La fillette voyait du coin de l'œil que sa mère l'observait, alors elle ajouta, songeant que ce détail avait peut-être de l'importance : « Ils voulaient te voir, mais tu n'étais pas là. »

Tina avait posé la main sur la jambe de sa fille, enfonçant sans doute malgré elle ses ongles dans la cuisse. « Aïe, tu me fais mal, avait gémi Anna en tournant la tête vers elle.

— Ces hommes, ils ressemblaient à quoi ?

— Un chauve comme celui de la télévision. L'autre avec de drôles de cheveux jaunes et un accent.

— Quand sont-ils venus ?

— Je ne sais plus.

— Quand ? insista Tina en crispant les doigts.

— Maman ! grimaça Anna.

— Pardon. Mais essaye de te souvenir, ma puce, c'est important. Tu les as vus ici, dans ce camping ?

— Non, dans l'autre, celui où on était avant.

— Le précédent ? »

Anna hocha la tête. « Je crois. »

Tina parut se détendre, sa main se relâcha. « Qu'est-ce qu'ils ont dit exactement ? »

Anna s'était replongée dans le feuilleton. Le détective chauve expliquait qu'il mangeait des sucettes pour arrêter de fumer.

« Anna, regarde-moi. Qu'est-ce qu'ils ont dit ?

— Le chauve a expliqué que tu devais te tenir prête. Ensuite ils sont partis, je ne les ai plus revus. J'ai cru que c'étaient des personnages de la télévision. »

Le lendemain elles quittaient le camping pour une nouvelle destination.

Ensuite il y avait eu Gilles (ou était-ce avant ?) et puis Maurice avait sorti son couteau, l'homme à tête d'oiseau l'avait cherchée. Anna s'était sauvée et puis elle avait vu la Mercedes – non, la Mercedes c'était quand elle avait quitté le parking ; elle n'avait pas l'emblème de Volkswagen présent sur la Coccinelle à la télévision et le van beige – Robert Mitchum poussait un hurlement et il y avait aussi un chien avec un collier orné de pointes. Un gros chien noir dans une voiture de film de guerre. Un film en noir et blanc comme celui de Bourvil. Lui aussi avait une tête d'oiseau, mais pas de couteau pour graver des mots sur sa cuisse. On ne pouvait plus les lire aujourd'hui mais Tina n'avait pas été contente du tout. Quand la Mercedes venait, sa mère n'était plus là, et le van beige bougeait sur ses suspensions parce qu'à l'intérieur on faisait du mal à une femme...

Quand Anna eut achevé son récit Chloé hocha la tête. La fillette avait parfaitement conscience de la confusion croissante avec laquelle elle avait narré ses aventures. Un grand flou régnait dans son esprit, et à chaque fois qu'elle devait exposer un enchaînement, reconstituer une chronologie, elle s'emmêlait les pinceaux. Plus elle essayait de remédier à la situation, de restaurer un semblant de logique dans son raisonnement, plus ses propos devenaient incohérents, du moins aux yeux de ses interlocuteurs. Elle voyait bien la façon dont on la regardait lorsqu'elle tentait de rassembler les faits épars qui, dans son esprit, constituaient une réalité personnelle. Mais la réaction de Chloé était différente de celle des autres adultes. Anna n'y lisait ni déception, ni étonnement, ni pitié. L'intérêt l'emportait sur la préoccupation ou la compassion. Sa gravité affichée, qu'une ride sur le front parachevait, indiquait qu'elle réfléchissait intensément. Elle parut tout à coup se rappeler quelque chose. D'un mouvement du plat de la main, elle demanda à la jeune fille de patienter, puis elle se leva pour se rendre en boitant au pied de l'escalier de la mezzanine. Anna se retourna pour la suivre du regard. La femme chargea un gros sac sur son épaule. Il y en avait une vingtaine de cette sorte empilés sous les marches. Pas de marque, aucun signe distinctif : juste des sacs de toile blancs, assez volumineux et relativement lourds, à en juger par la façon dont se déportait Chloé en déplaçant son chargement. Elle disparut par la porte d'entrée. La gamine aurait bien voulu la suivre, mais elle craignait de se montrer envahissante. Comment savoir si cette femme était contente ou irritée de sa visite ? Anna se dit que de toute manière son hôtesse n'était sûrement pas partie très loin, puis l'oubliant presque instantanément (la fillette avait cette faculté – handicap ou bénédiction – d'occulter très vite les personnes et les événements qui cessaient de figurer dans son champ de vision), elle reporta son attention sur la table basse : le calepin, la photo, les bols vides... Elle examina ensuite la grande bibliothèque du salon. Aux difficultés de communication orale s'ajoutaient celles de l'écriture et de la lecture. Aujourd'hui encore la gamine ignorait pourquoi les autres enfants – même ceux qu'elle croisait dans le vrai monde et pas à la télévision – n'éprouvaient aucune difficulté à comprendre ce qu'on leur demandait. Ils semblaient tous s'acquitter de tâches insurmontables avec une merveilleuse aisance. Anna ne savait pas pourquoi elle n'arrivait pas à les imiter.

Elle se leva du canapé. Un courant d'air froid sur ses cuisses débarrassées du plaid la fit frissonner. Lentement elle s'approcha des rayons. Nynauld, *De la lycanthropie, transformation et extase des sorciers*, Plancy, *Dictionnaire infernal*, Wier, *Histoires, disputes et discours des illusions et impostures des diables...* Les plus gros livres comportaient des illustrations, des photographies. La fillette ne tarda pas à s'aviser qu'ils traitaient à quelques exceptions près des anciennes croyances et de la faune régionale. La plupart des images décrivaient des mammifères, et plus particulièrement des renards.

Avant de retourner s'asseoir, pressée de renouer avec la chaleur de son propre corps que la couverture avait conservée, elle choisit un épais volume en couleurs, se fiant aux représentations de forêts, de terriers et de goupils.

Dehors le jour déclinait insensiblement.

La fillette ouvrit le livre. Elle suivit du bout des doigts, comme on caresse une fourrure, les contours des animaux sur papier glacé, chercha à percevoir dans leurs attitudes des sentiments, des intentions que sans doute on leur prêtait abusivement. Les regards clairs des créatures fauves exprimaient cependant une intelligence dont bien des êtres humains se trouvaient dépourvus. Les postures s'accordaient à une liberté que l'homme avait peut-être connue un jour, mais dont la civilisation l'avait privé depuis longtemps. Une prise de vue de l'intérieur d'un terrier attira son attention. La renarde qui l'occupait avait tapissé l'antre de ses propres poils, imprégnant les lieux à l'intention de ses petits. Les traces organiques n'étaient pas sans évoquer aux yeux d'Anna les touffes de poils roux incrustés dans l'étoffe du plaid.

Elle jeta un coup d'œil par-dessus son épaule. Toujours pas de Chloé dans le vestibule. Peut-être que par son austérité l'occupante des lieux cherchait à retrouver un écho de cette liberté animale, se dit la fillette. Ici, dans cet endroit isolé, dans cette maison luxueuse en voie de délabrement, dans ces bois impénétrables, on pouvait sans doute apprendre de nouveau ce que l'on croyait oublié. Que redoutait donc Chloé du monde normal ?

VINGT-NEUF

L'endroit que l'on nommait pudiquement la Fourche du Pendu se caractérisait par un immense hêtre, aux branches duquel on avait autrefois brisé le cou d'un pauvre bougre – la légende mentionnait un couple désespéré, une femme-renard, une fille de blé et de seigle, puis l'éternelle populace qu'un feu sombre échauffait –, la Fourche, donc, constituait le dernier embranchement permettant d'opérer un choix entre Bois-aux-Renards et la civilisation. Les branches principales de l'arbre s'étendaient à droite et à gauche, comme pour inviter le promeneur à prendre une décision en matière non seulement de trajectoire mais d'existence. D'aucuns parmi les gens du cru estimaient le choix biaisé, car rien de ce qui se rapportait à Bois-aux-Renards ou à ses environs ne relevait du libre arbitre. Qu'étaient les voies aménagées, la terre dégagée de sa végétation, les étrécissements de chaussées, sinon l'absence de l'alternative ? À quoi se réduisait donc un tracé, si ce n'était à l'abolition des options ?

La présence de l'arbre monumental à cet endroit précis symbolisait pour les autochtones un point de repère d'où l'évocation lointaine et imprécise d'une strangulation n'était jamais totalement absente. Depuis des centaines d'années le hêtre veillait, avec la complicité de certains humains, à la destinée des passants.

Sa tête feuillue aurait pu abriter une foultitude d'oiseaux multicolores ; s'ils avaient déployé leurs ailes sur la palette des frondaisons, ils auraient pris l'apparence d'idées mobiles, fluctuantes, bariolées. Ses racines plongeaient si loin dans les strates de dépôts naturels qu'elles constituaient pour ainsi dire l'unique rapport qui les solidarisait. Certaines illusions incarnaient peut-être la réalité par le vertige qu'elles suscitaient.

En temps normal une épaisse barrière végétale condamnait la route de droite. Aux yeux du profane ou du passant affairé, rien ne différenciait cet obstacle de l'œuvre ordinaire de la nature. Le cours des saisons sculptait bien des entraves. Mais si ce passant avait décidé, sous le coup d'une envie saugrenue, d'explorer la chaussée au-delà de la barrière, il se serait aperçu qu'elle était soigneusement entretenue et possédait les apparences de l'usage fréquent. De fait, l'enchevêtrement de broussailles et de ronces, le lacis compact n'avait rien de naturel ; au contraire il n'existait rien au monde de plus artificiel, de plus calculé… rien de plus orchestré. Malgré le réalisme saisissant avec lequel le dispositif mimait le désordre de l'état sauvage, aucun des éléments ne s'enracinait au sol. En définitive il suffisait de deux hommes et d'un minimum de bonne volonté pour déplacer cette barrière, et obstruer ainsi la chaussée permettant de regagner la ville. Avec les prises adéquates, on tirait les plantes les plus solides et le reste suivait comme une chaîne. L'opération ne prenait guère plus de dix minutes.

Hippolyte et son compagnon Jean, les deux chasseurs, peaufinèrent les derniers détails. Plus aucune trace du déplacement de la barrière au sol ; nul indice que la route dégagée correspondît à un itinéraire secondaire rarement emprunté. Un panneau signalétique dissipait les ultimes doutes qu'aurait pu concevoir un voyageur circonspect.

Assis au pied du hêtre, le gros chien noir de type mastiff avait observé les manœuvres des deux humains. Ni son regard ni son attitude n'avaient trahi une émotion quelconque, sauf à considérer ses yeux opaques et son immobilité parfaite comme les expressions d'un intérêt distant.

Les hommes et l'animal s'étaient déjà éclipsés lorsque la rumeur d'un moteur à explosion, vraisemblablement soumis aux épreuves des circuits difficilement carrossables, se fit entendre dans le lointain.

TRENTE

Sous un certain angle le miracle pouvait s'apparenter à une forme de malédiction inversée. Ce fut ainsi par miracle ou par son opposé qu'Yves et Bernadette retrouvèrent la langue de bitume annonciatrice de retour au progrès. Cette résurgence de la modernité demeurait toutefois hypothétique. La route se résumait pour l'heure à une tranchée de bitume craquelé, une simple incision dans la végétation infinie. De part et d'autre de la voie se dressaient d'immenses montagnes. Les poussées telluriques du quaternaire avaient procédé à de formidables élévations de roches emprisonnées de racines.

Après la mort presque certaine de Marjolaine, le couple avait pris la peine de s'arrêter en lieu sûr afin que Bernadette bénéficiât de soins sommaires de la part de son mari. Yves lui avait débarbouillé le visage, puis il avait désinfecté les plaies avant de poser des pansements sur les coupures. Pour les incisives manquantes et pour le nez, il ne pouvait pas faire grand-chose. Le dentiste résoudrait sans doute le premier problème. Yves craignait en revanche que la cloison nasale ne présentât une occlusion permanente.

Pour sa part, il avait simplement nettoyé la lésion superficielle du cuir chevelu et laissé la blessure à l'air libre, ce qui constituait encore le meilleur moyen de guérison. À quarante ans passés Yves sentait bien qu'il ne récupérait plus comme avant, mais il n'était pas de plaies ou de bosses dont la société de consommation médicalisée ne pût venir à bout. Toute la question était de savoir s'ils rejoindraient un jour ladite société.

Les contretemps cumulés l'irritaient. La faute à Marjolaine, mais pas seulement. Une fois de plus – une fois de trop peut-être – ils s'étaient soumis à leur désir : la faim pour Bernadette, la volonté de la rassasier pour Yves. À présent la fillette avait sûrement donné l'alarme. Dans l'état où il était, le fourgon ne serait pas difficile à repérer. Le couple avait donc choisi de s'enfoncer dans la vallée, de passer les cols, et de ressortir par le versant opposé. Leur plan fonctionnerait certainement… si les flics n'avaient pas encore communiqué leur signalement au département voisin, quoique sur ce dernier point Yves demeurât optimiste.

Insensiblement, la route était devenue plus abrupte, plus sinueuse, plus étroite. Ils allaient devoir traverser des hameaux, des localités isolées qui figuraient à peine sur les cartes. Yves se raccrochait à l'espoir de regagner une chaussée plus praticable.

Leur itinéraire les mena d'abord sur les hauteurs, via un passage à flanc de montagne, puis la route s'inclina et redescendit vers la vallée. Ils avaient cherché en vain un point kilométrique pour s'orienter sur la carte. Des arbres, des arbres et encore des arbres. Pas de bornes, pas de panneaux, aucun ouvrage. Chaque virage figurait une réplique du précédent. Les rares panoramas que dévoilait la forêt, ils avaient l'impression de les avoir déjà contemplés une dizaine de fois. Cette route ne semblait pas se trouver sur les tracés officiels, ou si elle s'y trouvait, ils étaient encore plus perdus qu'ils ne le croyaient.

Yves poussa un soupir de soulagement quand, enfin, ils avisèrent un écriteau sur le bas-côté. Son soupir se mua rapidement en murmure de contrariété. Le panneau indiquait simplement Bois-aux-Renards. Ils avaient déjà cherché ce nom sur la carte. Probablement s'agissait-il d'une dénomination uniquement connue des habitants du coin, s'il y en avait. Il frappa du poing sur le volant. « On tourne en rond.

— Quelle surface occupe ce fichu bois ? demanda Bernadette, les yeux braqués vers la forêt.

— Aucune idée. La zone doit être sacrément étendue parce que tout à l'heure on était beaucoup plus bas. Il y a plus de résineux. » Yves sortit du van, chercha des indices qui auraient pu l'informer sur la topographie des lieux, mais les pins lui masquaient la vue. Il se retourna vers sa femme : « Tu en penses quoi ?

— On continue, décréta Bernadette. Il y a sûrement un embranchement plus bas. En tout cas il existe forcément un moyen de quitter cette montagne.

— On perd du temps. Chaque minute, chaque tour de cadran...

— Je sais, coupa Bernadette. Mais on n'a pas le choix. »

Le soleil approchait déjà des cimes de l'autre côté de la vallée. Les ombres s'allongeaient.

Yves fit le tour du véhicule, se réinstalla au volant. L'arrière du van portait les traces des assauts de Marjolaine. La lourde pierre avait enfoncé la tôle en plusieurs endroits, rayé la peinture... Ces dégâts ne passeraient pas inaperçus s'ils croisaient un barrage ou un autochtone plus suspicieux que les autres.

Ils roulèrent encore quarante ou cinquante minutes sur un tronçon en si mauvais état qu'ils ne pouvaient avancer qu'à une allure d'escargot. Yves dut s'y reprendre à plusieurs fois pour négocier les tournants les plus raides. La chaussée se réduisait sur certaines portions à l'unique largeur du van. S'ils avaient croisé un autre véhicule, ils auraient sans doute été contraints de reculer sur plusieurs dizaines de mètres, au risque de verser dans le fossé ou d'emboutir le hayon.

Durant les instants particulièrement périlleux, il envisageait de faire demi-tour dès qu'une aire dégagée se présenterait, mais l'obstination remportait finalement les suffrages : cette route menait forcément quelque part.

Ni lui ni Bernadette n'appréhendaient de passer une nouvelle nuit à la belle étoile ou dans le combi. L'intérieur du véhicule ayant été épargné, ils jouissaient toujours de l'équipement et du confort nécessaires. Cependant ils voulaient se soustraire à l'attraction de Bois-aux-Renards, autour duquel ils tournaient à la façon d'une pierre d'Héraclée subjuguée par la sidérite. Pour tout dire, y parvenir avant la tombée du jour aurait même constitué un soulagement considérable à leurs yeux.

Malheureusement la route continua de descendre et ils s'enfoncèrent de nouveau dans les étendues de feuillus. Yves enrageait. S'ils tentaient de rebrousser chemin maintenant ils prendraient trop de retard.

L'heure bleue peignait les environs d'une lueur bâtarde. Avaient-ils bifurqué sans s'en rendre compte, ou au contraire échoué à localiser un embranchement ? Impossible de le confirmer, mais le hameau se dévoila à eux sans s'annoncer. Ils s'engageaient dans un virage analogue à beaucoup d'autres quand soudain les maisons se dressèrent autour d'eux. Avant qu'ils puissent marquer une pause, tenter de réfléchir, examiner les lieux à la dérobée pour prendre une décision, ils étaient sur la place centrale, cernés d'une dizaine de vieilles bâtisses en pierre.

Une poussière ocre semblait tout recouvrir : les murs et le sol, l'air et les plantes alentour. Yves se pencha au-dessus du tableau de bord pour examiner les bâtiments. Les toitures recouvertes de mousse s'affaissaient, de nombreuses ouvertures se trouvaient dépourvues d'huisserie. Pas d'activité apparente, mais du linge pendu à plusieurs fenêtres et deux gamelles pour chien remplies de nourriture, autour desquelles tourbillonnaient des essaims de mouches, attestaient d'une présence humaine, a minima épisodique.

Le conducteur échangea un regard avec sa femme, puis il passa la tête par la vitre ouverte et cria : « Ohé, il y a quelqu'un ? »

Pas de réponse.

« Klaxonne, suggéra Bernadette.

— Non. » Pour une raison qu'il ne s'expliquait pas, un instinct peut-être, Yves éprouvait une réticence à manifester leur présence trop ostensiblement. Après un moment d'hésitation il se résolut à mettre pied à terre. Les habitants du coin pourraient sûrement leur indiquer la route. Il fit quelques enjambées sur la place. La poussière collait déjà au cuir de ses chaussures, s'accrochait au bas de son pantalon. Elle était si fine qu'elle tourbillonnait comme dans un milieu clos avant de retomber sur celui qui l'avait soulevée. Le moindre mouvement créait d'insidieux nuages, nimbant l'atmosphère d'une sorte de brume qui accentuait le crépuscule.

Yves se retourna vers Bernadette, haussa les épaules. Celle-ci désigna alors une entrée d'un hochement de tête. Plissant les yeux, Yves vit une silhouette qui se tenait dans l'ombre d'un porche. Il crut d'abord à une illusion d'optique tant cette apparition affectait une immobilité et un silence absolus. La créature, toutefois, s'anima lorsqu'elle comprit que le couple l'observait.

« Je peux vous aider ? » Une voix d'homme. Grave. Rocailleuse.

« On s'est perdus, expliqua Yves. On voulait regagner l'ancienne Voie des cols, et je crains qu'on ne se soit trompés d'itinéraire.

— D'itinéraire ? »

Yves ne distinguait pas les traits de son interlocuteur, ombre parmi les ombres, animal retranché dans sa tanière.

« Il n'y a pas d'itinéraire, précisa l'inconnu. Vous êtes à Bois-aux-Renards.

— Je sais. On aimerait justement en sortir. »

L'homme laissa passer un long silence. Yves se dit qu'il allait pivoter sur ses talons, remonter dans son véhicule et quitter illico ce patelin.

« Il vaudrait mieux ne pas repartir maintenant, fit l'homme comme s'il avait lu dans ses pensées. La nuit va tomber et la route n'est pas très sûre dans l'obscurité.

— Comment ça ?

— Des accidents. Des imprudences.

— Très bien, merci du conseil. Indiquez-nous simplement comment récupérer la Voie et on se débrouillera. Je conduis prudemment. »

L'homme laissa échapper un rire qui n'était pas sans rappeler l'épais feulement d'une panthère. Un léger mouvement du bras. Yves comprit qu'il désignait le van. « On dirait que vous avez quand même eu un petit accrochage. »

Yves regarda par-dessus son épaule. La tôle froissée à l'arrière du combi, les raclures de la pierre ressortaient comme de grandes taches dans la lumière déclinante.

« Oui, concéda Yves. On a effectivement accroché l'arrière sur un pan de falaise. J'ai un peu trop serré à droite dans un passage étroit. Par prudence, évidemment. »

L'homme inclina légèrement la tête, à l'image d'un chien curieux. « Votre femme, elle va bien ? »

Yves regarda Bernadette, très droite sur le siège passager. Plus tard dans la nuit sa rigidité aurait pu passer pour de la méfiance ou un air guindé, mais il ne faisait pas encore assez noir pour qu'on ignorât les blessures sur son visage.

«Elle s'est cogné la tête quand le véhicule a raclé les rochers. Rien de grave. Elle va bien.

— Restez donc pour la nuit. Nous avons de quoi manger et vous pourrez dormir dans une des maisons. Vous repartirez demain, quand il fera plus clair. Un de mes fils ou quelqu'un de la famille vous accompagnera. Pour que vous ne vous perdiez pas de nouveau.

— Votre famille ? Je ne vois personne.» Yves avait parlé avec une grande nonchalance, mais l'homme notait parfaitement les inflexions de sa voix.

«Ils sont à la chasse, répliqua-t-il. Nous chassons beaucoup.» Il marqua une pause pour laisser les mots traîner leur poids. «Ils reviendront bientôt.»

Yves pointa l'index vers le combi. «Merci pour votre proposition. Je dois... Je vais en discuter avec ma femme. Elle voulait rejoindre la route au plus vite.

— Pas si vous vous en allez maintenant. Vous n'y serez pas avant demain. Peut-être même pas après-demain.

— Comment ça ?

— Les accidents, vous vous souvenez ?»

Yves commençait à se demander si l'autre n'était pas en train, très doucement, très sereinement, de les menacer. Quelque chose le gênait dans la tranquillité de cet individu. *Allons*, se raisonna-t-il. *C'est juste un bouseux. Il a des manières bizarres, et alors ? Peut-être qu'en fin de compte un bon repas et un lit moelleux nous remettront d'aplomb.*

Déchiffrant probablement les expressions d'Yves, l'homme

saisit l'occasion. « Dites-lui de venir à l'intérieur. Elle pourra se reposer un peu. Ensuite vous déciderez. » Puis il ajouta pour faire bonne mesure, et Yves comprit à cet instant qu'il n'était pas dupe de son mensonge : « Si vous roulez cette nuit, vous serez obligé d'allumer les phares. »

Inutile de préciser qu'en pleine nuit, sur une route de campagne à flanc de montagne, les phares se voyaient de loin, de très loin. Et si on était recherché...

Sans attendre de réaction, l'homme fit demi-tour et entra dans sa masure. À l'évidence il pressentait qu'Yves accepterait sa proposition.

Celui-ci regagna le T3, se pencha par la vitre ouverte pour parler à Bernadette.

« Tu as entendu ?

— Oui.

— Qu'est-ce que tu en penses ? On pourrait rester cette nuit, histoire de se requinquer. Ensuite un des... un des types qui vivent ici nous raccompagnera jusqu'à la Voie des cols.

— Un témoin de plus. »

Yves jeta un coup d'œil en direction du seuil où leur hôte mystérieux avait disparu. La maison noyée dans l'obscurité semblait inhabitée, encapsulée dans un temps qui n'existait plus. « Tu crois vraiment qu'ils sont du genre à aller voir les flics ? Demain nous franchirons les cols, tout rentrera dans l'ordre. Honnêtement, je ne suis pas très chaud pour reprendre cette satanée route dans le noir. »

Bernadette soupira. « D'accord. Allons voir comment les choses se présentent à l'intérieur. »

TRENTE ET UN

Anna ne regardait plus vraiment les images de l'épais volume sélectionné dans la bibliothèque du séjour. En outre elle ne prêtait plus attention à l'absence de Chloé. Les souvenirs se mélangeaient dans sa tête. Sous l'influence d'un imaginaire puissant, les photos d'animaux et de végétaux sur papier glacé avaient rapidement cédé la place à des séquences de feuilletons et des scènes de longs-métrages lui revenant par bribes. À ces extraits avaient succédé des épisodes de sa vie au camping. Non seulement ces épisodes se présentaient dans le désordre, mais ils n'appartenaient à aucun espace défini. Elle avait du mal à départager ce qui s'était déroulé sur le petit écran et ce qui ressortait de son existence véritable.

Était-ce Jimmy ? À moins que la question n'eût été posée par Gilles ou Fred, voire un des amants de Tina dont la fillette n'avait pas conservé le nom dans sa mémoire ? Un soir, le type qui habitait à ce moment-là avec elles dans la caravane était rentré de son travail, il s'était attablé devant l'assiette où reposait un reste de cassoulet en boîte et avait dit, la bouche pleine : « Deux mecs sont passés aujourd'hui au boulot. J'ignore comment ils ont eu l'adresse, mais ils te cherchaient, Tina. »

La gamine avait vu sa mère blêmir.

L'amant avait continué. « J'ai fermé ma gueule, tu penses bien. Mais je connais les spécimens. Ils reviendront, ou ils trouveront un autre moyen d'obtenir les renseignements qu'ils veulent. »

Le lendemain, Tina et sa fille Anna taillaient de nouveau la route.

Depuis son retour au salon Chloé n'avait pas adressé un regard à la jeune visiteuse. Anna l'observait, assise sur le canapé, le livre de photos encore ouvert sur les genoux. L'adulte comptait-elle lui expliquer son absence ? Apparemment pas. Elle se contentait d'agir comme si de rien n'était. Elle nettoya les bols puis, après les avoir disposés sur un égouttoir, s'empara de son sac d'herbes afin de procéder au tri et au rinçage de la récolte sur le plan de travail. Laborieuse corvée en vérité.

La fillette se leva et vint se planter à côté de Chloé. Elle observa un moment la répartition des différents végétaux, nota mentalement à quoi ressemblait telle tige, tel rameau. Certaines feuilles, palmées, présentaient des nervures impaires disposées en éventail à partir du pétiole, d'autres échantillons avaient des limbes rangés en peigne. Il émanait des gestes de la femme une patience, une méticulosité qui impressionnaient la gamine. Elle dévisagea Chloé, apparemment indifférente à sa présence. La femme plissait ses lèvres gercées, gonflait légèrement les joues sans cesser de s'affairer. Anna devinait que, restée trop longtemps seule, l'occupante ne se souciait plus des mimiques qui déformaient ses traits.

La fillette avança la main vers le sac, les yeux fixés sur l'adulte. Chloé ne tourna même pas la tête. Anna saisit alors un brin entre le pouce et l'index, le retira du sac pour l'examiner. Elle ne savait presque pas lire ni écrire, elle éprouvait des difficultés à situer les événements dans le temps ou dans l'espace, et son esprit confus ne favorisait guère la communication, mais elle avait l'intuition de posséder certaines compétences dans l'observation et le tri. D'une certaine manière l'olfaction lui clarifiait les idées. Elle posa délicatement le brin sur le tas approprié. Chloé poursuivit ses activités, imperturbable.

Anna prit un deuxième brin, différent du premier.

Cinq minutes plus tard Chloé s'attela au rinçage tandis que la fillette continuait d'arranger les plantes. Sans prononcer une syllabe, sans échanger un regard, la gamine et l'adulte s'étaient réparti les tâches, avaient accordé leur rythme et trouvé la meilleure façon de collaborer. À les voir, on aurait juré qu'elles faisaient ça ensemble depuis des années.

Encore quinze minutes et elles obtinrent une dizaine de monticules propres et frais sur le plateau horizontal.

La lumière filtrant par la lucarne avait encore baissé.

Chloé n'accordait toujours aucune attention à la fillette, absorbée par la lueur de l'ouverture. Peut-être essayait-elle d'estimer l'heure d'après la clarté du jour finissant.

Anna se disait que sous des dehors indifférents, la femme demeurait malgré tout sensible à sa présence. Elles ressemblaient à deux animaux qui avaient besoin de s'apprivoiser mutuellement. La fillette en aurait presque oublié pourquoi elle était là, et les circonstances qui l'avaient menée à la villa. L'image fugace de l'homme à la tête d'oiseau apparut dans son esprit, mais elle la chassa aussitôt. Se concentrer sur le moment présent. Le passé était déjà advenu et le futur n'avait pas encore eu lieu. Observer, humer, toucher. Elle porta les doigts à ses narines. Sur la peau humide se mélangeaient des senteurs âcres qui, pourtant, n'avaient rien de désagréable. Elle frotta le bout de l'index et du majeur contre le gras du pouce, et sentit rouler de minuscules grains de poussière sur la pulpe tendre. La terre mêlée à la sève et à l'eau.

Un mouvement suscita son intérêt. Elle leva les yeux. Chloé se dirigeait vers la baie vitrée du salon. De lourdes tentures occultaient le panorama et il faisait de plus en plus sombre dans la maison. Chloé lui fit signe d'approcher et la fillette se posta à côté d'elle, à l'endroit où les rideaux se rejoignaient. L'adulte posa un doigt sur ses lèvres pour conseiller à la gamine de faire silence, puis elle indiqua l'extérieur. Était-ce un sourire qu'Anna avait aperçu sur son visage ridé ?

Chloé écarta légèrement les rideaux. Les derniers feux du jour pénétrèrent par l'interstice et éblouirent Anna. Elle laissa calmement sa vision s'accoutumer. On avait disposé plusieurs gamelles au sol, à cinq ou six mètres de la villa. La fillette comprit à ce moment-là que Chloé, lorsqu'elle s'était absentée, avait empli les écuelles avec le contenu du gros sac de toile.

Des excréments torsadés – des *laissées* – signalaient la présence régulière d'animaux omnivores. Des os de cricétidés – mulots, souris et rats taupiers –, ainsi que des chitines d'insectes mâchés, des écorces, des champignons et des tubercules où apparaissaient des traces de dents la confirmaient.

Plus loin Anna distingua un grand enclos grillagé, une sorte de vaste cage munie de box vides et délabrés, ouverts à tous les vents. Le chiendent et les chardons colonisaient la dalle de béton. Les feuilles mortes et la rouille sur les mailles d'acier incitaient à penser que l'enclos ne servait plus à rien depuis assez longtemps. L'ouvrage rappelait à la fillette des cages de chenil, mais plus petites et plus robustes. Elle ne voyait pas bien quel type d'animal on avait pu enfermer. Un portique se dressait dans les premières écumes de la forêt : solitaire, isolé, inutile. Anna reconnut les lettres : REF-GE.

Quand la fillette remua, impatiente, Chloé eut un geste inédit : elle posa la main sur sa frêle épaule. Ce simple contact, ajouté à la surprise qu'il provoqua, suffit à tranquilliser la gamine. Elle écarquilla les yeux. Quelque chose avait bougé dans les buissons.

Anna s'était demandé quel genre d'animal pouvait autrefois séjourner dans les cages. Une réponse possible se dévoila à ses yeux.

Les herbes à une dizaine de mètres de la clairière s'écartèrent. Un museau émergea des feuillages, puis une tête.

Truffe noire, pattes à l'identique; gorge, menton et pourtour de la bouche aussi blancs qu'un tapis de neige; les yeux enfin, couleur ambre et bordés de long cils sur la paupière supérieure. Un splendide renard : quarante centimètres au garrot, quatre-vingt-dix sans la queue. L'animal jeta un coup d'œil prudent alentour et disparut.

Quelques secondes plus tard il sortit entièrement des fourrés. Anna s'aperçut qu'il lui manquait la patte arrière gauche. L'animal se déplaçait fort bien en dépit de son membre amputé. Il s'approcha de la première gamelle. La jeune fille tourna la tête vers Chloé, qui observait également la scène à ses côtés. Elle fit signe à Anna de continuer à regarder. La fillette devait se retenir pour ne pas trépigner de joie.

Les deux espionnes restaient invisibles derrière la mince fente des rideaux tirés.

Le renard commença à manger, les oreilles dressées, en alerte. Anna était subjuguée, mais elle n'était pas au bout de ses surprises.

Bientôt ce furent deux, trois, cinq et huit renards qui, délaissant le couvert, sinuèrent tranquillement, d'une démarche légère et bondissante, vers les gamelles. Cinq adultes et trois renardeaux au museau court. Anna retint un gloussement d'excitation. Trois femelles en période d'allaitement s'identifiaient aux paires de mamelons visibles sur l'abdomen. Spectacle magique. Anna aurait juré entendre malgré la vitre fermée les glapissements de plaisir des adultes, similaires aux chuintements de la hulotte, et les gazouillis des jeunes pareils aux bavardages des poules. Elle se figurait sans peine la caresse de la brise vespérale dans les fourrures, et le tap-tap fantomatique des griffes semi-rétractiles sur la terre battue. Une ode fauve descendait sur les bois crépusculaires.

TRENTE-DEUX

Yves écarta avec une répugnance instinctive la tenture rouge cerise qui isolait l'arrière de la maison du couloir et de la cuisine plongés dans la pénombre. Le vaste séjour, s'il en jugeait par les reliefs de repas qu'il apercevait sur la table en bois grossier, mal équarri, où le vieil homme avait pris place, faisait également office de salle à manger. À l'instant où il pénétra dans la pièce, il comprit le motif de ses réserves : ce qu'il avait pris pour un épais rideau cramoisi s'avérait être une série de peaux de renards suspendues au linteau du chambranle. Sans déterminer l'origine du trouble, ses doigts avaient frémi au moment d'écarter les poils de jarre en surface, puis de s'enfoncer dans la bourre au-dessous.

Parasites, lentes, vermine, ces mots lui venaient immédiatement à l'esprit quand il songeait à ce que ses mains, ses belles mains propres et lisses avaient touché. D'autres pelages roux s'entassaient dans un coin de la pièce, sous une fenêtre dénuée d'huisserie; fourrures sèches, amas encroûtés de sang dans l'ombre reculée. Le bourdonnement fiévreux des mouches ne s'interrompait pas un instant. Il offrait au macabre tableau un accompagnement sonore de circonstance. Un goupil empaillé se dressait près de la cheminée éteinte et plusieurs crânes aux canines recourbées, les incisives inclinées vers l'intérieur, trônaient sur le tablier. De petits os noircis pointaient au milieu des cendres accumulées dans l'âtre.

Yves s'assit en face de son amphitryon, balayant d'une main nonchalante la nourriture et les poils sur le bois grossier de la table. Il devinait que Bernadette s'était figée dans son dos, suffoquée sans doute par l'odeur autant que par le spectacle lugubre qui s'offrait à la perception. La lumière, toute de clair-obscur, exacerbait les modelés, livrait une peinture baroque aux sens. Où étaient-ils tombés ? Quelles bassesses pouvait dissimuler un tel antre ? Et surtout quelle était la nature de ce repaire : piège, refuge ou simple tromperie ? Trop tard pour faire marche arrière.

Le vieil homme ne quittait pas Yves des yeux. Il paraissait déduire de ses moindres mouvements les intentions cachées du passé et celles, illusoires, de l'avenir. Quant au présent, il semblait se diluer dans ses iris clairs, réduit à une dérobade, à une empreinte fugace guère plus substantielle qu'une tache humide évaporée avant que d'en assimiler les contours. Yves s'appliquait à sourire malgré l'inconfort. Il n'était pas loin de penser que cet homme l'épiait à la façon d'un chasseur, attentif à l'esquive prochaine du renard qu'il comptait dépecer, avant d'exposer son crâne sur la cheminée. Devait-il s'attendre à un sort identique ? *Absurde !* raisonna-t-il, réitérant sous une autre forme les considérations qu'il avait eues avant de pénétrer dans la masure. *Nous avons simplement abouti dans l'un de ces hameaux perdus, quasi abandonnés qui subsistent dans certaines forêts. Ces gens-là vivent du braconnage et de la cueillette,* se répéta-t-il, *ce sont des ploucs à moitié arriérés. Les seuls rapports qu'ils entretiennent avec le monde extérieur se résument à la vente de gnôle distillée et de fourrures qu'on retrouvera plus tard dans des boutiques de vêtements de la Côte. Des sauvages à la marge du monde civilisé, des reliquats d'avant le progrès, des existences négligeables.*

L'homme se présenta sans tendre la main. « Je m'appelle Admète.

— José, dit Yves. Et voici ma femme Amélie. »

Bernadette s'abstenait toujours de bouger, pétrifiée.

Admète ne lui adressait pas un regard. De profondes rides, nettes comme des coups de burin, découpaient son visage dans la demi-clarté. Elles contredisaient un front large, bombé et dégarni ; deux joues pleines que tronquait un nez épaté ; un menton puissant autant que rond. Une large bouche entre les lèvres de laquelle on n'aurait été guère étonné de voir s'agiter la langue bifide d'un anoure fendait le bas du visage. Des boucles de poils épars, décolorés par le soleil, grêlaient le maxillaire inférieur. L'alopécie hippocratique avait creusé la chevelure en arrière, n'épargnant qu'une couronne basse sur la nuque. Les mèches les plus longues ruisselaient jusqu'aux épaules, que l'on devinait robustes et noueuses sous sa chemise crasseuse. Une paire d'yeux globuleux achevait de dresser le portrait contrasté du personnage : étrange mélange de dignité et de disgrâce physique. « Elle devrait accepter quelques soins, dit-il. La face a subi un sérieux traumatisme. Nous pouvons éviter que ça s'infecte. »

Yves se préparait à consulter son épouse du regard mais déjà une maigre silhouette se glissait en silence à ses côtés. La créature était aussi chétive que l'homme était trapu et musclé, aussi voûtée que l'homme était droit, aussi effacée qu'il était charismatique, mais Yves ne s'y trompait pas : dans cette maison-là le véritable pouvoir se dispensait de mots et même de présence. L'ombre fit le tour de la pièce, alluma une série de bougies odorantes. Bientôt se diffusèrent des lueurs hésitantes, impuissantes à dissiper franchement la pénombre. Peut-être gagneraient-elles en puissance avec l'achèvement total du jour.

Sans prononcer un mot, l'ombre entraîna ensuite Bernadette à l'écart, dans la cuisine. Yves regarda les deux femmes s'éclipser, puis entendit la voix rocailleuse d'Admète. « Hermione va s'occuper d'elle. » Pour une raison mystérieuse, Yves n'excluait pas l'hypothèse que son interlocuteur, suivant leur exemple, donne de fausses identités. Admète continua sur un ton que l'on aurait pu trouver plaisant, n'eût été le timbre assourdi à la limite de l'audible : « Nous n'avons pas d'armoire à pharmacie ou de médicaments à proprement parler, mais les herbes suffiront.

— Merci. »

L'autre éluda d'un revers de main. Son mouvement ne reflétait ni humilité ni politesse. On pouvait supposer qu'il exprimât par ce geste une espèce de dédain, peut-être de la condescendance. Yves devait faire un effort pour éviter de lorgner en direction de la cuisine, où avaient disparu

Hermione et Bernadette. Pas un son, pas une parole n'émergeaient de cette pièce, et ce silence ajoutait à l'insolite de la situation. Il se demandait ce que fabriquaient la blessée et sa soignante.

Toujours doué, sinon de facultés de télépathe, du moins d'un étonnant sens de la psychologie, Admète ajouta : « Elle ne risque rien. Ma femme sait s'occuper des vivants comme des morts. Votre épouse ira mieux en un rien de temps. » Attribuer à l'ancêtre de simples dons de déduction au lieu de lui prêter des pouvoirs surnaturels ne rassurait pas Yves. Il promena son regard sur la pièce mal éclairée. Avec les incertitudes des flammes parfumées les yeux des créatures empaillées luisaient par intermittence. Quant aux orbites vides des crânes sur la cheminée, elles se repliaient dans l'ombre.

« Les renards, c'est...

— Décoratif, trancha le vieil homme avec, pour la première fois, le soupçon d'un sourire dans la voix.

— Il y en a beaucoup.

— De morts, vous voulez dire ? Il y en a encore plus de vivants à l'extérieur. À Bois-aux-Renards, cette vermine se reproduit plus vite et mieux que n'importe quelle saloperie de la nature.

— Vous avez un grief particulier contre ces animaux ?

— Pas du tout. Ils sont abondants, c'est tout. Et faciles à tuer. La divinité les a créés pour ça. »

Yves aurait dû se garder de commenter l'avancée métaphysique de son hôte, mais la mention du Seigneur provoqua une crispation dans ses tripes. « Vous êtes croyants ? »

L'autre s'adossa au mur qui lui servait d'appui (il était installé sur un simple banc). « Je crois aux êtres supérieurs et aux créatures inférieures, si c'est ce que vous entendez. Les secondes existent pour servir, alimenter, vêtir et distraire les premiers.

— En vertu de Dieu ?

— En vertu du principe divin qui réside en chacun de nous.

— Je ne vous suis pas.

— Vous me comprenez très bien, au contraire. » Une pause. « Mais je vous sens contrarié. Ma réflexion portait sur l'ordre général des choses. L'humain reçoit la divinité à la naissance, comme une étincelle. Et puis, plongé dans les tracas quotidiens, il l'oublie. Son existence entière se résume alors à errer pour tenter de retrouver cette étincelle. Il doit lutter pour se souvenir de ce qui est effacé, et éliminer une partie de ce qu'il a appris. Un autre soleil vit caché en lui, une manifestation qui brille et pourtant n'est pas or. S'il veut la contempler de nouveau, il doit ouvrir d'autres yeux que ceux du corps, et posséder d'autres valeurs que celles du monde physique. S'arracher à la puissance des apparences, c'est ce que nous faisons depuis des centaines d'années dans ce bois. »

Yves se disait qu'à la première occasion lui et Bernadette ficheraient le camp. Il ne manquait plus qu'une rencontre avec des illuminés sectaires pour couronner leur désastreux périple. À l'heure actuelle, cependant, ils n'avaient guère le choix. Il fallait entrer dans le jeu, faire parler le vieillard pour gagner du temps et s'attirer ses bonnes grâces. Il fit mine de s'étonner. « Des centaines d'années ? Tant que ça ?

— Oh oui », confirma l'autre avec sérieux. S'il ne remarquait pas l'ironie de la question, songea plaisamment Yves, son don de télépathe l'avait sûrement abandonné. « Les premières légendes remontent au XIIIe siècle, poursuivit Admète. Certains écrits en font mention.

— Tiens donc ?

— Vous voulez entendre l'une des plus fameuses ?

— Je vous en prie. »

Le vieillard tapota la table du bout des doigts, manière de lui demander de patienter une seconde. Ses larges ongles couronnés de terre et sillonnés de stries verticales faisaient comme les griffes d'un animal au contact d'une surface minérale. Il se leva sans raideur. La souplesse féline avec laquelle il se déplaçait, d'où n'était pas exempte la fermeté, avait quelque chose de surprenant vu son âge. Les effets de la vie au grand air, présuma Yves. L'ancêtre gagna une étagère poussiéreuse dont les rayonnages, vides à l'exception d'un cahier d'écolier corné et d'un bougeoir allumé, semblaient depuis longtemps voués à l'inoccupation. Lorsqu'il tendit le bras pour prendre le cahier et la bougie, une large auréole apparut sous l'emmanchure de sa chemise de toile grossière.

Il se rassit, posa la bougie sur la table. En crépitant, la mèche de chanvre imprimait non seulement des variations à la clarté mais aussi aux odeurs. Le vieux déplia son cahier à une page que la reliure cassée indiquait sans hésitation. La couverture jaunie, dénuée d'illustration, stipulait seulement : *Bois-aux-Renards (Contes, légendes et mythes).* Admète avait chaussé d'épaisses lunettes cerclées de fer-blanc qui exagéraient encore son regard amphibien. Il tenait les bésicles perchées à l'extrémité de son large nez, et Yves s'étonnait de ne pas l'avoir vu les prendre. L'entêtant parfum de la bougie ne lui rappelait rien de connu. Yves imaginait qu'en le décomposant, on aurait peut-être identifié des éléments familiers, mais empruntés à des univers différents : sueur, détergent, charbon, cire, mais surtout, comme une note dominante dans un chorus, une indicible fragrance de violette. Toujours aucun bruit en provenance de la cuisine. Les renards morts, par dizaines, semblaient réunis pour assister à la lecture avec un recueillement spectral. Le conteur lança un dernier regard à son visiteur, comme pour s'assurer de capter son attention, et, après s'être éclairci la voix, débuta son récit : « Jadis on entendait raconter que certaines femmes se transformaient en renards, et certains renards en femmes. Lorsque la sauvagerie possédait l'animal, il nuisait aux hommes. Faisant tout le mal possible, il parcourait, insaisissable, les forêts profondes du globe. »

Yves commençait à se détendre. La perspective du mal n'était pas pour lui déplaire. Tandis que les mots coulaient de la bouche du vieillard, il se penchait sur la table, appuyait les coudes sur le plan horizontal. Sa respiration gagnait en amplitude.

« En ces temps-là, continua Admète, vivait un baron qui passait son temps à rêver de son idéal féminin. Il reconnut l'être aimé un soir où il parcourait son domaine, passant en revue les serfs sur la glèbe. Une belle femme rousse qu'il n'avait encore jamais vue s'affairait en lisière de champ. Le métayer la lui présenta comme une lointaine cousine.

Le baron s'éprit aussitôt de cette créature, parfaite en tout point, sauf pour ce qui concernait l'une de ses jambes, marquée d'une cruelle cicatrice en forme de demi-cercle. "Que vous est-il arrivé à la jambe ?" interrogea le noble du haut de son cheval. "J'ai été mordue par un chien, messire, répondit la jouvencelle en s'inclinant. Mais j'en ai peu de souvenirs, j'étais petite." Sa voix coulait comme du miel entre ses lèvres très rouges. Quelques mois plus tard le baron l'épousa. » Admète s'arrêta, observant Yves par-dessus ses lunettes. Celui-ci fit signe de poursuivre. Il avait oublié Hermione et Bernadette. De même les nombreuses victimes qu'il avait tuées pour soulager sa femme le laissaient temporairement en paix. L'autre replongea dans sa lecture à voix haute. « Toutes les nuits la bien-aimée du baron rejoignait son époux sur le lit et ils se livraient aux plaisirs de l'amour. Rien n'existait plus que l'ivresse de leur propre corps, tandis que leurs âmes fusionnaient. » L'odeur de violette diffusée par la bougie devenait plus puissante, plus constante. Les propos d'Admète évoquaient à Yves les périodes qui, au début du moins, avaient succédé aux meurtres. Bernadette et lui retrouvaient l'espace de quelques semaines, puis de quelques jours, et aujourd'hui de quelques heures, les élans initiaux de leur rencontre, la fougue des premiers ébats. Dans ces moments-là, ils se perdaient de nouveau l'un dans l'autre, redécouvraient les plaisirs et les modulations physiques de leur partenaire. Ils ne mangeaient plus, ne dormaient plus. Tout s'effaçait pour faire place aux soupirs retrouvés.

La bougie dégageait un parfum vraiment ensorcelant.

Yves avait encore conscience de son existence, mais ne la remarquait plus. Seul persistait le récit d'Admète. « Pourtant le baron avait un souci : tous les mois son épouse disparaissait trois jours entiers. Il ignorait où elle allait et nul parmi ses gens ne fut en mesure de le renseigner. Une nuit, il prit donc le parti de l'interroger sans détour : "Dame, dites-moi où vous allez, je vous soupçonne d'aimer un autre homme. Si cela est vrai, je préfère encore mourir que de demeurer triste." Son épouse rougit. "Si je vous le dis, messire, il m'arrivera malheur. Ce sera la fin de votre amour et ma propre perte." Le baron tint bon. Il insista tellement qu'à la fin elle consentit à avouer la vérité. "Trois jours par mois, seigneur, je deviens renard." Sa voix n'était plus de miel mais de céleri amer. "Vous plairait-il, messire, de connaître l'origine de cette malédiction ?" Le baron acquiesça avec un frisson. Il souhaitait autant qu'il redoutait d'entendre sa femme achever sa confession. »

Yves se passa la main sur le front, surpris de constater que la sueur mêlée de poussière laissait sur sa paume une traînée ocre. Il ignorait qu'il était aussi sale, à moins qu'il ne s'agisse d'un jeu de lumière. Cette fichue bougie éclairait trop ou pas assez. Admète continuait à parler : « Voici les propos que tint la femme du baron : "Mon père était un riche chevalier. Son nom ne vous serait d'aucune utilité, et je préfère le taire car il m'est trop douloureux de le prononcer. Mon père possédait un chien, un féroce mastiff noir qu'il chérissait comme la prunelle de ses yeux. En retour le méchant chien vouait à son maître un amour sans borne, une passion aveugle et exclusive. Mais le jour où je suis née, à ce qu'on raconte, j'étais si belle que mon père et ma mère n'eurent plus d'intérêt que pour moi. Le chien fut donné au chenil. Il jura de se venger." Le baron restait suspendu aux lèvres de son épouse. » Yves déglutit, mais aucune salive n'humecta son gosier. Des bouffées de chaleur montaient en lui au rythme des palpitations lumineuses de la bougie, cependant il était trop captivé pour demander à boire. « L'épouse du baron s'absorba un instant dans ses souvenirs. Le mari compatissait à l'expression douloureuse qui se peignait sur ses traits. Elle battit finalement des paupières et reprit son histoire : "J'avais quelques années, guère plus, lorsqu'un jour – puisque je marchais déjà – je descendis dans la cour du château pour accueillir mon père qui revenait de la chasse. Le méchant chien l'accompagnait. Il profita d'un instant de distraction pour se jeter sur moi. On dit qu'il planta si rudement les dents dans ma jambe qu'il fallut trois veneurs et le maître d'équipage pour le forcer à me lâcher. L'animal parvint à s'enfuir et on ne le revit plus. Quant à moi, je perdis beaucoup de sang et tombai dans une profonde léthargie. Mon père, désespéré, fit venir de très loin une vieille femme qui vivait seule en pleine forêt, et qu'on prétendait dotée de fabuleux pouvoirs. Mon père la supplia. Elle annonça son prix." L'épouse observa un silence. "Je survécus, mais au coût d'une terrible malédiction et de la mutilation que vous apercevez sur ma cuisse. Quelle est la nature de cette malédiction ? Je vous l'ai dit, trois jours par mois je deviens renard et je me rends au puits de la colline, que vous connaissez bien." Le baron, étonné, demanda : "L'ancien puits désaffecté ?" L'autre opina. “Mais il n’y a plus rien depuis fort longtemps là-bas, s’étonna le mari. Pourquoi fréquenter ce lieu ?” La femme baissa les yeux. “Cela faisait partie du pacte. Je devais partir du château de mon père pour remplacer la femme de la forêt, devenue trop vieille. Votre métayer la connaissait, il m’a accueillie sur vos terres, m’a offert gîte et labeur. Ensuite nous nous sommes rencontrés.” Une pause et elle termina son récit dans un souffle : “Vous avez allégé mon fardeau, messire, avec un bonheur dont je vous serai éternellement reconnaissante.” Le baron la remercia de lui avoir ouvert son cœur. Ce prodige ne l’effrayait pas car il connaissait sa valeur et la force de son amour pour elle. Il lui donna l’assurance de ne jamais trahir son secret. »

Un bruit tira soudainement Yves de la rêverie hypnotique où il s’était installé. Avec quelle puissance le récit et le timbre grave du conteur avaient-ils dilué la réalité ! Bernadette émergea de la cuisine. Regardant par-dessus son épaule elle adressa un remerciement à Hermione, demeurée dans la pièce voisine. Hermione restait en cela fidèle à elle-même, présence invisible dont le pouvoir occulte s’exerçait sans nécessité qu’elle se matérialisât.

Yves cligna des yeux. Le flottement perdurait malgré tout et il avait du mal à retrouver sa pleine lucidité. Les bougies, l’odeur de violette, la fumée, le grésillement, les oscillations des pinceaux de flammes… L’espace de quelques instants les murs décrépis, la poussière et les fourrures lui firent l’effet d’un tableau qui n’était plus celui d’un dénuement contraint mais d’une libre ascèse. L’homme qu’il avait en face de lui donnait moins l’impression d’un vieillard indigent que d'un sage en devenir, un étrange charmeur de serpents, la bouche chargée d'illusions. D'une façon curieuse, le Volkswagen garé dans la cour n'apparaissait plus aux yeux d'Yves comme un élément à charge de leur détresse mais comme un vaisseau qui, en faisant naufrage, les aurait menés à bon port. Le hameau lui-même perdait son statut d'impasse, et Bois-aux-Renards sa facture captieuse.

Admète referma le livre, un sourire aux lèvres. « Vous avez compris que la forêt du conte est la nôtre, celle de Bois-aux-Renards. Aujourd'hui d'ailleurs, le puits existe toujours. Peut-être l'apercevrez-vous lorsque vous partirez. Il est désormais ceint d'une tour, alors il se voit de loin. N'hésitez pas à faire un détour pour visiter l'édifice. Une vieille femme habite dans un gîte tout proche, elle pourra vous renseigner. C'est un personnage pittoresque, en quelque sorte. Elle perpétue la tradition. On pourrait dire qu'elle poursuit le travail de sentinelle de la femme du baron : elle veille sur les âmes égarées. Le conte ne s'arrête pas là. Peut-être aurons-nous l'occasion de le continuer plus tard.

— Peut-être », répondit d'une manière absente Yves.

Le vieillard souffla alors sur la bougie devant lui. La clarté constante mais plus chétive de l'extérieur se substitua à celle, incertaine, de la flamme. L'odeur de violette s'éloigna, accompagnée des relents de transpiration et de solvant. Yves rassembla finalement assez de salive dans sa bouche pour humidifier sa gorge, achevant de disperser les dernières brumes dans son esprit.

Il se leva pour accueillir Bernadette mais celle-ci l'ignora ostensiblement, de même qu'elle refusa de répondre au regard interrogateur qu'il lui adressa.

Comme pour attirer leur attention, Admète tapota de nouveau l'extrémité de ses doigts contre le bois rude de la table. « Hermione va vous montrer la maison où vous logerez cette nuit. Elle n'est pourvue que de l'essentiel, mais vous y serez à votre aise. Une chose cependant... » Le vieil homme marqua une pause. Yves haussa les sourcils et l'autre ajouta sur le ton badin d'une conversation : « Je vous demanderai de déplacer votre véhicule. Nous avons une aire de stationnement derrière le corps principal. » Son visage avait pratiquement disparu dans l'obscurité. Sa voix profonde résonnait comme au retour d'une tombe. « Vous y serez mieux qu'à l'entrée du hameau. D'autres habitants vont arriver tard dans la soirée ou au cours de la nuit. Ils auront des véhicules. La place centrale doit être dégagée.

— Vos fils et vos neveux ? Ceux que vous avez mentionnés tout à l'heure ?

— En partie. Cela va peut-être vous paraître étrange, mais nous formons une sorte de communauté itinérante. Nous nous déplaçons dans les villages abandonnés des montagnes, au gré de nos envies et des nécessités.

— Des nécessités ?

— De la chasse, entre autres.

— Mais... Les propriétaires ne disent rien ?

— Il n'y a pas de propriétaires, ou plutôt si, nous.

— Comment ça ?

— Officiellement et depuis d'innombrables générations nos familles réunies possèdent ces bois, ces montagnes et une grande partie de la vallée que traverse l'ancienne route. Nous laissons nos hameaux livrés aux caprices des saisons depuis longtemps. Il en existe une dizaine dans la région. Je serai ravi de vous exposer les raisons de notre mode de vie si l'occasion se présente, mais il se fait tard, vous devez être fatigués. Sachez néanmoins que nous entretenons les habitations à la mesure de nos moyens. Il faut très peu de choses pour vivre.

— Vous ne préférez pas vous établir quelque part ?

— Non. Voyager reste le meilleur moyen de ne pas s'attacher aux possessions matérielles. » Admète désigna d'un geste paresseux les fourrures en tas dans un coin de la pièce, que le sang et la graisse en décomposition terminaient de corrompre. « Nous sommes comme les renards, qui changent de terrier selon leurs besoins, usant indifféremment, génération après génération, de ce que la nature leur octroie.

— Vous êtes des sortes de nomades ?

— Si vous voulez. De riches nomades alors.

— Riches ?

— Riches de nous-mêmes et de l'univers auquel nous appartenons. Riches du temps, riches de la liberté. Je sais que dans le monde d'où vous venez on mesure son bien autrement. »

Yves lança un nouveau regard à sa femme. Elle lui opposait des yeux plats, indéchiffrables. Il ne pouvait s'empêcher d'éprouver un certain malaise. Depuis qu'elle était sortie de la cuisine elle se montrait non pas indifférente mais impénétrable. Pourtant Yves n'avait jamais eu de difficultés à décrypter ses expressions auparavant. Quant aux réponses d'Admète, elles le laissaient sur sa faim. Mieux valait temporiser. « Ne vous inquiétez pas, je comprends. »

Il se disait que Bernadette et lui auraient tout le loisir de spéculer sur ces propos énigmatiques quand ils reprendraient la route le lendemain. Voire d'en rire.

« Hermione va vous indiquer où vous garer », fit Admète pour clore l'entretien.

Aussi soudainement que la première fois, la vieille fut là, à côté d'eux. Yves distinguait maintenant son visage tavelé dans l'encadrement d'un fichu noir, attaché sous le menton et recouvrant la chevelure. Ses petits yeux, enfoncés dans des orbites charbonnées, offraient par leur mobilité un contrepoint aux traits hiératiques, aux narines et à l'arête du nez ciselés, à la plissure figée d'une bouche édentée et aux sourcils inertes. La césure semblait accréditer l'existence d'une temporalité distincte : aux iris luisants l'instant T, au visage l'éternité. D'un côté la tension propre à l'articulation de la vie, de l'autre une rigidité de pierre battue par les vents, qu'aucun outrage du temps n'était pourtant susceptible de souiller. Entre ces deux pôles, un espace vacant, un vide infranchissable.

Son corps maigre, voûté, ressemblait à celui d'une malade chronique. La grise lueur du crépuscule – un crépuscule qui paraissait s'éterniser – révélait néanmoins une dignité insoupçonnée. Il y avait dans sa posture, songeait Yves, quelque chose qui résistait à la connaissance. Hermione offrait l'apparence d'un personnage masqué de sa propre enveloppe.

Sous un certain aspect, médita encore le tueur, les anciens formaient un couple assorti : ils étaient à première vue des contradictions ambulantes, et offraient à leur union une complémentarité étrange.

Les yeux noirs de la vieille femme, ombrés de paupières tombantes, se posèrent alternativement sur les deux visiteurs. Yves poursuivit sa réflexion : là où l'attitude d'Admète, pour singulière, pour équivoque, pour inquiétante qu'elle fût, exprimait l'ironie et l'amusement, celle d'Hermione affichait un deuil des illusions. Peut-être même une authentique tristesse.

Elle baissa la tête et fit un geste de la main qui n'était pas, par sa modestie, sans évoquer celui du recueillement. Reculant en silence, elle s'effaça pour leur livrer passage. L'heure avait sonné, il fallait prendre congé.

TRENTE-TROIS

La fillette ferma les paupières, l'esprit engourdi. La torpeur puissante à laquelle elle cédait sans le désirer, elle la devait autant au périple de la journée et aux événements qui l'avaient précédé qu'à la chaleur bienfaitrice du sac de couchage dans lequel elle s'était glissée. Chloé lui avait donné la couche, du moins Anna le supposait-elle, qu'elle occupait en temps ordinaire.

Quand les renards étaient partis les deux guetteuses avaient encore contemplé un court instant le paysage. La dalle de béton, les cages, et plus loin la forêt qui s'élevait doucement pour épouser les contours d'une colline. Un détail avait intrigué Anna : une tour visiblement délabrée, très ancienne, se dressait au sommet de l'éminence naturelle. N'avait-elle pas vu cet édifice en rêve ? Elle n'avait pas eu le temps de se livrer à une observation plus attentive car Chloé avait rabattu les rideaux avec soin, occultant la baie vitrée comme si elle voulait éviter un examen approfondi… ou passer inaperçue aux yeux de visiteurs éventuels. Anna se demandait du reste qui pourrait avoir l'idée saugrenue de s'aventurer jusqu'à la villa ou à proximité de la tour qu'elle venait d'entrevoir à une centaine de mètres de là.

Le front ridé, les sourcils en accent circonflexe de Chloé reflétaient une espèce de contrariété mêlée d'inquiétude... Anna aurait voulu la questionner. D'où venaient les animaux qu'elles avaient vus entre les rideaux ? Depuis quand les nourrissait-on ainsi, et pourquoi ? Étaient-ce d'anciens pensionnaires du refuge ? Des bêtes semi-apprivoisées qui avaient pris pour habitude de se restaurer à cet endroit ? D'autres interrogations se frayaient également un chemin dans son esprit. À quoi avaient servi les cages rouillées ? Qui avait bâti cette maison ? Et les murs en ruine, les pans de fortification effondrés qu'elle avait aperçus au sommet de la colline, à quel usage les avait-on jadis destinés ? Aux yeux d'Anna, les vestiges paraissaient avoir pris naissance dans quelque expérience onirique. À moins qu'ils ne fussent issus d'un film médiéval, décor d'une production de la United Artists diffusée à la télévision. La fillette estimait en tout cas qu'ils étaient beaucoup plus vieux que la maison, mais celle-ci paraissait s'y rapporter de façon étrange. On aurait pu songer à une forme de résurgence ou à un prolongement moderne, qu'un nouvel abandon menaçait de replonger dans l'oubli et la décrépitude.

Une question surnageait parmi toutes celles qui se bousculaient dans son crâne, et elle n'offrait à cette heure pas davantage de perspective d'éclaircissement que les autres : qui était Chloé ? Cette femme étonnante avait l'air d'occuper les lieux à la façon d'une voyageuse en transit, contrainte d'effectuer une halte pour une mission temporaire, mais prête à passer à l'action au moindre signe. En extrapolant un peu, Anna se disait que son irruption constituait peut-être le signal attendu. Si tel était le cas, son ange gardien hésitait manifestement sur la conduite à tenir.

La fillette se garda de formuler le moindre commentaire.

Finalement Chloé se résolut à lui prendre la main et à la mener en haut des escaliers, sur la mezzanine, où de toute évidence elle s'était provisoirement établie pour passer ses nuits. Dix minutes plus tard Anna somnolait. Dans sa mémoire s'imprimait encore l'image du renard à trois pattes et du reste de sa troupe, puis les cages aux barreaux rouillés et aux portes dégondées en arrière-plan. Plus loin encore, c'étaient les pierres moussues du castel en ruine qui émergeaient dans les brumes de la pensée, protectrices fantomatiques et séculaires de la destinée des vivants.

Anna entendait vaguement sa bienfaitrice s'affairer dans les ombres du rez-de-chaussée. Les plaids déployés sur le divan indiquaient qu'elle avait décidé de passer la nuit près de la bibliothèque.

Peut-être dans l'intention de rassurer sa jeune invitée, ou pour mieux plonger dans l'obscurité du niveau inférieur, Chloé avait allumé la bougie sur la petite table de la mezzanine. La luminosité, si elle apaisait effectivement Anna par son aspect chaleureux et favorisait le sommeil par sa délicatesse, demeurait impuissante à chasser d'un esprit récemment traumatisé les visions les plus dérangeantes des dernières quarante-huit heures. Ce fut au moment précis où la fillette se sentit engagée dans le double mouvement associant vertige du repos et obstination des souvenirs que réapparut le visage tourmenté de la femme asphyxiée dans la camionnette. L'homme à la tête d'oiseau ricanait et s'élançait soudain vers elle. Un souffle glacé lui traversait la peau, une odeur de charogne et d'excréments montait à ses narines. La fillette hoqueta, cligna des paupières. Tout allait bien, elle se trouvait sur la mezzanine. La bougie diffusait sa clarté orangée, et Chloé était toujours en bas. Anna ne voulait plus se rendormir. Elle savait maintenant que l'homme à la tête d'oiseau attendait, patient, qu'elle fermât de nouveau les yeux pour l'attaquer.

Ses petits doigts saisirent la soucoupe ébréchée qui faisait office de bougeoir. Elle se leva sans bruit. Une crainte sournoise s'insinuait en elle. La cire n'avait pas beaucoup diminué, son sommeil avait été très bref, mais Chloé demeurait-elle au rez-de-chaussée, sur le canapé ? Elle avait pu aussi bien disparaître, s'éclipser. Anna se serait alors retrouvée seule dans cette grande maison qu'elle connaissait mal, au cœur d'une forêt peuplée d'arbres difformes, loin de sa mère. Qui lui viendrait en aide si l'homme à la tête d'oiseau, fictif ou réel, chimérique ou authentique, profitait de l'obscurité et de ses rêves pour ressurgir ?

Elle avança jusqu'au bord de la mezzanine, quelques planches craquèrent. Quand elle risqua un œil à travers les barreaux de la balustrade, elle constata que Chloé n'avait pas déserté les lieux. Les muscles de sa gorge se dénouèrent. Elle se remit à respirer.

La femme allongée sur le divan tournait la tête vers la fillette. Le bruit des planches, ou un gémissement d'Anna durant son cauchemar, l'avait peut-être alertée. La lumière de la bougie ne portait pas très loin et Anna distinguait mal ses traits dans la pénombre. Elle devinait néanmoins son inquiétude. Chloé ne s'offusquerait probablement pas si elle descendait la rejoindre. La petite pensionnaire avança à pas mesurés jusqu'à l'escalier, s'aventura sur les premiers degrés. Chloé la regardait venir sans esquisser le moindre mouvement. Les éléments de sa physionomie se dessinaient plus nettement à mesure que la gamine approchait : le corps à moitié dressé dans une posture presque sensuelle, la bouche entrouverte comme si elle retenait sa respiration ou tentait de placer des mots près des lèvres, les yeux très fixes, vigilants et quelque peu étonnés. Anna grimpa en douceur sur le divan. Les coussins s'enfoncèrent légèrement sous son poids. Les précautions qu'elle prenait, sa prudence lui donnaient l'impression d'incarner le renard à trois pattes. Elle revoyait l'animal émerger avec méfiance des fourrés, plus tôt dans la soirée. Elle cherchait les tournures appropriées pour expliquer à Chloé qu'elle avait peur, mais celle-ci l'avait déjà compris. La femme écarta les couvertures pour que la gamine puisse se blottir près d'elle.

Anna glissa ses longues jambes, baguettes filiformes, contre celles, plus ramassées, de Chloé. Les cicatrices de leurs membres inférieurs, juxtaposées, formaient des sillons jumeaux. Lorsque la fillette se tourna pour coller son dos à l'adulte, elle nicha l'arrière de sa tête contre sa poitrine. Son geste obéissait à une impulsion naturelle qu'elle n'essayait pas d'atténuer ou de modifier. L'odeur de violette des plaids, la tiédeur protectrice du giron féminin la tranquillisèrent. Elle émit un léger grognement de satisfaction.

Toutefois le contact de Chloé sur son échine laissait transparaître une crispation, une gaucherie qu'elle ne s'expliquait pas, sauf à attribuer cet embarras à un déficit chronique de chaleur humaine. Depuis combien de temps Chloé vivait-elle recluse dans cette maison ?

Malgré les réticences qu'elle échouait à dissimuler, la femme conservait les élans d'une affection bourrue. La jeune fille sentit une main sur son épaule, pression douce et ferme.

Au bout d'un moment, Chloé se pencha afin de récupérer un vieux volume posé sur la table basse. À la lueur de la bougie, elle entreprit de feuilleter le livre pour trouver des illustrations. Anna suivit des yeux le bout de son index sur les pages jaunies. Ici elle désignait des renardeaux dans un terrier, là elle explorait les contours d'un spécimen avec une proie – un mulot – dans la gueule. Le doigt de Chloé parcourut ensuite une colonne de texte. Le chapitre s'intitulait : *Le renard, chien docile ?*

« Depuis une vingtaine d'années et dans l'indifférence quasi générale du monde scientifique se déroule à Bois-aux-Renards une expérience unique en France, portant sur la domestication des *Canis vulpes*. Menée tout d'abord dans le cadre d'un programme de recherche public, puis avec des fonds privés par le professeur Manfred Zymansky et son assistante Chloé Marchant, l'étude consiste à sélectionner un élevage de renards qui répondraient presque aussi bien que les chiens aux interactions humaines. Si les animaux réussissent les tests d'apprentissage durant la fenêtre de socialisation (soixante jours après la naissance), les scientifiques devront encore identifier les gènes-clefs de la domestication, c'est-à-dire prouver qu'une population de renards peut être éduquée et dépasser ses instincts. La ferme expérimentale de Bois-aux-Renards héberge aujourd'hui trois cents sujets, mais la disparition du professeur Zymansky l'année dernière laisse planer des doutes importants sur la poursuite de l'expérience. Le savant a en effet confié les rênes du projet à sa jeune assistante, néanmoins en l'absence de financements académiques pour pallier les défections des investisseurs privés on peut s'interroger sur la capacité de Chloé Marchant – biogénéticienne de formation, peu rodée aux arcanes de la recherche de sponsors – à poursuivre l'entretien de la structure, à assurer les soins du cheptel, et à concrétiser les aspirations inachevées de son mentor... »

Anna appuyait sa tête contre la poitrine de la femme, sentait les battements de son cœur et la douce vibration de sa voix à travers ses omoplates. La fillette ne comprenait pas toutes les phrases de Chloé – elle en comprenait même fort peu –, mais les syllabes se détachaient avec fluidité, la modulation adoptait un rythme apaisant. Anna découvrait les vertus d'une lecture ample et régulière. Tina lui lisait très peu d'histoires à la caravane; elles regardaient la télé, c'était aussi bien.

La petite fille percevait le souffle de l'adulte contre son oreille, contre sa joue. Un long bâillement étira sa mâchoire. Anna porta la main à sa bouche. Et avant qu'elle puisse prendre conscience de son geste – un geste qu'elle n'avait plus effectué depuis des années –, son pouce se logea entre ses incisives et repoussa sa langue sur la partie supérieure du palais. Ses yeux se fermèrent, tandis qu'elle renouait avec les facilités et la puissance oubliées de la succion. La vibration de la lecture se poursuivit, plus lointaine, plus diffuse. Anna se laissa dériver, elle partit, s'abandonna. Et cette fois l'homme à la tête d'oiseau se tint loin des murmures de la nuit.

TRENTE-QUATRE

Ils furent conduits dans un petit logement au premier étage d'un bâtiment annexe, sur le flanc ouest de la place centrale. Leur chambre évoquait une cellule monastique : guère plus spacieuse et à peine moins austère. Quatre murs nus recouverts de chaux; un vieux lit double sur le sommier duquel on semblait avoir déposé à la hâte un matelas de bourre ainsi que des draps rêches mais propres; une chaise en paille, aux pieds de bois rugueux; une table de chevet bancale munie d'une simple bougie, qu'ils n'allumèrent pas. Une robuste armoire dont la présence paraissait remonter à l'édification même de la bâtisse couvrait le mur côté sud. Les toiles d'araignée et la poussière dans les espaces de rangement suggéraient que le meuble n'avait plus connu ni les honneurs des piles de linge, ni l'asséchant baiser des sachets de sel depuis très longtemps. Bernadette s'était couchée presque immédiatement, le regard lointain. Un peu plus tôt, quand Yves avait essayé d'en savoir plus sur les soins qu'Hermione lui avait prodigués dans la cuisine, elle avait formulé une réponse vague qui, à vrai dire, n'en était pas une. « Elle m'a fait boire une tisane et elle m'a parlé. » Yves avait attendu en vain d'autres précisions. *Curieux*, avait-il songé, *c'est peut-être le contrecoup. Elle sera plus diserte demain quand elle aura récupéré des forces.*

Il l'observa un moment, allongée sur le lit, le drap remonté jusqu'au menton, les yeux déjà fermés. Les contusions s'étaient légèrement estompées, selon lui, et la tuméfaction de la cloison nasale avait diminué de volume, quoi qu'il fût difficile de s'en assurer dans l'obscurité. L'immobilité presque totale de Bernadette laissait tout juste supposer qu'elle respirait encore. Il se fit la réflexion qu'elle ressemblait à un cadavre recouvert d'un suaire.

Des cris étouffés en contrebas attirèrent alors son attention. Il se posta près de la fenêtre, écarta le rideau pour observer la cour à l'extérieur. Les appels ressemblaient à des bruits d'animaux tourmentés par la crainte ou la douleur, ou bien aux vagissements d'un nouveau-né. Il lui fallut un moment pour réaliser qu'il entendait en réalité une dispute conjugale. En fait de querelle, il s'agissait avant tout d'un monologue d'Hermione, d'une litanie de reproches qu'elle adressait à Admète, debout au milieu de la place. Yves ne parvenait pas à cette distance à en saisir le propos, mais à défaut d'être argumentées les invectives possédaient assez de virulence pour dissiper l'équivoque.

« Qu'est-ce qu'il se passe ? »

La voix ensommeillée de Bernadette le fit sursauter. Alors qu'il se focalisait sur l'altercation du vieux couple, sa femme avait cessé d'exister dans son esprit. D'une façon inconsciente il l'avait tenue pour morte, tant son état d'épuisement avait suggéré un sommeil proche du trépas. Maintenant qu'elle s'éveillait il éprouvait des difficultés à la reconnaître. Son visage et même son corps alité lui apparaissaient comme ceux d'une étrangère. Le changement s'était produit quand elle avait accompagné Hermione dans la cuisine; une fracture s'était créée entre la familiarité et l'altérité. Pour un peu, Yves aurait cru voir une anamorphose de son épouse, une élision de Bernadette au profit de Bernadette.

Il se ressaisit. Ses perceptions le trompaient, il était épuisé lui aussi. De plus il ne s'était pas encore approprié l'incomplétude, le vacillement, l'inédite fragilité de sa femme.

Il se força à sourire. « J'ai l'impression qu'Hermione en a après son cher et tendre. Elle est en bas, dans la cour, avec une lampe à huile au bout du bras, et elle le houspille.

— Admète? Qu'est-ce qu'il fabrique?

— Il... Je crois qu'il balaye la cour.

— À cette heure-ci? Quelle idée!

— Je ne te le fais pas dire. Pourquoi balayer en pleine nuit? Autant s'y coller demain... » Yves comprit au moment même où il suivait ce raisonnement qu'Admète nettoyait précisément l'endroit où il avait garé le T3 Volkswagen en arrivant au hameau. La silhouette trapue du vieillard s'arc-boutait sur le balai, qu'il agitait à coups secs et déterminés tandis qu'Hermione, de toute évidence excédée, se répandait en admonestations ou en exhortations. La poussière miroitait dans le halo de la lampe, que la vieille brandissait pour mieux éclairer le sol. Yves avait vu juste lorsqu'il avait auguré de la domination exercée par la créature la plus effacée, mais cette pensée ne le réconfortait pas. La chétive harpie tournait autour de son mari, piaillait, poussait des vocalises d'animal blessé. Elle n'avait décidément plus grand-chose à voir avec la Gorgone mutique qui leur avait indiqué où garer le van.

Afin de libérer la place centrale du hameau, Yves avait dû contourner le bâtiment principal et gravir une légère montée circulaire, pour aboutir au volant de son combi à une sorte de terre-plein où dormaient déjà plusieurs véhicules rouillés. Étonnant assemblage d'engins posés sur cales, de carcasses à moitié désossées. Yves avait reconnu d'anciens modèles, comme la Citroën 15-Six ou la Willys MB. D'autres automobiles étaient d'une fabrication plus récente, mais la poussière ocre s'était déposée partout. En certains endroits, pourtant, la couche se révélait moins épaisse, signe qu'on y avait effectué de récents travaux mécaniques.

Un sentiment curieux s'était frayé un chemin dans son esprit, mais comme une simple possibilité et non comme une certitude : il n'était pas le premier à visiter cet atelier clandestin, et Hermione les considérait sûrement comme de simples numéros, des pèlerins membres d'une longue procession. Il savait combien les pressentiments, les éléments les plus anodins jouaient un rôle crucial dans leur domaine, mais la lassitude avait à ce moment-là érodé bien des aspérités. Il s'était donc empressé de loger cette considération au rang des spéculations indignes d'un intérêt excessif. Bernadette l'attendait dans la cour. Il n'avait qu'une hâte, la rejoindre, puis s'installer avant la nuit complète dans la maison qu'on leur assignerait.

Voilà qu'à présent, dans l'obscurité, Admète effaçait avec application les traces de la camionnette. L'agitation d'Hermione laissait supposer qu'il obéissait à ses ordres. Espéraient-ils dissimuler la présence de leurs invités à des regards potentiellement malveillants, ou agissaient-ils dans un dessein plus retors ? Les réprimandes sonores d'Hermione montraient en tout cas qu'ils n'avaient aucun souci de discrétion, comme s'ils ne nourrissaient aucun égard pour les soupçons qu'auraient pu induire leurs manœuvres nocturnes. Yves sentit un frisson remonter le long de sa moelle épinière, se nicher à l'arrière de sa nuque, où les poils se dressaient.

« Viens te coucher, murmura Bernadette. Laissons-les à leurs lubies. » Elle sombrait à nouveau dans le sommeil.

Yves s'exécuta à contrecœur. L'insouciance, la négligence n'étaient pas choses coutumières chez sa femme, mais il se disait qu'en ces circonstances inhabituelles elle avait besoin de s'emmurer dans le rêve. Elle renouerait d'autant mieux au matin avec la vigueur et la lucidité. Une phrase du catéchisme lui revint en mémoire : *Natura deficit, fortuna mutatur, deus omnia cernit.* La nature trahissait, la fortune changeait, et le Grand Ordonnateur contemplait cela d'en haut.

L'inquiétude subsista dans le cœur d'Yves longtemps après que la respiration de Bernadette fut redevenue calme, longtemps après que les admonestations d'Hermione eurent cessé, remplacées par les hémisyllabes des grillons et les éructations des batraciens. Il ne pouvait pas définir ce malaise mais celui-ci s'attardait dans la conscience comme un ricanement dans un asile désaffecté.

Ainsi s'acheva la première journée à Bois-aux-Renards. Que l'on s'endorme dans un hameau à flanc de montagne, livrés aux soins équivoques d'un couple aux coutumes étranges, ou que l'on sommeille dans une maison d'architecte, habitation d'une ancienne ferme expérimentale dominée par un castel en ruine, on entreprenait le même voyage. On passait dans l'autre monde, celui du rêve et du temps suspendu. Dans ce royaume de l'hors-soi, les âmes ne voulaient plus croire, mais désiraient savoir.

TRENTE-CINQ

Ils l'avaient crue morte. Ils étaient partis.

La douleur s'étendait à chaque respiration, remontait le long des nerfs, explosait en bouquets de couleurs violentes derrière ses paupières closes. Il faisait nuit pourtant, elle le sentait à la rosée sur sa peau, à la fraîcheur comme un linceul prématuré sur son corps, à la boue où se mêlaient par avance sang, glaires et humeurs. Sac de liquides poisseux, voilà ce qu'elle était en réalité, voilà ce qu'ils étaient tous sans exception, ceux qui marchaient avec elle debout dans les bois et les forêts.

Elle avait aussi la conviction d'être en pleine nuit car les bruits de la nature possédaient une qualité, une amplitude que l'on rencontrait uniquement lorsque le jour se taisait. Pour le reste, les périodes se succédaient dans le grand mouvement du cosmos. *Respire, Marjolaine, respire. Fais entrer le monde dans tes narines, dans ta gorge, dans tes poumons, et relâche ton souffle comme on donne un remerciement. Est-il possible d'avoir aussi mal ?* Elle se répétait les enseignements d'Admète, repris par ses parents, par ses oncles :

le corps n'était qu'un logement périssable par lequel l'âme transitait ; les muscles, les tendons, le cœur ne représentaient rien, ils ne nous appartenaient pas. La douleur elle-même ne constituait ni un bien ni un mal, en revanche elle offrait l'occasion d'accomplir, à l'intérieur de soi, l'un ou l'autre. Ces préceptes l'aidèrent à reprendre pied, à se positionner de nouveau dans l'ordonnance du monde. Elle ouvrit les yeux, bien que l'obscurité totale lui permît d'en douter. Où se trouvait-elle ? Dans un pré, à moitié enfoncée dans la terre mais pas encore morte. Que s'était-il passé ? On lui avait roulé dessus. Le type dans la camionnette… Il lui avait fait boire une saloperie et puis lui et sa femme avaient essayé de… Pourquoi ne pas l'avoir achevée ? Elle l'ignorait. Peut-être qu'elle leur avait fait peur ? L'idée la réjouissait, mais elle se retint de rire, trop faible pour supporter les contractions de l'amusement. Les spasmes de la joie, décida-t-elle, elle les garderait pour plus tard, quand elle retrouverait le camp (c'était ainsi qu'on appelait chez elle les villages où séjournaient temporairement les familles) et quand elle serait dans les bras de Michel, son amoureux. Pour lui, elle survivrait.

Remuer un bras. Doucement, tout doucement. Là, c'était bien. S'appuyer maintenant sur le coude. Le corps gémit, elle ne l'en empêcha pas. Ensuite elle roula sur le côté. Quelque chose se déchira à l'emplacement du vaste externe de la cuisse. Elle tâta le muscle dans le noir. Sang, pus et os. Terre mouillée. Tout cela ne troublerait pas la flamme en elle, don créateur tombé comme une goutte de lumière dans sa conscience à la naissance, et qu'il lui appartenait de respecter, d'honorer pour retourner dignement, lorsque l'heure viendrait, vers la divinité ordonnatrice. Cette flamme resterait intacte, quels que fussent les caprices, les lacunes, les défaites de la chair.

Elle avait à présent réussi à se mettre à quatre pattes. *Tu es un animal, Marjolaine, une bête, et si tu dois ramper jusqu'au camp, rampe. Les vers, créatures divines comme toi, n'agissent pas autrement.*

De toute manière elle avait trop mal pour se redresser. Le corps refusait d'obéir. Alors elle avança une main, puis un genou. L'échine se courba, les dorsaux se tendirent pour lutter contre l'attraction du globe. La jeune fille savait que si elle s'écroulait, elle n'aurait pas une seconde chance d'échapper à son sort.

Elle convoqua des souvenirs qui lui procurèrent un surcroît d'énergie. Elle revit Michel, sa longue figure couronnée d'une tignasse couleur blé; son nez sale, un peu rouge et parsemé de taches de rousseur; ses dents qui se bousculaient, trop grandes pour la mâchoire étroite; ses yeux gris clair, mélancoliques et limpides à la fois, comme une nappe de brume sur un lac. Elle se remémorait son haleine chaude, ses lèvres où l'on anticipait un goût crémeux, reste d'une enfance lointainement attachée au lait des seins.

Parfois, lorsqu'ils étaient seuls, elle chantait pour lui. Michel était le seul à connaître les notes qui sortaient de sa bouche, le seul à savoir l'écouter, à déceler en elle des promesses, à lui imaginer des destins dans la multitude des villes. Les autres ignoraient quelles mélodies naissaient de sa gorge. Pour eux, elle n'était que Marjolaine : réplique de son père par la force, de sa mère par l'obstination. Son appartenance à la communauté symbolisait à la fois la mesure et l'horizon de son existence. Bien peu de choses en somme. Admète soutenait qu'il suffisait de rester en accord avec sa propre nature, avec celle de sa communauté, et avec celle de l'univers. Ces trois natures n'en faisaient qu'une. Vouloir plus, c'était désirer trop.

Le froid pénétrait maintenant ses avant-bras, raidissait les articulations. Elle se rappelait les longs hivers, quand la condensation néfaste s'infiltrait sous les fougères sèches, se logeait dans les ramures et les racines des pins pour faire éclater les cellules. La jeune fille savait que la morsure présente du gel n'existait pas ailleurs que dans son esprit et dans son organisme exsangue. Pour la combattre, elle se mit à songer aux carbonats d'Admète. L'ancien mitonnait des flambages d'alcool artisanal à chaque installation dans un nouveau village (les maisons étaient comme les corps, on ne les occupait qu'à titre provisoire). Ces célébrations du feu, même dans les périodes les moins clémentes de l'année, fournissaient l'occasion de réunir tous les membres de la communauté. Les jeunes, les vieux, tous ceux qui conservaient le goût des fêtes, des chansons, des contes et des mythes, ressassés mille fois comme les anecdotes d'une saga familiale.

Durant ces soirées le temps s'en allait, sans s'appesantir sur rien. L'ancien versait le liquide distillé à soixante degrés dans un large plat en cuivre, autour duquel les enfants et les adolescents se rassemblaient. Il cassait des pierres de sucre et laissait les cadets poser les plus gros morceaux dans le récipient. Quand les gamins s'écartaient, une allumette craquait, le feu naissait, vacillant. Admète approchait sans trembler la main de la flaque d'alcool. Dès que la flamme léchait la pointe blanche du sucre imbibé d'éthanol, une nappe bleue et incandescente se répandait avec un doux grésillement. L'entière surface du plat se parait de reflets irisés, de franges jaunes qui pétillaient jusqu'au bord du récipient, si gourmandes qu'on avait envie de les happer.

Hermione versait le jus des baies de genévrier pendant la décrue de la concentration, tandis qu'Admète remuait la préparation avec une cuillère en métal, au creux de laquelle s'attardait une pelote de feu. Ce spectacle empreint de mystère fascinait toujours la jeune assemblée. Les visages s'extasiaient à mesure que le sucre fondait, se diluait dans l'éclat bleuté.

Quand la proportion d'alcool avait chuté d'une vingtaine de degrés, Hermione éteignait la suspension. Arrivait alors le moment attendu de tous : on emplissait les bols et les écuelles de carbonat. Chacun s'apprêtait à engloutir la substance chaude, poisseuse. Les ventres comme les âmes ne demandaient qu'à s'allumer.

Marjolaine s'écorcha la rotule sur une pierre. Méchante coupure. Écarter la sensation : la sensation n'était rien, elle ne lui appartenait pas. Avancer, progresser. Appeler le souvenir, les images, les odeurs qui naissaient lorsque le feu se changeait en rêverie. Elle revoyait Michel s'essuyant la bouche avec un rire retenu, les yeux fixés sur elle par-dessus le bol fumant. La vapeur éthylique faisait monter des lucioles dans ses yeux. Les plus jeunes se taquinaient et s'agitaient autour de lui. Il paraissait si calme au milieu du joyeux désordre.

Dehors le vent trépignait, les arbres luttaient, une pluie glacée formait des ruissellements noirs dans les congères. À l'intérieur, autour de la flambe, c'était l'heure pour les adultes d'évoquer avec de grands éclats de rire les anciens exploits, les tragédies cocasses et intimes, les déboires d'où il était judicieux, parfois, de tirer quelque leçon pratique ou devise morale. On racontait pour la énième fois (qui était-ce ? L'oncle Jean ou bien le vieux Philomène ? Elle ne savait plus) l'incendie de la vieille distillerie, les cucurbites qui explosaient, la chèvre de Philomène (à moins que ce ne soit celle de son père) qui sautait par-dessus l'enclos et plongeait dans la rivière pour éviter la mort par combustion. Certaines histoires faisaient l'objet de contestations vigoureuses, d'autres, proches de la description d'événements miraculeux ou de phénomènes extraordinaires, suscitaient un bref instant de méditation. Mais la gravité ne durait jamais bien longtemps, et avant que le recueillement prît racine, la soirée s'animait derechef, la parole se libérait, les sens s'émancipaient et l'âme, soudainement, montait plus haut vers la perfection.

Les paumes de Marjolaine glissèrent sur la terre limoneuse. L'eau avait stagné dans une zone de la clairière où elle s'était avancée, centimètre après centimètre, sans s'en apercevoir. Son buste s'affala, une douleur atroce lui déchira les côtes. Si elle en jugeait par les pointes brûlantes qui s'enfonçaient dans ses poumons à chaque respiration, elle souffrait de multiples lésions thoraciques, peut-être une atélectasie. Sous l'unique témoignage de la nuit, elle eut conscience de demeurer longtemps dans une position grotesque : le visage et la poitrine au contact du sol, les bras écartés, les fesses relevées tandis que les genoux soutenaient la partie inférieure de l'anatomie. Elle devait ressembler, estima-t-elle, à une fidèle prosternée ou une moribonde impatiente d'entrer en terre. *Je vais peut-être mourir dans cette posture*, se dit-elle.

Admète employait souvent des formules percutantes quand un membre de la famille avait besoin d'encouragements ou d'un rappel à la raison. Certaines phrases restaient gravées dans la mémoire de Marjolaine. « Dix fois, cent fois tu seras vaincu ; dix fois, cent fois tu te relèveras. » *Courage !* Elle en appela encore aux souvenirs, aux soirées d'hiver, quand enfin les esprits allégés d'eux-mêmes grâce aux pouvoirs des carbonats se fatiguaient de l'amusement, quand les consciences repues d'anecdotes et de querelles éristiques aspiraient à une nourriture plus consistante. Admète entreprenait alors de conter un mythe, une légende illustrant les particularités locales et, plus encore, ses vues spécifiques.

Les participants s'installaient le plus confortablement possible autour du vaste plat en cuivre fumant. Le sucre et l'alcool continuaient d'embaumer l'atmosphère. Admète se postait entre le plat et la cheminée, c'est-à-dire entre deux sources de chaleur. Aucun membre ne boudait le plaisir qu'il ressentait par anticipation. La palpitation des braises sous le plat faisait monter une lueur incarnate sur les traits frustes du doyen, ses yeux globuleux gagnaient en proéminence, le dôme de son crâne scintillait de reflets sourds, et le feu de la cheminée, derrière lui, imprimait à ses longs cheveux bouclés, détachés sur la nuque, des mouvements qui modifiaient la substance même des mèches torsadées. Dans ces moments-là, Admète renouait plus que jamais avec son apparence de faune, créature moitié perverse, moitié facétieuse. On ignorait si les manœuvres de l'ancien illustraient la farce ou la sagesse, le dévoiement ou l'instruction, l'innocence ou le calcul. Chaque geste, chaque mimique appartenait autant à la satire qu'au drame. Cette incertitude donnait aux fêtes d'hiver, dans leur seconde partie, une singulière ambiance : la soirée basculait dans une délicieuse instabilité propice aux débordements inattendus. La présence d'Hermione, postée comme une sentinelle noire et muette près de la cheminée, ajoutait au délectable frisson qu'on éprouvait à l'unanimité. Bien que ses colères, aussi violentes que rares, aussi froides qu'imprévisibles, fussent redoutées de tous et qu'Admète le premier s'y soumît, elle laissait en général son mari opérer à sa guise lors des carbonats.

Marjolaine échangea un regard avec Michel, assis de l'autre côté du large plat. Personne ne leur prêtait attention. Ils avaient l'impression d'être seuls au monde dans l'attroupement compact des spectateurs. Le vieux s'éclaircit la voix. Les plus petits se turent alors, suspendus à ses lèvres.

« Un jour, il y a longtemps de cela, un bûcheron de Bois-aux-Renards, âgé et sans enfant, demanda à sa jeune épouse de lui confectionner une petite fille. "Mais avec quoi ? s'attrista sa bien-aimée. On n'a pas de farine." Le bûcheron haussa les épaules. “Eh bien quoi ! Tu n’as qu’à aller au vieux puits asséché et recueillir la poussière tout au fond.” »

Michel sourit à Marjolaine. Il lui adressa un clin d’œil discret et l’adolescente dissimula son sourire avec le dos de la main. Une ride se dessina sur le front du jeune homme.

Admète continua : « L’épouse possédait certains pouvoirs hérités de sa trisaïeule. On racontait que cette dernière avait autrefois ensorcelé le baron de Bois-aux-Renards à l’aide d’un secret… Un secret lié à l’ancien puits de la colline. Vous connaissez cette légende : le baron est ensuite tombé malade au cours d’une chasse. Après sa mort, la baronne, souvent absente, a laissé le fief plus ou moins à l’abandon. Le castel n’était plus entretenu, mais les villageois juraient entendre autour du puits et de la colline des glapissements de renards trois nuits par mois. Le baron et sa femme avaient une enfant, néanmoins en l’absence d’héritier mâle on appliqua le principe de la “saisie vive”. Des protestations s’élevèrent, une lutte s’engagea pour la succession. Le domaine fut laissé à l’abandon. C’est à cette époque-là que les premières familles, nos familles, ont commencé à s’installer et à fonder les hameaux environnants. Mais revenons à la femme du bûcheron. Elle trouva effectivement deux poignées de poussière à la base du puits. Une poussière blanche et une poussière brune, blé et seigle pour ainsi dire, plénitude et impulsivité. Avec ces deux poignées elle sculpta une figurine en tout point semblable à une petite fille. Elle la mélangea à de la crème, la plongea dans de l’huile, puis la mit à refroidir sur le bord de la fenêtre. »

La ride sur le front de Michel s’accentua. Il ne quittait

pas la main de Marjolaine des yeux. Elle-même sentait à son extrémité comme un tiraillement, un pincement qui s'accentuait. Quelque chose n'allait pas.

Admète poursuivait son récit, l'éclat des flammes en contre-plongée lui faisait des dents presque noires. « Au bout d'un moment la fillette s'anima, elle roula sur le bord de la fenêtre, tomba dans les herbes et se releva. "On m'a raclée au fond d'un vieux puits, s'offusqua-t-elle, on m'a mélangée avec de la crème tournée et de la mauvaise huile. Pas question de rester ici." Et la voilà qui prit la poudre d'escampette. »

Marjolaine cligna des yeux et brusquement elle fut dans le noir complet. Instant de panique. Elle ne comprit pas où elle se trouvait soudain. La douleur dans sa main, devenue plus vive, se diffusa dans le poignet et les articulations des doigts. On lui tirait violemment le bras, comme pour lui ôter de force un manteau ou une veste, sans y parvenir. Elle distingua finalement une forme obscure dans les ténèbres… une silhouette massive, puissante, bestiale. Admète avait disparu, et avec lui Michel, ses voisins, Hermione, la cheminée, les murs, le plat en cuivre, la maison, le vent à l'extérieur, la pluie, l'eau froide… La forme obscure continuait de tirer le bras de Marjolaine. Des dents s'étaient refermées sur sa main, une puissante mâchoire emprisonnait son membre. Un son aigu s'éleva, venu de loin, s'approcha, plus près, toujours plus près des oreilles de Marjolaine, jusqu'à saturer le champ auditif. Un cri. Son cri à elle. La plainte sortait de sa gorge comme le ruissellement d'une fontaine à gradins. L'assaillant de Marjolaine lâcha un grognement, libérant le bras de la jeune femme, et s'éloigna avec une vivacité extraordinaire malgré sa corpulence. Des pattes très courtes, un dandinement que Marjolaine identifia sans peine malgré la nuit. L'adolescente réalisa qu'elle avait perdu conscience dans le pré, et qu'un sanglier avait entrepris de vérifier si elle était comestible. De jour, ç'auraient été les corbeaux. Les noirs volatiles se seraient chargés d'alerter les porcs sauvages par leurs croassements et de laisser les suidés l'éventrer ; puis ils les auraient chassés à coups de bec pour terminer le festin d'entrailles. Le gémissement de Marjolaine s'estompa. Le sanglier englouti dans la nuit serait sans conteste beaucoup plus rapide qu'elle pour rejoindre les siens.

Le côté de son visage reposait dans une flaque d'eau. Elle écarta ses lèvres gercées, tira la langue pour tenter de laper quelques gouttes. Une brève toux lui cisailla le poitrail. Le gémissement revint, mais ce n'était plus un cri de détresse : juste une manifestation de rage et d'impuissance.

Admète s'essuya le front, dont le feu de cheminée accentuait la largesse et la courbure. « La petite fille de blé et de seigle roula sous le portail du jardin, se redressa, et s'élança sur le sentier, loin de la maison du bûcheron et de sa femme. Au détour d'un fourré, elle rencontra un sanglier. "Tu es bien belle, dit celui-ci. Je vais te manger !" La fillette réagit aussitôt : "Ne me mange pas, sanglier à large gueule, j'ai été raclée à même le sol, mélangée à de la crème tournée et de la mauvaise huile. Je suis pleine d'impuretés." Le sanglier s'amusa : "Peu importe. Je fais mon festin de tous les aliments." La fillette de blé et de seigle bomba fièrement le torse : “Je me suis sauvée du bûcheron et de sa femme, et je me sauverai également de toi.” »

La lampée d’eau croupie que Marjolaine avait pu boire tapissait sa bouche d’un affreux goût de métal et de vase. Elle ramena les bras sous elle, posa les mains à plat dans la boue, et poussa de toutes ses forces pour se soustraire au pouvoir de la pesanteur. *Allez, bouge !* Une main en avant, le genou opposé, puis l’autre main et ainsi de suite.

« La jeune fille de blé et de seigle rencontra un lapin un peu plus loin. “Tu es bien belle. Je vais te manger !” » Admète marqua une pause avant de reprendre, imitant la fillette : « “Ne me mange pas, lapin aux grandes oreilles, j’ai été raclée à même le sol, mélangée à de la crème tournée et de la mauvaise huile. Je suis pleine d’impuretés.” Le lapin ricana : “Peu importe. Je me nourris de la terre et de tout ce qu’elle produit.” La fillette de blé et de seigle ouvrit dignement les épaules : “Je me suis sauvée du bûcheron et de sa femme. Je me sauverai également de toi.” »

Marjolaine poussa un râle de soulagement quand ses paumes s’enfoncèrent dans les herbes, signe qu’elle quittait la clairière. Quelle distance avait-elle parcourue ? Cinquante mètres, cent, davantage ? Et depuis combien de temps se déplaçait-elle, juchée des quatre fers sur un corps qui ne se supportait plus lui-même, entre deux périodes d’immobilité forcée où elle croyait mourir ? Des siècles probablement.

Un liquide chaud coulait sur ses joues, larmes ou transpiration. Tous ses muscles tremblaient. Nulle vermine nécrophage n’aurait su la mettre en pièces avec l’efficacité du feu intérieur qui la consumait, nulle charogne la dépecer avec autant d'adresse que la fièvre.

Admète dressa l'index, savourant manifestement l'intérêt qu'il avait suscité. Dans le bref instant où il demeura ainsi, le sourire en coin, avec ses longs cheveux bouclés à la saint Jean-Baptiste, on l'eût pris pour Salaï, une sentence aux lèvres : *Quand tu parles des choses célestes, montre le ciel du doigt.* Il rompit sa pause, mais pas la magie avec laquelle il subjuguait l'assemblée. «La jeune fille de blé et de seigle erra longtemps dans les bois, sous le vent et dans la pluie, au soleil et à l'abri des feuillages. Elle était épuisée, elle craignait d'être perdue, elle regrettait même sa fuite. Certes le vieux bûcheron et son épouse lui avaient donné la vie par la souillure, mais comment ne l'auraient-ils pas aimée ? Au moment où elle se désespérait tout à fait, dans une partie de la forêt inconnue peuplée d'arbres difformes, elle rencontra un renard. Une femme-renard, plus exactement, déguisée durant le jour en être humain pour dissimuler son apparence.» Les enfants réunis en cercle autour du large plat en cuivre poussèrent des exclamations, certains retinrent leur souffle. Le conteur s'était transformé en pantin ridicule et machiavélique pour mimer la femme-renard. Les yeux écarquillés, fascinés, les jeunes spectateurs observaient ses moindres gestes, ils buvaient ses paroles. Admète grimaça. « "Tu es bien belle, susurra la femme-renard. Tu as marché longtemps, tu dois être fatiguée. Pourquoi ne pas venir te reposer dans ma maison ? Viens, je t'invite." Mais la fillette restait méfiante : "Ne me mange pas, dame renarde au fin museau, j'ai été raclée à même le sol, mélangée à de la crème tournée et de la mauvaise huile. Je suis pleine d'impuretés." La femme-renard sourit. "J'avale toujours ce qui retourne à son point de départ." La fille de blé s'aperçut alors qu'elle était revenue au puits d'où elle provenait. "Je me suis sauvée du bûcheron et de sa femme. Je me sauverai également de toi." Le sourire de la femme-renard s'accentua. Il devint à la fois plus moqueur et plus triste. "Tu te sauveras de moi, oui, mais pas du puits." »

Avance, Marjolaine, avance encore un peu. Tu es toujours vivante. À présent qu'elle entrait dans la forêt le terrain était plus accidenté. Elle se coupa les doigts sur une branche pointue. Les morceaux d'écorce jonchant le sol lui meurtrissaient les genoux. Le tapis de feuilles brûlées par la chaleur d'un millier de jours, recouvrant les pierres et les racines, ne protégeait de rien. Elle écarta à grand-peine les ronces et les broussailles qui lui griffaient le visage, s'accrochaient à ses vêtements encroûtés de sang, tentaient de l'immobiliser jusqu'à ce que son cœur cesse enfin de lutter. Sa tête menaçait d'exploser. Elle n'avait jamais eu aussi soif, et faim, et froid en même temps.

Un arbre couché en travers du passage stoppa sa progression. La dernière tempête l'avait sûrement arraché de terre. Ses feuillages encore vivaces, à l'une des extrémités, faisaient comme une couronne géante et redoutable. Les racines exhumées à l'autre bout figuraient quant à elles les souliers délassés de quelque géant abattu. Escalader la souche paraissait insurmontable aux yeux de Marjolaine, mais la contourner semblait encore moins envisageable car elle imaginait déjà un parcours long comme un retour à

Ithaque. Résignée à la première option, elle agrippa le tronc d'une main hésitante, banda ses muscles. Quand sa poitrine heurta l'écorce elle expulsa un hoquet humide. Le liquide tiède qui coulait sur son menton était trop abondant pour être de la salive, et elle s'aperçut que le poignet droit, abîmé par les liens qu'elle avait rompus dans le combi, s'était remis à saigner. Les tractions du sanglier n'avaient sans doute pas arrangé l'état des plaies.

Les hanches et le pelvis appuyés contre le tronc, elle laissa pendre le haut du torse, les épaules et les bras de l'autre côté de l'obstacle. Restait à faire suivre les jambes. La droite, celle dont elle avait senti la cuisse se déchirer au moment de se mettre à quatre pattes, refusait désormais de répondre. Marjolaine imprima un léger mouvement de va-et-vient à son corps, espérant modifier son centre de gravité et obtenir ainsi suffisamment d'élan pour choir derrière l'arbre. Le bois lui écorcha le bas-ventre, mais elle gagna son pari : le corps pivota presque à la verticale, opéra mécaniquement un mouvement rotatif. La victoire fut de courte durée. Alors qu'elle s'attendait à renouer avec la terre ferme au terme d'une brève chute, elle continua à tomber. Le tronc occultait en réalité un large fossé. La terre parut s'ouvrir pour accueillir en son sein le corps amolli de Marjolaine. Pas un cri dans la nuit, pas une plainte. Elle sentit sa grosse carcasse – chair, fibres et cartilages – rouler, cogner, dévaler en silence la pente… Elle perdit de nouveau connaissance.

Admète parvenait maintenant au point culminant de son histoire. Illusion de la fatigue, contrecoup des carbonats, envoûtement des mots ? Tandis que son corps s'agitait, que ses membres courts et musclés dansaient dans le clair-obscur des flammes, il prenait aux yeux de l'assemblée l'allure d'un fauve, d'un chamane, d'un égipan. Les tendons de son robuste cou devenaient plus saillants, ses longs cheveux se hérissaient comme une crinière sur les cervicales. « La femme-renard s'assit sur le rebord du vieux puits. Elle invita la fille de blé et de seigle à prendre place auprès d'elle. Celle-ci obéit, non sans prévenir encore une fois la femme-renard : "N'oublie pas : je t'ai dit que je m'étais sauvée du bûcheron et de sa femme, et que je me sauverais également de toi." La femme plissa ses yeux verts de renard. "En effet, tu m'as chanté cette chanson-là." » Admète, goguenard, passa le bout de ses doigts sur les coins de sa bouche comme s'il lissait une moustache. Il pourlécha ses lèvres charnues avant de reprendre son discours avec la voix de la femme-renard : « "Mais je n'ai pas bien entendu la mélodie. J'ai l'oreille un peu dure, je me fais vieille. Viens plus près de moi et chante-moi encore ton air doux et gracieux." La fille s'approcha. La margelle était fort étroite, et le puits très profond. Elle répéta ce qu'elle avait dit. "C'est tellement beau, minauda la femme-renard. Mais j'ai encore du mal à entendre. Dresse-toi donc sur le bord du mur pour t'approcher de mon oreille." La fille se mit debout. Quand elle eut répété son avertissement, la femme-renard répondit doucement : "Et moi, tu te souviens de ce que je t'ai répondu ? Tu te sauveras de moi, oui, mais pas du puits." La fille de blé et de seigle déglutit et dit simplement : "Je sais." Puis elle poussa la femme-renard dans le puits. » La voix d'Admète avait tonné, les plus petits avaient sursauté, les plus grands avaient ri. Michel dévoila la bousculade de ses grandes dents. Ses traits luisaient, son visage brillait, il s'amusait. Ce passage, pourtant raconté mille fois, surprenait toujours l'auditoire. Admète mobilisait tant de savoir-faire qu'on avait toujours l'impression de l'entendre pour la première fois. Le conteur termina d'une voix plus calme : « La fille de blé et de seigle regarda le cadavre de la femme-renard au fond du puits. Elle ne pouvait détacher ses yeux de la forme disloquée. Elle comprenait maintenant qu'après avoir tué, elle ne quitterait plus cet endroit. La femme-renard n'avait pas menti. La fille de blé et de seigle pouvait lui échapper, mais pas se sauver du puits. »

Marjolaine ouvrit brusquement les yeux, prit une grande inspiration. Elle se sentait dans la peau d'une noyée revenue des abysses. Sur ses rétines roulait encore une écume d'étoile. La nuit s'étendait sur le vaste ciel.

L'adolescente demeurait allongée au fond du large ravin où elle avait chuté. Des chênes la surplombaient avec une dignité séculaire, obéissant malgré leur rigidité aux sollicitations du vent. Leur chevelure souple s'agitait doucement sur le firmament, houle de feuillages mimant une danse d'ombres au-dessus des troncs humbles et droits. Son corps – ce corps qui ne lui appartenait pas; ce corps dont elle n'était à proprement parler que la locataire; ce corps qu'elle rendrait sans drame lorsque sa propriétaire légitime, la nature, le réclamerait – reposait sur le dos, pesant comme un sac de victuailles promises aux offrandes. Contre son échine crissaient un million de glands entassés. L'air sifflait entre ses lèvres. Le souffle chaud de son haleine était une réplique de la flamme divine qui illuminait les astres et réglait les lois du cosmos. Il consumait l'existence, respiration après respiration, comme l'ultime conflagration embraserait un jour l'univers, obéissant à un cycle éternel. Elle aurait voulu y puiser une détermination renouvelée.

Ce soir-là, alors que le grand plat en cuivre refroidissait, Admète termina son histoire par simple respect des usages. Le brouhaha des conversations s'était reformé, l'attention longtemps soutenue de l'assistance se relâchait, et le conteur ne chercha pas à y remédier. Il parlait sans irritation, sans hâte, mais sans volonté non plus de couvrir le tumulte. D'une certaine manière on eût dit qu'il complétait son récit pour lui-même. En cela il se comportait comme un soldat qui se pliait aux devoirs du service commandé, ou mieux, comme un comédien soucieux d'accomplir l'entière trame de son rôle. « Plus tard, comme vous le savez, les disparitions advinrent. Les bêtes sauvages pullulaient et les accidents étaient nombreux dans la région. Mais on ne retrouva aucun corps dans la forêt. Quelqu'un suggéra d'aller interroger le vieux bûcheron. Sa femme, qu'on prétendait un peu sorcière, un peu guérisseuse, était morte quelques années auparavant et on murmurait que c'était déjà à cause d'une enfant disparue. Il n'en fallait pas plus pour échauffer les esprits faibles. Le bûcheron fut malmené et forcé d'avouer que sa femme avait récupéré de la poussière au fond du puits pour créer leur fille. La population se rendit sur la colline. Quand les villageois découvrirent des restes humains à la base du puits asséché, ils cédèrent à leurs penchants les plus vils. La foule retourna à la chaumière du bûcheron et passa la corde autour du cou du pauvre homme. Il fut accroché au hêtre que vous connaissez tous aujourd'hui sous le nom de Fourche du Pendu. » Certaines familles rentraient se reposer chez elles, on se saluait sans écouter davantage la fable d'Admète. Il n'en avait cure. « Cela ne suffisait pas, bien entendu. Qui pouvait oublier les crânes et les fémurs au fond de l'ancien point de captage ? Les habitants se concertèrent. Ils unirent leurs efforts, partagèrent leurs ressources, et en moins d'une génération bâtirent une grande tour hermétique. Plus geôle que barrière préventive, l'édifice protégeait non pas le puits et ce qui s'y trouvait, mais le monde extérieur et ce qu'il recelait ; il s'agissait davantage de barrer la route à quelque force obscure que d'éloigner les curieux et les imprudents susceptibles de trébucher dans une zone dangereuse. Ensuite seulement on dormit sur ses deux oreilles. »

Marjolaine remarqua des formes se déplaçant dans l'ombre des arbres, des silhouettes qu'elle aurait mieux distinguées sur l'écran de la nuit étoilée. Humaines, les silhouettes. Elle battit des paupières. Les nouveaux venus pouvaient aussi bien représenter un secours vital qu'un danger. Devait-elle expulser un cri pour attirer l'attention, au risque que ses agresseurs, en proie à un doute absurde et tardif, fussent revenus pour achever leur besogne ? Elle se tut, elle attendit. Son souffle chuintant paraissait soudainement beaucoup trop bruyant. Les silhouettes agitaient les fourrés, sondaient la végétation, murmuraient... Les voix graves indiquaient qu'il s'agissait d'un groupe d'hommes.

De toute évidence ils cherchaient quelque chose, mais leur discrétion inspirait la méfiance.

Brusquement, une voix. « Elle est là ! Venez, je l'ai trouvée, elle est là ! »

Chaque voyelle semblait dans sa précipitation assener des coups de cravache à la précédente. La jeune fille ne reconnaissait pas cette voix aux inflexions graves.

Ils étaient trois à s'encadrer maintenant dans son champ de vision. Un sinistre pressentiment lui glaça les entrailles.

Le plus petit des hommes s'agenouilla auprès d'elle, passa la main sur le côté de son visage, caressa avec une tendresse infinie sa joue. « Oh, Marjolaine... »

La jeune fille lui adressa un sourire. Elle ignorait si l'inconnu percevait son sourire dans l'obscurité, et puis la boue, les larmes et le sang masquaient sans doute ses expressions.

« Un van est passé en direction de la Fourche, expliqua l'inconnu. On a pensé que tu l'avais peut-être croisé, on a remonté sa piste. Elle nous a menés à la clairière, mais on a perdu ta trace en lisière de forêt. On a bien cru qu'on n'allait plus te retrouver dans ce fichu bois... »

Maintenant qu'elle avait entendu sa voix, Marjolaine estimait qu'elle avait peut-être affaire à Jean, l'un de ses grands cousins. Il voulut continuer, mais l'un des deux autres l'interrompit, ordonnant sèchement : « Finis-la. » La jeune fille identifia avec un frisson l'oncle Hippolyte. S'il était présent, le chien n'était pas loin. Comme pour confirmer immédiatement cette supposition, elle perçut le grognement caractéristique d'Orco.

Le troisième individu n'intervint pas assez longtemps

pour que Marjolaine le situe ; à ce stade-là, ça n'avait plus la moindre importance. L'homme parla à Jean. « Tiens. » Elle distingua un outil qui passait de main en main. Une longue pince de métal, du même modèle que celles qu'ils utilisaient pour tuer les renards durant les cérémonies.

« Je suis désolé », murmura Jean. L'heure du départ avait sonné, l'appel était lancé : Marjolaine s'était préparée toute sa vie à y répondre sans crainte, sans remords et sans protestation.

Elle ferma les yeux. Ce fut comme si la nuit posait des doigts tachés d'encre sur ses paupières. Si Jean visait juste, il l'achèverait du premier coup.

Il visa juste.

TRENTE-SIX

An 1852

L'instabilité dura tout le jour. Les couches d'air chaud portées par la poussée d'Archimède s'élevèrent le long des flancs escarpés des reliefs et formèrent bientôt des nuages convectifs saturés d'eau. Le phénomène additionnel culmina au sommet des montagnes, à la grisaille menaçante des cirrus succéda la noire hostilité des cumulus. L'orage éclata en début de soirée. Ni les hommes ni les bêtes n'attendirent l'arrivée du déluge. Il en allait autrement des constructions humaines.

Pour être bien bâtie, la tour de la colline aurait nécessité des moyens que n'avaient pas autrefois les villageois. On sélectionna un bois de piètre qualité, on soigna peu la taille des pierres, le matériel de blocage fut consolidé à l'aide d'un mortier pauvrement gâché.

À ceci il fallut ajouter que les générations suivantes oublièrent rapidement la fonction initiale de la tour. On se contenta ultérieurement de l'envisager sous l'angle d'une construction vaguement pittoresque, d'un élément original du paysage dont l'origine ne subsistait plus que sous la forme de vagues légendes, et dont l'entretien ne se justifiait pas.

Les ruissellements et le gel se prolongèrent sur des siècles. L'eau s'infiltra lentement dans les microfissures de l'agrégat. Les rhizoïdes de la mousse exploitèrent toutes les imperfections du liant, et les racines des plantes grimpantes profitèrent des défauts du parement. Les périodes d'intense canicule continuèrent d'affaiblir la structure.

Lorsque la tempête se déclara, le vent et la pluie battirent des murs fort mal en point; des murs qui n'avaient cessé de se dégrader au fil des révolutions terrestres. Toutefois l'édifice avait encore assez de robustesse pour soutenir les assauts d'une intempérie... n'eût été une considérable altération de la maçonnerie, à onze heures du cadran formé par la tour circulaire, et à la base de celle-ci. Quelqu'un, autrefois, avait assené de multiples coups à la paroi, creusant de longues cicatrices de pierre sur un segment de l'enceinte. Un rude bloc de granit alvéolé de rognons ocre gisait non loin de là : il n'était pas difficile d'en déduire que le responsable s'était servi du roc pour détériorer l'assise du bâtiment. On avait martelé le flanc de la tour avec une rage manifeste, sans doute dans l'espoir illusoire, sinon d'abattre la construction, du moins de pratiquer une brèche dans l'ouvrage. Le vandale, quel qu'il fût, n'avait pas mené à son terme sa folle entreprise, cependant il subsistait d'importantes lézardes dans les structures superficielles de la fortification.

Aussi, quand un formidable éclair frappa soudain le flanc

ouest de la tour, des pierres aux trois quarts descellées roulèrent au sol.

L'air gorgé de pluie se fraya un chemin dans l'ouverture créée, tourbillonna entre les parois de l'architecture cylindrique, léchant l'intérieur de la construction.

Dans l'édifice mutilé patientait le puits, intact.

Quelque temps plus tard les disparitions reprirent.

Dans les hameaux décrépis, accrochés comme de vilaines dents cariées aux contreforts des montagnes, on se souvint de l'ancienne légende.

En quelques années une grande partie de la population délaissa les bourgs, trop heureuse de quitter les bois inhospitaliers et d'oublier les sinistres croyances que certains cultivaient encore, pour rejoindre les mirages de la capitale, qu'à cette époque-là on modernisait à marche forcée.

Néanmoins une poignée d'habitants demeura dans la région, adoptant une vie d'itinérance et renouant avec des valeurs que l'on pensait disparues.

Affabulation ou raisonnement sincère : d'aucuns prétendaient que la tour éventrée attendait une nouvelle sentinelle.

TRENTE-SEPT

Anna s'éveilla en contemplant le visage de Chloé, penchée sur elle. Quoiqu'elle connaisse Chloé depuis moins de vingt-quatre heures, son regard attentif, concerné lui semblait différent. Pour autant qu'elle sût, la femme chez qui elle avait débarqué – ou plus exactement qui l'avait invitée – exprimait jusque-là un mélange d'indifférence et d'intérêt poli ; il émanait d'elle une sensation d'hermétisme ; sa conscience paraissait reliée à un univers qui n'était pas tout à fait l'environnement du commun.

Le visage qu'observait maintenant Anna était plus en prise avec la réalité, plus présent au monde. Il n'appartenait pas exactement à Chloé mais plutôt à une version antérieure d'elle-même qui, encore que la bienveillance ne fît défaut ni à la première ni à la seconde version, aurait été plus ouverte, plus sociable.

Les yeux possédaient toujours leur couleur verte caractéristique, cependant les paupières s'écartaient davantage, faisaient confiance, acceptaient de dévoiler ce qu'elles dissimulaient jusque-là. Les traits avaient gagné en netteté, et ce n'était pas un effet de la luminosité. Ils s'étaient pour ainsi dire affirmés, comme si Chloé avait puisé durant la nuit, à quelque source mystérieuse, de quoi les débarbouiller, les débarrasser de la gravité dont ils étaient empreints; comme si elle avait pu en une poignée d'heures diluer la préoccupation qu'on lisait d'ordinaire en elle. Anna nota en outre que ses cheveux avaient pris des reflets roux qui se mariaient joliment avec la lipofuscine des yeux.

Était-il possible qu'au surplus de porter conseil, la nuit purifiât?

« Tu as dormi tard, sourit Chloé. Tu étais épuisée. »

La fillette tourna la tête vers la baie vitrée. Un soleil radieux et déjà haut illuminait la dalle et les cages, la forêt et les lointaines ruines.

« Tu as parlé durant la nuit, continua Chloé. Tu te souviens de ton rêve? »

Anna secoua la tête. Pour elle, la frontière entre onirisme et réalité, entre fiction et expérience quotidienne, restait fort poreuse. Les images authentiques se mélangeaient souvent dans sa mémoire aux mises en scène télévisuelles de la journée, des fragments de songes s'intercalaient parfois dans le réel pour en brouiller les contours. Si elle rêvait, elle n'était pas certaine de dormir.

Chloé réfléchit un instant, les yeux fixés sur la jambe abîmée de l'enfant. Elle dit finalement : « Les gendarmes sont venus ce matin. Des militaires. » Sa voix était si douce, si prudente qu'Anna redouta une fraction de seconde d'avoir été dénoncée aux autorités. Pourtant il n'en était rien. « Ils ne sont pas entrés. Nous avons parlé dans le jardin et ils sont repartis. Ils te cherchaient. Mais ça, tu le sais déjà, non ? »

La fillette hocha la tête, même si elle ne saisissait pas vraiment pourquoi la police se serait préoccupée de son sort. Elle doutait que sa mère se soit adressée aux instances officielles pour la retrouver ; elle doutait même que Tina eût entrepris quoi que ce soit pour l'obliger à revenir à la caravane. Personne excepté Chloé n'était au courant des péripéties avec l'homme à la tête d'oiseau… Anna commençait d'autre part à soupçonner que cet épisode, résurgence déformée d'une séquence filmée ou refonte d'un traumatisme provoqué par un ancien amant de sa mère, se fût produit ailleurs que dans son esprit.

Le sourire de Chloé avait quelque chose d'emprunté. La gêne en altérait la courbe, la fillette le sentait. Elle s'était trompée en jugeant que la préoccupation avait disparu de l'esprit de sa protectrice. Par contre elle ne s'expliquait toujours pas l'origine de cet embarras.

« Ils ont retrouvé deux cadavres derrière le camping. Deux hommes morts autour d'un gros sac noir rempli d'argent. Ça ne te dit rien ? »

Anna fit un effort de mémoire. Dans une autre vie, Tina possédait un sac noir renfermant des billets. Un sac qu'elle cachait à chaque fois qu'elles arrivaient dans un nouvel endroit. Et puis les deux hommes…

« Ils étaient comment les deux hommes ? interrogea la gamine.

— D'après ce que m'ont dit les gendarmes, le premier

grand et chauve. Le second plus petit, avec des cheveux décolorés. »

Anna revit l'étrange duo qui avait garé sa Mercedes devant la caravane, un jour où Tina l'avait laissée seule devant la télévision. Kojak menait l'enquête. Quand il entrait dans la caravane, il voyait Tina et Robert Mitchum avec Anna sur le divan, alors... Non, le grand type chauve n'avait pas de sucette, et l'autre, celui qui l'accompagnait, ne ressemblait pas au détective Crocker. Ils s'appelaient...

« Sidney et Monsieur », fit Anna, surprise de s'entendre prononcer ces noms.

Chloé observa un silence, puis : « Ils se sont entretués. Enfin c'est ce qu'affirment les enquêteurs. » De nouveau un silence. La femme paraissait hésiter à pousser la discussion plus loin. Son regard revenait sans cesse à la cicatrice qu'Anna portait sur la cuisse. « Tu sais ce qu'est devenue ta mère ? »

Anna se rappelait la Mercedes garée au camping. Mais cette fois le moteur tournait encore et toutes les portières étaient ouvertes. Personne dans le véhicule. Elle avait pénétré dans la caravane, s'était avancée pour chercher son sac à dos... Il faisait très noir. Une vilaine odeur flottait dans la cuisine, comme si on avait fait brûler des allumettes par dizaines. Elle s'était dirigée vers le divan et... La télévision marchait toujours. Le reste, elle l'avait vu sur l'écran. Rien que sur l'écran.

Anna eut un signe de négation. Chloé reprit sans abandonner le ton caressant qui déterminait l'échange. Pourquoi prenait-elle autant de précautions ? se demanda Anna.

Pourquoi la ménageait-elle à ce point ? La gamine songea qu'elle se faisait des idées. Chloé, comme beaucoup de grandes personnes, s'emparait sûrement d'un masque différent chaque jour. Possible que l'heure présente ait été celle de la circonspection et du doigté.

« Les gendarmes continuent à explorer les environs, dit Chloé. Cependant la forêt est vaste, escarpée, compliquée. Ils ne sont même pas sûrs que tu te balades par là. C'est un vieil occupant, un de vos voisins, qui leur a parlé de toi. Il leur a dit que tu avais pris la direction du bois, mais ils ignorent s'ils doivent accorder foi à ses déclarations. »

Anna se rappelait celui qu'elle appelait l'ancêtre. Il l'avait prévenue quand elle avait quitté le camping : « T'éloigne pas trop par là-bas, petite. Une grosse partie de la forêt, c'est Bois-aux-Renards… On s'y paume facilement, tu comprends ? »

Chloé tapota le bras de la fillette. À son air dégagé, on put croire qu'elle changeait de sujet. Mais en vérité rien n'était moins sûr.

« Tu te souviens du livre que je t'ai lu hier soir, quand tu m'as rejointe au salon ? »

TRENTE-HUIT

Yves ouvrit les yeux au son d'une incroyable cacophonie, juste sous la fenêtre de la chambre qu'on leur avait donnée. Il sentit le corps de sa femme à côté de lui, sa respiration calme. Il se tourna vers elle et murmura : « C'est quoi, ce raffut ? »

Bernadette ne répondit pas. Elle semblait plongée dans une profonde léthargie que même la lumière du jour ne troublait pas. Les hématomes sur son visage oscillaient maintenant entre l'orange abricot, l'acajou et le jaune paille. Elle paraissait n'entendre ni son mari ni les bruits de moteurs sur la place du hameau au pied du bâtiment. Encore moins les éclats de voix, les cris, les rires et les bavardages. Comment pouvait-elle dormir sous une telle clarté, dans un boucan pareil ? Yves s'abstint d'interrompre son sommeil malgré l'agacement qu'il ressentait. Il écarta délicatement les draps, se leva sans bruit pour se diriger, aussi nu qu'Adam sur les berges du Pishon, vers l'encadrement de la fenêtre. Le tumulte possédait un pouvoir d'attraction analogue à celui de l'arbre de la connaissance sur le premier homme.

Une dizaine de voitures encombraient la place. Des pick-up 404 aux bâches recouvertes de poussière, des Méhari à pare-brise rabattable... Les habitacles vomissaient une marmaille aussi bruyante que désordonnée, invraisemblable armada de gamins uniformément blonds, maigres et dépenaillés. Tandis que les gosses attifés de vêtements rapiécés s'égaillaient sur les chemins et autour de la place, les mères placides, calmes, se chargeaient de sortir un tas d'affaires des véhicules : baluchons de linge sale, étuis de tentes, matériel de chasse... Ce n'était pas un déménagement ni une migration, songea Yves avec une sorte d'effroi émerveillé, mais une invasion en règle. Admète avait effectivement parlé de l'arrivée prochaine d'une partie de sa famille, des oncles, des neveux... Il n'avait pas mentionné cette cohorte de marmots, accompagnés de génitrices dont l'allure misérable s'accordait à l'austérité des habitations et aux conditions de vie du vieux couple.

Yves s'interrogeait sur le statut d'Admète et Hermione dans la communauté. Quelle fonction occupaient-ils ? Celle d'éclaireurs, de guides ? Quant aux femmes et aux enfants, on ne pouvait que spéculer sur leur lieu d'origine. Un autre hameau peut-être, identique à celui-ci, ou une agglomération plus vaste ? À moins qu'ils ne vinssent des profondeurs de la forêt, telle une colonie de termites brusquement mise au jour. Et quid des hommes ? Yves croyait détecter des voix graves parmi les bruits ambiants. S'approchant discrètement du bord de la fenêtre, il risqua un œil à la verticale. En effet, un groupe de virils représentants de l'espèce humaine – une dizaine en tout – tenait une assemblée juste sous leur chambre. Plusieurs individus en treillis portaient des fusils, cassés à l'épaule ou en bandoulière. Des dagues et des couteaux de chasse apparaissaient dans des étuis de ceinture, et quelques hommes arboraient des fourreaux à fixation largable, sanglés à la cuisse.

Initiative dont Yves se félicitait à présent : il avait eu la présence d'esprit de dissimuler son couteau de chasse à lame pliante dans la petite valise qu'ils avaient montée à l'étage la veille au soir.

Les hommes présentaient tous, peu ou prou, une physionomie analogue. Corps voûtés, trapus; membres robustes mais souples; articulations épaisses et attaches noueuses comme du chêne; mains solides autant que rugueuses. Réunis autour d'Admète, ils parlaient calmement. Leurs gestes économes et leur attitude dénotaient une familiarité avec la traque, une efficacité à piéger, et une absence d'état d'âme dans l'exercice létal. Yves avait déjà rencontré des individus semblables au cours de sa vie, il savait de quoi ils étaient capables, mais connaissait également leurs insuffisances. *Bel échantillon des temps révolus*, se dit-il, rêveur.

Rencogné dans l'encadrement de la fenêtre pour qu'on ne l'aperçoive pas, il tenta d'écouter la conversation. Avec le vacarme du reste de la tribu, la mission relevait de l'utopie. Il reporta son regard sur Bernadette, toujours endormie. Aussi incroyable que cela puisse paraître, ses paupières ne frémissaient même pas. Elle ressemblait à une princesse piquée par l'aiguille de sa bobine. Une princesse de quarante ans mariée à un tueur. Yves sentit son sexe durcir lentement mais ne laissa pas l'érection aller à son terme.

L'heure n'était pas à la bagatelle. Quittant son poste d'observation, il s'empara de ses vêtements et, en silence, sortit s'habiller dans le couloir. Une certaine agitation régnait à l'étage d'en dessous : martèlements des semelles sur le carrelage, échos de voix féminines ou enfantines indéchiffrables, battants qu'on claquait, chaises traînées au sol. La maison et sûrement toutes les chambres allaient bientôt être occupées. Il imaginait le hameau revenant à la vie après des années d'abandon, tel un végétal qu'on croyait mort et qui ressuscitait grâce à l'action d'un peu d'eau. Les habitants ressemblaient à des cigales pharaon, ces hémiptères qui restaient des années sous terre sous forme de nymphes, avant de sortir brusquement à l'air libre pour tout envahir. Une stratégie de survie remarquable, mais une horreur pour les populations humaines concernées. Sous peu le coin deviendrait aussi fréquenté qu'une zone d'émergence. Yves se maudit intérieurement : une première fois pour s'être égaré, une seconde fois pour avoir accepté de passer la nuit au village. Cet attroupement, c'était autant de témoins supplémentaires. Et rien de plus commode que ces baraques en demi-cercle, ces habitations amies du délabrement et de la ruine pour élaborer un traquenard.

Avec ça, il avait garé le Volkswagen à l'arrière. Maintenant les pick-up sur la place faisaient barrage.

Il descendit à pas de loup. Quelques marches grincèrent, manifestations sonores admissibles dans un bâtiment aussi vétuste. Yves jugeait que dans la pagaille du débarquement ces bruits n'avaient pas d'importance. Il marqua un temps d'arrêt sur le palier du rez-de-chaussée, la tête inclinée, uniquement préoccupé des sons qui lui parvenaient. Dans son système de valeurs, on pouvait se fier à ses oreilles ; à ses yeux, jamais. Imbue de son omniscience, corruptible, la vision demeurait depuis les temps primaires de l'hypnose par le feu un sens vulnérable à la flatterie, gourmand d'étincelles et sensible à l'éclat des illusions. Yves estimait que l'être humain dans sa version civilisée oubliait trop souvent de fermer les paupières et de restituer aux autres organes le pouvoir que les néons et les écrans de télévision leur avaient confisqué. Parfois il fallait s'en remettre à l'honnêteté du flair, d'autres fois à l'aspect concret du toucher. Dans certaines circonstances le goût prédominait naturellement. Et à l'heure actuelle il suffisait d'écouter.

Immobile au bas des escaliers, le buste très droit, les mains légèrement en avant dans une posture d'aveugle attentif, Yves dressait l'oreille.

Sur la droite, dans la cuisine et la salle à manger, retentissaient les mille petits riens des gens qui s'installaient. S'il fallait en croire le vieil Admète, les familles prenaient possession des lieux à titre provisoire. Les ondes sonores parvenaient à ses tympans sans qu'il formule le moindre jugement à leur sujet. L'esprit ne produisait pas d'image, n'établissait aucune correspondance. Ici un tic-tac régulier, là un son plus aigu, intermittent. Des rumeurs, des babils, du souffle et des hoquets.

Au lointain un ronflement de moteur à bas régime, ailleurs des vibrations articulées qui pouvaient ressembler à des voix, mais Yves considérait ces événements uniquement pour ce qu'ils étaient : une combustion de gaz dans un cylindre métallique, de l'air sur des cordes vocales...

À gauche, en revanche, la sélection s'opérait sur un autre plan. Les murmures graves avaient leur importance. En tout cas ils étaient dignes d'attention. Ceux-ci correspondaient à des délibérations d'hommes dont il serait possible de saisir quelques bribes en s'approchant de la fenêtre latérale. Pour mieux se concentrer Yves s'orientait à tâtons, sans ouvrir les yeux. Si on le remarquait, si on s'approchait de lui, il percevrait le changement avec plus de finesse que ses facultés visuelles ne le permettaient.

Il s'arrêta lorsque les premières syllabes devinrent mots. Plus un pas, plus un geste. Une statue en équilibre sur une corde. C'était pour avoir négligé cet équilibre, pour avoir cédé à l'approximation du regard qu'il avait laissé filer la gamine la veille. Pour la même raison il s'était égaré dans la montagne au volant du combi. La prédation s'accommodait mal de l'imprécision. Peut-être vieillissait-il, tout simplement.

« Rien », grogna un premier homme. Son timbre nasillard empêchait de le confondre avec Admète. « On est retournés dans le champ, on a cherché sur toute la portion sud. Des berges jusqu'au massif des Terriers. Aucune trace d'elle.

— On a même longé l'ancien sentier muletier, précisa un deuxième individu dont l'élocution traînante évoquait plus la tranquillité que la paresse. Si elle avait voulu prendre un raccourci, elle aurait pu passer par là. Enfin, on a essayé.

— Vous avez bien fait. » Yves reconnut cette fois la voix rocailleuse d'Admète. « Mais pourquoi vous l'avez laissée partir en avant ? »

L'homme au timbre nasillard : « Tu la connais, Admète. Tu sais comment elle est ces derniers temps. Tu as été jeune toi aussi.

— Oui. C'est justement pour cela qu'il fallait la surveiller davantage. Il me semblait qu'on s'était mis d'accord là-dessus.

— Ça n'aurait rien changé », intervint un quatrième participant. Sa voix grave résonnait comme le grondement d'un chariot dans le travers-banc d'une galerie minière.

« Probablement, convint le patriarche. Que disent les femmes ?

— Elles sont mécontentes. Certaines d'entre elles nous reprochent d'avoir été négligents. Cyclamène va même jusqu'à insinuer qu'on l'aurait encouragée. Elle soutient que notre intransigeance...

— Cyclamène est sa mère, c'est normal qu'elle s'inquiète, qu'elle soit nerveuse.

— Elle entraîne les autres à la rumination, elle instille le soupçon.

— Alors retrouvez sa gamine. Les ruminations et les soupçons cesseront.

— Laisse-nous souffler un peu. On s'y remettra tout à l'heure, quand les gars seront reposés.

— Tu t'en portes garant ?

— Oui.

— Une chose encore, Hippolyte : quand vous retrouverez Marjolaine, pas de blague, d'accord ? Vous la ramenez à sa mère en un seul morceau. »

Un frisson traversa Yves. L'adolescente qu'ils avaient

embarquée dans le combi, celle qu'à défaut d'étrangler ils avaient fini par écraser dans le champ... Cette gamine s'appelait Marjolaine. D'après l'échange qu'il venait d'intercepter, une coïncidence lui paraissait improbable.

« Et si elle a besoin d'une correction ? voulut savoir Hippolyte.

— Les femmes ont leur mot à dire. On procédera à un vote général. » La réplique d'Admète n'acceptait aucun contredit, et nul parmi les hommes rassemblés au pied de la maison ne songea à contester sa volonté.

Yves sentit ses paupières frémir, son corps détecta comme il l'avait prévu un changement subtil dans l'air autour de lui. Un léger picotement naquit au centre de son front, entre les sourcils. Quelqu'un l'observait. Presque aussitôt une légère odeur de sueur et de foin parvint à ses narines. On approchait.

« Bonjour, vous êtes José, c'est ça ? »

Il eut une fraction de seconde d'hésitation – le temps de se souvenir qu'il avait donné un faux nom en arrivant – puis ouvrit brusquement les yeux et pivota vers son interlocuteur. Son visage s'était épanoui en un éclair, affable et souriant. « Oui, j'allais sortir pour prendre un bol d'air matinal. Je ne voulais pas encombrer le passage. » Il désigna vaguement la cuisine où les femmes et les marmots continuaient de s'activer. Celui qui l'avait interpellé était un adolescent dégingandé. Une tignasse blonde, nid à poux élagué à la va-vite, casquait son visage anguleux. L'acné résiduelle parsemait son front de quelques pustules récalcitrantes. On devinait que le livedo sur son long nez, s'il se prolongeait, se muerait avec l'âge en thrombose. Des dents trop grandes pour la mâchoire étroite se bousculaient entre des lèvres qu'on supposait perpétuellement entrouvertes. Yves lui donnait quinze ans, pas plus. Le gosse tendit la main : « Mon grand-oncle Admète m'a parlé de vos... déboires sur la route. Il m'a chargé de veiller sur vous le temps du séjour. »

Yves lui serra la main. Il accentua la pression juste assez pour avoir une poigne ferme, mais sans excès. « Enchanté. Je vois que c'est l'effervescence. J'espère que ma femme et moi ne vous dérangeons pas.

— Pensez-vous. Le bruit vous a réveillés ?

— Personnellement, je voulais me lever tôt. Quant à ma femme, Amélie, elle dort encore, et elle a le sommeil lourd. Les émotions d'hier l'ont épuisée.

— Hermione s'est occupée d'elle ?

— Hier soir, oui, avec grande gentillesse. »

Le jeune homme marqua une pause, songeur. « Tant mieux. Elle connaît tous les breuvages, toutes les plantes. Elle a rendu de fiers services à plus d'un parmi nous. » Nouvelle pause. Il semblait préoccupé, sinon contrarié.

« Un souci ? » s'enquit Yves.

Les grands yeux clairs du gamin papillotèrent. « Pardonnez-moi, j'étais distrait. Tout va bien, mais nous sommes un peu... Ce ne sont pas des conditions habituelles : l'une d'entre nous manque à l'appel. Elle s'est probablement égarée en cours de route et nous essayons actuellement de la retrouver.

— Je peux vous aider ? »

L'autre secoua la tête. « Non, elle sera bientôt là, je ne

m'inquiète pas pour elle. » Yves songea que l'attitude du gamin indiquait au contraire une préoccupation profonde. L'adolescent sourit malgré tout : « Vous voulez manger un bout ? Je peux vous préparer un truc. Ce ne sera pas de la haute gastronomie mais...

— Avec plaisir, se réjouit Yves. Nous ferons mieux connaissance. »

Le sourire du gosse s'élargit. « Au fait, je m'appelle Michel. »

TRENTE-NEUF

« L'accident s'est produit non loin d'ici, expliqua Chloé, sur une route qu'on appelle désormais l'ancienne Voie des cols. » Les voyelles traînantes suggéraient qu'elle faisait appel à des souvenirs lointains, et même à une histoire qu'on lui avait rapportée, puisque, si Anna se fiait à ses propos, le drame s'était produit en 1951. Chloé n'avait alors qu'une poignée d'années : bien trop jeune pour se rappeler avec précision les événements en question. « Toute ma famille est morte, poursuivit la conteuse. Mon père, ma mère, et mes frères Loïc et Jean-Jacques. Je sens encore le bras de Jean-Jacques entre mes mains lorsque je ferme les yeux. »

Anna observait son interlocutrice, pendant que celle-ci retraçait les étapes successives qui l'avaient menée à cette grande maison d'architecte au milieu des bois, entourée de fantômes, esprits d'animaux et spectres humains mélangés.

« J'ai été recueillie par des habitants de la région, des montagnards qui m'ont littéralement sauvé la vie. L'une des femmes de la communauté, une dénommée Hermione, a soigné ma jambe blessée, elle a cautérisé mes plaies et aidé mon organisme affaibli à surmonter l'épreuve. Cela, je ne l'ai su que vingt-cinq ans plus tard, quand je suis revenue dans la région et que j'ai pu parler de nouveau avec elle. »

Anna sentait confusément que Chloé avait évolué, durant une grande partie de son existence, dans un état hybride, composé de vigilance semi-onirique et d'attente résolue. Peut-être que par sa présence soudaine la fillette troublait l'alchimie de son psychisme.

Chloé continua : « Quand j'ai été tirée d'affaire, après que les villageois, et spécialement Hermione, m'eurent prodigué les soins nécessaires à la survie, j'ai été rendue à la civilisation, pour ainsi dire. Mais ce premier contact avec les habitants des hameaux m'avait en quelque sorte imprégnée. À mon insu, j'étais marquée à vie. Je ne parle pas uniquement de la cicatrice à ma jambe, tu l'as deviné. »

Chloé baissa les yeux, involontairement sans doute, sur la propre jambe abîmée d'Anna. Ce n'était pas la première fois. Au fur et à mesure de la confession, la fillette prenait conscience du faisceau de redondances, d'échos et d'itérations qui convergeait vers elle, du moins dans l'esprit de Chloé.

Cette dernière poursuivit : « Une tante célibataire, stricte mais bienveillante, m'a accueillie chez elle en ville. Malgré de nombreux séjours à l'hôpital, j'ai pu mener une scolarité relativement normale, et plutôt heureuse quand j'y repense. Je suis entrée à l'université, j'ai entamé un troisième cycle en génétique animale... Je crois avec le recul qu'il n'y avait aucun hasard dans mes orientations, aucune coïncidence dans mes choix. Et je pense que c'est encore le cas aujourd'hui, puisque tu es là, puisque tu m'écoutes. »

Anna ne cherchait pas vraiment à décoder les sous-entendus qui émaillaient le discours de Chloé. Elle se laissait simplement bercer par sa voix, ses inflexions méditatives. Au fond d'elle, cependant, il lui semblait repérer un schéma sensible. Contrairement à la plupart des adultes qu'Anna avait croisés au cours de sa jeune existence – des hommes pour la plupart – Chloé croyait en ses capacités de discernement, elle ne la prenait pas pour une handicapée ou une attardée mentale, ce dont elle lui était reconnaissante.

« Quelque part dans mes entrailles, presque dans mon ADN, je sentais une attirance pour Bois-aux-Renards, pour la Voie des cols où ma famille avait péri... Sans me l'avouer, j'avais besoin de retrouver l'endroit où j'avais failli mourir, et où j'étais d'une certaine manière née une seconde fois, tu saisis ? »

Anna hocha la tête. En effet, elle avait l'impression de comprendre la fascination de Chloé, l'envoûtement qui, par de nombreux aspects, ressemblait à celui que la fillette éprouvait pour les personnages de télévision, ces figures qu'elle côtoyait par petit écran interposé, dans l'univers minuscule de la caravane. Dans cette lucarne se nouaient les drames, les tragédies, les rires véritables ou simulés d'une existence plus réelle, plus intense, plus vaste que le quotidien. Chloé nourrissait sans doute des sentiments analogues à l'égard de l'expérience fondatrice de son accident.

« Lorsque j'ai entendu parler d'un programme scientifique de domestication des renards dans la région, j'ai aussitôt postulé. Je ne me suis pas posé de questions. Je n'avais pas terminé ma thèse, j'avais vingt-cinq ans. Mais en dépit de ma jeunesse et de mon expérience limitée dans le domaine de la recherche, ma candidature a été retenue. Imagine un peu ma surprise, mon exaltation. »

La fillette regarda les cages rouillées par la baie vitrée. Quel drame, quel imprévu avait pu conduire à pareille désolation ?

« Le professeur Zymansky était un homme étrange. J'ai rapidement découvert qu'il passait pour un original dans le milieu scientifique, une espèce de franc-tireur. Mais son excentricité constituait son principal atout : elle garantissait aux yeux des décideurs privés une ouverture d'esprit dont le monde académique et les institutions se trouvaient terriblement dépourvus. » Chloé désigna d'un geste large la pièce volumineuse, figée dans le temps, où la fillette et elle conversaient à présent. « Le projet gagnait en consistance. Les perspectives d'un retour rapide sur investissement, via un programme d'adoption de renards apprivoisés, paraissaient florissantes. Les fonds ne manquaient pas. Le professeur a fait construire cette vaste demeure, non loin d'une vieille tour en ruine, afin de s'établir au cœur d'une région réputée pour l'abondance quasi surnaturelle de *Canis vulpes*. Luimême accordait un certain crédit aux légendes attachées à la région. J'ai fini, moi aussi, par adhérer à cette perception de l'environnement, mais c'est une autre histoire.

— Tu as retrouvé Hermione, la femme qui t'a sauvé la vie ? » Anna était assez fière de s'être souvenue de ce nom dans la masse d'informations que le récit de Chloé charriait.

« Oui, répondit Chloé. L'exode rural s'était poursuivi durant toutes ces années, mais un groupe soudé résistait. Les contacts entre le professeur et les derniers habitants des montagnes, qui tiraient une partie de leur subsistance de la chasse, ne furent pas d'emblée cordiaux. Pourtant j'ai revu Hermione, et elle possédait désormais une grande influence au sein de la population restante. Peux-tu croire qu'il s'agissait encore d'un hasard ? Zymansky lui-même n'envisageait pas cette possibilité. Toujours est-il que nous sommes parvenus à établir un genre de statu quo. L'expérience a continué, elle s'est affinée, et nous n'avions que l'embarras du choix parmi les animaux. Zymansky semblait penser que quelque chose les attirait dans les environs de la tour. Plusieurs contes locaux rapportaient des faits troublants. Un esprit plus cartésien – dont j'étais au départ – aurait simplement attribué cette richesse à la formation d'une niche écologique et à un biotope favorable. J'espère que je ne suis pas trop technique, excuse-moi.

— Non, vas-y, continue. Je comprends le coup des renards. »

La fillette exagérait sa capacité d'entendement, et Chloé n'était pas dupe, mais Anna se laissait charmer par les sons, par la mélodie du discours, et plus encore par les grands yeux verts de son interlocutrice, dans lesquels se peignait une nostalgie universelle. Ses propos laissaient entrevoir un respect profond pour les épreuves joyeuses et tristes qui jalonnaient son existence. Elle cligna des paupières avant de reprendre : « Malheureusement l'expérience a tourné court. Zymansky est tombé gravement malade. Il est décédé au bout d'un mois d'hospitalisation à peine. Je me suis retrouvée malgré moi à la tête du projet. Cependant les financeurs avaient accordé leur confiance au professeur, pas à moi. Ils se sont retirés rapidement, je n'ai rien pu faire. Et je n'avais pas la carrure pour dénicher d'autres mécènes. La ferme ne pouvait plus fonctionner, j'ai été contrainte petit à petit d'ouvrir les cages renforcées. Les lieux se sont retrouvés à l'abandon. Mais moi, je suis restée à la villa. »

Anna s'éclaircit la voix : « Les renards, ils reviennent encore, non ?

— Oui. Ceux qui ont bénéficié de la meilleure socialisation et du dressage le plus rigoureux. Tu les as vus. Ils ne sont plus très nombreux. Les autres sont retournés à l'état sauvage, ou ont été tués par les chasseurs.

— Et que s'est-il passé pour toi ? »

Chloé eut un sourire qui confirmait, selon Anna, qu'à ses yeux tous les malheurs instruisaient. « Je commençais à désespérer, je me décourageais, j'envisageais même de retourner en ville, quand Hermione est venue me voir. Elle avait une proposition. »

QUARANTE

Yves caressa le bras de Bernadette avec un sourire attendri, mais la peau de sa femme dégageait une froideur troublante… Elle ouvrit laborieusement les yeux. Un soupir, faible gémissement, émergea d'entre ses lèvres gris cyanose. Yves aurait cru voir Hildegarde de Bingen plongée dans la contemplation de l'au-delà. « Mon amour. » Il ne songeait pas aux cadavres, au sang et à la douleur des victimes qu'ils avaient torturées. Les élans du cœur, lorsqu'ils étaient aussi sincères que les leurs, se fichaient bien des limites imposées par les mœurs, les tabous ou la religion. Cependant son épouse semblait tellement faible. Il eut du mal à dissimuler son inquiétude. « Comment vas-tu ? »

Bernadette lui fit une réponse étonnante, sur laquelle il ne s'attarda pas, préoccupé par des questions plus urgentes. « Je suis fatiguée, Yves, mais je me sens bien. J'ai l'impression de récupérer dix ans, vingt ans de sommeil en retard. Je ne…

— Est-ce que tu vas pouvoir te lever ? fit-il non sans empressement. Nous devons partir, il faut quitter cet endroit.

— Qu'est-ce que tu veux dire ?

— Le vieux Admète, Hermione... Leur famille a débarqué. Une véritable tribu de sauvages itinérants. » Assis au bord du lit, il jeta un coup d'œil par la porte ouverte pour vérifier que le couloir était désert. « Figure-toi qu'ils ont perdu un membre de leur groupe en venant ici. Une jeune fille prénommée Marjolaine.

— Marjolaine ? » La voix de Bernadette paraissait émaner de quelque contrée inexplorée, déconnectée de la réalité. Yves devinait que sa femme n'avait aucune idée de qui il parlait. Il précisa : « Je crois... Je suis pratiquement sûr que c'est la gamine qu'on a ramassée avant d'aboutir dans ce bled. Celle qui nous a bousillé la carrosserie du combi, celle que j'ai... »

Bernadette tapota la main de son époux. « J'ai toujours sommeil. J'aimerais dormir encore si tu veux bien. »

Yves arrêta net de parler. Le souci laissa place au scepticisme. Depuis la veille au soir, Bernadette ne se comportait plus normalement. Elle avait tellement changé, d'ailleurs, qu'il peinait à la reconnaître. Il appliqua le dos de sa main sur son front. « Tu n'as pas de fièvre, on dirait. Je suis levé depuis plusieurs heures. Il est presque midi. Tu devrais quand même être rétablie... Tu as des vertiges, une migraine ?

— Non, rien de tout cela. Je souhaite juste continuer à me reposer. »

Ne pas se laisser détourner, insister. « Écoute, j'ai mangé avec un gamin de la troupe ce matin. Il m'a préparé un petit déjeuner. Il s'appelle Michel, et Admète l'a chargé de s'occuper de nous... ou plutôt de nous surveiller, si tu veux mon avis. Il m'a raconté... Enfin j'ai appris des trucs assez bizarres, même pour nous. D'après ce que j'ai compris Marjolaine était une amie à lui, une très bonne amie, je crois, enfin je ne te fais pas un dessin. Apparemment, la gamine voulait partir. Elle désirait quitter les hameaux, rompre avec la vie misérable, les coutumes de sa famille. Et sa volonté d'indépendance n'était pas du goût de tout le monde. Michel a laissé entendre qu'on ne quittait pas si facilement la communauté. Mais ce n'est pas le plus préoccupant...

— On ne peut pas repousser cette discussion ? J'aimerais vraiment me reposer. Je suis sûre que quelques heures...

— Qu'est-ce qu'il t'arrive, Bernadette ? Je t'ai connue affûtée, prudente, attentive. Tu comprends ce que je raconte au moins ?

— Oui, mais pourquoi te tracasser ?

— Je suis en train de t'expliquer que ces gens-là sont dangereux, mon amour.

— Je n'ai vu que deux vieilles personnes. Un couple qui nous a accueillis, qui m'a soignée...

— Soignée ? Qu'est-ce que vous avez fabriqué, toi et Hermione, dans la cuisine ? Qu'est-ce qu'elle t'a donné ?

— Je te l'ai expliqué, rien de spécial. De la tisane, et un baume pour les hématomes. En revanche ses paroles m'ont fait du bien, elles m'ont apaisée.

— D'accord, et vous vous êtes dit quoi ? »

Bernadette eut l'air perplexe, mais son sourire ne disparut pas. « Je ne sais plus.

— Bon sang, Bernadette, regarde-toi. Tu arrives à peine à ouvrir les yeux.

— C'est simplement que je suis bien. J'ai envie de continuer à me reposer. J'en ai besoin, tu sais. J'en ai besoin depuis si longtemps. »

Yves se tut. Existait-il un autre biais par lequel attaquer la conversation ? Pouvait-il trouver des arguments supplémentaires pour convaincre son épouse ? « Le gosse, Michel, il soupçonne un des types de la tribu, un certain Hippolyte, l'âme damnée d'Admète, d'avoir supprimé Marjolaine en douce.

— Et alors ? Ce ne sont pas nos affaires. Ne peut-on pas...

— Les autres hommes vont repartir à la recherche de la gamine en début d'après-midi. La version officielle, c'est qu'elle s'est perdue. Mais s'ils tombent sur son corps écrabouillé dans le pré, comment tu crois qu'ils vont réagir ? Je te parle de types qui, d'après Michel, n'hésitent pas à faire le ménage.

— Ton chaperon a l'air plutôt émotif.

— Peut-être. Mais s'il dit la vérité...

— Pourquoi se confier si librement à toi ?

— Oui, moi aussi j'ai trouvé ça rapide. Je crois... Je crois que je lui ai inspiré confiance et qu'il veut partir lui aussi. Le cas échéant je devrais pouvoir me servir de lui. Je pense qu'on n'en arrivera pas là, mais on ne sait jamais. La colère et la soif d'émancipation sont des moteurs puissants.

— Va chercher Hermione », trancha finalement Bernadette. Son ton énergique, aussi soudain que contrasté, surprit Yves. « Demande-lui de venir, poursuivit-elle. Elle aura sûrement quelque chose à me donner pour que je sois d'attaque.

— Hermione ? Tu es sûre que c'est une bonne idée ?

— Appelle-la. Elle m'a soignée hier, elle me soignera aujourd'hui. »

Yves garda le silence, il ne bougea pas du lit. Qui était cette femme allongée auprès de lui ? Et qu'avait-elle en tête, si toutefois elle était capable de réfléchir ?

Bernadette reprit : « Tu l'as dit toi-même, je suis peut-être malade. Allez, dépêche-toi. »

Yves se leva à contrecœur. Comme toujours, il obéissait à Bernadette, néanmoins il ignorait comment prendre ces sautes d'humeur. La clarté retrouvée de ses propos correspondait-elle à une rémission durable, ou à un bref sursaut, prélude à de plus amples catastrophes ?

Sur la place du village, les enfants criaient de joie, galopaient et s'amusaient.

Yves lança un coup d'œil inquiet vers la maison d'angle. Voilà une demi-heure qu'Hermione était montée à l'étage pour soigner Bernadette. Pourquoi prolonger si longtemps la « consultation » ? Les paroles ambiguës de Michel, prononcées à mi-voix au cours du petit déjeuner, lui revenaient en mémoire. « Admète peut paraître étrange, mais sa conduite répond à une logique stricte. Vous vous en ferez une idée assez nette si vous discutez avec lui. Il agit sans arrière-pensée. Hermione en revanche… C'est elle qui calcule, qui pèse, qui arbitre. Et le vieux file doux. Il n'est pas rare qu'elle passe ses nerfs sur lui. Elle a un sacré tempérament. »

Yves avait opiné. « Amélie et moi, on l'a vue houspiller

Admète tard dans la soirée. Ils étaient sur la place. Admète balayait et Hermione tenait une lampe. » Michel, songeur, n'avait pas répliqué immédiatement. Yves en avait profité pour pousser un pion. « J'ai eu l'impression… C'est absurde, je sais, mais j'ai eu l'impression qu'il nettoyait, ou plutôt qu'Hermione lui ordonnait de nettoyer l'endroit où nous avions stationné le combi en arrivant. » Finalement le gamin avait cligné des yeux et déclaré avec un rire nerveux. « Tout le monde a peur d'elle par ici. »

Yves s'approcha d'un groupe d'enfants plus calme que les autres : six gosses assis en cercle dans la cour poussiéreuse, les fesses posées sur la terre battue ocre. Ils ressemblaient à de petites statues de faïence que l'on aurait placées en vis-à-vis pour suggérer une connivence ou la tenue d'un secret bien gardé à l'abri des adultes. Six têtes blondes infestées de vermine, six frimousses striées de fines écorchures, comme giflées par des épis de carex. Leurs bras et leurs jambes, plus noirs que blancs, paraissaient non pas dorés mais presque brûlés par le soleil. Leurs yeux clairs apportaient une touche, sinon d'obstination, du moins de gravité à leur physionomie. Toutefois les plissures des paupières, que l'on devinait quasi permanentes, conféraient en retour d'étranges échos trisomiques à ces regards javellisés. La finesse de leurs traits, l'homogénéité de leur complexion rachitique pouvaient les faire passer pour les membres d'une fratrie – quatre garçons, deux filles –, mais de subtiles variations suggéraient que, s'ils étaient apparentés, ils n'étaient pas tous frères et sœurs.

Le plus grand des enfants leva la tête vers le visiteur.

Yves lui donnait onze ou douze ans. Depuis qu'il observait le groupe, les joueurs se livraient à une variante de pierre – feuille – ciseaux qu'il n'avait jamais vue. « À quoi vous vous amusez ? demanda-t-il innocemment.

— Renard – fusil – poing », répondit le garçon.

Malgré la chaleur du début d'après-midi, Yves sentit un frisson courir sur sa peau.

L'une des filles – une gamine aux cheveux broussailleux dont les narines s'étaient encroûtées de sang, résultat probable d'une chute ou d'un mauvais coup – intervint : « Le chef du village assomme le mauvais chasseur avec son poing, le chasseur tue le renard d'un coup de fusil, et le renard bat le chef qu'il ensorcelle. »

Plus que jamais, Yves se demandait où il avait atterri. *Pourvu que Bernadette se remette très vite !* Un frottement très doux sur son bras capta son attention. Il tourna la tête. Admète se tenait à ses côtés. Il semblait encore plus petit que dans son souvenir : une tête de moins que lui, mais beaucoup plus musclé et vigoureux... Cette constatation s'avérait d'autant plus aisée à établir que le vieux était totalement nu à l'exception d'un caleçon douteux et de fourrures lui couvrant les épaules et le sommet de la tête. « Admète peut paraître étrange, mais sa conduite répond à une logique stricte », avait prétendu Michel. Les peaux de bête sur le dos de l'homme avaient la forme simple de protections naturelles, mais celle qu'il arborait sur le chef présentait l'aspect d'une dépouille entière de renard, le crâne de l'animal faisant office de coiffe, et les antérieurs reposant sur les puissants trapèzes d'Admète. L'ancêtre semblait ainsi avoir laissé pousser des oreilles noires et pointues sur ses tempes, et des cornes en forme de canines sur son front. Yves sentit la chair de poule se répandre sur ses bras.

Admète adressa un clin d'œil à la gamine qui avait résumé les règles du jeu. «*Le renard bat le chef qu'il ensorcelle.* Bien dit, ma puce.» Puis il se tourna vers Yves et sourit. «Pas d'inquiétude, mon ami. Hermione m'a confisqué mes vêtements. Lorsqu'elle a un coup de sang, elle n'hésite pas à prendre des mesures énergiques.

— Elle vous a pris vos vêtements?» Yves se souvint qu'après avoir demandé à Admète d'aller chercher Hermione pour son épouse, il avait entendu des cris et des invectives dans la maison. De toute évidence, la vieille goûtait peu d'être dérangée pendant ses activités journalières, quelles qu'elles fussent. Admète n'était pas reparu, mais Hermione avait traversé la cour pour se rendre au chevet de Bernadette. Elle était passée devant Yves sans un mot.

«Vous voulez savoir pourquoi je supporte un tel traitement de la part de mon épouse?» interrogea l'ancien. Yves acquiesça, les lèvres pincées. Les peaux sur les épaules et la tête du patriarche ne sentaient pas seulement le tannage et les épreuves de graissage, mais la charogne. La puanteur de ces animaux révulsait Yves, pourtant familier de l'odeur pestilentielle des cadavres. On eût dit que les renards venaient juste d'être chassés et dépecés, que les poils étaient encore imbibés de sang. Chose curieuse, une écœurante odeur de lait caillé se mêlait à celle, probablement imaginaire, de l'hémoglobine. L'estomac d'Yves se contracta, un reflux lui brûla l'œsophage. Allait-il rendre son repas devant les gamins assis en cercle ? Si seulement Admète voulait bien s'éloigner un peu pour le laisser respirer... Au contraire, l'intéressé paraissait prendre un malin plaisir à envahir sa sphère intime, à se trémousser près de lui dans une sorte d'ébauche de danse satyrique. Il soufflait au visage d'Yves une haleine fauve, qui semblait elle-même charrier une odeur de décomposition et de lait tourné. « Parce que si je peux vivre avec ma chère Hermione, je peux vivre avec n'importe qui. »

Bien malgré lui, Yves lança un nouveau coup d'œil à la fenêtre de leur chambre.

« Vous vous inquiétez pour votre épouse ? » ricana Admète. Son corps désaxé opérait de légers mouvements sautillants. Yves le soupçonnait de jouer la comédie pour instiller en lui un sentiment d'inconfort, mais l'absence de réaction des gamins indiquait plutôt que sa conduite préoccupante, ou du moins originale, relevait d'une certaine routine. Apparemment le patriarche avait l'habitude de se faire confisquer ses affaires et de gambader presque nu sous des peaux de bête. Avait-il d'autres lubies du même registre ? « Elle sera sur pied en deux temps, trois mouvements, prophétisa-t-il. Hermione a sûrement des défauts, mais je ne l'ai jamais vue échouer dans les soins du corps ou ceux de l'esprit. » Il marqua une pause songeuse. « Ou peut-être que si. Mais à quoi bon s'en soucier. Le passé n'existe plus, et le futur pas encore. Seul le présent compte quelque valeur. Et le présent, c'est vous, c'est moi, dans ce hameau, sur cette place. »

Yves avait de plus en plus de mal à respirer. Il parcourut

l'aire centrale du regard. Cherchait-il une âme secourable ? Un point d'ancrage pour atténuer le vertige et l'imminente asphyxie ? Au tohu-bohu de l'installation avait succédé un calme ordinaire. Les gens vaquaient à leurs occupations. Les apostrophes, les bruyantes questions inhérentes à l'occupation des lieux avaient cessé. Les femmes allaient et venaient, les hommes nettoyaient leurs armes ou somnolaient. Une mince silhouette qui se déplaçait vers l'arrière de la maison principale éveilla sa curiosité. D'abord il fut incapable de mettre un nom sur l'individu, qui portait une casquette et une combinaison de mécanicien bleue, tachée de cambouis. Mais juste avant de disparaître au coin du bâtiment, celui-ci inclina le visage et lui adressa un regard entendu. *Michel*, se dit Yves.

Le tueur s'interrogeait encore sur la signification de cette interpellation muette quand, au fond de la place, il nota la présence d'un homme que sa carrure massive, ses yeux très noirs et sa crinière brune différenciaient du reste de la population locale. Un véritable Hercule. Le type remontait une arme, sans doute en prévision d'une nouvelle expédition à la recherche de l'adolescente disparue. Yves reconnut en lui le fameux Hippolyte, que Michel lui avait discrètement désigné pendant le repas et dont il soupçonnait qu'il s'en fût pris à Marjolaine. *Une faille à exploiter*, songea le tueur, *enfin si j'arrive à surmonter ces haut-le-cœur.*

Admète posa la main sur son bras. Quelle douceur dans le toucher, quelle précision exemplaire du geste ! Le tueur revint à la réalité, baissa les yeux sur les doigts noueux du vieil homme, puis sur les jambes extrêmement poilues, et plus bas encore, sur les pieds que, n'étaient la robuste configuration de l'ossature, les cals déformant les articulations et l'épaisseur visible des amortis plantaires, l'absence de souliers aurait pu rendre vulnérables aux traîtrises des cailloux pointus et des épines. Ses orteils aux ongles très longs et très épais, presque des griffes, jouèrent dans la poussière. « Venez donc avec moi, je vais vous montrer quelque chose qui pourrait vous intéresser. »

Sans attendre, il traversa la place. Yves le suivit. Les deux hommes s'engagèrent dans une courte ruelle qui, à première vue, se terminait en cul-de-sac ou se prolongeait dans la forêt. Quand les pavés cédèrent la place à la terre battue, ils empruntèrent un layon serpentant entre les arbres. Le mince passage assiégé de fougères montait à flanc de coteau pour aboutir, une cinquantaine de mètres plus loin, à un modeste terre-plein entouré d'épaisse végétation, sur lequel on avait édifié un abri surélevé en rondins. Si Yves se fiait aux caquètements qu'il percevait, ce cabanon plus ou moins dérivé des anciens pigeonniers figurait en réalité un poulailler. Admète lui tendit un panier d'osier tressé. « Vous allez m'aider. » Il monta aussitôt dans la construction via une échelle branlante.

Le panier dans une main, Yves gravit à son tour les échelons incertains. « Inutile de rentrer, cria Admète depuis l'intérieur de la construction. Restez en haut de l'échelle, je vous passe les œufs. » Yves entendit les poules s'agiter, protester. Comment envisageaient-elles l'intrusion de cet homme déguisé en renard, dont le moindre geste dégageait des effluves de sang, de graisse rance et de mort ?

Yves tenait le panier à bout de bras. La main d'Admète émergeait à intervalles réguliers de l'ouverture pour poser les œufs dans la corbeille.

Une fois l'opération achevée, ils redescendirent.

Yves posa les provisions par terre et l'autre s'agenouilla pour examiner ce qu'il avait récolté. Le tueur en profita pour examiner le pelage sur le dos du vieillard. Admète était ressorti du poulailler couvert de plumes, de poussière et de fientes. Yves croyait déceler également des taches de sang sur les poils de ses jambes, mais il n'osa y regarder de plus près, de crainte d'obtenir la confirmation de ses soupçons.

Maintenant qu'il se tenait à genoux, le dos voûté, les omoplates recouvertes de fourrure, le patriarche ressemblait plus que jamais à une bête galeuse, un monstre grotesque issu de quelque folklore païen, qu'aucune vision au monde ne pourrait réconcilier avec l'entendement humain. L'inspection de la récolte se poursuivait. Yves ignorait ce que cet histrion décati fabriquait avec son panier.

Autour des deux hommes se dressaient d'immenses arbres. Les têtes couronnées de verdure et d'aiguilles, penchées les unes vers les autres, semblaient tenir conciliabule. Il fallait les voir, les entendre murmurer, ces formes verticales, suspendues comme une houle émeraude dans l'air, symbole d'une présence occulte, peut-être divine, au cœur des bois. Il paraissait facile de croire que cette présence se renouvellerait pour l'éternité, mue par les cycles des saisons, tandis qu'ailleurs les civilisations s'entrechoqueraient et se briseraient; tandis que les villes grandiraient et tomberaient;

tandis que les hommes, parenthèses de conscience dans le noir infini des temps, mourraient à la chaîne pour faire de gros tas d'os. La nature, toujours changeante et pourtant identique à elle-même, contemplerait leurs reliques dans un silence indifférent. En bas c'étaient les racines et les insectes; les reptations ensevelies, les froids déplacements par lesquels serpents et vers témoignaient de la puissance aveugle des souterrains. En haut les royaumes éternellement enneigés, les pompeuses rocailles, les pics jetés comme une bordée de crocs sur l'azur. Mais les mouvements qui accompagnaient la Terre à l'échelle des éons, pour les plus brefs, duraient des centaines de millions d'années.

Yves devait surmonter un léger étourdissement, car il avait le sentiment de se tenir précisément entre deux mondes.

Admète dressa enfin la tête. Ses doigts habiles et délicats produisaient, à la façon de quelque passe de thaumaturge, un œuf tout rond. Il fit tourner la sphère à la lumière du soleil. Les rayons caressaient l'enveloppe minérale, conféraient au carbonate cristallisé des nuances vieil or. « L'être humain se contente d'une pitance journalière. Ce qu'il ne dévore pas, il le laisse aux révolutions des astres, ou à Dieu si vous préférez.

— Je ne crois pas en Dieu. »

Les lèvres d'Admète s'étirèrent. Sourire indulgent, humecté, gourmand. « La véritable question serait plutôt : Dieu croit-il en vous ? » Il contempla un moment la surface bombée de l'œuf. « Imaginez un système de pensée, un système de vie aussi compact, aussi plein et aussi rond qu'un œuf. Autour de ce système il y aurait la logique, dure comme une coquille. En dessous, la physique, presque liquide. Et au milieu, l'essence divine, jaune et chaude comme l'astre solaire. Il suffit d'examiner cet ovale de près pour comprendre le destin de l'homme. De la même façon que l'orientation des fils de collagène détermine la synthèse du calcium, la partie interne façonne l'extérieur, et non l'inverse. » Soudain les doigts du vieillard rompirent la cuticule, le blanc glaireux s'écoula entre ses phalanges, mais pas le jaune. Quand il ouvrit la main, la sphère molle reposait, intacte, au creux de sa paume. « Brisez la logique, laissez s'écouler les principes physiques, conformément à leur nature, et conservez la parcelle de divinité qui demeure en chacun de nous. » Le vieux écarta alors les mâchoires, ses babines retroussées sur les gencives dévoilèrent des chicots noirâtres, et il mordit dans l'albumen gorgé d'acide folique.

« Jolie démonstration », grinça Yves.

Admète avala le reste de l'œuf, s'essuya la bouche d'un revers de main. Il gloussa : « Vous savez ce que je pense ? Vous êtes un croyant qui a choisi de s'ignorer. »

Moue dédaigneuse d'Yves : « Les croyances n'attirent que les esprits malades. »

Admète exhiba d'un rictus ses incisives tachées de sélénium. « C'est exactement ce que je dis. Regardez autour de vous. »

Sans pivoter la tête, le tueur fit glisser ses yeux sur le bord des paupières. Le blanc des globes oculaires oscillait dans la fente étroite entre ses cils bordés de rouge.

Les arbres à l'échine droite se dressaient au ciel. Aucune

feuille n'était identique aux autres. Estampes des nervures, embranchements, pigmentations possédaient leur singularité propre. Les troncs participaient au même règne dans la lumière oblique, et ne semblaient exister que par la contemplation qu'on leur portait. Avant et après l'instant minuscule où l'on considérait la formidable unité, l'ordre merveilleux auquel ils participaient, c'était le néant où tout chutait.

« Vous sentez Sa présence ? » interrogea Admète qui avait repris la station verticale, faisant onduler les peaux d'animaux sur les épaules. « Pas besoin de cathédrales, ni de cimetières. Inutile de consulter son missel. Il est partout. » La noirceur de son large sourire accentuait par contraste l'éclat de ses yeux. Yves trouvait cet homme répugnant, bestial, turpide, et pourtant il devait bien concéder qu'une incroyable grâce émanait de ses gestes et de ses mimiques grotesques.

Admète s'approcha d'Yves avec une telle rapidité que celui-ci n'eut pas le temps d'esquisser un mouvement de retraite. Il s'était déplacé avec une fluidité quasi animale. L'étrange gourou frappa l'extrémité de son index, renforcée d'une épaisse couche cornée, à gauche du sternum, au niveau de la ligne mamelonnaire. « Il se loge là aussi. »

Yves recula d'un pas. Une douleur sourde s'attardait à l'endroit où Admète avait percuté sa cage thoracique. « Vous comptez me convertir ? Il est un peu tard.

— Vous convertir ? » Le ricanement du vieux avait les apparences d'un amusement bouffon. « Oh non, pour convertir quelqu'un, il faut détruire sa réalité, qui ne constitue qu'une traduction paresseuse de l'invisible. Vous n'en êtes pas là. »

Yves se préparait à répondre, à clouer le bec à ce prétentieux, dût-il le vexer. Dans la situation où ils se trouvaient, lui et Bernadette, cette idée manquait sans doute d'à-propos, mais le tueur se sentait piqué au vif. Son hôte, en dépit de ses manières extravagantes, savait toucher juste.

Par chance Admète ne lui laissa pas le temps de répliquer. Après avoir souplement ramassé son panier, il dévala le layon d'un pas sautillant, insensible au terrain accidenté. Avec son dos couvert de fourrure, il ressemblait à un renard ancestral, dans la version difforme et hyper prédatrice du pliocène.

En s'acheminant à son tour vers le village, Yves observa ses souliers de ville. Le cuir maculé serait sans doute irrécupérable, la couture du pied gauche cédait, libérant l'empeigne. Il avait toujours estimé qu'apposer contre son pied le renfort d'une semelle constituait la première victoire de l'homme civilisé sur lui-même. L'ancienneté des inventions travestissait souvent les contraintes initiales en bon sens. Il regarda ensuite ses mains, surpris de constater à quel point elles tremblaient. Au moins la nausée avait-elle cessé.

Arrivé sur la place, il constata le départ des hommes. Plus de jeeps, plus de fusils. L'escouade de chasseurs avait repris ses recherches. Yves se fit la réflexion que le temps jouait contre lui et Bernadette : avec le prolongement des battues le danger augmentait. Découvrir le corps de Marjolaine, c'était aussi mettre au jour des indices éventuels. Des traces de pneus dans la clairière, des débris du Volkswagen...

Les femmes et les enfants toujours présents au hameau avaient réduit leurs allées et venues. Une paix subtile, une nonchalance s'installait désormais dans les ruelles de la localité. Un observateur étranger aurait sans doute pensé assister aux préparatifs d'un grand sommeil. Yves s'interrogea : depuis quand avait-il quitté la place ? Combien de temps était-il resté au poulailler en compagnie d'Admète ? Il avait brusquement l'impression de s'être absenté pendant des heures.

Une femme isolée longea un bâtiment avec un panier de linge. Dans l'embrasure d'une porte Yves en aperçut une autre qui épluchait des légumes au-dessus d'une grande bassine. À une fenêtre au rez-de-chaussée plusieurs enfants l'observaient en silence, le menton dans les mains, pensifs comme des salamandres. Leurs têtes blondes, quatre ou cinq, s'alignaient à la façon de notes sur une partition de Varèse. Pour autant qu'il pût en juger, Yves estimait que ces gamins-ci n'étaient pas ceux qui jouaient précédemment sur la place.

Admète avait rejoint Hermione au milieu de la cour. La mince silhouette voûtée de la matriarche avait l'apparence d'un clou tordu planté en terre ; nul doute que malgré les apparences elle en possédait la solidité.

Le vieil égipan se tenait près d'elle avec son panier d'œufs. Penché à son oreille, presque collé à ses lèvres sèches et dépourvues de couleur, il murmurait des paroles qu'Yves était bien trop loin pour entendre. Mais tandis qu'il approchait, Admète se redressa pour venir à sa rencontre, la mine soucieuse.

« Votre femme n'est pas très bien. Je crains qu'elle ne soit pas en état de reprendre la route aujourd'hui. Hermione affirme qu'il lui faut encore du repos, et on ne l'a jamais vue échouer dans les soins du corps…

— … ou ceux de l'esprit », termina Yves, reprenant les propos de Michel et d'Admète. Il devinait à présent que, à l'image de militants parfaitement rodés, presque tous les habitants du hameau maîtrisaient ces éléments de langage.

Il laissa le couple planté là et se hâta de gagner la maison où la convalescente languissait.

QUARANTE ET UN

D'abord elle se résuma à un point parmi les lignes verticales des arbres. Chloé la vit approcher lentement depuis l'entrée de la villa. Elle progressait d'un pas mesuré mais sûr dans l'épaisse végétation des sous-bois. Lorsqu'elle fut à distance réduite, Chloé s'aperçut qu'elle ne cheminait pas seule : un homme l'accompagnait, plutôt petit, de forte carrure, avec de longs cheveux bruns et un regard très doux, très profond. Quand ils furent plus près encore elle salua la femme : « Bonjour Hermione.

— Bonjour Chloé. Ça fait longtemps, n'est-ce pas ?

— Trois ans. Tu avais défendu pour la ferme et l'élevage des renards auprès des habitants des hameaux. Ton intervention avait beaucoup touché Zymansky.

— J'ai appris sa disparition. Sa mort t'affecte, je le vois.

— Il ne s'agit pas uniquement de la perte d'un responsable, d'un érudit… d'un ami. Son décès signifie aussi la fin du projet. Nos bailleurs de fonds ont jeté l'éponge, et à vrai dire, je n'ai ni l'énergie ni les capacités de chercher de nouveaux financements, alors comme tu le vois…

— Les cages sont ouvertes. Tu as libéré les derniers spécimens. Les chasseurs ont croisé des sujets apprivoisés dans les montagnes. C'est comme ça que j'ai su que tu étais sur le point d'abandonner. Je suis donc venue à ta rencontre.

— Il n'est rien que tu puisses faire, Hermione. Pas cette fois-ci. »

L'intéressée toisa son ancienne protégée : la fillette qu'elle avait jadis recueillie, soignée, sauvée ; celle qu'elle avait aidée vingt-cinq ans plus tard, quand, adulte, elle était revenue s'installer à Bois-aux-Renards pour collaborer à la folle entreprise de domestication du vieux Zymansky. « Tu as raison, dit Hermione. Mais j'ai une proposition à te faire. »

Elle désigna son compagnon, qui jusqu'à présent avait observé un silence méditatif. « Je te présente mon nouvel époux, Admète.

— Ton nouvel époux ? s'étonna Chloé. J'ignorais même que tu avais été mariée.

— La succession est récente. » Hermione affecta une moue de mépris, qui suggérait que son union n'était pas aussi heureuse ni aussi satisfaisante qu'on aurait pu s'y attendre. « Admète voudrait te raconter une histoire. On peut entrer ? »

Ils s'installèrent dans le séjour, que Chloé avait déjà débarrassé des affaires qu'elle souhaitait transporter en ville. La villa paraissait déjà abdiquer, par anticipation, le désir qu'elle avait eu d'être occupée, et céder par là même à l'état d'abandon qui serait le sien dans les années à venir.

Chloé prit place sur une chaise de l'autre côté de la table

basse, tandis qu'Admète et Hermione s'enfonçaient dans les coussins trop mous du canapé.

Ils formaient un étrange couple, songea Chloé. Le premier très sûr de lui, presque insouciant dans sa manière d'être. La seconde toujours raide, digne, mais effacée – peut-être à dessein – derrière son nouvel époux.

Admète tapota de ses ongles longs et carrés sur la table basse, tel un magistrat ou un officiant réclamant l'attention de son assistance. Ce geste, Chloé s'en rendrait compte plus tard, procédait d'une sorte de rituel, de signal visant à indiquer qu'il se préparait à accompagner par la voix, par les mimiques, par tout ce que les sens permettaient de saisir, son auditeur dans un autre monde. Chloé jeta un coup d'œil à Hermione, mais celle-ci, immobile et silencieuse, semblait résolue à confier les rênes de l'entretien à son mari. Il débuta son récit par une question : « Savez-vous ce qu'est une rencontre sur le pré, mademoiselle ? »

Chloé répondit par la négative, déjà fascinée par le regard magnétique de son interlocuteur, par sa voix profonde et facétieuse.

« Un duel, expliqua Admète. Un duel au commandement tel qu'il s'en pratiquait au siècle dernier. Les directeurs de combat avaient une devise ironique pour ce genre d'exercice : "Pistolets pour deux, café pour un seul."

— Je comprends.

— Les témoins descellaient les boîtes cachetées où l'on rangeait les armes, le directeur les chargeait avec des balles de plomb de 25 millimètres. Les opposants effectuaient ensuite une trentaine de pas en terrain dégagé et, au signal convenu, armaient les chiens en col de cygne de leur tromblon, alignaient les mires en demi-lune sur leur adversaire.

» Le duel dont je vous parle s'est tenu précisément ici. Avant qu'on construise votre maison, ce périmètre large et dégagé servait parfois à résoudre quelques différends. Il était idéalement situé : loin des habitations, mais accessible. La tour en ruine a assisté, depuis le sommet de sa colline, à de nombreux règlements de comptes.

» Mais revenons au duel qui nous intéresse : en 1815 un certain nombre d'officiers mis en non-activité par la Restauration sont revenus habiter dans la région. Le 8e régiment de l'Empire en particulier dénombrait plusieurs montagnards dans ses rangs. Une faune de misérables s'est ainsi mise à hanter les bourgs de province. Des âmes désœuvrées, revanchardes et touchées par un dénuement extrême.

» À bout de ressources après avoir vendu ses armes, son cheval et son équipement à Aix-en-Provence, le demi-solde Vasseur a ainsi réintégré son foyer. Son épouse et ses deux enfants résidaient dans un village proche, Le Goubier. Sa femme, Célimène, goûtait moyennement son retour, car en son absence elle avait noué une relation avec un jeune homme du cru, dénommé Étienne Lenoir. Or, peu après son retour, l'épouse disparut. On organisa des battues, on s'enquit de son passage éventuel dans les localités voisines, mais la femme demeurait introuvable. Les rumeurs allaient bon train. Ces rumeurs obéissaient bien entendu à une loi immuable : le premier concerné serait le dernier informé. Dans un premier temps, il fut donc épargné à l'ancien sous-lieutenant Vasseur de connaître les incartades de son épouse. Du reste, comme on constatait qu'Étienne Lenoir résidait toujours au bourg, et qu'il avait même participé aux recherches, on ne pouvait guère en déduire qu'il avait fui avec la belle.

» Un habitant plus étourdi ou plus malveillant que les autres finit toutefois par vendre la mèche, et Vasseur apprit l'adultère de Célimène. Quoiqu'elle n'eût toujours pas donné signe de vie, il alla promptement demander réparation à Lenoir.

» On se munit de deux pistolets à silex à trois pans au tonnerre, on dénicha quatre témoins et un directeur – un ancien du 2e d'artillerie; Bois-aux-Renards avait apporté une contribution non négligeable aux campagnes de l'Empire –, puis on partit laver son honneur accompagné d'une poignée de curieux. La plupart des habitants, à vrai dire, restèrent au village. L'heure matinale était surtout consacrée aux bêtes ou aux travaux agricoles, mais le désintérêt pour ce conflit trahissait peut-être des causes plus profondes : tout se passait comme si le gros de la population connaissait déjà, par quelque sortilège, l'issue de la confrontation.

» Ce fut Vasseur, puisqu'il était l'offensé, qui exigea que l'affrontement se déroulât à l'aurore, au pied de la colline de l'ancien puits.

» Lenoir ôta sa blouse et son gilet pour garantir qu'aucune protection dissimulée ne pût altérer le cours du destin. Vasseur se débarrassa de sa redingote. On planta deux bâtons en terre pour borner l'endroit où les combattants s'arrêteraient.

» “Quand je dirai feu vous lèverez le bras et vous tirerez

avant que j'aie prononcé trois", indiqua le directeur. Et puis, lorsque le sort décida et que les duellistes furent en position, se présentant de biais pour offrir moins de surface à l'adversaire : "Êtes-vous prêts, messieurs ?" Approbation des belligérants.

» Un coq chanta dans le lointain. Peut-être le chef de basse-cour du père Sébastien, près de la grange aux cochons. Le volatile célébrait à pleine voix la levée du jour, les naissances et les morts sous les arches desquelles les pleutres et les résignés se glisseraient indifféremment avant le soir.

» "Feu !" tonna le directeur de combat.

» Sans attendre le décompte, un faible panache blanc émergea des armes, s'envola au-dessus de la tête des participants. Il n'y eut aucun bruit, à l'exception d'un *pop* assourdi. Les balles – soixante grammes de plomb létal – jaillirent de la bouche évasée des mousquetons à la vitesse d'un mètre cinquante par heure. Une vitesse bien lente, direz-vous ? Attendez, vous n'avez encore rien vu.

» Les deux hommes maintenaient leur pause, mais on se détendit dans les rangs des spectateurs. Les témoins se mirent à faire les cent pas, on engagea la conversation.

» Les sphères de plomb continuaient de progresser avec une sorte de nonchalance dans l'air formidablement clair, elles semblaient progresser inexorablement en quête de l'instant où passé et avenir perdraient leur importance.

» Plusieurs curieux reprirent le chemin du village. Quelques-uns s'installèrent dans l'herbe comme pour un Manet au Salon des refusés. Bientôt viendrait le temps où l'on déplierait les nappes et où l'on romprait le pain.

Peut-être ferait-on ensuite un petit somme, si aucune occupation urgente ne réclamait qu'on gagnât les champs ou ses pénates.

» Vasseur, martial et confiant, s'appliquait à ne pas bouger, mais un mouvement à la lisière de son champ de vision attira son attention. Il pivota légèrement la tête. Un renard se déplaçait à l'orée de la clairière. Vasseur l'entendit dans sa tête comme s'il marchait tout près de lui. "Viens avec moi."

» Après un instant d'hésitation, constatant qu'à présent les événements se poursuivaient dans une indifférence générale, voyant que le directeur lui-même était allé bavarder avec un des témoins de Lenoir, il gagna la limite de la forêt.

» Le terrain s'élevait en pente douce jusqu'au faîte de la colline, au sommet de laquelle se dressait la vieille tour. Vasseur suivit le renard dans la végétation. Chaque feuille, chaque brindille, chaque paquet de mousse guidait ses pas. Des massifs de fleurs colorées jalonnaient le chemin, nimbés d'un étrange éclat qui laissait à penser que les plantes avaient dérobé aux cieux une partie de la lumière en leur possession. Le renard faisait des haltes régulières afin de rester visible aux yeux du sous-lieutenant. Il s'agissait d'un beau spécimen à la queue tachetée.

» Il s'arrêta au pied de la tour, et fut rejoint peu après par l'ancien militaire.

» L'animal gratta alors le sol. Rapidement des os incrustés de poussière émergèrent de terre. "Aide-moi", dit le goupil. Vasseur s'agenouilla pour contribuer à dégager une partie du squelette.

» Quand ils eurent terminé, l'homme se redressa. Il passa machinalement les mains sur son pantalon sale.

» Ils avaient déterré une dépouille incontestablement humaine. De longues mèches châtain clair, tissées de follicules couleur miel, s'attachaient encore au crâne dénudé. Ces cheveux résiduels arboraient une nuance qui rappelait fortement celle de Célimène. Fallait-il un élément supplémentaire pour confirmer les vertigineux soupçons du sous-lieutenant ? L'incisive supérieure droite était brisée en diagonale. Célimène avait conservé une brisure identique, consécutive à une vilaine chute survenue à l'adolescence, au bord du lavoir glissant.

» "Oui", murmura le renard.

» Vasseur avait l'impression que le paysage autour de lui cessait de croire à sa propre solidité, renonçait à sa forme intelligible. L'éclairage devint trouble. La réalité turbide mollissait, coulait sous ses pieds. Il sentait ses entrailles pulser à la manière d'un second cœur. Il eut un bref étourdissement mais parvint à se ressaisir.

» "C'est Lenoir qui l'a tuée, résuma l'animal. Elle a voulu rompre à ton retour. En secret, ils se sont donné rendez-vous près de la tour. Les choses se sont mal passées, l'explication a tourné au vinaigre. J'ai tout vu."

» Le renard s'assit, les yeux levés vers son interlocuteur. "Les anciens racontent que cette tour a peut-être des pouvoirs néfastes. On dit qu'elle exerce une influence sur certains esprits faibles. Et Lenoir n'a jamais brillé par sa force de caractère, tu le sais."

» À présent qu'il avait vaincu la nausée, Vasseur devait combattre la colère. "Je vais le tuer."

» Le renard se lécha la patte. "Malheureusement non, je suis désolé. Il vise plus juste que toi. Mais tout n'est pas perdu. Je t'ai amené ici pour une raison précise. Tu peux encore faire quelque chose pour elle, pour toi. Veux-tu savoir quoi ?"

» Une écume de bave se formait aux coins de la bouche de Vasseur, mais il ne semblait pas désireux d'y remédier. "Je l'aimais. Je suis parti longtemps. Monteforte, Nervi, Reggio… j'ai donné presque dix ans au 8e. Je l'ai sans doute trop délaissée, mais je l'aimais."

» Le renard dit : "Je sais. Laisse-moi te raconter une histoire."

» Vasseur opina. Même s'il se dominait, son visage restait animé de tics, de tremblements nerveux similaires aux agitations d'une forte fièvre. Pourtant son mal venait de plus loin. »

« Cette année-là, dit le renard à la queue tachetée, les derniers habitants du hameau des Millepierres, une grappe de maisons accrochées au flanc nord de la vallée, tinrent conseil. L'unique source venait de se tarir définitivement, après des décennies de baisse continuelle. La majeure partie des occupants avait d'ailleurs pris les devants. Certains avaient déjà émigré dans les localités voisines, d'autres s'étaient installés plus loin, en ville.

» Les derniers Millepierreux, comme on les appelait, passaient pour des gens avisés, des esprits pieux. Ils connaissaient leur mesure dans le vaste univers et sur le plan infini du temps : rien de ce qui touchait aux possibilités, aux dangers et aux présents du divin ne leur paraissait étranger. Après avoir beaucoup prié, beaucoup chanté, beaucoup délibéré, ils décidèrent en toute conscience d'abandonner définitivement Millepierres.

» Ils rassemblèrent leurs modestes possessions, emballèrent les objets auxquels ils tenaient, mais de façon à voyager léger, et quittèrent leur demeure sans même prendre la peine de fermer les portes. Pour s'éloigner de Millepierres il fallait emprunter un sentier aux pierres affûtées, descendre jusqu'à l'étroite gorge abritant l'ancien lit du Linoux, un cours d'eau asséché lui aussi, et franchir la passe qui permettait de rejoindre l'adret, plus propice, à ce qu'on disait, à l'établissement d'une vie pastorale.

» La concorde ne régnait pas toujours entre les hameaux de la vallée. Il n'était pas rare que les habitants se vouent une haine sourde, et de fréquentes querelles de voisinage s'ajoutaient aux rivalités ancestrales. Les derniers Millepierreux savaient qu'on ne leur réserverait peut-être pas un accueil cordial, mais beaucoup espéraient que les premiers membres de leur diaspora intercéderaient en leur faveur et faciliteraient leur installation dans les communes environnantes. Les Millepierreux étaient des gens optimistes, qui n'estimaient pas l'humanité rare chez l'homme pieux. On misait sur l'instinct vertueux qui poussait les humains à faire société et à rechercher la compagnie de leurs prochains. Il est possible que ces valeurs cosmopolites, ayant infusé grâce aux descendants des Millepierreux, subsistent sous une forme ou sous une autre à Bois-aux-Renards, mais je ne saurais être totalement affirmatif à ce sujet.

» La troupe se mit en route. Une dizaine d'hommes et de femmes, guère plus. Une longue pratique de la vie en plein air compensait la moyenne d'âge quelque peu canonique du convoi. Le doyen fermait la marche, appuyé sur un gros bâton de chêne. Leurs baluchons sur le dos, les voyageurs dévalèrent avec succès les pentes raides du mont, franchirent sans déplorer aucune perte l'ancien lit du Limoux. Bientôt ils furent en vue du mince espace figurant l'entrée de la passe. La fente rocheuse était si étroite qu'elle nécessitait de s'y introduire en file indienne. Les émigrants s'acheminèrent donc un par un entre les parois verticales de la gorge, prenant soin de conserver un espace suffisant entre chacun d'eux, car on connaissait la fragilité du relief et l'instabilité des pierres en surplomb. Le doyen attendit à l'entrée de la gorge que tous ses concitoyens eurent suffisamment progressé, puis il avança. »

Le renard marqua une pause. Il avait confortablement posé son séant dans les herbes proliférant à la base de la tour. Sa longue queue tachetée s'enroulait autour de ses pattes avant. L'homme l'observait, les bras ballants, debout à côté des restes de son épouse. Peut-être ne comprenait-il pas où son interlocuteur désirait en venir, mais l'idée allait rapidement se préciser dans son esprit. L'animal baissa vivement la tête car une démangeaison venait de naître sur son entrejambe, résultat probable de quelque morsure d'insecte réfugié dans les couches profondes de son pelage. La patte arrière levée pour mieux accéder à ses testicules et à la région anale, le museau enfoui dans la toison, il apaisa l'inconfort à coups de dents et de langue râpeuse, puis reprit son récit.

« Alors même que le doyen allait s'engager dans la passe, un grondement sourd retentit en surplomb. De gros blocs rocheux, détachés du sommet, rebondirent dans un immense fracas contre les parois escarpées et s'entassèrent au fond de la gorge. Dès que les nuages de poussière se furent dissipés, le doyen constata que les pierres entassées formaient désormais un rempart presque infranchissable. Le divin l'avait cependant habitué à ses nombreux coups du sort, la fortune à ses multiples revirements, aussi fit-il abstraction du désespoir et du sentiment d'injustice. Un autre que lui se serait probablement laissé vaincre par ces émotions, mais le doyen, lui, savait que les desseins du Tout-Puissant bienveillant vivaient cachés. Il entreprit patiemment d'écarter un à un les blocs rocheux du passage, du moins ceux qu'il pouvait déplacer. Ses mains cagneuses se refermaient sur les pierres, tiraient, poussaient. Il ne se plaignait pas, ne sanglotait pas et ne maudissait personne. Là d'où il venait, là où il avait été élevé, on ne faisait pas les choses, on les mettait en mouvement. Tout simplement.

» Peu de temps après, un homme vint. Le doyen continuait de déblayer, mais il jeta un coup d'œil par-dessus son épaule. La présence de l'individu ne suscita pas chez lui de grandes interrogations. L'inconnu était jeune et vigoureux, il pourrait l'aider à se frayer un chemin. "Donnez-moi un coup de main, dit le vieillard en halant un roc pyramidal.

À deux, on arrivera peut-être à quelque chose." Mais l'autre continuait à le regarder sans rien faire.

» Le doyen poursuivit sa tâche. Ce n'était pas l'inactivité du visiteur qui allait le détourner ou le ralentir. Le jeune homme posa alors la main sur son bras. Il avait une poigne chaude, ferme. Le doyen croisa son regard, un regard qui plongeait si loin, si profond dans les strates du temps qu'on l'aurait cru issu de l'éternité elle-même. Il n'allait pas se laisser intimider pour si peu. "Lâchez-moi." Le jeune homme répondit : "Il n'y a plus personne là-derrière, plus rien. Vous le savez." Le doyen s'immobilisa. "Mais moi je suis en vie." Sourire de l'inconnu, plis de chair autour de ses yeux sans âge. "Tout dépend de quel côté du rempart vous vous situez." Le doyen n'avait aucune intention d'arrêter son ouvrage, peu importait les recommandations du visiteur. D'où sortait-il, d'ailleurs ? Il voulut se dégager d'un mouvement d'épaule, mais l'homme se jeta alors sur lui.

» Ils roulèrent toute la journée dans la poussière. Réalisant sans doute qu'il ne l'emporterait pas sur un adversaire aussi entêté, l'inconnu heurta le doyen à la courbe du radius qui se déboîta. Mais comme je l'ai dit le vieillard était habitué aux nombreux coups du sort du divin, aux multiples revirements de la fortune. Il prolongea la lutte.

» Ils roulaient encore dans la poussière lorsque le jour déclina. L'homme se leva : "Laisse-moi car une loi sévère attache la puissance à la nécessité. Voici le crépuscule." Le vieillard chercha à récupérer son souffle. Son bras blessé pendait à son flanc, mais il n'y prêtait aucune attention. "Je ne te laisserai pas, haleta-t-il, que tu ne m'aies béni." Sur ces mots, le doyen quitta l'existence. Mais peut-être l'avait-il quittée bien avant, le corps broyé sous des tonnes de roches, et l'âme en arrière, essayant obstinément de triompher de l'obstacle pour le rejoindre. »

L'homme contemplait le renard. Il commençait à trembler. « Je ne comprends pas. »

L'animal dirigea son museau vers la tour. « Le corps de ta femme repose à tes pieds, mais son âme est peut-être encore là-bas, à l'intérieur, derrière ces murs circulaires. On peut imaginer qu'elle tente de triompher de l'obstacle pour rejoindre son enveloppe corporelle. Je l'entends parfois. J'entends toutes les âmes enfermées dans la tour. »

L'homme baissa les yeux sur le tas d'os blanchis à ses pieds, puis sur ses mains. Son regard glissa sur le dessin des veines. Ses yeux suivirent les lignes des tendons, détaillèrent les ongles carrés, caressèrent le duvet brun. Des perles de sueur s'accrochaient à la peau. Ses mains. S'il y réfléchissait bien, elles côtoyaient le miraculeux : elles prenaient aussi bien l'arme que le flambeau, la noisette que l'outil; elles étaient tout ce qu'elles contenaient, les gestes et les signes. Ainsi, quand elles se dressaient, quand les doigts se repliaient pour saisir, elles devenaient force, loi. Sous l'effet de cette considération, la violence présente dans son cœur se colora d'une étrange pureté, les tempêtes de son esprit d'authentiques certitudes.

« Tu commences à comprendre, dit le renard à la queue tachetée. Prends cette grosse pierre dans les herbes, non loin de la tour, et attaque-la, abats-la... Libère les voix qu'elle retient. Ta femme t'attend. »

L'homme obéit. Il se dirigea comme un somnambule vers le bloc rocheux, l'empoigna à deux mains, le souleva, et frappa une première fois le flanc de la tour. Un épais fragment de moellon se détacha de l'édifice.

Il percuta la façade encore et encore, élargissant les fissures des murs usés, entamant le rempart séculaire. La violence des chocs était telle que ses articulations craquaient chaque fois qu'il heurtait la pierre. Un assaut plus brutal que les autres lui déboîta le radius, cependant il poursuivit son œuvre. Combien de temps s'acharna-t-il ainsi ? Combien de minutes, combien d'heures ? La lumière du jour baissa.

Le renard prit la parole. « Une loi sévère attache la puissance à la nécessité. Voici le crépuscule. Je dois retourner d'où je viens, et tu dois faire de même. Il te faut regagner ton poste. »

L'homme laissa tomber le roc à ses pieds. Il avait certes entamé la paroi, mais restait loin de menacer sérieusement l'édifice. « Quel poste ? »

Le renard posa ses grands yeux ambrés sur lui. « Tu sais quel poste.

— Je ne te laisserai pas, que tu ne me l'aies indiqué. »

L'animal le lui indiqua en effet.

L'homme redescendit la colline. Dans son dos se dressait la tour, sur un ciel cramoisi, annonciateur de ténèbres étoilées. Il ne connaissait aucun drame aussi essentiel que celui qui se déroulait chaque soir, au coucher du soleil, pas de défaite aussi poignante, pas d'échec aussi cuisant que la retraite du jour, proclamant sans cesse, dans un récit perpétuellement renouvelé, la sombre perspective d'un saut dans l'inconnu. L'édifice circulaire, trapu et biscornu que malgré tous ses efforts il n'avait pu éventrer apportait une confirmation explicite au sentiment d'impuissance qui le taraudait. Mais le renard avait raison : il lui fallait rejoindre son poste.

Les témoins avaient retrouvé leur posture de témoins, le directeur de combat celle de directeur de combat. Le demi-solde se positionna exactement à l'endroit prévu pour lui, celui qu'il occupait avant son escapade en compagnie de l'animal. Il fixa très exactement sa tête et son front dans leur alignement d'origine. La balle n'était plus qu'à quelques centimètres de sa tête. Il laissa calmement le projectile s'enfoncer entre ses deux arcades sourcilières, percer l'antérieur du massif facial et vriller les fossettes granulaires de l'encéphale, creusant un sillon fatal de graisse et de plomb dans le crâne. Un observateur extérieur, non soumis aux règles particulières et aux enchantements de Bois-aux-Renards, eût juré que le tir l'avait tout bonnement foudroyé.

Certains esprits cartésiens jugeront sûrement que ce récit s'apparente à un tissu d'affabulations. En un siècle et demi les consciences dubitatives n'ont pas manqué de manifester leurs doutes. Pourtant les impacts à la base de la tour demeurent indiscutables – on peut encore les observer aujourd'hui sur les débris de l'édifice. Si cette preuve ne suffisait pas, on pourrait mentionner un détail plus troublant, et en quelque sorte plus révélateur : lorsque le médecin présent sur les lieux enleva les habits du mort pour examiner le corps, il constata la dislocation du coude. Nul ne sut expliquer la provenance de cette lésion, ni comment une blessure aussi invalidante avait pu échapper à la vigilance de l'assistance. »

Admète tapota du bout des ongles sur la table basse, signe que son étrange narration touchait à sa fin. En d'autres temps, en d'autres lieux, on aurait pu croire qu'il pinçait les cordes d'une lyre afin de rompre un charme, par la grâce d'un savant arpège. Chloé cligna des paupières. Elle était de retour dans le salon de la villa. Le jour tombait. Les valises pleines demeuraient visibles dans l'entrée, prêtes à être transportées. Les murs gris du vestibule, la bibliothèque du salon qu'elle laisserait à l'abandon, la mezzanine bientôt inutile. Le morne prosaïsme des lieux ressurgissait. Elle avait l'impression d'émerger d'un rêve puissant. La voix, les mots avaient fait office de narcotique. L'histoire d'Admète l'avait tellement captivée qu'elle l'avait prise – elle s'en rendait compte maintenant – pour l'exposé fidèle d'un événement authentique.

L'époux d'Hermione eut un sourire entendu. Il était manifestement conscient de ses pouvoirs de conteur. « Il existe deux morales à cette aventure, mademoiselle. »

Chloé ne répondit pas. Son silence valait incitation à poursuivre.

« Primo les gentils ne gagnent pas toujours, ronronna l'aède. Lenoir, survivant au duel, a mené une vie longue et paisible. Nul n'a jamais découvert son crime : le corps de Célimène a de nouveau été recouvert par la végétation et les sédiments. Il est encore là. Si vous creusez au pied de la tour vous le trouverez sûrement... du moins c'est ce que prétend la légende. »

Il jeta un regard en coin à Hermione, mais celle-ci demeura coite et feignit de ne pas remarquer son œillade. Il continua : « Secundo il ne vous a pas échappé que Vasseur, malgré l'enjeu, a accepté de retourner au pré pour recevoir le projectile qui lui était destiné. Chaque balle a son billet, comme disent les fatalistes. Il convient donc de se tenir dans la ligne de mire de son propre destin, vous comprenez ? »

Silence de Chloé, qui attendit la suite.

« Vous songiez peut-être à partir, à quitter ces bois pour renouer avec votre vie d'avant, mais ce n'est pas la trajectoire qu'on a tracée pour vous.

— Comment pouvez-vous le savoir ? interrogea soudain l'intéressée, surprise d'entendre sa propre voix après un mutisme aussi prolongé.

— Pensez-vous réellement avoir fait tout ce chemin par hasard ? s'étonna Admète. Croyez-vous être revenue en pure perte à l'endroit où votre vie d'enfant a pris un tour tragique et radical ? Personnellement, cela me paraîtrait inconcevable. Votre présence est justifiée, même si vous n'en discernez pas encore les buts. Mais qui pourrait prétendre à une telle science ?

— Vous ?

— Oh non, je n'ai pas cette arrogance. Je sais en revanche que l'indétermination n'existe pas. Tout ce qui advient se produit par nécessité. Seul l'inutile ne se produit pas. Zymansky lui-même avait l'intuition de jouer un rôle, d'occuper une fonction dans un plan plus vaste.

— Vous me demandez de rester, c'est bien ça ?

— Quelque chose vous attend ici, depuis toujours. J'ai... Hermione et moi avons un marché à vous proposer. » Il se tut, comme si brusquement, ayant effectué sa part de travail, il cédait les commandes à la véritable autorité. Tourné vers Hermione, il guetta sa prise de parole.

Celle-ci s'exécuta sans un regard pour son compagnon, les yeux fixés sur Chloé : « Les renards ont encore besoin de toi, mon enfant. Tu les as libérés, mais ils entretiennent des rapports beaucoup plus puissants que tu ne l'imagines avec ce lieu, cette maison, cette colline... avec la tour et avec toi. C'est du moins ce que je crois.

— Je n'ai plus les moyens de les entretenir.

— Notre communauté te propose son aide. Rien d'extravagant : de quoi subsister, de quoi nourrir tes animaux... Une protection contre le froid et les intempéries, une aide matérielle en cas d'urgence. Tu deviendrais une sorte de gardienne.

— Une gardienne ?

— Les contes, les mythes de Bois-aux-Renards mentionnent des sentinelles, des gens qui veillent sur cette partie de la forêt depuis la nuit des temps.

— De simples croyances.

— Mmh. Mais la tradition donne quelques caractéristiques... des prédispositions, si tu préfères. Nous pensons que tu pourrais correspondre.

— Comment ça ?

— Tu as un lien étroit avec les animaux. Tu présentes aussi certains traits physiques troublants : tes cheveux roux, ta cicatrice sur la jambe... Toutes les sentinelles décrites au fil des époques possédaient cette typologie... »

Chloé posa inconsciemment la main sur sa cuisse mutilée. Une forme de protection ou un geste pudique. Ne désirait-elle pas, au fond d'elle, demeurer à la villa ? On lui offrait la possibilité de continuer à s'occuper de ses protégés et, plus important encore, de trouver un sens à son parcours. Et puis, désirait-elle vraiment retourner en ville ? Était-elle seulement capable de se réadapter au rythme urbain, aux attentes de la société moderne ? « Je peux réfléchir ? »

Hermione se leva. « Bien sûr. Et personne ne te demande d'adhérer aux visions de la communauté. Ce sont de simples fables que l'on se répète au coin du feu, histoire de donner un ordre au chaos ou de passer une bonne soirée. »

Donner un ordre au chaos, songea Chloé. *C'est tout à fait ça.*

Admète bondit à son tour sur ses pieds pour présenter ses adieux. La légère expression moqueuse sur son visage aurait pu signifier que, d'une certaine manière, si Chloé réfléchissait, c'est qu'elle avait déjà pris sa décision. « Comprendre l'existence, dit-il joyeusement, c'est moins comprendre ce qu'il faut faire que comprendre ce qu'elle fait. »

Anna demeura un instant stupéfaite. Les informations se mélangeaient dans sa tête, mais les récits imbriqués comme des poupées russes produisaient une étonnante impression d'homogénéité. On eût dit qu'en dépit de leur diversité ils tendaient aux mêmes fins, ne décrivant tous qu'une seule histoire. Dans l'esprit de la gamine se formait l'image d'une tapisserie, décoration unique composée de multiples fils de trame. Quand Chloé – ou plutôt Hermione – avait fait référence à la cicatrice sur la jambe, la fillette n'avait pu s'empêcher de songer à sa propre blessure. Elle se souvint également qu'elle avait les cheveux auburn.

Chloé attendait manifestement un signe, une réponse. Elle cherchait sans doute une explication à l'injustice qui l'avait frappée, ou bien aux lieux maudits auxquels elle s'attachait. Il vint à l'esprit d'Anna que cette adulte déboussolée espérait peut-être, comme elle, trouver un coupable, refermer sa plaie. Anna pouvait-elle faire quelque chose du haut de ses onze ans ? Pouvait-elle l'aider ?

Et si, par sa simple visite, la fillette incarnait le signe attendu ? À moins qu'elle n'en soit le déclencheur. Dans un cas comme dans l'autre, Chloé saurait désormais comment agir.

QUARANTE-DEUX

Yves se planta en face du lit où Bernadette gisait. Il ne savait quoi penser. Feignait-elle la maladie ? Il ne voyait pas très bien ce qui l'aurait poussée à adopter pareil subterfuge, surtout en refusant de le mettre dans la confidence. Alors quoi ? Était-elle réellement souffrante ? Admettons, concéda-t-il. Fallait-il alors imputer son état de santé aux séquelles de l'agression ou aux mesures prophylactiques d'Hermione ? Quel traitement la vieille administrait-elle à Bernadette ?

Il repéra un bol en terre posé sur la table de chevet. Quelques pas dans cette direction, en observant son épouse. Les yeux clos, elle semblait plongée dans une profonde méditation. Yves risqua un œil au fond du récipient. Son reflet lui apparut brièvement, vision d'une figure blême, hirsute et amaigrie sur une lie brunâtre. Il se pencha légèrement pour humer le dépôt, crut sans certitude détecter une odeur de violette.

Il perçut une chaleur résiduelle quand il posa la main sur le bol. Bernadette avait bu une décoction portée à la flamme, une infusion peut-être. Il reporta son attention sur sa bien-aimée. Qu'était devenue sa fière complice, son âme sœur implacable ? Une frêle créature aux traits tirés, qui semblait avoir pris dix ans et perdu plusieurs kilos au cours de la nuit. Son teint crayeux suggérait que le sang avait déserté la surface de la peau pour se replier dans une région intérieure, connue de Bernadette seule, et encore. Les mains, osseuses davantage que fines, reposaient sur le drap à la façon de téguments d'animaux, abandonnés sous l'influence d'une modification saisonnière. Elle se pétrifiait lentement pour prendre l'aspect d'une exuvie, songea Yves, mais ce changement ne concernait pas uniquement l'apparence extérieure. En temps normal ils auraient déjà quitté le hameau, ils seraient sur la route, et cette aventure, ces habitants étranges et ces régions veinées d'itinéraires labyrinthiques offriraient moins de consistance qu'un mauvais souvenir. De nouveau ils seraient aptes à tuer, ou à mettre leurs instincts en veilleuse si la sagesse l'imposait.

Désormais Bernadette paraissait incapable de bouger, incapable de la moindre initiative. Yves lui-même se sentait piégé par une singulière inertie. Quelque chose dans ces montagnes les retenait.

Il s'assit en douceur sur la chaise rustique placée à proximité du lit. Le bois émit un craquement. Il appela sa femme d'une voix très douce. « Bernadette ? »

Elle ouvrit les yeux. Pas un trait de son visage ne s'altéra, aucun élément de sa physionomie n'affecta le plus petit tressaillement. Ses iris ressortaient avec une telle clarté dans la lumière du jour ! On aurait juré que la nuit leur avait dérobé toute couleur, ne laissant qu'une limpidité stérile, un reflet dépourvu d'image.

« Admète m'a dit que tu n'allais pas mieux. »

Aucune réponse. Il insista. « Tu as mal quelque part ? Hermione t'a donné quelque chose ? » Il se garda de mentionner le bol posé sur la table.

Bernadette battit des cils. « Elle m'a parlé. »

La vieille Hermione avait parlé ? Yves avait du mal à l'imaginer bavarder. Il se demandait surtout ce qui avait pu la pousser à sortir de sa réserve. Mais son mutisme ne tenait-il pas à une forme de manipulation ? Peut-être alors que Bernadette avait entrepris un petit exercice de son cru, retournant la manipulation contre son instigatrice. Yves l'avait déjà vue se livrer à ce type de manœuvres, et elle s'y montrait d'une adresse redoutable. Il se disait aussi que si elle avait une idée derrière la tête, c'était le moment de le mettre dans la confidence, sans quoi... « Qu'est-ce que cette vieille pie t'a raconté ? »

Nouveau clignement de paupières, voix lointaine. « Je ne me le rappelle plus. »

Yves attendit. Le silence susciterait peut-être l'aveu. Mais Bernadette répondit à sa tentative par un silence encore plus obstiné que le sien. Il n'y tint plus : « Tu fais semblant ? C'est une espèce de jeu ? »

Le bon sens conseillait de plier bagage séance tenante, d'obliger la prétendue impotente à se lever. Il fallait l'emmener au camping-car et foutre le camp de ce bled infernal. Maintenant que les 4 × 4 avaient évacué la place, rien ne s'opposait plus à un départ, fût-il précipité. Yves, pourtant, ne pouvait se résoudre à l'action.

« Ses paroles étaient belles », murmura finalement Bernadette.

Il s'adossa à sa chaise. Ces mots admiratifs n'appartenaient pas au répertoire de sa femme. Décidément elle s'égarait. Était-ce le résultat d'une commotion cérébrale ? Devait-il craindre un délire passager ou un bouleversement plus radical de la psyché ? Et lui, s'il se regardait attentivement dans un miroir, qui verrait-il ?

Il s'éclaircit la voix. « Belles comment ?

— Profondes. Lumineuses.

— Mais tu ne te souviens pas de ce qu'elle t'a raconté ? »

Elle sourit pour la première fois. « Non. Pourtant je sens encore ses paroles en moi, elles sont là. »

Yves regarda le bol d'infusion sur la table. Une peur abominable grandissait en lui. Elle venait de loin, de ses entrailles. Lentement d'abord elle progressait dans l'intestin, remontait ensuite le côlon pour se loger dans l'estomac et tarauder le nerf vague. *En voilà assez,* se morigéna-t-il, *il faut réagir !* Il plaqua les paumes sur ses cuisses pour se lever. Une douleur à la main droite lui fit baisser les yeux. Son index saignait, l'ongle rongé jusqu'à la pulpe. L'automutilation était totalement passée inaperçue.

Bien qu'il eût taché son pantalon, souillure qui le contrariait plus que son doigt abîmé, il poursuivit sur sa lancée. En un instant il fut debout. Les gestes sûrs, il rassembla quelques affaires éparpillées. « Allez, Bernadette, lève-toi.

On ira voir un médecin en rentrant si tu veux, mais pour le moment...

— Non. »

Il se figea, stupéfait. La convalescente – imaginaire ou authentique – fixait sur lui un œil ardent. Yves y décelait à sa grande perplexité un feu qu'il n'avait encore jamais vu. Il se préparait à répliquer quand le rugissement d'un moteur se fit entendre au bas de la maison. D'autres grondements lui succédèrent. Plusieurs voitures arrivaient à fond de train, se garaient sur la place. Crissement de pneus, mitraille de graviers. Yves songea qu'il pouvait faire une croix sur un départ furtif en camping-car. Puis une voix tonitruante retentit sur la place : « Admète ! » Un frisson d'angoisse lui contracta le ventre. Yves identifiait sans peine le timbre puissant d'Hippolyte.

Yves débarqua dans la cour centrale au moment où Hippolyte, après avoir échangé quelques mots avec Admète, rejoignait ses hommes postés près des automobiles aux moteurs chauds. Plusieurs types armés faisaient les cent pas, leurs semelles soulevaient des nuages de poussière qui retombaient péniblement dans l'air immobile. Yves avait descendu les escaliers trop vite. La transpiration inondait déjà son dos, l'étoffe de la chemise imbibée pesait comme un cataplasme froid sur ses omoplates. Le couteau de chasse à lame pliante, rangé à la hâte dans la poche latérale de son pantalon, battait à chaque enjambée contre sa hanche. Est-ce que les coureurs des bois avaient retrouvé la dépouille de Marjolaine ? Avaient-ils fait le rapprochement avec le

Volkswagen ? L'attitude des hommes présents ne révélait aucun indice. Yves savait que dans tous les cas Bernadette et lui étaient en sursis. Il s'approcha d'Admète l'allure dégagée. Son esprit anticipait les scenarii possibles, envisageait les solutions de repli ; son regard cherchait les angles d'attaque. Il n'ignorait pas qu'il n'avait aucune chance face aux chasseurs groupés, mais s'accrochait à une résolution ferme : au moindre signe de menace, il saisirait son manche en bois de cerf et infligerait le maximum de dégâts à ses hôtes.

À la périphérie de son champ visuel, deux enfants jouaient à se poursuivre. Combien de temps pour attraper l'un d'eux, pour lui trancher le cou ou lui crever les yeux ? Une femme disposait des linges humides au bord d'une fenêtre du rez-de-chaussée. Pouvait-il foncer vers elle, planter la lame dans sa gorge, s'abriter derrière son corps secoué de spasmes ? Autre possibilité : Admète. Le vieux se tenait de trois quarts au milieu de la place, droit devant lui. Ses jambes musclées, ses pieds griffus, son corps voûté recouvert de peaux de bête inspiraient la méfiance, sinon la répulsion. Mais Yves connaissait la fragilité de l'existence : n'importe quelle créature vivante fabriquée par Dieu pouvait être exterminée d'un unique coup de bâton, pour ne rien dire d'une lame affûtée. Toutefois le chef de clan, pour âgé qu'il fût, lui laisserait-il l'opportunité d'ajuster son coup ? Sans cesser d'avancer il repéra une série de piquets métalliques posés contre un mur. Des planches empilées au pied du bâtiment d'angle offraient également des possibilités d'action. Cependant aucun de ces moyens de défense ne comportait d'issue satisfaisante. On finirait par le maîtriser, et c'en serait terminé de leur cavale, à Bernadette et lui.

Si seulement ils ne s'étaient pas débarrassés du flingue après avoir éliminé la prostituée, fulmina-t-il. Il aurait disposé d'une arme vraiment dissuasive. Le voilà maintenant réduit à l'usage incertain et terriblement salissant d'un couteau, avec son propre désir de nuire pour seul allié.

Hippolyte s'était mêlé aux autres chasseurs. Il lança un coup d'œil à Yves, impossible à décrypter. Le tueur glissa les mains dans les poches de son pantalon, ses doigts effleurèrent le manche du poignard. Sourire, bander les muscles. Dans son cou, à l'intérieur de ses oreilles, s'obstinait le flux moite du sang. « J'ai entendu du bruit, dit-il à Admète. Que se passe-t-il ? Rien de grave j'espère. »

Le patriarche se tourna vers lui, les bras détendus, la sangle abdominale relâchée. *En visant le plexus*... Il cligna des yeux. « Hippolyte et son équipage sont tombés sur une patrouille de gendarmes. Ils étaient accompagnés d'agents de l'ONF. »

Équipage. Yves n'était pas vraiment surpris d'entendre l'ancêtre employer un terme de vénerie – fort prétentieux en l'occurrence – pour désigner la vilaine escouade de ploucs crasseux commandée par Hippolyte ; en revanche la mention des hommes en uniforme dans ces bois profonds, au cœur de cette montagne, relevait de l'inattendu. Les recherchait-on déjà ? Pourquoi ? Pour le meurtre de la pute, pour la tentative précédente ? Peut-être lançait-on des investigations au sujet de la paysanne écrasée dans la clairière, ou à propos de la jeune fugitive qu'ils n'avaient pas réussi à capturer ? Les motifs ne manquaient pas. Leur vie entière les avait désignés à la suspicion, à la traque.

« Ils tentent de mettre la main sur une gamine probablement égarée, expliqua Admète, répondant incidemment aux interrogations du tueur. D'après leurs informations elle résidait avec sa mère dans un camping au pied de la montagne. »

Cette nouvelle réconfortante signifiait deux choses aux yeux d'Yves. Premièrement personne n'avait encore localisé le corps de Marjolaine. Deuxièmement la gamine en fuite errait toujours dans la zone où il l'avait pourchassée… s'il ne lui était pas arrivé un accident entre-temps. Le tueur adopta un air faussement préoccupé. « Pourvu qu'ils la retrouvent saine et sauve. »

Admète doucha alors les espoirs qu'il aurait pu concevoir sur l'amélioration de sa situation. « Les gendarmes vont surveiller les principaux axes. Qui se réduisent par ici à l'ancienne Voie des cols. Tout déplacement sera repéré. »

La remarque de l'ancien suggérait l'équivoque. Yves l'imaginait assez retors pour instaurer sciemment le doute. Sa bouche s'étira. À peine une entaille au bas du visage. « Une décision judicieuse. Espérons qu'elle portera ses fruits.

— Peut-être voudriez-vous rester un ou deux jours de plus parmi nous ? proposa Admète. Votre femme aurait plus de temps pour se remettre de son malaise. »

L'entaille s'élargit, non pas franche mais désabusée ; non pas réjouie mais pleine d'un sarcasme amer. « Rien ne nous ferait plus plaisir. Merci.

— Nous organisons une petite fête ce soir, pour l'installation des habitants dans le village. C'est une sorte de coutume. On l'appelle entre nous la cérémonie des carbonats. Nous serions enchantés de vous compter parmi nous. »

Yves se préparait à décliner, arguant qu'il préférait rester au chevet de Bernadette, mais Admète ajouta aussitôt : « Votre femme en profitera pour se reposer. N'ayez crainte, quelqu'un veillera sur elle.

— Dans ce cas… » La sensation de s'engager toujours plus avant dans une nasse le taraudait. Et puis cette histoire de barrage policier était-elle seulement vraie ?

Admète fit un pas de côté, dévoilant soudain la présence du jeune Michel dans son dos. *Véritable manœuvre de prestidigitateur*, songea Yves. *Le vieux a un don pour monopoliser l'attention, pour attirer les regards.* Dire qu'il n'avait pas remarqué l'adolescent pendant la conversation. Depuis combien de temps patientait-il là, au garde-à-vous ?

« Mon petit-neveu va s'occuper de vous. S'il vous faut quoi que ce soit, n'hésitez pas. »

Un sauf-conduit à travers la montagne ? pensa Yves. *Une protection et un guide ?* Il lui sembla détecter une lueur d'amusement dans le regard de l'ancêtre, mais il n'était sûr de rien. Admète regagna rapidement sa tanière. Peut-être que cette étrange créature hybride, mi-animal, mi-ébauche d'être civilisé, comptait enfin se vêtir d'une tenue plus décente ?

Yves reporta son regard sur les hommes près des voitures. À ce stade-là, il se demandait ce qu'ils avaient raconté aux autorités. Est-ce que l'échange ne leur avait pas laissé l'opportunité de mentionner le séjour d'un couple d'étrangers au village ? Une inimitié de longue date ou une méfiance naturelle envers les services de l'État les dissuadait-elle de confier ce genre d'information aux pandores ? À moins qu'Admète n'ait préalablement donné des consignes ? Quelle que fût la raison de cette discrétion, le tueur se doutait que le clan n'agissait pas par bonté d'âme.

Michel lui tapa doucement sur l'épaule, s'adressant à lui par son faux prénom : « José ? »

Yves se souvint de la rancœur du jeune homme, de la suspicion qu'il entretenait à l'égard du sinistre Hippolyte, et de la possible affection qu'il éprouvait pour Marjolaine. Il se souvint aussi qu'il envisageait d'exploiter cette faille le moment venu.

Se pencher au-dessus d'un moteur à explosion, c'était un peu contempler les forces du cosmos domptées par la misère de l'homme, médita Yves tandis qu'il braquait le faisceau de la lampe torche dans les entrailles du 4 × 4, afin d'aider Michel à mieux discerner les pièces mécaniques.

Ils étaient sur le terre-plein en retrait de la place centrale, où la tribu stockait les voitures et les camionnettes inutilisées, et où Yves lui-même avait garé son van.

Michel lui avait expliqué que sa famille disposait de plusieurs dépôts semblables disséminés dans les hameaux, afin de réparer, où que les membres se trouvent, les machines qui tombaient en panne. Yves ignorait où ils dénichaient toutes ces guimbardes : certaines presque entièrement désossées, d'autres probablement fonctionnelles, pourvu que l'on se livrât à une modeste révision. Un bref instant il se demanda s'il était envisageable que le Volkswagen fasse un jour partie de la collection. Pour cela, il faudrait qu'Admète prenne l'initiative de les intégrer à la communauté… ou de les supprimer. Quelle idée absurde ! Il secoua la tête sans s'en rendre compte.

« Qu'est-ce qu'il y a ? interrogea Michel, qui avait levé le visage du moteur dans lequel il était plongé.

— Rien, répondit Yves. Une pensée farfelue.

— Vous pouvez éclairer sous le cardan ? »

Yves s'exécuta et Michel, vêtu de sa combinaison bleue, une casquette crasseuse vissée en arrière sur le crâne, s'attela de nouveau à la tâche. Yves savait maintenant que le jeune homme était affecté, entre autres, à l'entretien des véhicules.

Michel grommela entre ses dents, une pièce lui résistait, mais Yves ne voyait pas laquelle : le jeune homme, penché au-dessus du capot ouvert, lui masquait la vue.

« Tu crois qu'ils auraient pu la tuer ? »

Yves avait posé la question l'air de rien, mais cela faisait une demi-heure qu'il préparait le terrain, qu'il insinuait, qu'il sous-entendait et testait ainsi la perméabilité du jeune homme aux perspectives de sédition.

« La plupart des chasseurs, non, sûrement pas. Mais Hippolyte…

— En effet, approuva Yves sur un ton partagé entre la contrition et une parodie d'effroi, il n'a pas l'air commode. Tu dis que Marjolaine était partie avant vous du village précédent ?

— Oui.

— Elle comptait quitter la communauté ?

— Oui. Elle m'en avait parlé la veille. Elle voulait que je l'accompagne mais je… je n'ai pas osé. »

Yves laissa passer un moment de silence. Il comprenait à présent pourquoi ils avaient croisé la paysanne qui se dirigeait dans le sens opposé au hameau, pourquoi elle cheminait avec son baluchon rempli d'affaires. Elle ne rejoignait pas les autres, elle fuyait. *Quand Bernadette apprendra ça…* Finalement : « Et tu crois que son oncle aurait pu…

— Il est parti à sa recherche en premier, avec Jean et Gilbert. Quand ils sont revenus, ils ont affirmé qu'ils ne l'avaient pas trouvée. Mais peut-être que c'était un mensonge.

— Tuer quelqu'un n'est pas une mince affaire. »

Michel leva une nouvelle fois la tête des pistons et des cardans qu'il décrassait. « Il l'a déjà fait. Ce n'est pas un problème. Ni pour lui ni pour les autres. »

À peine un haussement de sourcil. Ne pas perdre de vue le but de la conversation.

Yves se gratta le menton avec sa main libre. Le passage le plus délicat de la discussion se profilait. « Possible que Marjolaine ait réussi, non ? Possible qu'elle soit en route pour la ville en ce moment même ? »

Michel se renfrogna. « Peut-être.

— Tu pourrais la rejoindre, qu'est-ce que tu en penses ? »

Le jeune mécano laissa échapper un rire amer. « Ah oui ? Et comment je ferais une fois dehors ? Je n'ai jamais quitté les bois et les hameaux. Je ne serais même pas fichu de me déplacer ou de trouver à manger… Alors rattraper Marjolaine… »

Un silence, une respiration, et Yves attaqua. « On pourrait t'aider, Amélie et moi. »

Michel farfouillait toujours dans le moteur, mais Yves sentait quelques hésitations dans ses gestes.

« Je suis sûr qu'on localiserait Marjolaine facilement, insista-t-il. Elle ne doit pas encore être très loin à l'heure qu'il est… si Hippolyte ne l'a pas retrouvée. » Il n'ajouta rien. L'insinuation se passait de commentaire.

Michel jeta plusieurs boulons sur le côté, qui roulèrent dans la poussière.

Yves poursuivit son travail de sape. « Quand on a l'habitude, ce n'est pas tellement compliqué de se débrouiller à l'extérieur. On a toujours un peu peur de ce que l'on ne connaît pas, c'est normal, mais en fin de compte on se fait une montagne de pas grand-chose. »

Michel se redressa, essuya ses mains noires de cambouis sur sa combinaison. « Marjolaine aussi disait ça.

— Alors pourquoi ne pas suivre son conseil ? On pourrait vous emmener en ville, vous trouver du travail. Vous auriez un appartement, des loisirs…

— Il n'y a pas de place pour les gens comme nous.

— Il y a de la place pour tout le monde, répliqua doucement Yves. Les bons et ceux qui font le mal, les faibles et les forts… Tu serais surpris de la belle tolérance qui règne là-bas.

— Et vous m'emmèneriez ? Dans le camping-car ?

— Puisque je te le propose. »

Michel regarda autour de lui pour vérifier qu'ils étaient toujours seuls. Personne ne les avait dérangés depuis qu'ils s'affairaient sur les voitures ; nul n'était venu s'enquérir de leur sort. Cette tranquillité avait d'ailleurs quelque chose d'excessif, songeait Yves. Il ne pouvait s'empêcher de penser que d'une certaine manière on les tenait volontairement à l'écart. Des parias à l'intérieur d'une microsociété elle-même marginale. Admète tenait le rôle de représentant et de gourou, Hermione de conseillère occulte.

Yves pinça les lèvres. « Il y a quand même une difficulté.

— Ah oui ? » Michel balança un chiffon sale dans une caisse à outils piquetée de rouille.

Le ton grinçant, la moue boudeuse de l'adolescent étaient suffisamment éloquents aux yeux d'Yves. Michel manquait à ce point de confiance en lui-même qu'il présupposait l'échec avant même d'entreprendre quoi que ce fût. *Un mou*, se dit Yves. *Il sera facile à supprimer. On se débarrassera de lui dès qu'on aura réussi à s'extirper de ce foutu Bois-aux-Renards.* « Apparemment les flics recherchent une gamine qui séjournait dans un camping. Admète pense qu'ils ont établi des barrages. »

Michel le regarda droit dans les yeux. « Et vous désirez éviter ces barrages, c'est ça ? »

Yves réprima un léger tressaillement. Le petit mécano n'était peut-être pas aussi naïf, pas aussi veule qu'il le croyait. Mais quel prix accordait-il à son salut ? « Amélie et moi avons acheté le T3 d'occasion au début de l'été, expliqua-t-il. Amélie était pressée de partir, nous avons pris la route presque immédiatement et… le véhicule n'est pas en règle. Nous régulariserons la situation à la rentrée, mais pour l'instant…

— Il existe un autre accès plus haut, coupa Michel. Une route officiellement condamnée, mais on l'emprunte parfois. Elle contourne la montagne et aboutit de l'autre côté de la vallée. Il faut bien connaître la région. Je doute que la police sache l'existence de ce chemin. Et les types de l'Office ne s'en préoccuperont pas.

— Et toi, tu pourrais nous y conduire ? »

Michel sourit pour la première fois. Une étrange lueur traversa son regard. « Puisque je vous le propose. »

QUARANTE-TROIS

Le soir apporta sa palpitation bleue tissée d'or. Chloé avait allumé des bougies dans le grand salon. Les lueurs frémissantes anticipaient l'arrivée de la nuit.

Chloé avait conclu sa conversation avec Anna par des mots qui, plus tard, résonneraient différemment. « Tu ne dois pas t'inquiéter. Ce n'est pas ici que tu dois avoir peur. Bois-aux-Renards est un endroit plein de prodiges et d'illusions. Il n'est pas rare que certains s'y perdent. On y trouve parfois ce que l'on cherche, même si cette découverte présente des risques. C'est en ce que l'on désire au fond de soi que réside le danger. Les cœurs les plus durs doivent souvent patienter des mois, des années pour obtenir satisfaction. Les plus tendres ou ceux dont l'égarement confine à la monstruosité peuvent espérer avoir une réponse plus rapide. Il y a depuis toujours des ombres parmi les arbres, et entre ces ombres des apparitions pour qui sait regarder. Je crois que tu en as déjà vu certaines.

— Les renards ?

— Entre autres. Tu en apercevras de nouvelles si tu restes

en ma compagnie. Ces lieux te montreront ce que tu as besoin d'obtenir, de retrouver. Ils te dévoileront les choses oubliées, celles dont il faut se souvenir pour apprendre. Les réminiscences t'aideront à renouer avec l'unité, à reconnaître ton propre destin. Je sais que tu ne comprends pas ce que je dis, enfin pas tout à fait, mais tu devines que quelque chose t'a attirée ici, et que tu ne dois pas repartir avant d'y avoir accédé. Bois-aux-Renards t'indiquera la marche à suivre. Il te suffira de suivre la nature, de l'imiter. »

Anna avait regardé par la baie vitrée. Les arbres, la poussière, le manteau de feuilles mortes et les fougères se dotaient d'une luminosité particulière. Les troncs difformes s'estompaient par endroits, absorbés par les taches claires et sombres de la canopée. Chaque goutte de lumière reçue par la terre s'apparentait à la bénédiction d'une note de musique, les branchages frémissants jouaient une symphonie pour orchestre sans instrument. Anna était demeurée plusieurs minutes en extase devant le panorama silencieux. Jamais encore elle n'avait eu à ce point le sentiment d'appartenir à quelque chose de plus vaste qu'elle. Dans ce monde-là, si différent de l'environnement clos des caravanes, si contraire à l'exiguïté, si éloigné du confinement, le banal et le merveilleux vivaient au coude à coude.

Chloé s'était levée pour allumer d'autres bougies, en prévision de la nuit ou de quelque événement plus insolite. Assise sur le divan, Anna avait contemplé ses allées et venues. Elle aurait voulu l'interroger encore sur son accident, sur la mort de ses parents, sur les renards libérés et sur le signe énigmatique qu'elle semblait attendre, mais l'occupante de la villa avait retrouvé sa mine austère. Elle agissait de nouveau avec l'indifférence calme de celle qui, retirée en elle-même, n'accordait aucune espèce d'importance à la présence d'autrui. Peut-être vivait-elle depuis trop longtemps entourée de ses propres secrets.

Quand l'oxygène commença à se substituer à la cire pour prolonger la combustion, le décor du salon s'anima de tremblements pyrétiques. Elle fit signe à Anna de la suivre à l'extérieur.

Anna foula pieds nus le sol criblé de petits cailloux. Les pierres roulaient et imprimaient des formes étranges dans la peau tendre de sa voûte plantaire. Derrière la fillette scintillaient les fenêtres de la maison. Les lueurs hésitantes des bougies dans le salon éclairé de l'intérieur s'affirmaient avec les incarnations plus noires de la nuit au-dehors.

Chloé défit un à un les boutons de sa chemise. Elle ne quittait pas la fillette du regard. Ses yeux verts, bien que dissimulés pour moitié derrière les lourdes paupières, paraissaient gagner en intensité.

Dès qu'elles étaient sorties de la maison pour gagner l'arrière du bâtiment, Chloé avait quitté ses sandales. Anna l'avait imitée d'instinct.

Ses pieds et ses orteils, émancipés de l'oppression confortable des Stan Smith, avaient joué dans la poussière avec un plaisir inattendu. Impression de renouer après des années de sommeil avec des sensations effacées de la mémoire.

À présent Anna ôtait son t-shirt et, comme Chloé, laissait jouer l'air frais, bientôt froid, sur la peau extraordinairement pâle de son torse. De fines veines bleues couraient sous l'épiderme, à la jonction du sternum et autour des clavicules, soulignant la fragilité apparente de sa constitution, alors que ses bras sales et bronzés attestaient au contraire de la persistance d'une certaine vigueur juvénile.

Chloé inspira profondément, gonfla la poitrine. Ses seins pendaient avec une lourdeur non dépourvue de grâce. Les aréoles se déployaient, larges comme des pétales. Les cicatrices de l'accident s'étendaient sur une partie de son flanc. La gamine se demandait si elle ressentait encore la caresse de la brise sur l'épiderme lésé. Des vergetures dessinaient sur son ventre un réseau de plantes grimpantes. Leur tracé suggérait non la flétrissure mais l'usage raisonnable du temps et des saisons.

La fillette inspira à son tour par le nez. Elle eut presque la sensation du passage des molécules d'oxygène dans sa cloison nasale, de leur tourbillonnement dans sa gorge et au début de ses bronches. Le souffle vital tendait son diaphragme comme une voile, descendait au fond du plexus puis le long des membres pour alimenter le corps entier. Un intense parfum de sève et d'aiguille de pin l'enivrait.

Chloé l'incita d'un geste à respirer encore. La fillette ferma les yeux. Une pression infime s'installait au centre de son front, juste entre les yeux, et chaque respiration l'accentuait. Ses côtes se soulevaient. Elle aurait pu en épouser le plus précis des contours du bout des doigts. Ses tétons se raidissaient, la poitrine totalement plate s'incurvait légèrement pour former de profil, avec son ventre rebondi, un S onctueux.

L'instant d'avant, ses mains retombaient mollement au bout de ses bras, inutiles et empruntées. Maintenant elles se posaient avec assurance sur ses hanches. Le mouvement semblait très naturel. Les os graciles du bassin roulaient sous ses paumes, tandis que les muscles de la sangle abdominale se contractaient en douceur. Inspiration, expiration. L'air continuait de circuler, frais quand il entrait en elle, chaud quand il ressortait. Ce n'était plus de l'air : c'était un rythme, une scansion. De même, la minuscule pression entre les yeux s'exerçait avec la régularité d'un pendule. Elle devint une sorte de métronome sur lequel la gamine fixa son esprit. Lentement le passé s'estompa, le futur disparut. Seul subsista le présent, synecdoque de l'éternité.

Elle ouvrit les paupières, battit des cils. L'obscurité s'était encore intensifiée. Chloé n'avait plus ni pantalon ni culotte. Elle se tenait intégralement nue devant la fillette. La simplicité chassait toute mauvaise honte, toute pudeur mal placée ou gêne absurde.

Son sexe se distinguait à peine dans les ombres qui modelaient son anatomie. On devinait la toison pubienne très fournie, presque entièrement grise. Le bas-ventre arrondi n'avait pas l'épaisseur du surpoids; les fesses, les cuisses, les jarrets se découpaient solidement dans la clarté orangée en provenance du salon.

L'attitude de Chloé suggérait une grande accoutumance au fait de déambuler en tenue d'Ève à l'air libre. Elle se baissa avec un sourire pour ramasser une pleine poignée de feuilles mortes et de petits branchages. Anna l'observa. Elle avait toujours les mains posées sur ses hanches, auriculaires et annulaires sur la toile du bermuda.

Chloé se redressa soudain, envoya la poignée de feuilles sur l'adolescente, mais sans agressivité. Une taquinerie. Anna ne songea même pas à esquiver les petits débris qui rebondirent sur son ventre et ses cuisses avant de s'éparpiller à terre. L'émail des dents de Chloé brilla dans le noir. Son sourire s'élargit. Elle se baissa de nouveau et projeta, sur elle-même cette fois-ci, une nouvelle brassée de végétaux. Puis elle se mit à quatre pattes et, sous peu, roula dans les herbes.

Anna rit. Avant de s'en apercevoir, elle se retrouva avec une moisson de feuilles noires et sèches entre les doigts. Elle éleva les bras au-dessus de sa tête et laissa tomber un à un les fragments, dans sa chevelure, sur son visage et ses épaules. Chloé s'immobilisa, la regardant par en dessous, une étincelle au coin des yeux. *Viens, entre dans le jeu*, semblait-elle murmurer. *Qui te voit ? Regarde autour de toi, cherche. Qui t'empêche ? Qui te dit non ?*

Anna saisit une autre poignée, fit mine de la lancer sur Chloé, qui s'éloigna avec une agilité surprenante, appuyée sur les mains et la pointe des pieds. Sa bouche formait des sons inarticulés. Des jappements, des cris de joie ? *Aboie toi aussi. Qui te retient ?* Sans réfléchir, la fillette se laissa tomber à genoux, ses paumes frappèrent la poussière. Obéissant à une impulsion étonnante, elle s'élança à la poursuite de son aînée.

Chloé feinta, la contourna, revint vers elle. Anna sentait

qu'elle avait du mal à se déplacer, le short entravait ses mouvements. Elle s'en libéra, et dans un même élan ôta également son slip.

Allez, Anna, cours après moi. Sinue, galope, flaire ! Au fond des bois, oui, tout au fond. Et Chloé fonça à travers les buissons. En un instant sa croupe blanche, un peu fanée, s'évanouit dans les fourrés. Anna se rua sur ses talons, aussi nue qu'elle l'avait été le jour de sa naissance.

QUARANTE-QUATRE

Les heures passèrent, englouties dans un néant dont rien ne s'extirpait. Recommencer à vivre à chaque tour de cadran, voilà sans doute là une des plus grandes misères de l'homme. Yves n'avait songé à rien de tout cela, partagé entre l'attente fébrile du soir, puis de la nuit, et encore plus du lendemain matin où, si tout se déroulait conformément au plan qu'il avait échafaudé avec Michel – le jeune homme s'était laissé prendre aux belles paroles, aux promesses d'émancipation du tueur –, lui et Bernadette pourraient enfin quitter le hameau maudit, et une sorte de torpeur qui l'avait placé dans une inactivité paralysante, rythmée par les bruits métalliques des outils, les chocs et les crissements que le mécano faisait naître dans les entrailles des moteurs dont il avait la responsabilité. À vrai dire, ces bruits qui tombaient à présent avec une régularité chronométrique dans les oreilles d'Yves n'en étaient plus vraiment, mais se réduisaient à des vibrations, des ondes intermittentes dont les seules qualités résiduelles – fréquence, amplitude – leur ôtaient toute signification.

Soudain, le soir. Où s'étaient écoulés le temps, et le vide, et les mouvements ? Qu'était-il advenu du dîner pris sur le pouce autour d'une vaste tablée (on l'avait aimablement incité à manger léger), dans un brouhaha lénifiant auquel la fraîcheur de la tombée du jour n'avait apporté qu'une animation de façade ? Bernadette n'y avait pas participé, elle était restée dans la chambre à l'étage du bâtiment d'angle, telle une patiente en phase terminale, un fantôme par anticipation. Yves avait maintenant la conviction que le hameau, ses occupants provisoires, et même l'atmosphère de la montagne et de Bois-aux-Renards possédaient une emprise, exerçaient un charme maléfique sur les étrangers qui s'y aventuraient.

La main tavelée du patriarche s'approcha du large récipient. Il tenait l'allumette entre le pouce et l'index, sans trembler. Léchant brusquement la grande flaque d'alcool, la flamme répandit une vague bleue, incandescente, sur la surface, dans un état d'apesanteur sensuel.

La flambée se déroulait dans la cuisine sombre d'Admète. Tous les habitants ou peu s'en fallait s'y entassaient. Les petits au centre, autour du récipient, les adultes appuyés contre les murs, postés dans les embrasures des portes et des fenêtres. D'une façon étrange, on avait placé Yves parmi les enfants, spectateur géant parmi une assistance de nains, attendant patiemment la distribution des gobelets remplis de feu, que l'on viderait dans un gosier rétracté, sec, terriblement avide.

L'onde couleur propane dansait, grésillait, soufflait ; elle attirait à elle tous les regards. Yves songea à un soir, plusieurs années auparavant, où il lui avait pris la fantaisie d'assister à une veillée funéraire improvisée. La cérémonie se tenait à proximité d'un parc au milieu duquel, la nuit précédente, ils avaient assassiné une femme. Un cadeau pour Bernadette. Certains offraient des fleurs ou des boîtes de chocolats; Yves, lui, donnait des morts à son épouse. Ne voyait-on pas, dans la nature domestiquée, certains prédateurs rapporter des proies à leur maîtresse? Ils déposaient d'abord des cadavres, puis, dans un souci pédagogique (leur maîtresse devait aussi s'exercer à chasser et à tuer par elle-même), des créatures vivantes.

Ce soir-là, comme toute la semaine précédente, Bernadette et lui s'étaient promenés dans les allées du jardin avec leur chien, un épagneul nommé Scarbo, qui n'était pas très affectueux mais qu'ils avaient adopté pour mieux se fondre dans le décor. La présence ponctuelle et rassurante du couple et du chien avait même suscité une connivence distante avec la femme qui effectuait son jogging à heure fixe. Elle en était venue à les saluer d'un infime signe de tête lorsqu'ils se croisaient. Mais finalement Yves avait agi sous le coup d'une impulsion. Il avait profité d'une occasion qui, pensait-il, ne se reproduirait pas. La sportive était passée près d'eux dans une zone éloignée. Le chemin étroit, portion du circuit que dissimulaient les ombres denses de deux rangées d'arbres et les épais buissons, constituait un lieu tout à fait propice. Elle avait reconnu la longue silhouette calme d'Yves, elle avait aperçu sa fidèle compagne Bernadette, identifié le chien. Elle ne s'était pas méfiée.

Au retour de leur expédition, il entendait encore le cri de Bernadette dans son dos, tandis que dans les buissons ses doigts serraient la gorge de la joggeuse. « Tue ! Vas-y, tue-la ! »

Ses mains tremblaient encore.

Maintenant qu'ils étaient revenus dans l'appartement, Bernadette se montrait contrariée. D'une part Scarbo s'était enfui dans les allées, affolé (ils ne le reverraient jamais). D'autre part elle reprochait à Yves les risques encourus, l'amateurisme de sa démarche spontanée. En réalité, soupçonnait-il, elle lui en voulait moins d'avoir agressé la coureuse que d'être passé à l'action sans attendre son ordre. Lui qui espérait lui faire plaisir. Bernadette avait insisté : son acte irraisonné et irraisonnable aurait pu leur coûter cher. Quelle stupidité ! Il lui avait juré qu'on ne l'y reprendrait plus. Désormais il attendrait son signal ou il s'abstiendrait. Ce meurtre impulsif avait au moins un mérite : il révélait à Yves qu'il n'aimait pas tuer sans une consigne claire de sa bien-aimée.

Après leur forfait, ils avaient laissé le corps dans les fourrés ; des employés municipaux avaient découvert la dépouille le lendemain. Le décès de la sportive avait déclenché une psychose dans toute la ville, et il n'était plus une femme seule qui osât aller se dégourdir les jambes dans les espaces verts après la fermeture des bureaux.

Dès le lendemain soir, les habitants du quartier s'étaient réunis près de la grille d'entrée du parc, vite rejoints par une petite foule d'anonymes ou de curieux. Ils avaient dressé un autel de fortune, affiché une grande photo. Les enfants avaient déposé des peluches, dessiné des cœurs, les adultes avaient rédigé des messages, arrangé des fleurs en bouquets sobres. On avait versé des larmes et, à la nuit venue, on avait allumé des chandelles. Des dizaines de flammes s'étaient élevées dans l'obscurité, en quête d'un salut que personne n'accorderait, d'une aide qu'aucun dieu n'entendrait.

Yves s'était fondu dans l'attroupement. Il avait observé les visages recueillis, les gestes de sympathie – éprouver de la sympathie ne signifiait-il pas *souffrir avec*? – et les yeux rougis des passants, des pénitents et de ceux qui, à toute heure, se laissaient surprendre par le prévisible. Il s'était dit alors qu'il faudrait bien qu'un jour, bientôt, quelqu'un les éteigne, toutes ces flammes d'espérance, ces flammes que lui rappelaient à présent les lueurs ardentes dans la maison d'Admète.

On lui passa un verre, gobelet de terre cuite à travers lequel il sentit se diffuser la chaleur de l'alcool brûlé. Il regarda autour de lui tandis qu'on continuait à distribuer les boissons. Sans ordre apparent, sans prêter attention aux autres, chacun engloutit sa ration. Une satisfaction évidente se lut sur les visages. Les enfants, dont les plus jeunes n'avaient pas cinq ans, ne firent pas exception. Yves s'exécuta également. Nulle question, nul étonnement. La flamme bleue descendit dans son œsophage, tournoya dans la poitrine où le cœur, un bref instant, s'affola. Dans un mouvement qu'en d'autres circonstances on aurait pu qualifier de contre-intuitif, elle franchit d'un trait l'anneau pylorique et poursuivit sa reptation dans les boyaux où fermentait la matière, antichambre de toutes les expulsions. Yves imaginait la flore intestinale instantanément ravagée par une caresse aussi douce qu'un jet de napalm. Son anus se contracta, ses testicules entamèrent une manœuvre de repli dans les bourses. Une étrange vague, similaire aux bouffées rances qui empuantissaient les granges fermées trop longtemps en été, lui monta aux narines, colora la peau, ondoya sur la face à la manière d'une irradiation toxique. Ses yeux s'emplirent de larmes. Comment les habitants s'accommodaient-ils des effets destructeurs du brutal élixir ? Cette question n'agita pas longtemps son esprit. Admète se plaça naturellement au centre de l'assemblée. Derrière lui, dans l'ombre latérale du foyer de la cheminée, veillait Hermione. Si l'occulte cérémonie avait nécessité la présence d'une éminence grise, ou plutôt noire, la vieillarde eût convenu à merveille. À contempler la perfection de son immobilité, on aurait pu la confondre avec un jambage sculpté. Son silence exacerbait encore la puissance dont elle semblait investie dans la petite communauté.

Admète avait troqué sa peau de renard encroûtée contre un t-shirt d'un rose délavé. La propreté relative du vêtement n'excusait ni le goût contestable du coloris, ni l'étroitesse de la coupe. En vérité il semblait deux tailles trop court et faisait ressortir la musculature noueuse de son propriétaire dans toute son obscénité. Le vieillard sourit. Plus que jamais, ses dents s'apparentaient à des morceaux d'os carbonisés. Le grand trou mou au bas du visage, cet organe qu'on se plaisait à appeler bouche, présentait chez le patriarche un aspect encore plus répugnant que chez l'être humain ordinaire, songea Yves. Il se fit également la réflexion que sa jovialité excessive confirmait le vieil adage, selon lequel il y avait infiniment plus d'honnêteté dans l'œil d'un serpent que dans le sourire d'un homme.

L'aède prit une grande inspiration, Moloch satirique, inquiétant autant qu'envoûtant, et débuta sa narration.

« En ce temps-là, certains d'entre vous s'en souviennent probablement, on lançait la minijupe et la Renault 16. » Il marqua une courte pause, peut-être afin de laisser aux habitués le temps de situer l'époque ou de reconnaître une histoire ressassée mille fois. Quelque chose disait néanmoins à Yves qu'il livrait davantage ce préambule pour étayer un récit plus soutenu. Une sorte de tour de chauffe avant d'entrer dans le vif du sujet.

« L'homme avait longtemps marché, dit finalement Admète, ses muscles l'avaient longtemps porté, il avait longtemps, longtemps usé ses semelles sous un jour différent. L'été s'étirait, lent, lourd, presque opaque tant la lumière qu'il diffusait éblouissait la rétine, frappait l'œil. Quel aveuglement ! Quelle cécité lorsque au sortir des sous-bois le plein phare de l'astre lumineux le statufiait ! Il était recru de fatigue et il mourait de soif. »

Le récit adoptait lentement son allure de croisière. Admète continua : « Sans savoir pourquoi, l'idée des soldats perses au retour de Salamine s'était logée dans son esprit. Il imaginait les débris de l'armée de Xerxès – vilaine troupe de guerriers humiliés, blessés, malades – tenter de traverser les plaines de Béotie en quête de source claire et s'éteindre finalement, le gosier en feu. Il voyait les silhouettes amaigries, allongées comme des bouts d'allumettes carbonisées sur les berges du Sperchios, il se les figurait dans les champs secs d'Achaïe, sur les étendues arides de Thessalie. Les survivants continuaient d'avancer sans une goutte pour apaiser leur souffrance. Quand il baissait les yeux, la poussière qui s'élevait autour de ses Clarks évoquait à son esprit douloureux la cadence harassée des fantassins morts deux mille cinq cents ans avant lui. En vertu de quelle analogie mentale opérait-il ce rapprochement ? Avait-il occupé autrefois un poste de professeur d'histoire-géographie dans un lycée de banlieue ? S'était-il engagé dans une troupe de théâtre amateur dont la marque de fabrique consistait à offrir une relecture marxiste des récits antiques ? N'était-il qu'un lecteur féru d'Eschyle, ou avait-il été marqué, à titre de simple spectateur, par la saisissante adaptation de la tragédie du massacre de Psyttalie, diffusée sur la RTF l'année précédente ? » Yves était un peu surpris par les références d'Admète. Les adultes, mais aussi les plus jeunes, suivaient son récit avec un naturel, une fascination étonnants. La décoction qu'on leur avait fait ingurgiter favorisait sans doute cette docilité, cette écoute attentive, mais Yves supposait aussi qu'ils connaissaient déjà cette histoire par cœur. Admète se permit même un petit aparté : « Ceux qui ont eu l'occasion de vivre cette expérience stéréophonique – *Les Perses* étant retransmis en modulation de fréquence, il s'agissait de placer son poste de radio derrière la télévision – ont conservé en mémoire cette œuvre envoûtante. La sécheresse martiale du texte, son hiératisme radical se trouvaient exacerbés par le grain du 16 millimètres en noir et blanc, les vues stylisées du palais de Suse épuré à l'extrême… Comment ne pas ressentir la déshydratation, le manque, l'agonie dans les gestes rigoureux du chœur antique ? Mais je m'égare. » Quelques rires dans l'assemblée suggérèrent que le vieillard cédait souvent – non sans facétie – à ces épisodes nostalgiques.

« Revenons à notre homme. Rien n'indiquait au moment où il progressait dans la montagne qu'il pût alimenter ses réflexions, ses obsessions, à la source d'un passé quelconque. Tout juste pouvait-on conjecturer que, fils de ses parents, il avait d'abord erré parmi ses semblables. Il ne lui avait sans doute pas fallu longtemps pour comprendre que les êtres humains, identiques en tout temps et en tout lieu, s'appelaient ivresse, s'appelaient sommeil, s'appelaient oubli. Peut-être avait-il pensé qu'éveillés ils gisaient déjà, et qu'ainsi ils agissaient en aveugles et en sourds. Oui, notre homme avait probablement éprouvé le sentiment ô combien répandu d'évoluer dans un simulacre, il avait sûrement songé que ses contemporains menaient une existence goulue mais sans bonheur, une vie de certitudes et d'appétits, et que ce qu'ils avaient de mieux à faire était encore d'ignorer l'effondrement provoqué par leurs orgies. Les uns se hâtaient d'être, les autres d'avoir été. Existait-il une troisième issue ? Lui-même, soumis à la force des choses comme à l'ordre du monde, avait délibéré autant qu'il l'avait pu avec ces baudruches, ces vessies, ces têtes creuses. Elles ne l'avaient instruit que de la disgrâce, jusqu'à ce que sa raison s'étiole, jusqu'à ce qu'elle devienne infirme et solitaire. »

Une nouvelle dose de carbonat circula. Yves sentait l'étourdissement le gagner par moments.

« Malgré tout l'homme n'avait jamais cessé de concevoir dans son cœur une aspiration, un besoin d'étreindre l'invisible ; en lui se consumait le désir de pratiquer l'égalité de soi avec soi. Les mers lointaines, les sommets enneigés, les plateaux désertiques ou les forêts profondes – enfin tous les lieux reculés – accueillaient depuis toujours ceux qui souhaitaient divorcer de leur espèce. Alors il avait pris la route, il avait quitté un monde trop vieilli à ses yeux, un monde qui n'avait plus la force pour la véritable liberté. Était-il accompagné d'une femme, d'une petite fille, d'un ami ? L'histoire ne le dit pas.

» À chaque croisement s'offraient à lui des chemins étrangement similaires : la droiture ou le gauchissement, l'immobilité ou le mouvement, la croissance ou la dégénération, l'être ou le devenir. Le sensible divisait, mais cela n'avait plus aucune pertinence.

» Il avait longtemps marché, oui. Il s'était d'abord enfoncé dans des bois à peine cicatrisés que la civilisation profanait, se répétant qu'il était encore temps de faire demi-tour, de se réconcilier. Le béton n'était pas si loin, non, et ses promesses pas tout à fait mortes. Mais un formidable appel couvrait déjà les voix susceptibles de le dissuader. Il avait cédé au chant, à l'attraction ; il avait poursuivi son chemin.

» À quoi ressemblait-il, enfoncé avec ses habits de citadin moderne sous un plafond de chênes noirs, anciens et ravagés par le temps ? À un insecte qui rampe vers sa tanière ? À un nouveau-né cherchant à regagner la matrice ? À un être perdu que l'éloignement galvanise ?

» L'échine courbée, il avait franchi des passages obscurs

et compliqués. Ses souliers avaient écrasé dans la terre meuble des cenelles, dont l'enveloppe charnue s'était mélangée à l'humus. Une sensation de glace était montée dans ses entrailles, son âme animée de frissons s'était accoutumée aux sons de la forêt, aux murmures du vent et aux cris des animaux. »

Le conte se poursuivait, les verres circulaient avec une telle régularité qu'Yves en perdit bientôt le compte. Les membres de l'assemblée, d'ailleurs, captivés par les mots du chef, ne prêtaient plus vraiment attention, eux non plus, à la quantité de liquide qu'ils absorbaient. Cela avait-il de l'importance ?

« Et maintenant la soif. Après l'extermination du doute et l'exaltation, après les crampes et les courbatures, après la vive douleur de l'emprise terrestre, la soif simple et nue. Sa dernière miction remontait à vingt-quatre heures auparavant, peut-être trente-six. Signe que ses reins présentaient les premiers symptômes d'une défaillance, la verge avait expulsé un liquide presque noir, que la terre craquelée avait rapidement bu.

» Il s'arrêta un instant, l'oreille dressée. Entendrait-il dans le lointain les clapotis d'une eau claire, le grondement d'une cascade dans une conque ? C'était laisser trop de place à l'espoir. Au tic-tac d'un pic noir perforant les troncs répondait le chant d'une grive musicienne ; dans les fourrés se déplaçaient des reptiles et des rongeurs invisibles, uniquement localisables aux feuilles mortes qui se déchiraient sur leur passage et aux brindilles qui rompaient sous leur poids ; des insectes vrombissaient çà et là, parfaitement conscients de leur trajectoire. De grosses fleurs rouges éclataient à la périphérie de son champ de vision, des écureuils aux yeux saillants l'observaient depuis les branchages des ormes recouverts d'écailles ; dans l'air planaient les milliers de plumes des clématites et des épilobes ; les ailes bleues des lichénées papillotaient comme des battements de cils. Quand il portait son regard sous les étroits feuillages, des nuées de syrphes demeuraient en vol stationnaire dans les rayons solaires, mais brisaient si vite leur immobilité qu'il croyait ses yeux constellés de sédiments furtifs. Un peu plus tôt il avait croisé une martre juchée sur une souche d'arbre, surprise autant que lui de cette rencontre inopinée. Le mustélidé avait eu un court instant d'hésitation, figé comme s'il cherchait à reconnaître quelque chose de vivant dans cette apparition, puis édifié sur cette question il avait disparu en un éclair. L'homme avait également aperçu une harde de sangliers dans une prairie. Les porcs avaient obliqué d'un pas court et décidé pour rejoindre l'abri de la végétation. Ces animaux, ces insectes, ces plantes, il fallait bien qu'ils se désaltèrent, non ? Comment s'abreuvaient-ils ? En cet endroit tout entier voué aux forces de la nature et aux mouvements incessants de la vie primaire, quelle essence supérieure hydratait donc les feuillages et les racines ? Quelle providence humectait les babines, les mufles, les rostres ?

» Il reprit sa marche. Devant ces éclosions, ces frémissements, cette ronde de couleurs tout faisait retraite, excepté le besoin d'eau et la nécessité d'avancer.

» Des paroles incohérentes franchissaient ses lèvres

encroûtées : *je creuse au fond de moi pour aller à la rencontre de ce qui surviendra*. Tout bouillonnait dans son crâne : et les souvenirs, et les objets des souvenirs. Derrière ses yeux de redoutables illusions s'inspiraient d'images récentes : vagues de sangliers, tourbillons de syrphes aux ailes multiples, pelages de martres. Phases d'ombres, déploiements de taches. Et son corps lyophile s'apparentait de plus en plus à une poche d'organes vouée à la momification. Aux agitations de la pensée s'ajoutait le service opiniâtre de la chair. »

La bouche du vieillard s'ouvrait, se fermait, ses lèvres pâles se tordaient sur les gencives, la langue rampait, frappait quand on ne l'attendait pas. Ses gestes avaient le charme douteux de la pitrerie. Il ricanait et l'assemblée l'imitait. Yves se surprit à calquer ses propres réactions sur celles du groupe. Son rire ne lui appartenait pas, et pourtant il était là, bien présent dans sa gorge, il lui secouait le poitrail, contractait les zygomatiques, et les lignes de son visage formaient un masque qu'il imaginait simiesque.

« Le soir descendit, les ténèbres montèrent. La nuit – cette grande nuit où baignait son existence à demi étranglée – avait-elle jamais été autre chose que le prolongement noir de son âme ? Une forme obscure se dessina sur la découpe encore plus obscure de la montagne : un édifice dressé de guingois, une construction de ruine vêtue, mais digne encore sur le vaste étendard du firmament partiellement masqué de nuages. Une tour d'aspect médiéval.

» Ses pas l'en rapprochèrent. Il trouva la voie d'accès presque sans hésitation ni détour. On eût juré que les pierres séculaires l'aimantaient. Pour autant qu'il pût se fier à ses sens, celles-ci lui apparurent alors *ingens, immanis, immensus* : énormes, monstrueuses, immenses. Le bâti possédait un magnétisme, une personnalité tellement clairs qu'en dépit des ténèbres il semblait se dessiner tel qu'il voulait être, non comme on désirait qu'il soit. Cette pensée apaisa le nouvel arrivant. Attribuer un caractère aux choses, et même les investir d'un caprice, c'était d'une part les dépouiller de leur inertie frontale, et d'autre part ôter une partie de leur pouvoir frauduleux aux brumes de la perception.

» Il appliqua la paume sur la maçonnerie sèche, presque friable, s'interrogea sur la géométrie des aspérités. En l'absence de l'œil et sous la pression des doigts, les irrégularités paraissaient figurer l'envers d'une réalité connue, égarée et soudainement retrouvée. Curieuse sensation ! On eût dit que le vide convergeait, que les réseaux se nouaient, que les signes se ranimaient au contact du moellon sur sa peau crasseuse. Il venait de trouver un jalon dans son parcours, son itinéraire prenait sens.

» Dans sa bouche, à l'aplomb de la gorge et jusque dans les bronches palpitait une brûlure qu'aucune cataracte ne pourrait plus noyer ; chaque inspiration brassait des pelletées d'un désert vainqueur de tous les océans. Il avait le sentiment que rien, jamais, ne laverait la silice fondue dans ses voies respiratoires. Néanmoins il parvenait encore à se déplacer. Son instinct le poussa à contourner l'édifice circulaire pour gagner une portion à moitié effondrée.

» L'ouverture devant lui ressemblait à un gouffre horizontal. Que se passerait-il s'il choisissait de s'introduire dans cet antre qui, aux yeux de beaucoup, aurait pu représenter une aberration ? De fait, il s'y introduisit. »

Admète ponctua son récit d'un silence, et ce furent tous les spectateurs qui retinrent leur souffle. Yves lui-même cessa de respirer.

« D'abord ce fut le noir complet ; une obscurité si dense qu'elle parvenait presque – n'eût été la soif qui le taraudait – à annihiler toute sensation. Puis il détecta une présence non loin de lui. Était-ce un mouvement, un bruit furtif qui l'alertait, ou bien un simple pressentiment ? Il tendit les mains en avant pour tenter de discerner les contours, non de la menace, car la présence ne semblait pas malveillante, mais d'un corps étranger qui malgré le manque de preuve formelle voisinerait avec le sien.

» À l'extérieur la lune se découvrit. L'homme devina que, par contraste avec l'endroit où il se trouvait, la nature, les bois et l'environnement de la tour resplendissaient maintenant d'une lueur argentée. Deux petites perles de nacre jumelles scintillèrent dans les ténèbres, sur sa gauche. Elles disparurent subitement, appelées au néant de façon synchrone, avant de réapparaître une fraction de seconde plus tard. De subtiles oscillations les animaient de concert. Des yeux. Sous le regard de ce mystérieux observateur – humain ou animal – l'homme devina que sa propre forme se dessinait dans l'embrasure, pour ainsi dire à contre-jour. Il appela d'une voix faible, rauque, qu'il reconnut à peine. Pas de réponse.

» Il ne quittait pas les billes argentées des yeux. Les étranges reflets qu'elles dégageaient possédaient des nuances qui n'appartenaient pas à l'humain. Or rappelons que ce regard, même s'il n'était pas tout à fait celui d'une espèce douée de raison, demeurait inoffensif et détenait une intelligence propre. La créature cachée dans l'ombre n'exprimait ni peur ni curiosité à son égard. Elle semblait agir comme si sa présence relevait d'une cause efficiente, dont il serait vain de briser la logique. L'homme se préparait à appeler de nouveau, le plus doucement possible, sachant malgré tout que sa voix produirait un croassement sinistre à défaut d'une modulation rassurante, lorsque les yeux de la créature s'éclipsèrent de nouveau. Seulement, cette fois, ils ne réapparurent pas. L'homme tenta de déterminer si l'occupant des lieux se déplaçait, ou bien s'il se cachait plus profondément dans quelque repli noir de l'édifice. Peine perdue. L'observateur, quel qu'il fût, s'était évaporé pour de bon.

» Au bout d'un long moment, uniquement rythmé par les pulsations de son muscle cardiaque et les bruits ordinaires de la vie sauvage à l'extérieur de la tour – stridulation régulière des grillons, cri lointain d'un rongeur victime d'un oiseau de proie nocturne, murmure des feuillages agités par la brise –, il se résolut à bouger. Il ne pouvait rester éternellement dans l'expectative, prisonnier de la position inconfortable du visiteur, mis en porte-à-faux par un hôte désespérément muet et passif. Il ignorait où était passée la créature (existait-elle ailleurs que dans son esprit ?), mais basait sa conduite sur la certitude qu'elle le laisserait tranquille… si elle ne s'était pas tout simplement enfuie par une issue dérobée. Songeant à cette dernière éventualité, il promena son regard alentour. Cet endroit l'oppressait sans qu'il puisse dire pourquoi. Ce sentiment ne venait pas de l'occupant qu'il avait dérangé, non, il s'agissait d'autre chose. Il sonda l'obscurité totale autour de lui, puis les hauteurs, le plafond, et comprit soudain d'où provenait le malaise. La tour ne dévoilait aucune ouverture. Il aurait dû légitimement apercevoir le ciel étoilé par une lucarne, peut-être le firmament par une brèche au sommet de l'abri. Abstraction faite du pan de mur écroulé par lequel il avait trouvé un accès, l'édifice semblait totalement hermétique. On aurait cru que les anciens bâtisseurs avaient érigé une monade parfaite sans autre objet que le vide qu'elle contenait, et l'inutilité apparente de son existence.

» Quand finalement il avança, son pied buta contre un obstacle. Il manqua choir, et la chose eût été regrettable. Tâtonnant, il détermina la nature de l'écueil : celui-ci consistait en une margelle grossière de forme circulaire, vraisemblablement composée de granit et haute d'un mètre environ. La protection bordait une cavité, laquelle libérait un passage vers les entrailles de la terre. Le cœur de l'homme se mit à battre plus fort. S'il ne se trompait pas, il venait de trouver un puits. Pourquoi l'avait-on creusé ici, au milieu d'une tour aveugle ? Son raisonnement d'ailleurs péchait. La véritable question était : pourquoi avait-on érigé une tour sans issue – véritable citadelle miniature – autour d'une cavité précédemment aménagée ? Cet agencement singulier l'intriguait d'autant plus que, maintenant que ses yeux s'accoutumaient à la pénombre, il ne pouvait se départir de l'impression absurde qu'on avait élevé la construction non pour protéger une source éventuelle – restait-il seulement une goutte d'eau dans la nappe souterraine ? –, mais pour empêcher quelque chose de s'en échapper. Un être, une essence, un esprit ? Il secoua la tête. La soif le menait au délire. Les mains tremblantes, il entreprit de localiser une poulie, une potence, n'importe quoi pourvu qu'il puisse sonder l'excavation.

» Il entrevoyait en ce moment la margelle circulaire, dispositif plus lugubre que prometteur, malgré l'espérance que pouvait susciter ce type de maçonnerie. Et en son centre plongeait le gouffre impénétrable, chaudron de nuit similaire dans son opacité à celui de l'entrée accidentelle de la tour. *Les abîmes succèdent aux abîmes*, se dit-il, *une belle métaphore de l'existence, lorsqu'on y songe*. Un abominable ricanement retentit dans l'espace clos. Il se figea, puis s'avisa que ce rire rachitique, ce rire d'agonie, c'était le sien. Plus le temps de tergiverser. S'il continuait à hésiter, à perdre du temps, il mourrait de déshydratation sur place. Déjà ses forces s'amenuisaient, l'énergie si longtemps contenue en lui semblait brusquement s'échapper alors même qu'il discernait peut-être une forme de salut. S'il avait dû trouver une comparaison, il aurait rapproché son déclin préoccupant et soudain d'une flamme de bougie, consumant avec une voracité redoublée les derniers reliquats d'oxygène en milieu confiné. Une multitude de points lumineux apparut derrière ses paupières, surgie d'on ne savait quelle zone retranchée de la conscience ; il vit ces lucioles de mort accorder leur vol pour entamer un lent ballet funèbre ; l'envoûtement se transforma en désorientation, les mouvements hypnotiques en vertige ; il se sentit partir en avant. Ne pas chuter. Établir un contact tangible avec un objet matériel, lutter contre l'étourdissement, la torpeur et le vague espoir d'être soulagé par le trépas. *Il se fait doux ailleurs, mais où ?* Un frisson ardent dissipa les taches claires avant de le ramener à la réalité. Sa main se posa sur un rondin de bois assujetti à la margelle, support rudimentaire d'une traverse en équerre. Prise rassurante. Un seau de méchante facture s'accrochait à une corde élimée. Fallait-il parler de miracle ?

» À l'instant où ses doigts se refermaient sur la corde, il sentit une pression sur sa cuisse. Baissant les yeux, il crut distinguer dans l'obscurité une patte d'animal. Velours roux, extrémité noire, fines attaches. L'animal appuyait sur sa jambe d'un geste amical, semblable à celui des chiens lorsqu'ils sollicitent une faveur ou veulent aider leur maître. Les deux billes de nacre étaient réapparues et l'homme constata sans émoi particulier, simplement étonné – était-il trop épuisé pour éprouver une inquiétude quelconque ? –, qu'il avait affaire à un renard. »

Admète émit un bruit de gorge, entre le glapissement et le cri de joie. Les enfants, les adultes lui firent écho. Grand tapage auquel Yves prêta sa voix malgré lui. C'étaient des *renard ! renard !*, des *ouaf ! ouaf !*, des *tue ! tue !* qui résonnaient dans la salle surpeuplée, surchauffée, surexcitée. Les verres s'entrechoquaient. L'alcool coulait sur les mentons, par terre…

« La main sur la corde, il hésita. Il suffisait d'une traction pour faire descendre le récipient cylindrique dans les profondeurs, mais l'animal essayait de lui dire quelque chose.

Les traits lupins dissimulés dans l'ombre rappelaient d'une certaine manière le chat du Cheshire, sourire et nihilisme en moins. Pour une raison que l'homme ne parvenait pas à démêler, il demeurait pétrifié, incapable d'achever le geste qu'il avait ébauché; geste qui, selon toute vraisemblance, s'apparentait pourtant à un ultime réflexe de survie. Qu'un renard s'approche de lui de cette façon, qu'il veuille le dissuader de plonger le seau dans le trou sombre de la tour sombre ne suscitait nulle réticence dans son esprit, nulle incrédulité. En fait il se rangeait avec une surprenante facilité à cette éventualité : l'animal tentait de l'avertir, il s'appliquait à prévenir une initiative dommageable. Tout se déroulait comme dans un rêve, aussi ne fut-il pas davantage décontenancé d'entendre une voix féminine murmurer : *Tu n'es pas le premier.* Pour être plus exact, c'était une voix de jeune femme, et ses mots ne relevaient pas précisément du conseil, mais de l'indication. *Je m'appelle Chloé*, ajouta-t-elle. »

Chloé, Chloé, murmura en chœur l'assistance. On eût dit l'évocation de quelque divinité oubliée, appelée à mi-voix et ressuscitée en passant de bouche en bouche.

« L'homme se secoua, reprit Admète. Son esprit malmené lui jouait des tours, voilà tout. Personne ne prononçait ces paroles. Quand il regarda de nouveau sa cuisse la patte avait évidemment disparu, de même que les deux billes de nacre. Ce renard, cet être bienveillant qu'il avait imaginé avait regagné le monde chimérique dont il n'aurait jamais dû émerger. Certes, l'homme estimait qu'il avait peut-être dérangé un locataire ayant élu domicile dans la tour, mais il n'existait pas plus de bête parlante que de danger imminent. Juste lui, le puits et la soif. Sa main tira sur la corde, la poulie commença à se dévider.

» *Tu n'es pas le premier, tu n'es pas le premier...* L'étrange présage se répétait dans sa tête avec la force d'une incantation, alors que le seau atteignait la base du puits. Un raclement résonna contre les parois circulaires, mais d'autres bruits l'accompagnaient. S'il tendait l'oreille, il lui semblait bien percevoir des clapotis, l'agitation légère d'une substance aqueuse dans les profondeurs de la terre. Il n'osait y croire. La perspective d'obtenir à boire donnait à la moindre respiration, au plus petit souffle entre ses lèvres le pouvoir d'assécher les ultimes réserves d'eau du corps. C'était à présent une question de minutes, de secondes... Il fit brièvement jouer le récipient au bout de la corde pour recueillir ce qui pouvait l'être, et se hâta de remonter sa moisson. Le seau plein rebondissait frénétiquement contre la maçonnerie. *Bientôt, allez, bientôt, encore une traction, bon sang, encore un effort...* Il halait sa charge avec des gémissements de forçat, serrait le toron de chanvre dans ses mains meurtries, les muscles de ses bras le brûlaient, des aiguilles chauffées à blanc traversaient sa poitrine. *Tu n'es pas le premier...*

» Soudain, un claquement sec comme une détonation, dont l'écho se répercute sur les murs de la tour; la corde qui lâche, se déroule à la vitesse d'un fouet; le contrepoids qui cesse d'exister et les mains qui brusquement ne retiennent plus rien...

» L'homme partit à la renverse. Il chuta durement sur le

dos, les quatre fers en l'air. Une douleur fulgurante lui déchira les reins.

» Succession de chocs assourdissants. Après avoir heurté la gaine du puits tout au long d'une chute aveugle, le seau percuta avec fracas le fond du puits. Et ce fut le silence.

» Hébété, l'homme fixa la corde rompue entre ses doigts tremblants. Son organisme contenait-il encore assez de fluide corporel pour qu'il pût verser des larmes ? Il l'ignorait. Mais une plainte sourde monta en lui, prit de l'ampleur, se transforma en hurlement d'impuissance. Son cri se conclut par une quinte de toux qui lui coupa le souffle. *C'est la fin*, se dit-il. Par une curieuse association d'idées, il se souvint d'une inscription latine que l'on trouvait parfois sur les tombes de l'Empire romain : NF. F. NS. NC. *Non fui, fui, non sum, non curo* : je n'étais pas, je fus, je ne suis plus, peu importe. Mais personne ne creuserait de tombe pour lui dans cet endroit-ci.

» *Tais-toi*, s'admonesta-t-il intérieurement. *Arrête de gémir et réfléchis.* Il avait trois possibilités. Deux d'entre elles aboutissaient à des impasses, la troisième serait au mieux un sursis. Il pouvait se remettre en route, quitter la tour, se soustraire aux mystérieuses influences qui l'avaient guidé en ce lieu, s'enfoncer encore dans la forêt… Mais dans ce cas-là il n'irait pas loin. Ses forces l'avaient abandonné.

» Il pouvait aussi demeurer sur place, à pleurer sur son sort et à maudire le Créateur. Cette deuxième option, pour cathartique qu'elle fût, n'offrait pas de débouchés plus satisfaisants. Il s'agissait en dernière analyse de se résigner à sa propre disparition.

» Il existait en revanche une dernière solution. Les chances que l'entreprise se voie couronnée de succès frôlaient l'infinitésimal, et l'on ne devait pas écarter la possibilité qu'elle prolonge l'agonie plutôt que la vie, toutefois l'homme estima au bout d'un moment que s'il devait mourir, autant que ce soit en tentant d'interrompre la torture de la soif.

» Il se leva péniblement, déplia sa carcasse que, déjà, le temps de la réflexion avait commencé d'enraciner au sol. Les douleurs dans ses articulations suggéraient que durant sa brève période d'immobilité son enveloppe corporelle s'était presque solidifiée, menaçant de retourner prématurément à l'état minéral. Il s'approcha de la margelle, se pencha au-dessus de l'orifice béant. Quelques instants auparavant celui-ci avait littéralement absorbé le seau et son contenu, et à présent l'homme s'apprêtait à y descendre. L'à-pic ne le décourageait pas, sa résolution était prise. Il allait tenter, calé contre la paroi et profitant au mieux des aspérités du conduit vertical, d'atteindre le fond du puits.

» Une fois en bas, peut-être serait-il en mesure de récupérer ses forces, peut-être mobiliserait-il assez de volonté ou d'ingéniosité pour remonter. Peut-être pas. *Non curo.* Il enjamba la bordure de pierre, trouva appui sur l'arc opposé afin d'y fixer ses pieds, puis laissa glisser son échine contre la paroi. Ses doigts, appendices gourds et malhabiles, trouvèrent où ils purent des anfractuosités où s'insinuer. Quand il fut certain de sa posture, le dos droit, les jambes à quatre-vingt-dix degrés, il débuta sa prudente reptation dans le sens de la pesanteur.

» Combien de temps dura sa progression ? Chaque centimètre, chaque frottement le rapprochait du but, seulement les muscles tétanisés brandissaient à tout bout de champ des ultimatums, bientôt ce serait le sauve-qui-peut, l'abandon, la désertion. Grève générale, fermez les rideaux ! Il ne pouvait pas laisser pareille démission advenir, aussi portait-il ses efforts non en direction de la conciliation, que des pauses régulières auraient pu favoriser, mais vers une cadence redoublée, une hâte qui ressemblait beaucoup à la précipitation. Les généraux d'armées en déroute connaissaient parfaitement ce mouvement paradoxal.

» Une forte odeur montait des profondeurs de l'excavation centenaire, millénaire peut-être. À mesure qu'il s'enfonçait dans les insondables ténèbres, il avait l'impression d'accéder à des âges reculés de la civilisation. Le puits, dans sa version primitive du moins – version qui correspondait aux niveaux inférieurs, comme ces autels des premiers chrétiens enfouis dans les catacombes des cathédrales gothiques –, semblait avoir été creusé dans la roche par une race disparue ; une race aux mœurs aussi barbares qu'incompréhensibles ; une race dont les desseins, les croyances, les rites occultes dépassaient l'entendement de l'homme moderne livré depuis trop longtemps aux confortables orthèses du progrès. Cette odeur évoquait l'eau croupie, les champignons, la bourbe, la moisissure… Ô délice, ô merveille des merveilles ! Il aurait pu en saliver d'avance si sa bouche avait été moins sèche que les poussières du Sahara. Il s'en fallait de peu qu'il sente un liquide clair suinter des parois. Il avait presque la sensation qu'en pivotant il pourrait lécher le ruissellement de la roche, qu'il lui suffirait de se tourner pour laper la sueur de la terre. Bien entendu il ne pouvait se permettre pareille contorsion, sous peine d'une redoutable culbute. Cependant l'humidité qu'il croyait détecter accentuait l'urgence et la détresse. Plus il descendait, plus la promptitude devenait témérité. Ce qu'il avait commencé avec précaution, il le poursuivait avec affolement ; l'attraction du globe achevait la transition du geste à l'emportement. Une règle inflexible, quoique rarement formulée, régissait les lois de la gravitation universelle : celui qui se croyait trop lourd tombait. C'est ainsi que l'inévitable se produisit.

» L'un de ses pieds, qu'il croyait pourtant fermement assuré, glissa sur la pierre trempée... Était-elle réellement trempée d'ailleurs ? Et quid de l'odeur d'humidité, cette odeur qu'il avait la conviction de sentir ? Rien n'indiquait qu'il n'eût pas cédé à un effet de son imagination, ou qu'il ne se fût laissé prendre à un reflet de son désir intime... Doutes risibles, doutes dérisoires. Du reste il n'eut pas le loisir d'approfondir ces questions car l'autre pied céda à son tour et il bascula en avant sans pouvoir se retenir.

» L'espace d'un instant il éprouva un curieux sentiment de lévitation, une agréable absence de pesanteur. Certes cela ne supprimait pas la soif, mais le vent frais de la chute et la soudaine liberté de mouvement procuraient un soulagement fugace, d'où s'absentait fort singulièrement la crainte de l'impact. Le choc fut si violent qu'il sombra dans le néant sans en avoir conscience. »

Yves faillit rendre le dernier verre sur ses cuisses, mais

parvint finalement à l'ingurgiter. Il essuya son front avec l'avant-bras; sa manche de chemise était trempée ; son corps recrachait l'alcool par tous les pores; il se liquéfiait. Mais avait-il jamais été, comme ses semblables, davantage qu'un composé de sécrétions, d'humeurs et de sanies?

Le conte d'Admète, terrible odyssée d'un homme étranger au monde comme à lui-même, se poursuivait. Se pouvait-il que le fabuliste eût incorporé des détails biographiques dans son histoire?

« L'eau, enfin. L'eau dans sa bouche et sur sa peau, dans ses yeux, sous les paupières, dans les narines et les sinus. L'eau dans toutes les cavités du corps, circulant en de lents remous pour laver la poussière, la saleté, les peaux mortes agglomérées, les croûtes suppurantes, la crasse solidifiée. L'eau dans ses veines et dans son cœur, dans ses poumons même. Par quel miracle ne s'était-il pas noyé? Il nageait mollement en cercle, dans un fond aqueux qu'il ne discernait pas, mais dont il devinait l'étendue et la profondeur : un peu moins de deux mètres car la pointe de ses Clarks touchaient le fond mou, probablement tapissé de vase. Ses mains se posèrent sur les parois glissantes et fraîches. Il but encore. Le liquide avait un goût de rouille, mais cela ne l'incommodait pas. Il en aurait avalé des téralitres, si la chose avait été possible. Une sensation déplaisante subsistait néanmoins au creux de son estomac. Il avait du mal à la définir. À quoi tenait cet inconfort? Il poursuivit sa ronde dans l'eau, davantage pour revivifier ses muscles engourdis et s'éclaircir les idées que pour explorer le périmètre restreint au sein duquel il évoluait. La circonférence du puits à sa base ne laissait guère espérer d'échappatoire. Il leva les yeux. Un petit point fixe, légèrement moins sombre que la nuit de goudron dans laquelle s'engluait le reste de son champ de vision, se dessinait en hauteur. L'homme devinait qu'il s'agissait de l'entrée du puits. À la distance où elle se trouvait, ses dimensions n'excédaient pas celles d'une noix ou d'une tomate cerise. Le moindre bruit qu'il faisait en se déplaçant – sa respiration, les mouvements de ses mains dans l'onde – se trouvait amplifié au-delà du raisonnable. Lentement, le soulagement laissait la place à l'inquiétude. Les gestes de la nage perdaient en amplitude, gagnaient en frénésie. Il sentait son cœur battre plus vite. Et la sensation oppressante dans son estomac, ce sentiment d'incomplétude qu'il ne comprenait pas, refusait de s'apaiser. *Calme-toi, réfléchis.* Il fit un effort pour mieux respirer, manqua s'étouffer en avalant de l'eau. Terrible vacarme de la toux. Les murs courbés répercutaient ses éructations, déformaient les ondes sonores comme des courants de particules dans un cyclotron. Il ne nageait plus, il se débattait. Ses mains tentaient en vain d'agripper les parois, de dénicher une prise sur les pierres couvertes de mousse poisseuse. Alors que, près d'abandonner, il laissait déjà le désespoir triompher, ses doigts accrochèrent un espace assez large environ trente centimètres au-dessus du niveau de l'eau. Il s'agissait vraisemblablement d'un morceau de pierre descellée ou d'un fragment de mortier qui avait sauté. Ce n'était peut-être pas suffisant, mais l'homme songea qu'il pouvait se servir de ce premier appui pour se hisser un peu plus haut et chercher une autre prise, un autre accident dans la roche.

Ses doigts plongèrent au maximum dans l'anfractuosité, il força sur l'épaule, banda le trapèze et le grand rond. L'angulaire haussa l'omoplate. La poussée d'Archimède fit le reste. Quand il atteindrait la margelle, s'il l'atteignait un jour, retrouverait-il l'animal qui hantait la tour, la bête amicale qui avait tenté de le prévenir ?

» Son pauvre corps, ses tendons étirés, ses muscles tremblants s'élevaient maintenant au-dessus de l'eau noire. Il frissonnait, claquait des dents sans pouvoir s'arrêter. L'ascension ne l'avait pas mené bien haut. Quel intervalle avait-il franchi ? Un mètre, deux mètres ? En tout cas la circonférence de l'entrée du puits, tout là-haut, ne s'était pas élargie d'un pouce. Cramponné à la paroi, le ventre plaqué contre les pierres irrégulières (il n'avait pas réussi à se retourner pour appuyer ses jambes et son dos ainsi qu'il l'avait fait au cours de la descente), il se disait qu'il n'arriverait jamais à sortir par où il était entré ; il ne tiendrait pas, c'était aussi simple que cela. Comme pour confirmer ce jugement pessimiste, ses bras abdiquèrent, les jambes suivirent, et il replongea dans la flotte, que pourtant il avait souhaitée de toute son âme des jours durant.

» Il envisagea un bref instant de se laisser couler, d'accepter enfin la paix que la noyade promettait, mais un sursaut le ramena à la raison. Non qu'une fulgurance ou une idée géniale lui eût traversé l'esprit, loin de là, mais la sensation déplaisante dans son ventre persistait, comme si elle s'obstinait à lui adresser un message qu'il restait incapable de déchiffrer.

» Il pesa ses alternatives, qui n'étaient guère nombreuses

au demeurant. S'il ne pouvait s'échapper par le sommet, il devait forcément tenter sa chance vers le bas. *Cette eau*, se dit-il, *elle provient bien de quelque part, non ?*

» L'éventualité d'un tunnel souterrain devenait brusquement concevable, voire parfaitement logique, et il s'étonnait de n'y avoir pas songé plus tôt. Au pire, il en serait quitte pour une petite séance d'apnée… Rien ne lui interdirait de prolonger l'immersion jusqu'au bout en cas d'échec. Ce fut sur ces résolutions qu'il effectua une série de larges brasses sur place, qu'il prit une grande inspiration, et qu'il plongea à la verticale dans l'opacité des flots. »

À la lueur de l'âtre, le visage d'Admète tremblotait comme s'il avait une forte fièvre. Chaque mot frappait comme une vilaine gifle, poinçonnait le réel. Encore un peu et il mettrait le diable au chômage.

« Il remuait l'épaisse masse autour de lui comme on écarterait des tentures de velours superposées à l'infini. Ses mains empoignaient des tissus mous qui s'effilochaient sous ses doigts, ses paumes se posèrent sur un généreux lit d'algues, déroulé à la manière d'un tapis gorgé d'humeurs suspectes sur le fond de la cavité. Il poursuivit son exploration sur la droite, effleura la base du mur, la longea. Ses poumons paraissaient croître à l'intérieur de sa poitrine, augmentant la poussée sur le gril costal. Il tint bon, accentuant le battement de ses jambes pour avancer plus vite. Soudain, victoire ! Les tâtonnements cessèrent, l'un de ses bras pénétra dans un vide qui ne pouvait être qu'un passage sous la roche. Il se préoccuperait plus tard de savoir si ce passage se terminait en impasse ou s'il débouchait dans une autre chambre, dans une grotte, à l'air libre pourquoi pas.

» Il remonta à la surface pour reprendre sa respiration. Une sorte d'allégresse emplissait son âme. L'inconfort subsistait au niveau de l'abdomen, mais il n'y prêtait plus attention. Grande goulée d'air, et rebelote : les tentures de velours, le tapis gorgé d'humeurs, et l'issue possible, dans laquelle cette fois-ci il s'engouffra entièrement. Le passage semblait praticable; en tout cas il pouvait progresser sans trop de gêne, quoi qu'il heurtât parfois tantôt du coude, tantôt du genou un angle ou une pierre saillante. Il ne se posait pas la question d'un retour éventuel. Et que le goulot devînt trop étroit pour faire demi-tour, cette idée ne l'effleurait pas. Simplement il continuait de nager, d'avancer avec détermination. La sensation dans ses tripes devenait plus intense, plus gourmande, plus vorace. Elle remontait à présent dans sa poitrine, dans sa gorge, envahissait la bouche, déposait un voile rêche sur la langue, les dents, les amygdales. Il cessa de se propulser, hésita. Cette sensation, il l'identifiait maintenant, il la reconnaissait. Son cœur manqua un battement lorsqu'il comprit qu'en réalité elle n'avait jamais cessé. La soif. La soif et son règne démesuré, total, suprême. Alors il ouvrit largement la bouche, non seulement pour crier mais pour avaler toute l'eau du monde.

» Il reprit connaissance sur un sol dur et froid. Son dos l'élançait à partir des reins. La douleur remontait l'écheveau des nerfs le long de la colonne vertébrale, dessinant de petites araignées brûlantes sur l'épine dorsale. Ensuite les arachnides bifurquaient et se dissolvaient dans la constellation de veines bleues au-dessus de l'omoplate droite. Mais sous la ceinture il ne ressentait plus rien. Il sollicita ses jambes, sans succès. Les membres inférieurs, aussi inertes que du bois mort, semblaient peser des tonnes ; l'un d'eux se pliait à un angle improbable. Il pouvait voir l'os du fémur qui avait traversé la toile du pantalon, pourtant il n'éprouvait pas la moindre souffrance, pas la moindre sensation. Attendez un peu... Il pouvait voir l'os ? »

Les spectateurs bavaient, salivaient. À un moment donné, porté par le délire, Yves avait cru céder à ses pulsions. Sa main s'était plaquée sur ses reins, à la recherche du couteau à lame crantée. Il fut à deux doigts de se jeter dans la foule, de poignarder à l'aveugle, de trancher les chairs, de rompre les veines et les tendons. Un beau massacre, le sang qui giclait... le sang l'aurait lavé. Il se serait baigné dans le liquide chaud, les tripes auraient fait litière. Mais à cet instant on lui avait posé la main sur l'épaule, peut-être pour le ramener à la réalité. Ses voisins lui souriaient. Qui savait à quels fantasmes ils se livraient eux aussi, dans la clandestinité de leur âme ?

« L'homme leva les yeux. Tout là-haut, au sommet du puits, Artémis cornue diffusait une lumière diaphane. Qui savait par quel prodige la clarté blême s'infiltrait dans la tour ? L'étrangeté jusqu'à présent masquée de la déesse – Séléné lorsque son ventre s'arrondissait, Artémis quand il se creusait, et Hécate au renouveau du cycle – se montrait désormais par l'orifice en surplomb. Sénèque prétendait qu'Artémis dans le char d'Ouranos, autrement dit en plein jour, convoquait en arme des pavots plus puissants que Nyx elle-même. D'où l'homme tenait-il ces informations ? Si seulement il avait pu s'en souvenir. Une certitude cependant prenait consistance dans son cerveau : sa situation actuelle était bien plus réelle que la précédente, celle où il avait cru succomber à l'immersion. Bien plus désespérée aussi, si cela s'avérait possible. Autour de lui, la terre était aussi sèche qu'un œil sans larme, aussi dépourvue d'humidité qu'un désert de sel. Ce puits avait-il jamais contenu une seule goutte d'eau ? Quand il voulut se redresser, ses mains se posèrent sur des masses blanchâtres d'aspect divers, instables, qu'il eut d'abord du mal à identifier. Son esprit refusait-il l'évidence ? Préférait-il exploiter la faiblesse de la clarté lunaire pour nourrir le doute ? Il lui fallut un instant pour tracer une image cohérente dans son esprit, et son organisme réagit avant même que cette image ne s'esquisse. Un rire atroce, similaire à celui qui l'avait saisi lorsqu'il était entré dans la tour, se courba dans ses entrailles, prit de l'élan avant de s'élancer à l'extérieur. Quels soupirs ! Quels ahanements ! Quels hoquets ! La folie progressait par spasmes tandis qu'hilare il embrassait du regard son environnement.

» Des os. Des os humains. Il gisait au beau milieu d'une forêt de squelettes. Un examen plus attentif lui permit de constater que des dizaines de seaux à différents stades d'usure, accompagnés d'autant de cordes rompues, parsemaient le fond de ce maudit puits. Son rire s'accentua. Il ne boirait pas aujourd'hui. »

Admète haleta dans une parodie de rire prodromique.

Les faux gémissements se répandirent dans l'assemblée, les visages grimaçants se multiplièrent sous le poids d'une douleur paradoxale. On mimait à la perfection l'union du plaisir et de la souffrance. Les participants semblaient atteints de sténose. On prit Yves par les bras et on le balança à droite, à gauche, au rythme de la plainte régulière. Lui, il soufflait en cadence, imprimait de l'élan supplémentaire à la houle humaine, apportait sa contribution au chorus. Rêvait-il ? Gisait-il, ivre mort, dans la salle à présent désertée ?

Admète redevint sérieux. Il reprit la parole d'une voix adoucie, acheminant son récit vers une conclusion habituelle, que personne n'écoutait vraiment. « Un petit visage rond s'inscrivit dans le cercle de lumière ténue en hauteur. La clarté, quoique relativement pâle, indiquait par son inclinaison et sa franchise que le jour s'était levé à l'extérieur de la tour. Penchée au-dessus du puits, la jeune femme en examinait le fond. De longues mèches de cheveux cuivrés encadraient ses traits encore lisses. Elle portait une longue cicatrice sur la jambe, fantôme d'un accident survenu dans l'enfance. Son regard vert conférait à sa physionomie un singulier magnétisme, mélange de pénétration et de distance. On aurait pu croire à l'incarnation de quelque entité chtonienne ou d'une vigie chargée de veiller sur l'horizon des choses. Durant un long moment, elle scruta en silence, avec une certaine gravité, les profondeurs de l'excavation dont elle semblait discerner les plus infimes détails.

» L'homme gisait au milieu du grand tas d'os blanchis par les saisons. Il ne respirait plus. Sa langue craquelée, presque noire à force d'être grise, s'était frayé un chemin entre une paire de lèvres distendues par un rire terminal. La peau s'affaissait déjà par endroits, des taches sombres sourdaient des profondeurs tissulaires. La nécrose révélait toujours une personnalité cachée. Il n'était pas rare que celle-ci fût plus authentique, plus belle qu'elle ne l'avait été lorsque l'individu appartenait encore au monde des vivants. »

Yves était-il mort ? L'avait-on supprimé après qu'il s'était attaqué à l'assemblée avec son couteau ? Hermione, dans son encoignure obscure, l'observait avec des yeux pareils à des billes d'onyx. Tous les convives s'agitaient et elle, sans un mouvement, tirait les ficelles. Yves ne la dévisagea pas très longtemps. Rapidement il fut de nouveau entraîné par le charivari, l'empoigne, les secousses et les spasmes terribles d'une transe qui refusait d'abdiquer. *Assez ! Je vous en prie !*

Admète ressemblait à un artificier qui, après avoir allumé les mèches de ses fusées, ne se préoccupait plus du spectacle pyrotechnique qu'il avait pourtant initié. Indifférent au tumulte, il conclut son récit dans un murmure. « Chloé descendit de la margelle sans un mot. Le nouveau seau qu'elle avait récupéré dans le vestibule de la belle maison reposait près de l'endroit où le mur de la tour s'était effondré. Elle l'apporta jusqu'à la potence. Une vieille corde était déjà nouée à l'anse. La gamine se hissa au niveau du montant vertical puis, les bras tendus, enroula l'autre extrémité de la corde autour de la poulie. Ses gestes assurés trahissaient une réelle accoutumance. Lorsque l'opération fut achevée, elle sauta au bas du garde-corps et se retira calmement dans la partie la plus obscure de la tour. Il lui incombait de garder le puits, d'accueillir les visiteurs.

» Combien de temps resterait-elle à son poste ? Aussi longtemps que la divinité des lieux l'exigerait. Cette divinité veillait depuis toujours sur la forêt et sur les animaux et sur les insectes ; c'était elle qui ordonnait le mouvement des étoiles et celui du cœur des hommes ; elle également qui garantissait l'équilibre des forces élémentaires. Peut-être qu'un jour une nouvelle sentinelle viendrait ; une autre personne qui comprendrait la nécessité de sa propre existence, l'importance de sa présence ; une femme suffisamment lucide, suffisamment forte pour prendre la relève. Mais pour l'instant Chloé attendait. »

L'ancêtre se tut enfin. Mais pas les spectateurs.

Yves tomba à genoux dans des flaques d'alcool, dans des crachats ou dans le chyme d'une substance régurgitée. On s'esclaffa, on lui tapa dans le dos, on lui fourra un autre gobelet entre les mains, on l'aida à porter le récipient à sa bouche, à l'incliner. La lymphe éthylique coula dans la cavité buccale, sur son menton et sa poitrine. Il toussa, il s'étouffa. Encore un verre. Tuer. L'alcool brouillait tout, les éructations se mélangeaient aux rires. Plus la force. Tuer. *Assez !* Maintenant il était à terre, et l'on dansait à la ronde, des trépignements furieux, une chorégraphie déstructurée de souliers crottés, de baskets usagées, de pieds nus aux orteils crasseux. On frappait le sol, on entamait une farandole autour de lui. Autour de son cadavre, pensait-il. Il ferma les yeux. Peut-être était-ce ainsi, bégaya son esprit, peut-être, oui, peut-être était-ce ainsi qu'ils se débarrassaient des importuns, ainsi, peut-être ainsi qu'ils éliminaient les visiteurs...

Malgré ses idées en ébullition, une considération s'attardait dans sa conscience. Il avait refusé de lui accorder le crédit nécessaire durant l'après-midi qu'il avait passé avec Michel, mais se trouvait bien forcé, à présent, de l'envisager plus sérieusement. Le Volkswagen allait-il alimenter la réserve de pièces détachées, comme les autres véhicules à l'arrière du bâtiment principal ? Tous ces gens qui disparaissaient dans les profondeurs de Bois-aux-Renards, étaient-ce leurs voitures qui pourrissaient sur le terre-plein des hameaux, à l'abri des regards indiscrets ?

Yves se demandait pourquoi il avait choisi d'ignorer les signaux d'alerte qu'en temps normal son cerveau lui adressait. La fatigue devenait-elle trop importante pour continuer, gagnait-elle enfin la partie après des années d'indécision, d'errance ? Le moment était-il venu pour lui, pour Bernadette, de se reposer et d'abandonner leur corps, leurs possessions, à la volonté d'un groupe de prédateurs rencontré par hasard ? Avait-il embrassé dans l'intervalle d'un coup d'œil la fuite muette des longues saisons, pour réaliser brusquement qu'il avait eu son content de pulsations cardiaques ?

Il revit sa femme le jour où elle lui avait annoncé qu'elle attendait un bébé, *son* bébé. Elle n'avait jamais été aussi belle qu'à cet instant-là, quand tout paraissait encore possible.

Qu'allait-il advenir d'elle ? Comptaient-ils l'éliminer dès qu'il aurait rendu l'âme ? S'en étaient-ils déjà chargés, tandis qu'il hurlait, riait, buvait en compagnie des villageois ?

Finissons-en, qu'on n'en parle plus. C'est moi, Seigneur, ta brebis. Même dans mon égarement – cet égarement que tu as ordonné –, t'ai-je jamais désobéi ? Et dans mon divorce – ce divorce que tu as pourtant réclamé –, t'ai-je jamais quitté ?

Mais Yves ne se faisait pas d'illusion. Dieu avait griffonné depuis longtemps quelques mots sur la queue de son destin : cette nuit-là, ni son calvaire ni la fatigue ne connaîtraient de terme. Quoi qu'il fût aussi prêt qu'on puisse l'être à revoir son Créateur, l'heure n'avait pas encore sonné. *Si tu tiens à être crucifié, attends, et la croix viendra.*

De robustes mains le saisirent sous les bras, on le souleva. En un clin d'œil il renoua avec la station verticale. Ses jambes vacillantes n'offraient pas plus de stabilité qu'une paire de béquilles en caoutchouc fondu. Une douleur cuisante palpitait sur sa joue. Venait-on de le gifler pour le ramener à la conscience ? Des rires, des gloussements. Il cligna des paupières. Admète tenait à présent sa mâchoire dans l'étau de ses doigts courts et carrés, il plongeait son regard amusé dans le sien. « Allons, la soirée ne fait que commencer. Vous n'allez pas nous quitter déjà ? »

Yves balbutia une réponse inintelligible.

« Merveilleux ! » exulta Admète. Plusieurs cris de satisfaction retentirent. Il continua : « Nous avons encore de belles réjouissances qui vous attendent. Vous n'allez pas être déçu. »

Yves se laissa emporter à l'extérieur, les bras écartés, la tête inclinée sur le côté. Son menton touchait presque l'épaule gauche, le côté du cœur. Pour un peu il aurait cru figurer dans un *tenebroso* du Caravage. *Ô Dieu, mène-moi où tu as fixé que je dois me rendre. Je te suivrai sans hésiter, car si je résistais en devenant méchant, je ne te suivrais pas moins.*

Le tueur s'assit par terre, dans la poussière, ou bien on le laissa choir. L'instant d'avant il était debout, chahuté, ballotté d'un bord et de l'autre par une horde de braillards, et soudain il se retrouvait sur son séant, les fesses meurtries par le gravier pointu, à contempler un spectacle qu'il ne comprenait pas.

Plusieurs adultes avaient pris place auprès de lui, dans des conditions peu ou prou similaires. Les silhouettes se dessinaient par intermittence car on avait allumé des flambeaux autour de la place. Les torches paraissaient trop faibles pour à vaincre les ténèbres de la nuit. Rien ne ressemblait plus à un voile aveuglant qu'une ombre protectrice. Les vastes constellations accomplissaient leur révolution céleste, tandis que lui demeurait rivé au sol, immobile.

Des formes évoluaient autour de lui. On se préparait, on disposait, on mettait en scène. Les découpes en mouvement s'incarnaient brièvement lorsque d'aventure elles occultaient le flamboiement des mèches, avant de se dissoudre dans des orbites plus larges, dont le circuit dénotait une organisation éprouvée.

Était-ce un effet des molécules d'éthylène qui couraient dans son sang et intoxiquaient son organisme ? Une chose écœurante et visqueuse dans son estomac menaçait d'en sortir et de se retourner sur elle-même pour l'engloutir, englobant la sensation et le sujet en une nausée totale. Le haut-le-cœur jusqu'alors localisé dans le bas-ventre se répandrait désormais sur le monde, sur l'univers, sans espoir de réconciliation. Yves avait conscience de l'hébétude avec laquelle il ne parvenait pas à rompre, de la stupeur impossible à fuir. Les pensées le secouaient, provoquaient des impacts mous à la surface de son psychisme. Les ondes de choc n'étaient pas sans rappeler les traits concentriques que produisait une pierre lancée au contact d'un liquide épais; elles évoquaient des tremblements gélatineux vite absorbés par un limon tendineux. Peut-être que cette nausée avait toujours existé, se dit-il. Peut-être qu'elle l'avait toujours attendu, précédant son arrivée au monde, et qu'aujourd'hui il la rencontrait enfin, il l'identifiait, il la reconnaissait, il l'épousait, il y succombait.

Une brûlure se répandait sur son front. Quelque cataplasme incandescent semblait rayonner sur ses tempes et son cuir chevelu. Il palpa machinalement son crâne, redoutant confusément de sentir sous ses doigts la texture élastique du tissu cérébral.

« N'y touchez pas », conseilla une voix près de lui.

Yves battit des paupières, surpris de constater que le jeune Michel s'était installé à côté de lui. L'adolescent parlait sur un ton amical, presque attendri. « C'est votre couronne. Pour ce soir, vous êtes le roi. Notre roi. »

Yves retira sa main, examina la paume à la lumière incertaine des flambeaux. Une myriade de petites piqûres irritait la peau, il sentait les dermatoglyphes palpiter, enfler. Les traces noires qu'il détectait sur la pulpe auraient pu être du sang : résidus d'une plaie sur la face palmaire ou d'un front ouvert.

« Une couronne ? »

Les lèvres tendues de Michel se plaquèrent sur ses gencives, les sillons nasogéniens s'accentuèrent, la dentition se révéla lentement, remplie d'éclats de porcelaine. Il avait de grands yeux à la fois sombres et étincelants, d'une couleur indécise. L'arc des sourcils exprimait une affabilité qu'un léger froncement poussait à la gravité. « Orties et chardons. Ne tentez pas de la retirer, vous vous blesseriez plus sérieusement. »

Yves aurait voulu bondir sur ses pieds, jeter l'immonde couvre-chef à terre et s'enfuir à toutes jambes, mais il n'en eut pas le courage. La seule énergie subsistant en lui se résumait au balbutiement de la pensée. Une couronne ? Des épines ? Quand donc avait-on posé sur son crâne un pareil diadème ? Dans un endroit reculé de son âme il pensa que ces gens étaient fous, bien plus fous que lui ou Bernadette, toutefois cet endroit demeurait si lointain, si inaccessible qu'il n'essaya pas de donner corps à son idée.

On galopait autour de lui, on s'activait. Fourmillement de petits pas, soupirs et chuchotis d'enfants. « Qu'est-ce qu'ils font ? » Yves se demanda qui avait posé cette question. Il reconnut à peine sa propre voix.

« Ils disposent les cages, répondit Michel.

— Quelles cages ?

— Celles qui renferment les renardeaux. »

Un gémissement sourd monta entre les lèvres du tueur, pour mourir aussitôt à l'air libre, faible et inaudible.

Les enfants arrêtèrent de courir, l'agitation cessa. Dans la foule et partout ailleurs le silence se fit. Tout s'immobilisa.

Yves sentait un liquide chaud couler le long de ses joues. Phénomène de sudation ? Épanchement d'hémoglobine ? Qui s'en souciait ?

Admète se dressa au milieu de la place. Les participants avaient déposé des caisses rectangulaires tout autour de lui. Le volume de chacune d'elles équivalait à celui d'une malle de voyage. Les compartiments en bois formaient quatre rangées déployées autour du maître de cérémonie. Admète s'affichait en Monsieur Loyal, chef d'une piste grotesque, dont le ridicule inquiétait.

Il leva les bras. On aurait pu croire qu'il réclamait le silence et l'attention des spectateurs, mais Yves s'avisa – malgré la confusion et l'épuisement régnant dans son esprit – qu'il désignait le ciel. « Chers amis, chers enfants, cher invité... » Il s'inclina légèrement en direction d'Yves. La marque de respect s'apparentait d'évidence à une moquerie. « ... la nature n'a pas de meilleur théâtre que celui de la conscience : nous devons nous souvenir des pouvoirs invisibles du Tout, de ses principes et de sa fin. Nous lui sommes apparentés, nous avons reçu son image en écho, et en ce sens nous nous mêlons à ses lumières, la grande du jour et les petites de la nuit. » D'un geste large il montra la voûte céleste, comme on ôterait un voile, comme on écarterait un rideau, puis il se gratta le flanc, indifférent à la posture simiesque de son attitude. « Voilà pourquoi, continua-t-il, nous devons ajuster nos perceptions aux biens et aux maux.

C'est un même chemin en haut et en bas. » Une pause. « Ce soir nous allons dominer ce qui est soumis, tuer ce qui est mortel et pratiquer la sélection telle qu'on l'enseigne depuis toujours. En s'acquittant de cette épreuve comme l'ont fait les générations précédentes, nos jeunes dévoileront l'harmonie dérobée, meilleure que l'apparente, tissée de choses cachées. » Nouveau silence, puis : « Toutefois, avant de commencer, j'aimerais convier notre invité, qui n'a pas démérité durant le carbonat, à participer au rite. Qu'il sache que celui-ci ne concourt pas davantage à purifier que la boue n'aiderait à laver la souillure qu'elle a faite. Mais l'intelligence doit apprendre à se laisser guider par l'ordre naturel plutôt qu'à vouloir le contrôler. »

Yves avait conscience que les regards embrasés se tournaient vers lui. Peut-être attendait-on quelque chose de sa part. Il ne parvenait pas à renouer avec la réalité environnante. Son corps ne remplissait plus qu'une fonction d'habitacle. Les organes sensoriels, quoique fonctionnels, opéraient un mouvement de repli. Néanmoins il entendit un bref tintement au sol, devant lui. L'un de ses voisins – Michel peut-être – venait de déposer une grosse clef à molette par terre. Une lèpre d'oxyde de fer attaquait la mâchoire mobile de l'outil, la vis de réglage et même le manche. Yves plissa les yeux. Non, il ne s'agissait pas de rouille. Le métal semblait en réalité incrusté de sang coagulé et de poils. Michel se pencha vers lui, amical. « Vous l'utiliserez tout à l'heure, à la fin de la cérémonie. » Il se préparait à ajouter quelques mots, mais Admète l'interrompit pour lancer les festivités, clou d'un spectacle dont Yves aurait juré qu'il avait commencé depuis des lustres.

« L'homme dans la nuit allume une lumière pour ses enfants. Qu'il en soit ainsi ! Que débute le lancer de renardeaux ! »

Il s'effaça alors, retiré dans l'ombre à la périphérie de la place. Les cadets avancèrent. Yves estimait qu'ils avaient tous moins de dix ans. Ils se postèrent deux par deux devant chaque caisse et empoignèrent les extrémités de robustes cordes déposées à terre.

Les parallélépipèdes de bois semblaient grandir dans la lueur trouble à mesure qu'Yves les observait. Il comprit soudain à quel genre de représentation il allait assister, à quoi servaient les cordes et les caisses. Pire encore : il devinait à présent la mission qu'on lui assignerait, quand tout serait terminé. La mort était un spectre qui ripaillait à tous les festins. Sa respiration devint pesante comme un vomissement, chaque mouvement de sa poitrine se fit pénible, obstiné. Le tueur, pourtant familier des tombes – et l'expérience lui avait appris qu'aucun trépas n'était respectable ni tout à fait malheureux –, ne s'expliquait pas cette réaction physiologique, à moins de la justifier par la présence inopinée d'un secret ne voulant pas être dit, d'un mystère refusant qu'on le révèle. Une secousse glaciale chavira son corps, ses muscles, ses nerfs, d'autant plus paradoxale qu'il avait le ventre et la tête en feu.

Yves regagna la chambre en titubant, le pas déformé par

un mélange de précipitation et de fébrilité. Il trébucha près du lit plongé dans l'obscurité. Bernadette ne bougea pas d'un pouce, ne prononça pas un mot. Il distinguait vaguement son profil opaque dans la pièce exiguë.

La nausée avait mûri dans son ventre. Dire qu'elle avait patienté durant toute la soirée, tournant dans ses entrailles brûlantes avec l'opiniâtreté d'un animal prisonnier. Maintenant elle prenait son élan. Obéissant à une poussée de fontaine artésienne, elle propulsait à rebours des voies naturelles une gerbe de matières à demi dissoutes. La substance organique rongée d'acide s'ordonna en un flot ascendant jusqu'aux embouchures supérieures du corps. Yves n'eut que le temps de filer dans la minuscule pièce d'eau attenante à la chambre, de s'agenouiller comme on se prosterne, et d'avancer sa tête au-dessus de la cuvette en émail. Le récipient scintillant d'une lueur opaline formait une sorte d'auréole sale autour de sa chevelure.

À un moment de la soirée, il ignorait quand, il avait perdu son horrible couronne d'orties et de chardons. Il empoigna les rebords circulaires, crispa ses mains poisseuses de sang sur la surface dure et lisse, et écarta les mâchoires. Il ne vit pas le jet liquide mais il en sentit les terribles effluves, présages de quelque maladie incurable ou prémices d'une décomposition tissulaire, et entendit les clapotis lourds, lents, résonner dans la petite pièce obscure, au rythme des contractions abdominales. Un râle s'échappa de son gosier. Il avait l'impression d'avoir avalé et régurgité des poignées de goudron. Dans la chambre voisine, Bernadette ne bronchait pas. Était-il possible que son sommeil fût si profond qu'elle demeurât sourde aux hoquets, aux grognements et aux larmes de son mari ?

Les images lui revenaient, les sensations.

Des adultes inclinés au-dessus des caisses avaient brutalement ouvert les panneaux de bois. Les renardeaux apeurés étaient sortis aussi vivement que le leur permettaient leurs membres courts, encore recouverts du duvet des premiers âges. Avec des rires espiègles et des éclats de voix joyeuses, en des tractions d'une virulence extrême, les enfants placés de part et d'autre des geôles miniatures avaient tendu leur corde, projetant avec une incroyable violence les petites boules de poils dans les airs. Certains animaux jappaient de douleur, d'autres ne laissaient entendre aucune plainte, mais les craquements de leurs os rompus exprimaient avec plus d'éloquence encore la brutalité du traitement auquel on les soumettait.

Les spécimens juvéniles s'élevaient dans le ciel nocturne, disparaissaient un bref instant lorsque leur trajectoire excédait le rayon d'action parabolique des flambeaux. L'espace d'une seconde on pouvait espérer qu'ils ne reparaissent pas. Inévitablement toutefois ils retombaient au sol, sous l'aspect de masses disloquées, sanglantes, désarticulées et cependant vivantes, ainsi qu'en témoignaient les gémissements, les mouvements spasmodiques que l'on entrevoyait, et que l'imagination amplifiait, dans les cercles de clarté diffuse et la fumée des torches. Certains renardeaux avaient encore la force de se traîner à terre, mais sur une courte distance, et pas longtemps.

On avait apporté d'autres caisses. Les enfants, cordes enroulées autour des poings, riaient de plus belle.

Un nouveau renvoi éclaboussa la cuvette, aspergeant le visage d'Yves de répugnants grumeaux. Étaient-ce les séquences qui tournaient en boucle dans sa tête ? S'agissait-il de l'odeur abominable de ses déjections stomacales ? La régurgitation ne cessait pas.

Sous peu des dizaines de petits moribonds à fourrure avaient jonché la terre gorgée de sang. Les enfants s'étaient retirés quand l'abominable spectacle avait pris fin. Le silence avait succédé aux rires. On voyait encore de frêles silhouettes se tordre dans la poussière, japper de souffrance, l'échine rompue, le poitrail défoncé, les pattes brisées. Les adultes assis autour d'Yves, ceux parmi lesquels il avait pris place, s'étaient levés lentement, sans un mot mais de façon synchrone, comme obéissant à un signal ou au déroulement d'un culte. Chacun avait empoigné un outil à sa disposition : tournevis, cisaille, marteau… Yves n'avait pas eu besoin qu'on lui indique quoi faire. Il s'était levé lui aussi, la clef à molette entre les mains. À la périphérie de son champ de vision, Michel s'était avancé pour assener un coup au renardeau le plus proche de lui. Le reste du groupe avait alors entamé sa progression, les participants s'étaient déployés pour achever les petites victimes.

Yves continua d'expulser le contenu de son estomac dans la cuvette. Chaque fois qu'il croyait en avoir terminé, un nouveau renvoi le détrompait. Réagissait-il à une intoxication des carbonats, cette immonde liqueur qu'on l'avait forcé à ingurgiter ? Non, son mal était plus profond.

Il avait senti son bras frapper, l'outil vibrer dans sa main chaque fois qu'il défonçait le crâne d'un juvénile. Il frappait d'un seul bras, avec la puissance d'une multitude. Les coups qu'il donnait, il en avait le sentiment, tiraient leur énergie de choses enfouies en lui depuis trop longtemps.

Un souvenir lui était revenu en un éclair, sans qu'il en comprenne la provenance ou la destination. C'était un soir où il était rentré tard du travail, enfin plus tard que d'habitude. Bernadette avait déjà donné son bain à Romain, puis s'était mise dans la chambre avec l'enfant, sans doute pour lui lire une histoire avant qu'il ne s'endorme.

Elle avait rabattu la porte de la chambre, cependant elle demeurait légèrement entrebâillée.

Yves apercevait la douce lumière orangée de la lampe de chevet par l'embrasure. L'appartement presque silencieux, la quiétude de la nuit à l'extérieur, la chaleur du foyer l'avaient ému. Il s'était discrètement approché de la chambre de son fils, espérant entendre Bernadette narrer les aventures de *Fantastique maître Renard* ou du *Chat chapeauté.*

Mais Bernadette ne lisait pas d'histoire au gamin.

Il avait d'abord distingué la voix de Romain.

« Pourquoi tu ne m'aimes pas, maman ?

— L'amour est un poison, mon bébé, tu le sais bien.

— Mais moi, je t'aime.

— Alors tu es empoisonné.

— Est-ce que je suis méchant ?

— Très.

— C'est pour ça que tu veux me faire du mal ?

— Oui. Il faut dormir maintenant.

— Maman, s'il te plaît... »

Yves n'avait pas entendu la suite. Se mordant les lèvres, il s'était bouché les oreilles. Demain il travaillerait plus tard encore, et il prierait, pour ne plus entendre de pareilles infamies.

Quand le métal écrasait la chair des renardeaux agonisants – créatures bien plus pures que les auto-stoppeuses ou les prostituées auxquelles lui et Bernadette s'attaquaient en règle générale –, Yves avait l'impression de se rapprocher d'une nudité inexplorée.

À la fin, lorsque plus rien ne bougeait sur la terre battue de la place ensanglantée, lorsque les plaintes s'étaient tues, il avait cru encore frapper dans le vide. Quelqu'un avait posé la main sur son avant-bras, fait cesser la contraction des muscles. Le tueur luttait contre le vertige, la caution de ses jambes se réduisait à une pure hypothèse. Il devenait comme une statue de marbre qu'un socle rempli d'ordures aurait portée au vacillement. Sa main droite, engluée de liquide céphalo-rachidien et de matière grise, paraissait soudée à son gourdin de fortune. L'exaltation l'avait transporté hors de lui-même, menaçant de rompre l'équilibre mental. Mais à présent qu'il renouait avec les lueurs de la raison, il réalisait l'ampleur de sa ruine.

Admète l'avait dévisagé avec des yeux rieurs. Dans sa bouche, pourtant, se tordaient mille serpents à l'exception de celui de l'amusement. « Le savoir ôte avant de reconstruire, vous comprenez ? Vous venez d'accomplir la première étape. » Yves avait cligné des yeux, incapable d'assembler les mots en un tout cohérent. Le patriarche avait précisé : « L'état de nature nécessite un arrachement, puis une réconciliation. » Et comme Yves gardait toujours le silence, il lui avait finalement tapoté le bras. « Allez vous reposer. Demain, vous aurez d'autres feux, d'autres signes pour vous guider. Vous vous mettrez en disposition d'entreprendre un autre voyage et vous accepterez de ne plus avoir en vos sens la confiance exorbitante que vous leur accordiez jusqu'à présent. »

Yves s'était vaguement demandé s'il faisait allusion au projet de fuite élaboré avec Michel. Mais son esprit était si confus, les propos d'Admète si lointains. Ses idées s'emplissaient d'astres occultés par des nuées trop lourdes.

On lui avait tapé dans le dos, franches accolades de quelques participants. Il avait reçu plusieurs félicitations à mi-voix, puis les ombres avaient regagné leurs pénates dans les feux mourants des flambeaux. Lui-même avait tourné les talons et s'était dirigé vers le bâtiment où Bernadette se reposait. Un feu liquide ravageait sa chair, la brûlure à pleine peau. Une floraison de salive roulait au coin de ses lèvres. Son sang, porté à ébullition par l'effet redoutable de quelque fièvre ignée, s'agitait de remous vaporeux dans ses tempes. Il sentait les ourlets de son ventre palpiter, ses jambes possédaient la raideur du basalte. Sa progression d'ailleurs avait un côté inexorable. Il émanait une lente puissance de sa démarche granitique.

Dans son dos il entendait les bruits des caisses refermées et des petits corps que l'on poussait du pied dans une fosse à l'écart. À chaque enjambée qui l'éloignait de l'hécatombe et du massacre, la nausée, cette nausée qu'il n'expliquait pas autrement que par le brusque pressentiment d'un univers au-delà de l'œil, d'une voie d'accès abyssale à une vérité cachée, grandissait.

Une exhalaison rauque, presque un cri de détresse, mit un terme aux ultimes rejets de bile noire sur l'émail des W.-C. Le visage tourné vers la chambre, il appuya sa joue contre le rebord froid de la cuvette. Pourquoi Bernadette ne se manifestait-elle pas ? La détresse perceptible de son mari ne l'inquiétait donc pas ?

Il redressa le buste, guettant un mouvement, un soupir dans la chambre à coucher. Pas le moindre souffle.

Quand il déplia ses jambes, elles lui parurent plus longues, plus maigres qu'auparavant. Le dégoût soulevait encore sa poitrine tandis qu'à l'intérieur rampait déjà une autre sensation. Il revint dans la chambre, s'approcha du lit. Le pouls toujours agité des redoutables contractions du corps, toujours farouche, adoptait néanmoins une cadence plus sourde.

Bernadette gisait sur le dos, la couverture remontée sur la poitrine, les bras inertes le long des flancs. Il devinait dans la pénombre son profil hiératique. Les yeux, ses grands yeux fermés, ne s'animaient d'aucun frémissement. La bouche fine et triste imprimait une mélancolie distraite à sa physionomie. Il posa la main sur la sienne. Ses doigts ne détectaient rien qui circulât dans les muscles ou dans les veines. Les lignes sur sa peau traçaient des arabesques sèches.

Une mèche blanche se perchait au sommet de son oreille; cette oreille au creux de laquelle il avait chuchoté tant de mots : *Tu es belle, mon amour. Ta splendeur n'a pas de visage, pas de bras, pas de seins, rien qui appartienne au corps. Quand tu te donnes à moi, c'est dans une transparence victorieuse. Mon âme s'élève alors, libérée des appétits du commun, et plane plus loin, plus haut, plus droit.* Ces envolées, il aurait aimé y laisser de nouveau libre cours, mais la peau glacée de Bernadette faisait monter en lui un engourdissement intolérable. Il sentait ses genoux fléchir, sa respiration amorcer une série de faux départs. Mille pensées filaient dans son esprit, certaines rebondissaient contre les parois de son crâne. Un halètement sifflant, absurde et dément franchissait ses lèvres, *de profundis* ahanant et rire de sourd.

Une virgule de bave avait formé une croûte à la commissure des lèvres de son adorée, signe que l'inertie avait figé jusqu'aux humeurs. L'aurore n'apporterait aucune délivrance.

Bernadette ! Morte !

QUARANTE-CINQ

L'aube avait une couleur de liquide amniotique. On imaginait les cellules desquamées mélangées à l'eau des altostratus, le chorion connecté aux nuées utérines et la migration des kératocytes pour combler des plaies dans les fonds lointains du ciel. La nuit expulsait le jour de sa matrice et l'horizon prenait des teintes d'hémorragie post-partum. Les images terribles de l'accouchement hantaient la mémoire d'Yves. Son fils Romain avait mis douze heures à sortir du ventre de Bernadette. À présent ils étaient morts tous les deux.

Le nez pratiquement collé au pare-brise du combi, les mains crispées sur le volant, le veuf laissa la camionnette descendre au point mort la courte dénivellation qui permettait de rejoindre la place du hameau. Sans frein moteur, le véhicule grinçait horriblement dès qu'il cherchait à moduler sa vitesse, le pied sur la pédale.

Michel, à ses côtés, regardait droit devant lui. Ses yeux mi-clos ne dégageaient aucun mystère, aucune révélation, comme s'il contemplait une scène déserte ou un grand vide, refusant de pactiser avec l'infini. Yves se demandait ce qui pouvait se passer dans sa tête. Les songes de son jeune complice, quoique indéchiffrables dans leurs manifestations physiologiques, étaient-ils mus par la simple promesse d'un changement, ou se déplaçaient-ils parmi les gouffres, en fuite sur une ligne de crête poreuse ? Le jeune homme soupçonnait-il le vilain destin qu'Yves lui ciselait ? D'heure en heure, et spécialement depuis que Bernadette avait rendu son dernier souffle, le projet homicide perdait sa netteté. Sans son épouse, Yves avait l'impression de figurer un propriétaire inspectant un logement naguère délaissé. On cherchait à déceler une altération dans la disposition des meubles, et on s'apercevait soudain que seules les perspectives s'étaient modifiées ; en d'autres termes on émergeait d'un mirage en quête du passé pour investir au temps présent une illusion plus grande encore.

Le combi s'engagea au pas sur la place du hameau. Il ne restait aucune trace des sinistres bacchanales de la veille : le sang des animaux s'était peut-être noyé dans la poussière, les corps avaient sans doute été ensevelis et les caisses remisées à l'écart.

Le véhicule émettait d'abominables crissements, bruits de cisailles rouillées dont les échos, Yves le redoutait, risquaient d'ameuter le hameau assoupi. Il n'ignorait pas que ses craintes, en grande partie infondées, le faisaient ressembler aux petits enfants qui s'effraient d'un masque, au félin qu'alarme une branche morte en forme de serpent, ou bien encore à une oie mise en fuite sous le vol inopiné d'un épervier, rapace qu'elle n'a pourtant jamais croisé. En un mot comme en cent, il craignait davantage les chimères de son imagination que les conséquences réelles de son départ précipité.

Comme pour confirmer l'infondé de ses peurs, il constata – sans que cela dénouât le moins du monde la tension en lui – que la sortie du village était parfaitement dégagée. Plus de voiture dans le passage, plus d'affaires abandonnées au milieu du chemin comme s'il ne valait pas la peine de ranger ses maigres possessions, alors que l'on repartirait dans quelques jours, migrant vers on ne sait quel nouveau refuge misérable autant que précaire.

Le soleil se hissait dans le ciel. L'astre progressait bien trop vite au goût d'Yves. Toujours cette appréhension de bête traquée. Sa main ne se posait jamais loin du poignard à lame crantée, qu'il conservait à présent dans la boîte de rangement de la portière.

Les roues crissaient sur le gravier de la cour. Ils arrivaient lentement à la hauteur du bâtiment central. Michel persistait dans son attitude neutre, opaque. Était-ce sa manière à lui de conjurer ses propres appréhensions ? Un filet de sueur coula sur la tempe d'Yves, puis le long de sa joue, au bord du malaire. S'il transpirait ainsi au lever du jour, dans quel état serait-il à midi, lorsque la température ôterait même aux insectes la faculté d'expression ? Il se passa la main sur le front. Non, ce n'était pas la chaleur du début de journée ni le stress qui occasionnaient ces troubles. Un bouleversement plus sourd, plus profond jouait dans ses entrailles, altérait d'une façon subtile son discernement.

Rien d'étonnant à ce qu'il subisse le contrecoup d'une nuit abominable, passée en grande partie à vomir tripes et boyaux au-dessus de la cuvette des W.-C. ; rien d'étonnant également à être déstabilisé par la mort de Bernadette. Pourtant il l'avait soupçonnée, cette mort prématurée, il l'avait anticipée depuis longtemps. Leur manière de vivre n'avait jamais laissé une grande place aux projets d'avenir, et depuis le décès de leur enfant, elle comme lui s'étaient enfoncés dans une longue nuit, dont le terme ne pouvait être que brutal et désordonné. Ceux qui vivaient par la violence périssaient dans la violence. Il s'humecta les lèvres. Bon sang, cette soif ! Il avait l'impression de ne plus avoir une goutte d'eau dans le corps. Il fit signe à Michel de lui passer une bouteille d'eau. Le jeune homme s'exécuta avec un temps de retard, agissant comme un rêveur prisonnier de son extase. Yves téta le goulot, vida le récipient en un clin d'œil, laissa tomber la bouteille aux pieds de son complice. La soif ne paraissait pas avoir diminué.

Ils longeaient à présent le corps d'habitation principal. Yves ne pouvait s'empêcher d'examiner les fenêtres noires dépourvues d'huisseries et de voilages, ces fenêtres dont la béance n'était pas sans évoquer les orbites vides d'un cadavre énucléé. Quelle sorte d'asticot en émergerait ?

Rien ne bougeait hormis eux. On avait l'impression que tous les logements se trouvaient désertés, à moins que les habitants ne fussent trop éprouvés par les excès de la veille. Yves s'en voulait d'avoir prêté son concours à la cérémonie cauchemardesque du lancer de renards. Il était à présent certain que son mal ne provenait ni de la nervosité ni de la disparition prévisible de son épouse, mais bel et bien des emportements, de la transe qui s'étaient emparés de lui au cours de la nuit. S'il avait dû attribuer la crise à l'absorption de quelque substance nocive, ses soupçons se seraient portés sur les carbonats. Outre sa probable toxicité, il suspectait la dévastatrice décoction de renfermer un principe hallucinogène. Avait-il réellement, en compagnie d'enfants dégénérés, tué des dizaines de renardeaux à coups de clef à molette ? Avait-il chanté et braillé avec les autres, tandis que le patriarche retraçait une improbable odyssée dans le secteur de Bois-aux-Renards ?

Avancer, continuer à rouler, s'éloigner du hameau, échapper à ce piège…

Une étrange idée s'installait dans ses pensées tourmentées. Le silence des maisons, le calme dans lequel s'effectuait leur évasion suggéraient non pas que les habitants fussent victimes de gueules de bois dévastatrices ou qu'ils eussent plié bagage au cours de la nuit, mais plutôt qu'ils se tenaient reclus, à l'affût ; que pas un d'entre eux, dissimulé dans les ombres, ne perdait une miette de leur départ. Ils n'étaient pas tant assoupis ou absents qu'embusqués. C'était du moins ainsi qu'Yves envisageait les nouvelles perspectives d'une débâcle potentielle.

Une silhouette apparut soudain sur le seuil de la maison principale. Le cœur d'Yves manqua un battement, il fut à deux doigts d'écraser la pédale de frein, de saisir son couteau et…

Admète se tenait devant la baraque fissurée, aussi inoffensif qu'un vieillard pouvait l'être. Pieds nus et dévêtu à partir de la taille, il portait un simple jean de toile usé jusqu'à la trame. Yves n'aurait pas été surpris que l'ancien ait récupéré le vêtement plusieurs années auparavant, dans le sac à dos d'un campeur ou le linge sale d'un touriste égaré. Son torse massif, vigoureux, respirait la santé, les muscles frémissaient sous l'épiderme malgré la prise de masse liée à l'âge. Peut-être que le départ d'Yves et de Michel le saisissait au saut du lit, mais il paraissait tout à fait réveillé : frais et dispos comme si les débauches de la veille n'avaient aucune répercussion sur lui. Dans quel chêne inébranlable, dans quel if centenaire avait-on taillé ce type ? Sans cesser de rouler au pas, Yves effleurait le manche du poignard fixé contre la portière, dans le prolongement de la cuisse. Toutefois le vieux ne paraissait pas avoir la moindre volonté de donner l'alarme ou de les empêcher de partir. Il se contentait de les regarder passer avec un sourire malicieux. On eût dit à son espièglerie qu'il leur souhaitait simplement bonne route. Sans doute n'aurait-il pas manifesté plus de sympathie s'ils s'étaient absentés pour aller faire des emplettes au village le plus proche.

Yves reposa les deux mains sur le volant, dépassa l'habitation. Admète rapetissait tout doucement dans le rétroviseur. Il semblait à Yves que son sourire se muait à présent en rire. Il adressa un signe d'adieu amical à la camionnette qui s'éloignait. Chose plus curieuse encore, il esquissa quelques pas de danse. Pour autant qu'Yves pût en juger à cette distance, les mouvements grotesques de son corps exprimaient une exaltation élémentaire, presque bestiale, qui n'était pas dénuée de charme. Yves songeait que cette gigue de diablotin pouvait parfaitement être réglée par Hermione, agitant les membres de son pantin d'époux par le truchement de fils invisibles, depuis l'intérieur de la maison.

Sur le siège passager Michel ne risquait pas le moindre commentaire. Il se contentait de regarder droit devant lui, ainsi qu'il l'avait fait auparavant, aussi raide qu'une statue.

Admète finit par disparaître dans le miroir latéral du Volkswagen. Yves ne recommença à respirer que lorsqu'il engagea le T3 dans le premier virage qui soustrayait le hameau à sa perception. Son soupir ne dévoilait qu'avec une regrettable évidence à quel point il avait retenu son souffle.

Il interrogea alors son passager. « Tu crois qu'Admète va sonner le branle-bas ? »

Michel répondit avec un nouveau temps de retard. « Ça m'étonnerait.

— Où étaient tous les autres habitants ? On ne nous a pas entendus partir ?

— Oh si. Notre départ n'a échappé à personne.

— Alors quoi ? On peut s'absenter sans que...

— La communauté ne se soucie pas de nous. »

Yves laissa planer un silence prolongé, que le jeune Michel ne se préoccupa pas de meubler. Que signifiait cette remarque ? L'indifférence des villageois ne correspondait pas au tableau qu'avait dressé l'adolescent durant les travaux mécaniques, laps de temps au cours duquel Yves et lui s'étaient rapprochés, pour peu que l'on puisse parler de proximité entre un tueur et sa victime potentielle. Peut-être que les réflexions du jeune homme sur les difficultés à quitter la communauté ne s'appliquaient qu'à certains membres...

La route commença à s'incliner en direction de la vallée. Yves s'étonna. « Je pensais qu'on allait prendre par les hauteurs.

— Il faut descendre pour remonter ensuite », répondit Michel. Ses explications s'arrêtèrent là ; il replongea aussitôt dans le mutisme et Yves songea que le voyage serait long. Dès qu'il serait assuré de l'itinéraire à emprunter il se débarrasserait de son guide.

La chaussée devint plus étroite, les lacets se multiplièrent. Le soleil affirmait par degrés réguliers sa domination sur le ciel. Yves transpirait de plus belle. Il avait bu une seconde bouteille sans réussir à calmer la soif. Dire qu'il y avait en ce triste monde des imbéciles pour s'extasier du beau temps. Peut-être s'était-il trop accoutumé à la fraîcheur relative des bâtisses du hameau. Les murs épais et les fenêtres minuscules procuraient une pénombre protectrice quasi constante, même au plus fort de la canicule. À présent le mercure grimpait dans l'habitacle en tôle. Bientôt ce seraient les vapeurs, l'hypotension, la fournaise.

Il explorait la route du regard, guettait l'instant où ils entameraient l'ascension. Il savait que l'ancienne route des cols comportait de nombreuses voies abandonnées, d'innombrables accès oubliés. Mais ils continuaient à descendre et il redoutait un contretemps trop important. Jusqu'où plongeraient-ils ? Du reste il ne voulait pas prendre le risque d'aboutir dans la vallée et de tomber nez à nez avec une patrouille. Il allait exprimer ses craintes quand Michel désigna un sentier qui s'engageait dans la forêt. « Là, tournez à droite. »

Certes ils ne s'orientaient toujours pas vers les sommets, pensa Yves, mais au moins ils cessaient de progresser à découvert. Sur le flanc de la montagne, n'importe quel reflet pouvait les trahir, sans parler des face-à-face mortels et des insolations dues à l'absence d'abri.

Enfin, l'ombre bienfaisante des arbres. Il n'était pas serein pour autant. S'ils jouissaient à présent de la protection des feuillages, le sentier, plus étroit que la voie goudronnée, réduisait les possibilités de manœuvrer. Au bout d'une centaine de mètres il fallut passer le bras par les fenêtres pour rabattre les rétroviseurs. Les branches les plus solides menaçaient d'arracher tout ce qui dépassait.

Yves appréhendait maintenant de rester bloqué, prisonnier des racines et de la végétation sans plus pouvoir avancer ni reculer. Il se préparait à annoncer à Michel qu'il renonçait, mais tout à coup les frondaisons s'écartèrent, les ramures s'espacèrent et ce fut comme une brusque goulée d'air. Le soleil inonda violemment l'habitacle, procurant un soulagement qu'Yves aurait trouvé inconcevable une heure plus tôt.

« Voilà, murmura Michel, on y est bientôt. »

Bientôt où ? Yves aurait bien demandé des éclaircissements, mais il était trop occupé à conserver sa trajectoire en supportant l'impact du disque d'or sur ses rétines. Ils longeaient désormais un ravin assez profond, dont il valait mieux ne pas s'approcher.

Yves mit une seconde à comprendre qu'il s'agissait de leur destination. Une seconde de trop.

Son pied effleura la pédale de frein. Geste inutile. Michel s'était jeté sur le volant, avait braqué de toutes ses forces les roues du véhicule. Yves fut bien incapable de corriger la trajectoire ou même de riposter. Il n'eut pas davantage le temps de regretter sa négligence, de maudire sa stupidité. Quelle formidable arrogance l'avait poussé à croire un seul instant qu'il avait eu une chance d'en réchapper ? Quelle naïveté l'avait aveuglé au point qu'il se crût maître des événements, et non valet ? Avait-il cédé à une paresse de l'esprit ? Non, à la lassitude seulement. *Bernadette, pourquoi m'appelles-tu ? Ne t'impatiente pas, j'arrive.* Plus jeune, il aurait sûrement trouvé en lui assez de cran pour redresser la situation, son cœur se serait transformé en nid de frelons, l'agitation du venin lui aurait permis d'inverser le rapport de force, mais plus maintenant.

Le van bascula dans le vide.

QUARANTE-SIX

Tous les hommes se tenaient rassemblés à l'entrée du hameau. Les pères et les frères et les oncles et les cousins… Une armée de fusils.

Les femmes, quant à elles, s'étaient réunies au centre de la place, autour du corps de Bernadette. On avait déposé le cadavre sur une charrette à bras qui servait habituellement à transporter des légumes.

Les habitants formaient ainsi deux clans séparés, mais deux maillons puissants en assuraient l'unité : Admète et Hermione. Le couple d'aïeux tissait les indéfectibles liens de la communauté, en assurait l'équilibre. Néanmoins le patriarche et sa compagne occupaient des rôles différents.

D'un côté, Admète. Il demeurait à l'heure actuelle aussi silencieux qu'une tombe, un peu à l'écart des hommes en conversation. Les rires fusaient, on échangeait des plaisanteries rugueuses. Cette façon de se détendre préludait souvent aux hallalis, elle servait parfois à masquer la peur, d'autres fois à aiguiser la faim carnassière.

L'ancien s'était un peu avancé sur le chemin qui descendait

vers la vallée, comme pour mieux écouter les murmures du vent. Une bourrasque souleva un nuage de poussière autour de lui. L'ancêtre, imperturbable vigie, paraissait insensible à la morsure du soleil comme à la grêle de particules ocre qui fouettaient sa peau.

De l'autre côté, Hermione. La vieille femme, entièrement habillée de bure noire, s'était posée devant la troupe des femmes, imitant par son autorité naturelle, par sa majesté tranquille, la posture de quelque coryphée mysien. Ainsi massées derrière elle, attroupées autour de la dépouille de Bernadette, les femmes ressemblaient à des pleureuses sans larmes, des chanteuses sans mélodie. Sous la férule d'Hermione elles accueillaient une douleur privée de souffrance.

Un mugissement retentit soudain dans le lointain. Admète, les yeux fixés sur l'infinie étendue de la végétation, cette grande bousculade de mélèzes, d'arolles et de bouleaux que les botanistes appelaient « zone de combat », ordonna le silence à ses troupes d'un mouvement de la main. Les hommes se turent.

Le mugissement se prolongea. Ce n'était pas le cri d'un animal, mais la longue complainte d'un avertisseur sonore. N'importe quelle oreille exercée aurait reconnu le klaxon 6 volts à ton grave d'un combi Volkswagen.

L'un des hommes marcha jusqu'à Admète. Hippolyte. Il s'arrêta en léger retrait. Orco, le puissant chien noir qui l'accompagnait, fit de même.

« Michel a dû réussir, dit l'ancêtre. Allez à sa rencontre, récupérez le véhicule, effacez les traces, et terminez ce qui doit l'être... Enfin vous savez ce que vous avez à faire. »

Admète n'avait plus rien du vieillard facétieux et roublard qui avait hébergé les tueurs en fuite. Le sérieux avec lequel il agissait aurait surpris Yves, si toutefois celui-ci avait été en mesure de revenir au hameau. Une froideur de lame avait remplacé la chaleur de l'hôte accueillant. Il s'en fallait de peu que la gravité ne fût rigorisme, l'adiaphorie cruauté. Ce n'était tout simplement plus le même homme.

Hippolyte fit signe au groupe de se mettre en route. Les chasseurs s'ébranlèrent sans un mot. Quand le lieutenant passa près d'Admète, celui-ci ajouta, comme pour réparer un oubli ou corriger une première impression : « Lâche Orco. Qu'il parte en avant, on ne sait jamais. »

La méfiance du chef de clan ne s'expliquait pas par l'usage du klaxon. Après tout, Michel était libre de les informer comme il l'entendait du succès de son entreprise. Aucune règle ne définissait les moyens à adopter pour prévenir les villageois. Par le biais de cet appel l'adolescent les avertissait qu'il avait, à lui seul, réussi à maîtriser la proie qu'on lui avait désignée. Mais l'insistance avec laquelle le bruit se prolongeait, corne de brume planant sans s'interrompre sur les vals boisés, risquait d'attirer l'attention. Voilà qui s'avérait plus préoccupant.

Le lieutenant obéit sans discuter. Il détacha la laisse de l'animal, que l'on avait fixée au collier à pointes, et se pencha vers lui. Orco avait les oreilles coupées si court qu'elles en étaient presque inexistantes. Hippolyte chuchota une unique syllabe à quelques centimètres de sa gueule, profilée comme un obus et à peine moins dangereuse : « Va. »

Le chien se fraya en silence un chemin parmi les jambes

des chasseurs, treillis tachés de graisse et godillots crottés. Sa démarche souple mais déterminée, sa foulée puissante mais maîtrisée ne dénotaient ni peur ni joie. Il disparut aussitôt dans les fourrés.

Les hommes patientèrent encore un instant, le regard braqué sur les sous-bois comme si l'animal allait réapparaître d'un moment à l'autre. Puis, sur un signe d'Hippolyte, ils ajustèrent leurs armes en bandoulière ou cassées sur l'épaule, et s'enfoncèrent dans les bosquets. Aucun d'eux ne tourna les yeux sur l'ancêtre.

Admète resta longtemps planté sur le chemin. Il incarnait désormais l'unique représentant du genre masculin dans la communauté. Peut-être devinait-il le regard insistant des femmes dans son dos, aussi lourd qu'un joug de labour, plus cuisant qu'un tas de braises. Possible également qu'il ne le pressentît pas, mais l'attendît avec la force de l'évidence, la tranquille certitude de l'inévitable. Ce qui allait se passer, il l'augurait depuis un moment déjà. Il n'éprouvait aucune crainte à ce sujet, cet événement appartenait à l'ordre naturel des choses. Il avait régné, il avait créé son petit Olympe ici, dans la montagne ; ses enfants avaient grandi, certains pour devenir dociles et accomplir leur devoir, d'autres pour s'ériger et frapper aux portes du domaine céleste. Le vieillard goûtait l'éternelle histoire du vivant qui cédait la place au vivant. Une prière silencieuse animait ses lèvres. « Toi, aux noms multiples, guide-moi. Je te suivrai de bon gré, puisque je te suis apparenté. »

Il se retourna.

Les femmes faisaient bloc à côté de la dépouille de Bernadette. La chaleur avait encore bondi d'un cran, des mouches bourdonnaient autour du nez et des oreilles de la défunte. Les *calliphora vomitoria* à l'abdomen chargé prospectaient, en quête de muqueuses opportunes pour se délester de leurs œufs. Mais les diptères n'étaient pas les seuls à bourdonner. Un murmure s'élevait des gorges féminines, une note solennelle, lancinante, un air monocorde venu du fond des âges.

Hermione froissa le papier chiffonné de son visage. Elle lâcha un rire de bec d'oiseau : pointu, dur, rapide. Une phrase avortée s'échappa de sa bouche comme un glaviot, brève amorce où se mêlaient déconsidération et fatalisme. « Les hommes... »

Admète ne bougeait pas. Une première femme se détacha du groupe. Si Admète ne l'avait pas connue depuis l'enfance, il aurait eu du mal à la situer dans sa mémoire. Échevelée, le teint cireux, Cyclamène, la mère de Marjolaine, n'était plus que le reflet grimaçant d'elle-même. Mais qui aurait pu supporter la disparition de sa progéniture en conservant l'éclat de sa jeunesse ? Une deuxième femme, puis une troisième l'imitèrent. Elles se dirigeaient vers Admète sans qu'il fasse mine de battre en retraite. Le bourdonnement augmentait dans les poitrines laiteuses des contestatrices, dans les ventres de sang caillé, dans les sexes creux.

Elles se rapprochaient maintenant toutes ensemble du vieillard, leurs mains recourbées comme des griffes de rapaces, leurs ongles exhibés pour mieux pénétrer les chairs.

Lui, il ne reculait toujours pas. Hippolyte avait finement joué sa partition. Il avait d'abord supprimé Marjolaine, avant de faire courir le bruit que le patriarche avait lui-même ordonné l'exécution. Plutôt que de recourir à un affrontement ouvert, il s'était contenté de quelques insinuations distillées non loin des oreilles des pires commères du groupe. Il n'en fallait pas plus pour que les femmes, déjà bouleversées par la disparition de la petite, prennent une décision radicale. Hippolyte était plus jeune, plus fort : il était normal que tôt ou tard il prenne le pouvoir. Mais Admète ne donnait pas cher de la communauté lorsqu'elle serait privée de l'équilibre fondamental qu'il assurait en compagnie d'Hermione.

Un mince sourire déforma ses lèvres. Alors que dans son corps bientôt squelette subsistait un souffle d'air coupant, l'une de ses canines branlantes scintilla dans la lumière transparente. « Vous pouvez me tuer, pas me nuire. »

Quoi qu'il dise, les femmes avaient voté. Rien, probablement, ne les inciterait à revenir sur leur décision. Admète aurait voulu, pour faire bonne mesure, prophétiser à voix haute et claire que la fin d'un règne précédait toujours la chute des cieux.

Mais il n'en eut pas le temps.

QUARANTE-SEPT

Romain gisait tout habillé au fond de la baignoire pleine. Il portait un t-shirt Superman, un pantalon de toile marron et une paire de baskets qu'il n'avait pas pris – ou qu'on ne lui avait pas laissé – le temps d'ôter.

Ses cheveux blonds ondulaient dans le liquide transparent à la manière de quelque nimbe tracé par un enlumineur ivre. Ses mains calmes et plates flottaient entre deux eaux; mains de naufragé lancées à la recherche d'on ne savait quelle planche de salut. Ses yeux écarquillés lui donnaient l'apparence stupéfaite d'un céleste échoué, l'air éberlué d'une créature marine que la mort avait frappée par surprise.

Yves avait poussé un cri inarticulé. Expression d'horreur, sursaut de dégoût ou exclamation fataliste : il était difficile de se prononcer sur la signification exacte de l'interjection. Il était sorti en trombe de la salle de bains. Bernadette l'attendait au salon. Quelques minutes auparavant elle l'avait accueilli dans le vestibule, alors qu'il rentrait d'une longue, très longue journée de travail. Les horaires d'Yves se prolongeaient si tard qu'on pouvait suspecter qu'ils relevaient d'une forme spécifique d'atermoiement. L'attitude rayonnante de son épouse, son entrain, sa joie auraient dû l'alerter, mais il se pensait trop éreinté pour y prêter attention. Il l'avait saluée d'un baiser distrait, avait été à peine étonné qu'elle prolonge le contact de leurs bouches un peu plus longtemps que nécessaire.

« Quelle journée ! avait-il ostensiblement soupiré. On a dû refaire tout le facing des produits frais, tu sais, après la panne du système de refroidissement... Mais je ne vais pas t'embêter avec ces détails. Et ici, à la maison, tout s'est bien passé ?

— À merveille. »

Ces mots aussi auraient dû lui mettre la puce à l'oreille. Non que ce type de constat eût été incongru, mais Bernadette n'envisageait plus son quotidien de femme au foyer avec un tel optimisme depuis... depuis une dizaine d'années... ou plus exactement depuis six ans, puisque maintenant qu'il y réfléchissait... Bernadette n'avait pas affiché semblable bonheur depuis la naissance du petit. Ce soir-là, elle irradiait d'une joie presque indécente dans sa longue robe à fleurs pastel. Son visage paraissait avoir rajeuni. Était-ce un effet du maquillage, de l'éclairage ? La question l'avait simplement effleuré avant qu'il ne l'écarte de son esprit.

Pour ne pas déroger à ses habitudes vespérales, il posa sa serviette contre la commode noire du couloir, se déchaussa. « Où est Romain ? »

Un calme inhabituel régnait dans la maison. En temps

ordinaire l'enfant courait dans ses bras, se jetait sur lui, l'embrassait et poussait des piaillements d'excitation.

« Dans la salle de bains. Il fait sa toilette. Va le voir. »

Le regard brillant de Bernadette, sa jubilation tout juste dissimulée, Yves les avait attribués à une journée exceptionnellement belle pour l'épouse et son enfant. À y regarder de plus près, l'état d'euphorie de la ménagère se teintait d'une légère frénésie. Depuis quand n'avait-elle pas souri avec autant de franchise ? S'aperçut-il que le coin de ses lèvres frémissait ? Et n'était-ce pas une vilaine tache de rouge à lèvres qui apparaissait sur ses dents, comme si elle avait appliqué le bâton avec trop de force et trop de hâte, sur le coup d'une rage mal contenue ou d'une colère indécente ? Il s'était dirigé vers la salle de bains sans trop y penser. « Romain ? C'est papa. Je suis rentré. »

Un rectangle de lumière se dessinait autour de la porte au fond du couloir. Pas un bruit ne filtrait de la salle d'eau. Le silence parut s'intensifier avec une force redoutable tandis qu'il avançait dans le corridor, en chaussettes sur le carrelage froid. Sa main s'était posée sur la poignée, le battant avait doucement pivoté.

Il faut que tu respires...

Yves reprit conscience plaqué contre le volant de la camionnette. L'emblème VW s'imprimait sur son sternum, comme la frappe d'un coup de poinçon à travers le tissu de sa chemise. Sans doute conserverait-il longtemps la trace du logotype embossé... si toutefois il survivait à son périple, dont la tournure continuait de s'assombrir. Une longue plainte s'échappait non pas de sa gorge mais de la corne de l'avertisseur, située sous la roue de secours à l'extérieur du T3. Les fluctuations du niveau sonore signalaient peut-être l'épuisement progressif de la batterie. Combien de temps avait-il perdu connaissance ? Son corps avait basculé en avant pendant la chute du véhicule et le rétroviseur central, à présent désolidarisé du pare-brise, gisait sur le plancher, brisé. Il se passa la main sur le front comme pour chasser une mèche rebelle qui l'aurait gêné. Ses doigts revinrent maculés de sang en partie coagulé. Sa tête avait dû heurter le haut du pare-brise au cours de la dégringolade.

Il s'adossa à son siège. La plainte du haut-parleur se poursuivit.

Bien qu'Yves eût cessé d'appuyer la poitrine contre le volant, la douleur dans sa cage thoracique s'accentuait. La bague centrale avait sérieusement entamé l'épiderme. Plus inquiétant : un étrange crépitement résonnait dans sa poitrine à chaque inspiration. Peut-être devait-il s'estimer heureux que la colonne de direction ne l'eût perforé de part en part.

Il lança un regard alentour, un peu hagard. Une sensation de vertige s'emparait de lui par intermittence. Il voulut se lever, le décor oscilla, il retomba sur son siège. Mais le vertige provenait de l'instabilité du camping-car, non d'un traumatisme. Un coup d'œil par la vitre lui permit de constater que le véhicule reposait de biais contre un arbre. Seul le tronc avait empêché le combi d'achever sa chute. S'il en jugeait par l'équilibre précaire du véhicule, le répit serait de courte durée. Il suffirait d'un infime changement dans la répartition des masses pour que la camionnette termine sa course au fond du ravin, deux ou trois mètres en contrebas. Un spectacle funeste se dessinait par ailleurs dans l'encadrement, si on pouvait qualifier de spectacle ce qu'il lui était donné d'observer : des dizaines de carcasses de voitures reposaient dans les profondeurs. Les habitacles tordus et à moitié désossés formaient un jeu de dominos macabre ; les arbres à cames gauchis, les ailes froissées se chevauchaient ; les blocs-moteurs exposés montraient que l'on avait emporté toutes les pièces réutilisables… Ici une Renault 17 bleue dont la moitié antérieure s'était enfoncée dans le sol, encore reconnaissable à son arrière-train rigide ; là une Volvo rouillée qu'on aurait crue échappée d'un crash-test ; plus loin la carrosserie d'une Ami 6 arborant de faux airs d'origami raté. Des arêtes de métal, des pistons froids… Le securit pulvérisé scintillait encore d'un éclat blême dans les herbes. Dardant un œil glauque sur le cimetière automobile, Yves songea qu'il n'était manifestement pas le premier à faire les frais d'un détour fatal, aimablement proposé par un membre de la communauté. *Va Te faire foutre, Dieu !*

Tournant la tête avec précaution, il aperçut Michel à un ou deux mètres de lui, inerte contre le placard du bas, où Bernadette et lui rangeaient les bouteilles de gaz. Le gamin ne présentait que son profil gauche. Yves songea que le jeune homme avait sûrement été éjecté de son siège durant la valdingue qu'il avait lui-même provoquée, puis que son crâne avait percuté le sol ou un meuble. Un premier gémissement s'échappa des lèvres de l'inconscient, puis un deuxième. Sa main droite, posée sur son ventre, frémit comme s'il secouait l'eau de ses doigts. Son bras tomba mollement sur le plancher et Yves crut sentir le camping-car bouger.

Il tâtonna avec prudence sa portière, trouva le vide-poche où il avait fixé son poignard. Une substance humide et froide glissa sur ses vertèbres, expression physique d'une terreur qui remontait jusqu'au cortex. Le compartiment était vide.

En d'autres circonstances il se serait demandé s'il n'avait pas tout simplement, dans un moment de distraction, caché son couteau ailleurs, mais les restes du ruban adhésif sur la paroi intérieure lui confirmaient que son arme se trouvait effectivement dans le vide-poche avant la sortie de route. Il se souvenait qu'au moment où Michel empoignait le volant, à l'instant même où le combi virait de bord et partait dans le décor, il avait par réflexe saisi le manche. Ensuite c'était le flou complet. Peut-être avait-il brandi l'arme, éjecté la lame… En tout cas il n'avait pas eu le temps de s'en servir efficacement. L'adolescent s'agitait un peu plus maintenant, toujours affalé contre le placard. Il ne portait, semblait-il, ni coupure ni entaille d'aucune sorte. Juste une grosse bosse, un œuf de pigeon violacé au-dessus de la tempe gauche. *Le couteau a dû m'échapper*, fulmina intérieurement Yves. *Et maintenant, ce petit salopard va émerger du coaltar.*

Michel émit une nouvelle plainte. Il plia les jambes pour rouler sur le flanc. Le T3 grinça abominablement. *Arrête de remuer, crétin !* Yves protestait en son for intérieur de peur de réveiller son adversaire. *Retrouver le poignard, vite ! Ensuite on verra bien.*

Passant la main sous le siège, il s'assura que l'arme n'avait pas tout bonnement glissé par terre, puis il scruta l'arrière du van. Michel secoua la tête, se redressa sur son séant. Le van rouspéta.

« Ne bouge pas, articula finalement Yves à mi-voix. Tu vas finir de nous planter au fond du trou. Le T3 n'est pas stable. »

Michel posa des yeux embrumés sur son interlocuteur. Son regard s'éclaircissait lentement, gagnait en lucidité, mais il ne reprenait pas encore possession de toutes ses facultés. Le choc avait été violent.

Le klaxon continuait de retentir. À présent on percevait plus nettement les fluctuations du son, tantôt grave, tantôt aigu. Bien que le volume restât fort, Yves ne le percevait plus que comme un bruit lointain, un acouphène guère plus embarrassant qu'une note de fond. Toute son attention se concentrait sur le jeune homme et sur ses mouvements. Michel remarquait-il seulement les beuglements de l'avertisseur ?

S'il n'avait craint de faire basculer la camionnette, Yves se serait jeté sur lui sans attendre, avant qu'il récupère totalement ses esprits. Mais il ne tenait pas à ce que son Transporter T3 Joker Westfalia aille rejoindre les autres épaves au fond du ravin, du moins pas avec lui à l'intérieur. *Doucement, tout doucement...* Le tueur entama alors un patient travail d'approche. Il se tenait prêt à reculer s'il sentait le van trop instable ou si Michel gesticulait. Pour l'instant le jeune homme semblait indifférent à ce qui se passait autour de lui.

Yves se fraya un chemin entre les deux sièges, il s'y coula

tel un reptile à forme humaine. Le Volkswagen demeurait toujours calé contre l'arbre.

Il n'avait pas encore parcouru la moitié de la distance qui le séparait de son adversaire qu'il se figea. Non que la camionnette eût montré plus d'instabilité ou que Michel se fût alarmé, mais une lueur d'étonnement presque pure éclairait tout à coup son visage. Il s'était vaguement appuyé au sol pour trouver une position plus confortable, et sa main, cachée par la cuisse droite, s'était manifestement posée sur quelque chose.

Il plia le bras pour observer dans son poing, entre ses doigts repliés, un superbe poignard à lame crantée. Cette vision fut-elle l'alizé dissipant les brumes de la confusion ? La compréhension s'inscrivit par strates sur son visage : d'abord le fond des yeux, rétines et pupilles, puis les plis frontaux en une douce contraction, et les lèvres légèrement plissées. Pour terminer, l'ensemble des traits, qui s'aiguisaient pour témoigner de la pensée en chemin, du sursaut de l'éveil, de l'éclosion des idées. Il réalisait soudain où il était, ce qu'il faisait là et comment la situation avait dégénéré.

Yves serra les mâchoires, un juron au bord des lèvres. Son arme avait sûrement glissé près du jeune homme. Est-ce qu'il pouvait aller au contact et tenter de la récupérer sans provoquer la chute du van ? Le regard de Michel indiqua au tueur que cette option n'était plus envisageable : non seulement il avait retrouvé ses moyens, mais il comprenait quel avantage lui conféraient vingt centimètres d'acier inoxydable.

Il se leva lentement, la prise assurée autour du manche. Il vacillait légèrement sur ses jambes. Savait-il que son manque d'équilibre ne devait rien à un quelconque traumatisme ?

« Reste où tu es, le prévint Yves. Tu nous as balancés dans le fossé. Maintenant on est à deux doigts du grand plongeon. Quelle mouche t'a piqué, nom de Dieu ? »

Il posait la question pour gagner du temps, car il connaissait les intentions de son jeune guide. Il avait eu l'intuition d'un drame à venir au moment même où ils avaient roulé, Bernadette et lui, sur la place du hameau. Cette intuition s'était renforcée quand Michel et lui avaient rafistolé le T3 à l'arrière du bâtiment principal. Les véhicules retapés, d'époques et de styles différents, ne pouvaient pas tous appartenir à la communauté. Pourquoi était-il alors monté avec Michel ? L'explication la plus évidente, celle qui lui venait immédiatement à l'esprit, c'était qu'il n'avait pas d'autre choix. Il comptait de toute manière le tuer et, dans un élan d'orgueil, se persuadait d'avoir le dessus. Bernadette morte, il n'avait plus rien à perdre.

Une seconde explication, cependant, se dessinait en filigrane. D'une certaine façon, il avait pris le jeune homme en affection. Il n'ignorait pas combien il identifiait fréquemment des étrangers à son fils Romain. Il connaissait la puissance de ces illusions. Pourtant quelque chose d'inhabituel chez l'adolescent l'avait attiré. Était-ce l'espoir de s'émanciper des siens, de renier leur culture et leurs valeurs ? Yves, de son côté, avait effectué un parcours similaire en rayant Dieu et les totems de la société moderne de sa carte mentale.

Est-ce que l'histoire d'amour ébauchée entre le jeune homme et Marjolaine l'avait touché ? Cette histoire ressemblait par bien des points à celle que lui et Bernadette avaient vécue, et qu'ils avaient su préserver en s'abandonnant au sommeil de la raison. S'agissait-il, plus simplement, du pressentiment que, s'il existait quelqu'un pour mettre un terme à sa course, Michel serait plus indiqué que n'importe qui ? Après tout, il incarnait l'adolescent que Romain aurait pu être s'il avait grandi. Existait-il rétribution plus équitable que celle consistant, pour paraphraser Matthieu, à périr par le glaive à la pointe duquel on avait vécu ?

Cependant Yves ne comptait pas lui faciliter la tâche. Selon lui, une flamme entêtée, une lueur rêche s'obstinait à briller en l'être humain, fût-elle plus pâle chaque jour. Celui qui l'éteindrait devrait se brûler.

La camionnette s'inclina doucement sur son axe, le métal crissa contre le bois. Réalisant le danger, Michel s'immobilisa. Le van cessa de bouger.

Yves eut un geste de tête imperceptible en direction du ravin, au fond duquel croupissaient les épaves disloquées. « Ce n'est pas la première fois, n'est-ce pas ? »

Michel ne répondit pas.

Yves continua : « Le rôle de chaperon qu'Admète t'a assigné, les séances de mécanique à l'arrière du bâtiment, tes allusions à Marjolaine, à la fuite... Tout cela était calculé, non ? »

Michel acquiesça d'un battement de paupières. Le poignard se dressait sans trembler dans sa main, mais il n'avançait pas.

« Qu'est-ce que vous fabriquez ? Vous détroussez les voyageurs ? Vous attaquez les randonneurs perdus, les touristes égarés ? Ils disparaissent corps et âme dans Bois-aux-Renards pour un petit tas de pièces détachées, quelques vêtements ?

— Vous n'y êtes pas », répondit Michel. C'était la première fois qu'il parlait depuis qu'il avait repris conscience et Yves était surpris de redécouvrir le son de sa voix, plus rauque, plus sourd que dans son souvenir. Ce Michel-là n'était pas exactement celui qu'il avait connu pendant son séjour au hameau. « Ce sont des épreuves... pour les jeunes. Afin qu'ils deviennent adultes.

— Des épreuves ?

— Des initiations, des rites. Admète parle d'ordalie. On se forme à un certain type de chasse, à un certain ordre du monde. Cela va beaucoup plus loin que de simples guets-apens.

— Alors quoi ? Les novices sympathisent avec leurs victimes, ils les emmènent ici, les balancent au fond du fossé ? »

Sourire triste de Michel. « Pas toujours. Ils sont parfois enterrés dans la forêt ou, ce qui est plus pratique, laissés aux bêtes sauvages. D'autres fois ils sont immergés dans la rivière en contrebas. Certaines conques sont très profondes.

— Aucune proie ne vous échappe ?

— Si, ça arrive. Mais les renards s'occupent d'elles.

— Les renards ?

— Ils sont le principe régulateur des bois.

— Comment ça ?

— Ils mènent les fuyards, les rescapés, les égarés à l'endroit où ils devaient aller. Là où nous irons tous. En ce sens, ils participent à la loi de la nature, mais aussi à celle de l'univers.

— Belle leçon. Elle est d'Admète ?

— Ce n'est pas une leçon. C'est un regard, une transformation, un aboutissement. Pour ainsi dire une évolution. »

Yves s'accorda un bref instant de réflexion. « Depuis quand dure votre manège ? »

Continuer à le faire parler, à le distraire. Détourner son attention...

« Depuis toujours, dit Michel. Il suffit de se fier au livre d'Admète.

— Ce cahier d'écolier taché ? Cet assemblage de feuilles froissées ?

— Admète y a consigné tous les contes, tous les mythes de notre communauté. Les récits de Bois-aux-Renards. Ceux-ci fournissent une image de la justification naturelle, ils décrivent la chaîne des causes régissant les espèces vivantes. »

Maintenir le cap, rester prosaïque. Ne pas laisser l'adolescent partir dans son délire mystique...

« Personne ne s'est aperçu des disparitions ? Les flics n'ont jamais mené d'enquête ? Ou des proches, des journalistes ? Personne n'est venu fouiner dans la région ?

— Oh si. En général ils ne trouvent rien, ou parfois des corps trop abîmés pour qu'on en tire quoi que ce soit. Les autorités concluent à des accidents. On présume que les voyageurs se sont perdus ou se sont montrés imprudents... La région a très mauvaise réputation, et ce depuis la nuit des temps. Les légendes de Bois-aux-Renards en attestent.

— Fameuses légendes, en effet...

— L'aperçu que vous avez eu durant notre petite fête vous a plu ?

— Beaucoup.

— Les ignorants pourraient parler de folklore local, mais nos histoires reposent sur des faits authentiques, Admète est formel. On sait à quoi s'en tenir. Pour en revenir aux promeneurs, personne ne leur conseillera une excursion dans la région. Quant aux autorités… J'imagine que la tâche les dépasse un peu. Les victimes s'étalent dans le temps, et elles ne sont pas si nombreuses que ça. Le bois représente une espèce de Triangle des Bermudes. Il vaut mieux l'éviter. »

Yves n'écoutait plus l'adolescent que d'une oreille distraite. Il réfléchissait, cherchait un moyen de se tirer de ce guêpier. Il pouvait tenter sa chance en attaquant de front, mais l'inclinaison du van l'empêcherait sans doute d'acquérir l'élan nécessaire. Et puis l'autre avait une arme, il était plus jeune que lui… sans compter que cette fois-ci, pas question de miser sur les effets du sévoflurane. Yves songea que si l'on écartait la possibilité d'une offensive, il restait deux choix : provoquer l'adversaire, ou le retarder en attendant qu'un changement se produise. Il s'éclaircit la voix. « Et pour nous ? Qu'est-ce qu'il va se passer maintenant ? Tu comptes m'attaquer ? Me planter ce couteau dans le cœur ?

— Inutile. » Michel lança un regard par-dessus son épaule. « Les autres vont arriver. Admète les a envoyés, ils ont entendu le signal. J'ai fait ma part.

— Alors quoi ?

— Ils vont me faire sortir du van… Je serai devenu un

membre à part entière, un chasseur complet. Quant à vous... Personne ne vous cherchera, n'est-ce pas ?

— Non, convint Yves avec une pointe de mélancolie. Ni les hommes ni les dieux ne nous chercheront, Bernadette et moi.

— Bernadette ?

— Le nom de ma femme. Amélie était une identité d'emprunt. Moi, je m'appelle Yves.

— Enchanté, Yves. Personnellement j'aimais bien José, mais j'imagine qu'il est un peu tard pour des présentations officielles.

— J'ai encore une question.

— Je vous écoute. Mais ne vous avisez pas d'approcher. Je n'hésiterais pas, et nous finirions tous les deux là en bas.

— Est-ce que vous avez tué Bernadette ?

— Tué, comment ça ?

— Hermione. Est-ce qu'Hermione a assassiné mon épouse ?

— Oh non. Hermione est une femme, c'est même la doyenne. Les femmes soignent, apaisent. Dans notre mythologie, elles rétablissent l'équilibre que l'homme et la chasse rompent, en divorçant de l'état de nature.

— De quoi est morte ma femme ?

— Il me semble qu'Hermione a dit qu'elle était morte bien avant d'arriver ici. Elle a fait allusion à un crime passé. Un crime si horrible pour une mère que le corps reste vivant, mais l'âme se dessèche, se solidifie, puis succombe. »

Une déchirure s'ouvrit lentement dans la poitrine d'Yves. Bernadette avait-elle confié à une étrangère des choses qu'elle refusait d'aborder avec son mari en personne ? Il se souvenait des rares fois où il évoquait Romain en sa présence, et où elle s'empressait d'éluder. *Changeons de sujet, d'accord ?* ou bien, agacée : *Tu ne vas pas revenir là-dessus cent cinquante ans !* ou encore, avec un regard lointain : *Laissons le passé où il est, tu veux bien ?*

« Votre femme était devenue une pierre, une pierre lancée dans le vide, et qui ne retombait jamais. J'ai entendu ces mots-là de la bouche d'Hermione, un soir où elle discutait avec le vieux. Elle disait que la commotion cérébrale n'était qu'un épiphénomène, un accident biologique. Pas la cause originelle. »

La déchirure s'étendait au-dedans d'Yves. Il ressentit une vive douleur aux mains. Il baissa les yeux. Il avait enfoncé les ongles si fort dans la chair que de profondes entailles rouges, en forme de demi-lunes, creusaient ses paumes. Il leva les yeux sur l'adolescent. Seigneur, comme il ressemblait à Romain, à ce qu'il aurait pu devenir... Un enfant qui cherchait à se muer en homme.

Michel reprit la parole. Néanmoins sa pensée semblait avoir suivi un cheminement mystérieux. « Vous l'avez fait exprès ? demanda-t-il.

— Pardon ?

— Quand j'ai... Quand j'ai empoigné le volant, vous avez pris votre couteau, vous avez éjecté la lame... Vous étiez prêt...

— Ah bon ?

— Vous auriez pu m'éliminer et pourtant vous avez lancé l'arme loin de vous, à l'arrière.

— Je ne m'en souviens pas. » Le tueur se passa la main

sur le front, sa peau dégageait une telle chaleur... un lit de braises... La soif, cette soif qu'il croyait disparue ou occultée par des préoccupations plus urgentes revenait à la charge avec une intransigeance redoublée...

Michel lança un nouveau coup d'œil par la vitre. « Ils ne vont plus tarder. » Il reporta son regard sur Yves. « Ce sera rapide. »

L'intéressé comprit alors, malgré les pensées qui se bousculaient sous son crâne, malgré la fièvre et les tremblements qu'il remarquait soudain, que sa deuxième option – celle qui consistait à temporiser dans l'attente d'une solution favorable – s'envolait. Et comme il renonçait définitivement à attaquer dans son état, il s'avisa qu'une dernière option se présentait : provoquer l'assaut, encourager la chute du van au mépris des conséquences.

« Tu aimais vraiment Marjolaine ? »

Michel cligna des yeux, comme un rêveur essayant de renouer les fils d'une conversation interrompue par la distraction. Yves insista : « Tu crois vraiment qu'Hippolyte l'a tuée ?

— Pourquoi cette question ?

— Pour comprendre. J'aimerais savoir ce que tu penses avant que tes amis débarquent.

— Ce ne sont pas mes amis. Juste mon ascendance, mon sang, la lignée. La famille est une chaîne qui libère de toutes les autres. »

Yves reconnaissait dans cette dernière sentence l'empreinte probable d'Admète. Il poursuivit son interrogatoire.

« Marjolaine refusait ça, n'est-ce pas ? Elle voulait partir, elle voulait vous quitter ?

— Elle en parlait, oui. Si Hippolyte l'a supprimée... Il va prendre le pouvoir, vous saisissez ?

— Prendre le pouvoir ?

— Dans la communauté. Admète a fait son temps, et d'autres avant lui. Quant à Hermione, on prétend qu'elle a toujours été là.

— Une façon de parler, j'imagine. »

Michel s'abstint de confirmer. Sa mimique ne dissipait pas l'ambiguïté de la phrase. Il continua sur sa lancée : « On raconte que le vieux ne s'est pas embarrassé de scrupules lorsqu'il a pris les rênes de la communauté. Il a épousé Hermione après le décès de son précédent mari, comme on embarque de force sur un navire de croisière. Maintenant c'est au tour d'Hippolyte de gouverner, tout le monde le sait.

— Il va aussi épouser Hermione ? » grinça Yves.

Le bref silence de l'adolescent indiquait sans doute qu'il n'était pas totalement fermé à cette éventualité. Il demeura néanmoins focalisé sur les implications de la félonie : « Quand Hippolyte accédera au commandement, il vaudra mieux être de son côté. »

Yves secoua la tête. Pour la première fois depuis l'accident, un sourire se dessinait sur ses traits. « Ton oncle n'a pas touché à un cheveu de Marjolaine.

— Qu'est-ce que vous racontez ? Comment vous pouvez affirmer un truc pareil ?

— Tu n'as pas répondu à ma question. Tu l'aimais ?

— Oui ! Mille fois oui ! Mais la communauté est plus importante.

— Eh bien réjouis-toi, parce que ni la communauté ni Hippolyte ne sont liés à sa disparition.

— Vous dites n'importe quoi.

— Nous l'avons tuée, Bernadette et moi. Nous avons liquidé Marjolaine. » Yves retrouvait sa voix plate, le timbre dénué d'inflexion qui avait au fil des ans étayé la citadelle érigée autour de son abominable, de sa monstrueuse, de sa magnifique histoire d'amour avec Bernadette. Il poursuivit : « Elle est montée dans notre van. Elle portait un gros baluchon. Je crois qu'elle s'apprêtait à vous quitter effectivement. Nous l'avons droguée, mais elle s'est réveillée. Elle s'est défendue, elle nous a attaqués. Quand elle est sortie de la camionnette je l'ai écrasée. Deux fois. »

Les phalanges du jeune homme blanchissaient autour du manche du poignard.

« Tu l'aimais ? insista Yves. Eh bien je lui ai roulé dessus en marche avant, puis en marche arrière. » Trouver les mots, faire incantation. « J'ai entendu ses os craquer. Elle a crié comme une truie, et je l'ai obligée à se taire, la gueule enfoncée dans la boue. » Tout en parlant, et comme il se tenait encore assez près du siège conducteur, il enroulait son avant-bras dans la lanière de la ceinture de sécurité.

Michel laissait la provocation atteindre les zones les plus vulnérables de son âme, il ne prêtait aucune attention aux manœuvres discrètes de son adversaire.

Yves grogna : « Tu aurais dû la voir, tu aurais dû l'entendre pleurer, gémir... »

Michel bondit sans lui laisser le temps de terminer sa phrase, la lame pointée devant lui telle la corne d'un rhinocéros. Pour faire bonne mesure Yves se jeta contre la cloison du fond, achevant ainsi de déséquilibrer le véhicule.

Le T3 bascula en arrière.

Grand souffle d'air, premier tonneau...

« Qu'est-ce que tu as fait, Bernadette ? »

Yves était revenu dans le séjour en trombe, il n'avait même pas sorti le corps de Romain de la baignoire, n'avait même pas tenté de réparer l'irréparable.

Bernadette avait posé sur lui un regard brillant. Son sourire aux lèvres tremblantes imprimait toujours à son visage des modulations désarmantes. « Je me suis libérée. »

Les objets volaient, le métal et le verre étincelaient à l'intérieur de la camionnette. Yves se cramponnait de toutes ses forces, la sangle lui cisaillait le bras. Quant à Michel... Qui savait où il se trouvait du toit ou du plancher, du ciel ou de la terre ? Le vacarme semblait éternel, la chute interminable. Dans les tympans d'Yves, un cri, son propre cri.

Un clapotis irrégulier résonnait dans la salle de bains, comme si quelque créature aquatique s'animait de frémissements résiduels dans la baignoire. Yves avait parfaitement conscience d'entendre uniquement le bruit des gouttes de condensation qui, tombant du robinet, frappaient la surface immobile de l'eau.

Il demeurait sonné, abasourdi dans le salon de leur

appartement silencieux. Un étranger en lui prenait les commandes, s'installait dans ses meubles, débarrassait le logis des vieilleries qui l'encombraient, exerçant sur ses réactions une influence qu'il ne comprenait pas. Sa bouche s'ouvrait, se fermait, il bégayait, incapable de prononcer la moindre parole sensée. Le langage devenait tout à coup impropre à traduire la réalité dans laquelle il plongeait, le monde parallèle, l'autre univers.

Bernadette dardait sur lui des yeux pleins d'étoiles.

À elle l'extase.

À lui le sortilège.

Un choc monumental interrompit le long hurlement d'Yves.

QUARANTE-HUIT

Les visions s'étaient purifiées.

La scène avait défilé à plusieurs reprises dans l'esprit d'Anna, comme si le cerveau cherchait à écarter les éléments non pertinents d'un épisode fondateur. La psyché effectuait un tri, passait au tamis les souvenirs qu'elle conservait de sa dernière journée au camping du Goubier. Les itérations filtraient les ultimes images de son incursion dans la caravane de sa mère.

Il y avait encore la Mercedes garée à côté de leur emplacement. Le moteur ronronnait, les portières béaient comme auparavant. Personne dans le véhicule. Elle pénétrait dans la caravane, avançait pour chercher son sac à dos… L'odeur âcre de la poudre infestait toujours la cuisine. Elle se dirigeait vers le divan, mais cette fois-ci la télévision ne fonctionnait plus. Ce qu'elle voyait sur l'écran, c'était son reflet sur la surface plane du tube cathodique. Uniquement son reflet.

Chloé n'affirmait-elle pas que Bois-aux-Renards était « un

endroit plein de magie et de mystère », où l'on trouvait parfois ce que l'on cherchait ?

Petit à petit Anna avait écarté Robert Mitchum, Bourvil et Kojak du monde réel, elle avait relégué les films de course automobile et de passe-muraille à leur rang de fiction. Même si les distinctions les plus subtiles demeuraient encore incertaines pour la fillette, les longs-métrages de cape et d'épée, les diffusions de films de guerre retrouvaient leur place dans la mimésis. Les séries policières renouaient avec leur statut d'œuvres de divertissement.

On eût dit qu'en compagnie de Chloé, dans cette villa isolée au pied d'une colline et d'une ancienne tour en ruine, les détails gravés dans sa mémoire subissaient l'épreuve de quelque cristallisation, figeant les composants les plus concrets.

Le reflet sur l'écran de télévision éteint bougeait quand elle bougeait, se déplaçait lorsqu'elle se déplaçait. Au moment où elle s'était baissée pour saisir son sac à dos, son image l'avait imitée. Le décor inversé de la caravane était apparu derrière elle. Et contrairement à ce qu'elle avait cru en pénétrant dans l'espace confiné, elle n'était pas seule…

Pour une raison mystérieuse, les visions s'interrompaient toujours à cet instant précis, toutefois Anna sentait qu'elle était sur le point de découvrir quelque chose d'important pour elle. Les fictions télévisées lui avaient fait oublier un événement capital, agissant comme un mécanisme protecteur, mais sa présence prolongée à Bois-aux-Renards lui permettrait peut-être de retrouver la trace de ce qu'elle avait perdu. Le temps, ennemi universel, devenait son allié. Il suffisait d'être patiente.

La fillette observa son reflet dans le miroir du salon, détailla son corps. N'avait-elle pas minci ? En si peu de temps, la modification étonnait. Pourtant ses cheveux n'avaient-ils pas davantage de reflets cuivrés qui, bientôt, en admettant qu'elle reste à Bois-aux-Renards, donneraient à sa chevelure l'aspect d'une cascade rousse ? Elle sentait que les transformations subtiles de son apparence physique, pour peu qu'elles existent vraiment, l'assimilaient à l'occupante du refuge. Une pensée lui traversa l'esprit : à quoi ressemblait donc Chloé avant de prendre possession de la maison ? Avait-elle les cheveux bruns, blonds ? Son enveloppe corporelle avait-elle également subi des changements à mesure qu'elle s'adaptait à ses conditions de vie ? Son ventre soumis au régime alimentaire instauré par la nature s'était-il aplati, son visage creusé afin de se conformer à la physionomie recommandée par les lieux ? Le refuge modifiait-il les attributs de celles qui s'y installaient ?

Anna se disait que, plus probablement, sa métamorphose découlait de la vie au grand air, et il ne fallait pas négliger les effets certains d'une diététique de choc. Aux barres chocolatées avaient succédé les racines d'hellébore noir, vigoureux purgatif ; aux friandises s'était substituée la poudre de cantharide enflammant les muqueuses ; la puissance diurétique des feuilles de pissenlit avait répondu aux excès antérieurs des sodas consommés quotidiennement. La jeune fille ignorait si cette nutrition relevait du remède ou du poison, mais son action s'avérait incontestable. Elle se sentait à la fois crasseuse et extrêmement propre. Dans ces conditions pourquoi attribuer des vertus miraculeuses à ce que la logique expliquait parfaitement ? Sans compter que la mue n'était pas flagrante, songeait finalement Anna.

La fillette décela une présence dans son dos. Chloé contemplait son invitée depuis l'embrasure de la porte. Son regard en disait long sur l'approbation qu'elle ressentait, ou peut-être qu'il ne disait rien : Anna ne pouvait se fier à ses impressions.

Via la baie vitrée ouverte, un puissant parfum de chlorophylle et de matières chaudes en décomposition pénétrait par bouffées dans le grand salon. Les variations olfactives, où dominaient tantôt le fruit et l'écorce, tantôt les excréments et la liquéfaction, procuraient un vif sentiment d'existence. Il suffisait de laisser venir à soi les émanations pour se sentir en prise avec le moment présent. Anna croyait même deviner une augmentation du flair. Grâce à lui elle accédait à une autre perception du monde, elle gagnait des facultés jusqu'alors insoupçonnables.

Soudain, comme expulsée laborieusement de quelque anfractuosité sur la ligne d'horizon, retentit une corne de brume lugubre, l'appel d'un cargo échoué dans les profondeurs inavouables de l'étendue forestière. Anna regarda Chloé par l'intermédiaire de la glace. Une ride apparut sur son front. Dans un mouvement synchrone, que l'on aurait pu croire fruit d'une convention muette, la femme et la fillette tournèrent la tête en direction des bois. Quelle bête pouvait crier ainsi ?

Le son se prolongea. L'une comme l'autre reconnurent la signature caractéristique d'un klaxon.

Chloé avança dans la grande pièce et s'en vint fermer la baie vitrée.

« Qu'est-ce que c'était ? interrogea la fillette.

— Tu sais ce que c'était.

— Un klaxon ? Pourquoi il ne s'arrête pas ? »

Chloé haussa les épaules. « Aucune idée. Il est loin. »

Anna voyait bien que son interlocutrice usait d'un faux-fuyant. Le pli soucieux qui creusait son front trahissait d'une certaine manière son mensonge, car il révélait l'inquiétude, l'appréhension d'un événement familier. Peut-être l'émotion de reconnaître un bruit redouté, survenant de façon cyclique.

Chloé se dirigea vers la cuisine sans un regard pour l'extérieur. « Viens, Anna, préparons le dîner. Ce soir, tu auras un menu spécial. »

Au moment où elle passa devant le miroir, Anna crut discerner un reflet d'or dans ses pupilles légèrement elliptiques. Elle aurait juré que les iris se contractaient, un peu à l'exemple de ceux d'un félin lorsqu'un rayon lumineux frappe ses yeux. Chloé possédait-elle plusieurs vies, comme le Messie et les chats ?

QUARANTE-NEUF

En combien de morceaux fallait-il couper un ver de terre pour qu'il cesse de bouger ?

La lame plongeait et replongeait dans le corps de Michel.

De grands éclairs de sang troublaient l'atmosphère, des morceaux de chair et de cartilage blancs volaient dans les airs tandis que le poignard décrivait ses arabesques mortelles.

Bien que le cœur de Michel eût cessé de battre, la pointe métallique continuait de s'ouvrir un passage dans les tissus mous et les ligaments, elle continuait de rompre les tubérosités, de trancher les membranes, d'explorer les cavités, d'ouvrir les feuillets de chaque côté des viscères. Elle avait d'abord cherché l'aorte ou les ventricules. Maintenant elle ne cherchait plus rien.

Yves poursuivait sa besogne avec obstination. Il savait qu'il s'acharnait sur un cadavre mais les coups de poignard l'aidaient à se sentir vivant.

La chute avait été rude. Dès que le van s'était désolidarisé de l'arbre qui le retenait, il avait roulé sur lui-même. Yves et Michel auraient pu se retrouver dans le tambour géant d'une machine à laver programmée sur essorage, cela n'aurait pas fait grande différence. Mais là où le tueur avait pris la précaution de s'accrocher à la ceinture de sécurité, le jeune homme emporté par son élan avait immédiatement basculé cul par-dessus tête, les membres déjetés, le corps secoué, frappé, à mesure que la camionnette accomplissait ses tonneaux. Tous les objets mobiles avaient fauché l'air, les portes des placards s'étaient mises à claquer comme pour applaudir une performance destructrice et grotesque. Concentré sur sa prise, cramponné de toutes ses forces à la lanière de l'enrouleur, Yves n'avait pas suivi les terribles rebonds de Michel sur les parois, contre les angles du mobilier. Les heurts et les impacts s'étaient poursuivis jusqu'à ce que le van s'immobilise dans un épouvantable fracas.

Quand Yves avait repris ses esprits, Michel gisait inconscient au beau milieu du Volkswagen dévasté, invraisemblable capharnaüm. Il n'avait pas fallu longtemps au tueur pour trouver le couteau en dépit du désordre. Le reste avait été une formalité.

Il n'arrêta de frapper la dépouille que lorsqu'il fut à bout de souffle, couvert de sang et de lymphe à la façon d'un nouveau-né. Pour un meilleur effet esthétique, mais aussi par rancune, il laissa l'arme fichée dans la gorge de l'adolescent. Il s'essuya le front. Du sang sur du sang. Comme de coutume, il leva les yeux au ciel en quête d'une réponse. Comme de coutume, on ne lui répondit rien.

Dans les jours ou les semaines qui avaient suivi le décès

de Romain (cette période demeurait extrêmement floue dans sa mémoire), il s'était demandé pourquoi il n'avait pas dénoncé Bernadette. Ne devait-on pas rapporter la mort d'un enfant aux autorités, a fortiori la chair de sa chair ? Le bon sens l'indiquait, les conventions l'indiquaient, tout l'indiquait sauf l'étranger en lui, qui dictait à présent ses lois personnelles, sa propre conduite. Cet étranger réduisait tout effort à néant, dissuadait d'agir, sans qu'Yves puisse rien y faire.

Il aurait dû ressentir de l'effroi : chaque fois qu'il regagnait son domicile le soir et retrouvait Bernadette, il devinait qu'un homme sain d'esprit aurait éprouvé de la répulsion. Les jours qui passaient l'éloignaient d'une rédemption possible, la normalité s'estompait, et avec elle le monde des vivants.

En réalité, et pour la première fois depuis six ans, il rentrait chez lui le cœur léger. Bernadette n'avait jamais été aussi belle, aussi radieuse qu'en ce temps-là. La joie qui était la sienne quand il revoyait sa femme, il ne la comprenait pas, mais l'étranger en lui le poussait à l'accepter. Il parlait d'étranger parce qu'il ne trouvait pas de meilleur terme pour désigner les changements inconcevables qui se produisaient dans les profondeurs de sa personnalité. Mais qui savait réellement à quelle entité, à quel type de créature il avait affaire ?

Ils avaient descendu Romain au sous-sol et conservé sa dépouille dans l'imposant congélateur horizontal, appareil servant d'ordinaire à entreposer les surgelés dont ils se nourrissaient presque exclusivement.

Yves se souvenait parfaitement des premiers plats cuisinés qu'il avait mis en rayon : le poisson à la bordelaise et le poisson à la provençale. Succès immédiat. La direction avait ensuite commercialisé les barquettes de salades prêtes à consommer. Lui et Bernadette étaient passés aux produits frais, et ce nouveau régime leur avait fait du bien.

Leurs ébats ne furent jamais aussi sensuels, aussi tendres et attentionnés – sans omettre une légère dose de fougue – qu'entre la mort de Romain et le premier meurtre qu'ils avaient perpétré conjointement.

Yves s'extirpa péniblement de la camionnette disloquée, mais il y parvint sans être contraint de se livrer à des contorsions trop extravagantes. Il s'épousseta, plutôt satisfait. Hormis une vilaine coupure au front, il s'en tirait à bon compte.

L'examen de la paroi qu'ils avaient dévalée, prisonniers du van accidenté, tempéra néanmoins son optimisme. La pente raide n'offrait que peu de prises. Les racines esseulées qui pointaient hors de terre ne semblaient pas assez solides pour soutenir un homme. Quant aux pierres sur lesquelles il aurait pu trouver appui, elles paraissaient trop éloignées les unes des autres pour offrir une voie d'escalade praticable. Restait l'arbre ayant temporairement stoppé la chute de la camionnette. S'il arrivait à l'atteindre, au moins bénéficierait-il d'une possibilité de halte à mi-chemin de son ascension.

Il regarda autour de lui. Impossible d'utiliser les carcasses instables en guise de marchepied. La dépression était beaucoup trop encaissée. Yves ne voyait pas d'autre issue que l'escarpement par lequel Michel les avait fait plonger. Il retroussa les manches de sa chemise sale.

Un mois après la mort de Romain, le congélateur du sous-sol était tombé en panne. Il s'agissait d'un vieux modèle Liebherr de format coffre, d'une contenance de 500 litres, qu'ils avaient acheté presque dix ans auparavant. Yves ne s'aperçut de l'anomalie que deux ou trois jours après que l'appareil avait cessé de fonctionner, lorsqu'il constata que le fusible de la cave avait fondu. Bernadette et lui étaient descendus au sous-sol pour constater les dégâts. Ils redoutaient le pire : ils n'avaient pas été déçus.

L'odeur suffocante les avait pris à la gorge dès qu'ils avaient fait basculer le panneau du compartiment principal. Elle les avait frappés en plein visage comme le soufflet d'un manant sur la joue d'un aristocrate. L'effluve dégorgé, mélange répulsif d'azote, de dioxyde de carbone et d'ammoniac, confirmait que l'homme passait son existence dans les boyaux d'une bête effroyable, et que sa vie se résumait à lutter contre la putréfaction et l'accumulation de ses propres déchets.

La grande tache verte sur l'abdomen du garçonnet, qu'au moment de son décès ils avaient dépouillé de ses vêtements trempés, signalait que les pigments des matières fécales avaient débuté leur migration à travers les tissus. Les bactéries intestinales avaient proliféré, attaquant le système digestif, puis le derme privé d'oxygène. On voyait maintenant apparaître sur le ventre gonflé tout un réseau de veines nécrosées. Des bulles de graisse liquéfiée s'épanouissaient à la surface de la peau. Le visage de Romain ressemblait désormais à une parodie de ce qu'il était de son vivant, une caricature qui, curieusement, rapprochait l'enfant du vieillard. Là les pommettes s'accentuaient pour adopter un modelé plus dur, ici le menton infléchissait sa courbe afin d'octroyer au profil juvénile un air de maturité sèche. La mort à l'œuvre – dût-elle toucher les premiers âges – soldait l'incapacité du corps à s'élever aux cieux. Tragique aveu d'impuissance.

Yves s'était mis à trembler. Alors qu'il avait l'esprit très clair, ses membres semblaient la proie d'un dérèglement incontrôlable. Puis ce fut au tour de son estomac. Il s'était courbé pour vomir contre le mur. Une gerbe effroyablement dense, presque gélatineuse. On aurait juré qu'il libérait le contenu d'un millier de repas, qu'il rendait enfin ce que toute sa vie il n'avait pu digérer.

Ils avaient inhumé Romain dans un coin de forêt anonyme, ou plutôt ils s'en étaient débarrassés. Pas de croix, pas de stèle, ni sermon, ni épitaphe. Rien qu'une dépouille qui retournait en pleine nuit à la terre, et qu'on ensevelissait avec le vague espoir d'enterrer également le passé.

De crainte d'être repérés ils avaient œuvré dans le noir complet. En forêt les lumières se voyaient à des kilomètres. Si les profondeurs des bois demeuraient peu fréquentées, il n'était pas rare que des chasseurs à la lampe, des promeneurs insomniaques, des jeunes en quête de sensations fortes ou simplement des farfelus s'aventurent malgré tout dans les lisières. Le couple ne désirait nullement attirer l'attention.

Après qu'Yves avait jeté la dernière pelletée sur le corps nu, la peau recouverte de terre, quand il avait fait mine de tourner les talons, Bernadette l'avait retenu par le bras. « Attends. » Il avait perçu son haleine chaude sans toutefois distinguer ses traits.

Il avait d'abord pensé que sa femme voulait se recueillir ; plus tard cette éventualité lui paraîtrait cocasse. Il l'avait entendue s'affairer dans l'obscurité. Elle semblait tasser la terre, remuer les branchages autour de la sépulture, pourtant il remarqua vite qu'un rythme se dégageait de ses activités. Elle respirait en cadence, évoluait dans des dispositions précises. Un pas, deux pas, un bruit de feuillages agités, un pas, deux pas... Il s'avisa alors qu'elle dansait. Peut-être même reproduisait-elle, dans un mouvement conjuratoire, les gestes par lesquels elle avait ôté la vie. Yves ne pouvait être certain de ses déductions, mais il sentait que les mouvements de son épouse ne devaient rien au hasard. Bernadette trépignait, soufflait, brisait en elle les derniers liens qui la rattachaient au monde civilisé. L'avenir prouverait à Yves qu'il ne se trompait pas beaucoup.

Le rite occulte et idiosyncrasique n'avait pas duré plus de cinq minutes. Ils étaient repartis sans un mot. Bernadette se sentait tellement faible qu'il devait la soutenir pour marcher. Cependant, ainsi qu'il ne tarderait pas à l'apprendre, cette fatigue ne résultait ni de l'accablement ni des effets d'un deuil soudain. Sa femme éprouvait juste l'épuisement d'une conscience repue, le soulagement d'une âme affranchie, au terme d'une âpre lutte, des derniers carcans, des ultimes conventions sociales que l'être humain avait dressés entre lui et sa nature profonde.

Quant à Yves, ces adieux clandestins avaient ébauché un signal. Peu après leur retour à la civilisation, un déclic s'était produit. Il avait décidé qu'il serait heureux avec Bernadette, et qu'il ferait son bonheur quoi qu'il en coûte. Cette joie symboliserait leur vengeance, elle serait leur défi.

Une petite voix en lui, peut-être un reliquat de son ancienne personnalité, continuait néanmoins de s'étonner, de s'insurger. Des détails sourds, des visions floues le travaillaient, et son propre comportement le déroutait tellement, malgré l'implacable logique qui le sous-tendait, qu'il avait résolu de demander conseil. Il lui fallait qu'on lui confirme qu'il suivait la bonne voie. Il ne connaissait qu'une personne à qui s'adresser en pareil recours, une personne qu'on pouvait oublier mais qui en retour ne vous oubliait jamais. Son cas nécessitait une oreille experte.

Le père Thomas officiait à l'église de son quartier. Bien qu'Yves ne fût pas à proprement parler un fervent pratiquant, et qu'il n'eût pas mis les pieds à la messe depuis fort longtemps, le religieux avait accepté de l'entendre en confession.

Quand le rideau de l'isoloir s'était fermé sur lui et que l'obscurité l'avait enveloppé, il avait commencé à parler. À peine un murmure, un long filet de voix grave et monocorde retraçant les événements des six dernières années. L'hébétude qu'il avait lue sur le visage de Bernadette le jour de l'accouchement, l'incrédulité qui avait succédé à sa sortie de l'hôpital ; incrédulité obstinée, teintée d'un vague dégoût. Les mains qui ne ressemblaient pas à des mains sur le corps frêle du nouveau-né, mais à des appendices froids et mous, que la mère aurait trouvés pendus au bout de ses bras. Les regards lointains quand le nourrisson affamé se mettait à pleurer, à crier, à percer les tympans. L'isolement qu'elle avait dû ressentir lorsque Yves l'avait incitée à délaisser son emploi pour mieux s'occuper du petit. Caissière, ce n'était pas une occupation convenable pour la maman d'un enfant en bas âge. Il gagnait suffisamment d'argent pour deux, et à vrai dire se sentait plutôt soulagé d'aller chaque jour dans les rayons bondés de l'hypermarché, saturé de marchandises dont le flot, à l'instar d'un fleuve éternel, ne se tarissait jamais. Monde d'abondance impuissant à satisfaire qui que ce soit, puisque l'on y revenait sans cesse. Les caddies remplis, l'errance des clients dans les allées, les files d'attente aux caisses, tout cela formait à ses yeux une procession lénifiante qui lui permettait d'oublier – il s'en rendait compte maintenant qu'il se confiait au père Thomas – la mine sinistre et les traits tirés de son épouse. Pour parler avec sincérité, il l'avait plus ou moins obligée à prolonger son congé de maternité. Lui avait-elle demandé de reprendre le travail ? Avait-elle réclamé de l'aide ou du soutien ? Désirait-elle qu'on lui ôtât, ne serait-ce que l'espace de quelques heures, le joug de la maternité ? Il n'en conservait aucun souvenir.

Et puis, l'irréparable. Et puis, son silence à lui. Le congélateur, l'enterrement, l'apaisement, la joie retrouvée. Et enfin sa résolution : aimer sa femme au mépris de toutes les lois, de toutes les règles. L'aimer parce qu'il n'existait pas d'autre réponse au gouffre qui s'était ouvert sous leurs pieds. Est-ce que le Seigneur comprenait ?

La porte du confessionnal avait claqué. Yves, figé, s'était brièvement interrogé, avant de réaliser que le prêtre de la paroisse prenait tout simplement la fuite.

Il l'avait rattrapé sur le seuil de la sacristie. À cette heure tardive la nef était déserte. Nul autre pour les entendre qu'un Christ cloué sur sa croix, un Sauveur qui avait plié bagage sans sauver personne. « Allez-vous-en », souffla le prêtre.

Yves lui avait serré le bras. « Attendez, j'ai besoin de savoir s'Il peut m'aider. »

Le père Thomas avait secoué la tête. « Personne ne peut vous aider. Pas même Lui. C'est trop tard, vous êtes perdu.

— Comment ça, trop tard ? Je croyais que le Tout-Puissant…

— Allez voir la police, mon fils, c'est la seule chose à faire, je vous en conjure.

— La police ? Vous n'y pensez pas ! Et Bernadette ?

— Lâchez-moi. »

Yves avait accentué sa prise. « Vous n'envisagez quand même pas de trahir le secret de la confession, mon père ? »

L'autre voulut se dégager, mais Yves avait trop de poigne. « Vous savez auprès de qui vous avez pris engagement ?

— Arrêtez, vous me faites mal.

— Auprès de qui ? »

Le regard du prêtre était devenu suppliant. Effrayé aussi.

Croire au salut et craindre la mort, beau paradoxe. Il avait répondu d'une toute petite voix : « De Dieu. »

Yves l'avait alors lâché. « Ne vous avisez pas de Lui déplaire. Songez au bonheur de Bernadette. »

Le prêtre l'avait fixé, éberlué. « Pourquoi existez-vous ? »

Incapable de trouver une réplique, Yves avait déployé sa gorge, libéré un rire dont la réverbération dans l'église vide exacerbait la démence.

Le père Thomas avait claqué la lourde porte derrière lui et donné un tour de clef pour se cloîtrer dans le revestiaire. Yves l'avait laissé faire.

Quand il était rentré chez lui, il avait proposé à Bernadette une promenade dans les rues du quartier. Une petite marche nocturne, pour s'imprégner de l'idée que Dieu ne l'aiderait pas. Et si Lui, le Démiurge, refusait de lui donner Son aval, eh bien Yves continuerait seul. En sortant il avait tenu très fort la main de son épouse, et ensemble ils s'étaient enfoncés dans la nuit. Une nuit qui durerait plus d'une décennie.

Il s'accrochait à l'arbre de toutes ses forces, les deux bras passés autour du tronc, les jambes dans le vide. La grosse pierre sur laquelle il avait calé ses orteils s'était brusquement dérobée, arrachée à la paroi verticale du ravin. Quoiqu'une demi-pénombre, sans doute perpétuelle, favorisât l'hygrométrie des profondeurs, la terre sèche de l'adret s'avérait trop friable pour assurer les prises.

L'arbre seul – un jeune pin cembro coutumier de la solitude et des milieux difficiles – avait pu ficher ses racines assez profondément pour croître et demeurer à l'oblique sur la pente escarpée. Son écorce crevassée meurtrissait les mains et les avant-bras d'Yves. Le rhytidome s'écaillait en larges plaques grises bordées de résine. Les écailles disjointes figuraient les plaies d'un accident récent.

Le tueur savait qu'il pouvait encore compter sur sa condition athlétique, mais sa force déclinait. Il opéra un mouvement de balancier avec le bas de son corps, de façon à pouvoir enrouler les jambes autour du fût. S'il parvenait à se rétablir, ce serait gagné.

Malheureusement l'espace entre le pin et le sol incliné ne lui laissait pas assez de marge. Il sentait ses mains glisser, ses bras se desserrer un peu plus à chaque secousse. Les rugosités du bois lui fendaient la peau.

Soudain, miracle ! Son pied droit accrocha un broussin de l'écorce. Appuyant le talon sur la protubérance, il put amener l'autre jambe à la même hauteur, et ainsi soulager la tension des membres supérieurs. Qui aurait su dire si le glapissement échappé de sa gorge représentait un cri de victoire ou exprimait la détresse d'un homme conscient d'être à mi-parcours de son calvaire ? Il existait dans l'esprit d'un seul être humain assez de pensées pour accoucher de tous les paradis et animer tous les enfers de la création.

L'enterrement à la sauvette de Romain avait eu un effet imprévu sur Bernadette. Dès le lendemain elle était redevenue irritable, insatisfaite. Elle maudissait perpétuellement les petites contrariétés, en voulait à la terre entière. Yves avait l'impression de retrouver la Bernadette d'avant l'infanticide, dont la conscience couverte d'abcès ne se laissait purger d'aucun drain : la Bernadette de la maternité. Et lui, il avait juré son bonheur.

Quand il lui avait enfin demandé de s'expliquer, de verbaliser ses griefs, pour peu qu'une telle opération fût concevable, elle avait plongé son regard dans le sien. « J'ai besoin d'éprouver à nouveau… ce que j'ai ressenti quand Romain est mort. »

Depuis le drame, c'était la première fois qu'elle mentionnait le nom de son fils. Yves avait noté ce détail dans un coin de sa mémoire. « Tu veux parler de la période où nous l'avons conservé au sous-sol ?

— Non. » Elle avait marqué une courte pause, le temps d'un battement de cils. « Du moment où je l'ai tué. Du moment où j'ai appuyé sa tête sous l'eau, où il s'est débattu, où il a cessé de respirer. »

Yves avait conscience qu'ils ne s'engageaient pas là sur le terrain d'une conversation normale entre un mari et une femme équilibrés. Pourtant il se raccrochait à l'idée de félicité qu'ils avaient atteinte, lui et elle, en contrepartie d'un acte atroce. Cela s'était produit une fois, cela pouvait arriver de nouveau. La recherche à laquelle ils vouaient leurs efforts constituait la marque d'un amour plus haut, plus pur que toutes les conventions inventées par la société. Leur amour dépassait l'entendement.

Bernadette avait tout à coup ajouté : « J'ai vu une femme qui fait son jogging tous les soirs au parc municipal. Il n'y a presque jamais personne à l'heure où elle sort. »

Au début, Yves n'avait rien voulu entendre. Mais

Bernadette avait insisté. Elle qui s'était longtemps murée dans le silence, puis dispersée en vaines récriminations, trouvait enfin un objet sur lequel concentrer son désespoir.

Elle était revenue à la charge tous les jours. La femme du parc semblait représenter à ses yeux la clef d'une énigme. Et même si elle ignorait le sens caché du mystère, la vision de cette victime potentielle tournait dans son esprit à l'obsession. Si une fois, rien qu'une fois, assurait Bernadette, elle parvenait à revivre l'instant d'émancipation au cours duquel l'autre avait cessé de la tourmenter, alors ils auraient droit à une troisième, à une quatrième idylle. Joli nom pour une démangeaison. Après les épreuves qu'ils avaient endurées, n'était-ce pas leur droit le plus élémentaire de se gratter jusqu'au sang ?

Elle avait mis plus d'une semaine à le convaincre.

Ils avaient finalement acheté un chien pour susciter la sympathie. Un cabot stupide, sans aucune appétence pour la violence et plus craintif qu'une blatte devant le balai de la concierge. L'animal avait cependant rempli son rôle, qui consistait à endormir la méfiance de la coureuse.

Un soir, Yves était passé à l'action.

Le plus grand péché de l'être humain, c'était de laisser passer la première faute. Ensuite, plus moyen de s'arrêter. Une fois l'élan donné, l'erreur descendait la pente sans rien à quoi se raccrocher.

Il empoigna les touffes d'herbe au bord du ravin. Ses ongles s'enfoncèrent dans la terre chaude. Il tira encore une fois sur ses muscles, un ultime effort et il roula sur le dos, dans la poussière, cette délicieuse poussière que la veille encore il exécrait. Même l'air brûlant, qui d'ordinaire parcourait des étendues auxquelles les arbres n'offraient plus de protection, avait l'apparence d'un souffle revigorant dans ses bronches. Les rayons assassins du soleil devenaient une caresse sur sa peau à vif. Ses bras poisseux de sève paraissaient enduits du plus exquis des baumes. Il resterait là, allongé sur le dos, immobile au bord du précipice, le temps qu'il faudrait pour ressusciter. Et ensuite ? Il se remettrait en route, évidemment. Il continuerait d'avancer comme il l'avait toujours fait : sans bien savoir pourquoi, mais guidé par une force invisible, une motricité de la contingence.

Sa respiration ralentit. Contre ses tympans, le pouls adoptait un rythme moins soutenu. La douleur dans ses fibres, sur sa peau, dans la moelle de ses os reflua. Se reposer, oui. Laisser l'esprit vagabonder.

Le premier meurtre gratuit – si l'on faisait abstraction de l'infanticide, qui relevait aux yeux d'Yves, et peut-être de Bernadette, sinon de l'acte de survie, du moins de l'affranchissement radical – avait marqué, ainsi qu'il fallait s'y attendre, l'instauration d'une période de sérénité, et même le retour de la passion au sein du couple Beltrand. Pourtant Yves n'était pas naïf au point de croire que les choses en resteraient là. Quand ils avaient supprimé la joggeuse, Bernadette et lui, ils avaient signé un pacte ; un pacte qui ne se payerait pas de beaux serments ou de paroles en l'air ; un pacte qui n'admettrait pas plus de trêve que de renoncement. L'écot de sang, de gémissements, d'agonie qu'il réclamait, il faudrait le payer.

Esclave de l'amour : Yves songeait souvent à cette expression galvaudée. Peut-être qu'elle trouvait, dans le rapport qu'ils avaient établi entre eux et celui qu'ils concevaient avec le reste du monde, une résonance singulière.

Un bruit soudain l'alerta. Il émergea en un éclair de sa rêverie, se redressa sur le coude. Des branches mortes craquaient, des feuillages remuaient au bord du chemin forestier. On se déplaçait dans les fourrés, et ce n'était ni un serpent ni un rongeur. L'intrus était beaucoup plus gros. Yves déplia les jambes, se mit debout. Il creusa les reins, l'échine droite, la poitrine fière. Ses bras fins et musclés pendaient le long des flancs. Ses yeux suivaient la trajectoire du visiteur, quel qu'il fût. Celui-ci décrivait une courbe dont l'extrémité aboutissait exactement à l'endroit où il se trouvait. Une bête sauvage l'aurait déjà détecté, or l'homme occupait la place dominante dans la chaîne alimentaire. Si l'animal n'était ni affamé, ni blessé, ni menacé, il évitait le contact, exception faite des spécimens apprivoisés.

Les buissons s'écartèrent tout à coup, et Yves comprit qu'il avait vu juste. La créature qui venait d'émerger de la végétation était si proche de l'homme qu'on lui prêtait une évolution supérieure aux autres espèces. Certains n'étaient pas loin de lui conférer une âme.

Le chien gronda, les poils hérissés. L'animal portait un large collier à clous. Yves s'avisa qu'un molosse de cette taille, s'il était dressé pour tuer, viserait d'abord les artères à sa portée : iliaque externe ou fémorale. Il porta la main à ses reins pour saisir son poignard, mais se souvint presque aussitôt que dans un esprit de vengeance puéril, comme s'il pouvait humilier ou faire souffrir sa victime au-delà du trépas, il avait laissé l'objet tranchant dans le corps de Michel. Il regarda autour de lui, à la recherche d'une arme. Aucune branche morte au sol, rien qui pourrait faire office de bâton ou de gourdin. Là, une pierre. Mieux que rien, mais cela ne dissuaderait pas le mastiff d'attaquer. *Viens, je t'attends.*

Au début Bernadette avait assassiné les gens, ou elle les avait fait assassiner par son mari, pour se libérer d'on ne savait quel poids. Pour retrouver l'ivresse du meurtre initial, peut-être, ou alors par pulsion sadique.

Yves, lui, s'était persuadé qu'il n'obéissait pas par plaisir. Certes il ne niait pas les douceurs de l'homicide, mais il avait décidé avant tout d'être heureux, et son bonheur passait par celui de Bernadette.

Cependant les périodes d'extase étaient devenues moins longues, moins vives au fil du temps. Bientôt ils s'étaient mis à supprimer les inconnues non plus pour élever leur amour au-dessus du commun ou accéder au bonheur, mais pour se sentir normaux. Pour qui goûtait l'ironie macabre du sort, un tel renversement ne manquait pas de sel.

Par nécessité Bernadette avait repris son travail de caissière. Ce retour à la vie professionnelle aurait pu lui donner satisfaction s'il était intervenu plus tôt. Mais elle avait entre-temps goûté à d'autres plaisirs. Revenir en arrière aurait été synonyme de mutilation.

Lui avait poursuivi sa carrière de chef de rayon. Leurs quarante-deux heures hebdomadaires laissaient peu de place aux pulsions meurtrières. Les tueries, d'abord espacées et accomplies au gré des circonstances, avaient trouvé un rythme plus précis en deux ou trois ans. Une routine s'était installée sans même qu'ils en aient conscience. Ils s'étaient mis à planifier leurs opportunités, à réguler leurs envies. Ajustant leurs méthodes, ils avaient commencé à exécuter leurs victimes pendant les vacances estivales, durant les cinq semaines de congé annuel que leur octroyait – ainsi qu'à une multitude de vacanciers désœuvrés, chair à massacre – le Code du travail.

Le chien s'élança. Les griffes raclaient le sol, la poussière s'élevait dans le sillage de l'animal domestique redevenu fauve. Sa grande gueule balafrée semblait sourire, l'écume même de ses babines aurait pu exprimer l'ardent désir d'en finir, mais ses yeux opaques n'exprimaient aucune joie, non plus que de convoitise. Les muscles puissants se contractaient avec la rigueur d'un métronome, comme si le pelage dissimulait quelque mécanique de précision, pourtant Yves ne se laissait pas impressionner : un être humain décidé pouvait tuer n'importe quel canidé. Le collier à pointes l'empêcherait d'étrangler son agresseur. Restait à déterminer s'il possédait encore assez de force, assez d'exactitude pour viser juste. Il avait la pierre bien en main.

Quand l'animal bondit, Yves avait déjà armé son bras. Un filet de bave décrivit un arc de cercle argenté dans les airs. Les mâchoires allaient se refermer, et la pierre frapper. Deux façons de tuer. Deux façons de mourir.

CINQUANTE

Chloé et Anna préparaient leur dîner sur le plan de travail de la cuisine, longue planche en bois nu analogue à un établi de fortune qu'un vendeur de souk éphémère aurait érigé pour marchander une poignée de babioles exotiques. La lucarne ouverte en surplomb tolérait un agréable courant d'air tiède, chargé de senteurs mentholées. Comme si elle avait déjà contracté de vieilles habitudes, la fillette monta sans façon sur un tabouret branlant, autrefois chargé d'une caisse à outils, afin d'aider Chloé à trier, arranger, marier les différents aliments. Celle-ci semblait prendre plaisir à voir sa jeune invitée se hisser à sa hauteur et s'atteler, pour ainsi dire à égalité de l'adulte, aux préparatifs du soir. Ces séances culinaires tendaient à instituer une sorte de rituel, avec ses codes, ses symboles et sa liturgie propres, mais réduit à la simple expression d'une satisfaction des besoins naturels. On aurait presque pu parler d'une cérémonie païenne issue d'un monde ancestral, un exercice protreptique guère éloigné d'une conversion.

Le soleil déclinait. L'approche du soir se devinait aux cris des martinets et des hirondelles, aux stridulations précoces des ensifères, à la danse des mites et des coléoptères ainsi qu'aux premiers affairements des animaux crépusculaires : chauves-souris, lucioles, furets... Les ultimes chaleurs du jour expiraient dans une joie calme : la luxuriance sans l'exubérance.

Ce soir-là Anna mangerait une poêlée de champignons. Chloé avait récolté au pied des pins d'étranges sporophores rouge foncé, à la cuticule parsemée de points blancs. Elle avait expliqué à la fillette qu'ils poussaient parfois en cercles que l'on appelait des « ronds de sorcière ». Elle avait souligné la dérision de cette qualification, mais Anna n'avait pas saisi le caractère ironique de cette remarque.

Penchées sur le plan de travail, elles avaient écarté les volves et les verrues les plus saillantes pour ne conserver que l'anneau, les lamelles et la chair. Chloé avait proposé à Anna de croquer la membrane extérieure encore présente sur les spécimens les moins matures. La couche de tissu craquait sous la dent, s'ouvrait comme une pellicule souple sur une partie plus tendre, que Chloé avait demandé à la fillette de ne pas ingérer. Anna avait vainement tenté d'identifier une odeur quelconque. Hormis de vagues arômes de terre humide, elle n'avait rien senti.

Une fois débarrassées de leur enveloppe, les amanites avaient trouvé leur place en compagnie de quelques ciselures de persil dans une vieille poêle en fonte.

Curieusement Chloé n'en préparait que pour la fillette. Jusqu'à présent les deux complices avaient mangé ensemble, mais ce soir-là, pour une raison inconnue, Chloé cuisinait pour une seule personne. Elle paraissait inquiète, préoccupée. Anna détectait dans ses manières une rudesse qui, si elle n'était pas inhabituelle, semblait pour la première fois échapper à son contrôle. La fillette pensait que cette altération s'était produite quand le long coup de klaxon avait retenti dans la forêt. S'agissait-il du fameux signe qu'attendait Chloé ? La gamine n'aurait su le dire.

Les lames blanches, que la responsable des fourneaux avait préalablement fait revenir à feu vif – « pour expulser l'eau de végétation », avait-elle précisé –, frémissaient maintenant à feu doux.

Anna observait une tégénaire qui avait tissé sa toile dans un coin sombre près de la lucarne. Elle refaisait les fils de soie en prévision de la nuit. Le curieux maillage en forme de nappe bougeait doucement au gré de la brise vespérale. C'est alors que monta par la petite fenêtre une série d'aboiements furieux, suivie d'une longue plainte grave, expression d'une douleur profonde. Les échos déchirants rendaient la modulation presque humaine mais on ne pouvait se méprendre sur la nature animale du cri. Celui-ci mourut dans les ombres allongées sur le dos des montagnes. Dans l'esprit d'Anna le hurlement évoquait de larges silhouettes hérissées de pelage noir ; de grands yeux pour mieux voir les enfants, et de grandes dents pour mieux les dévorer ; des têtes dressées vers la pleine lune. Le visage de Michael Jackson grimé en monstre à la fin d'un long clip diffusé dans une émission de variété lui revint en mémoire.

Elle dévisagea Chloé. « Un loup ? »

La femme s'était figée, sa cuillère de bois à la main, les yeux fixés sur la lucarne. « Non, un chien. »

La gamine s'attendait à une explication supplémentaire, mais son interlocutrice s'était remise en silence à la besogne, avec une application redoublée. Anna réfléchit. D'abord un coup de klaxon, puis les aboiements et maintenant la tension qui s'installait… Tout avait été si calme auparavant… Elle songea finalement qu'elle se faisait peut-être des idées. Les préoccupations, l'angoisse de Chloé n'existaient sans doute que dans son imagination.

Elle secoua la tête. Décidément, elle se sentait dans un drôle d'état depuis qu'elle avait mordu dans le voile des champignons.

CINQUANTE ET UN

«Papa, lis-moi une histoire.

— Mais je n'ai pas le temps, mon chéri. Je dois travailler pour vous payer une jolie maison, et tous les meubles qu'elle contient, et la table basse, et la télévision, et les draps, et les serviettes, et la machine à café, et le grille-pain... Tout cela est très beau, tu vois. Et il faut travailler beaucoup pour l'obtenir.

— Papa ?

— Oui, Romain.

— Pourquoi maman est méchante avec moi ?

— Voyons, ne dis pas de bêtises... Tu sais bien qu'elle ne te fera jamais de mal. Elle est un peu surmenée, voilà tout. Ce sont des problèmes d'adultes, ne t'en fais pas.

— Je crois que... Je crois qu'elle aimerait me tuer.

— Malheureusement, je n'ai pas le temps de m'occuper de ces problèmes, Romain. Je dois travailler. La maison. Le bonheur. Tu comprends...»

Il reprit ses esprits très lentement. En quelle contrée absurde ses divagations l'avaient-elles mené ? Combien d'heures était-il resté prostré, à genoux dans la poussière, le visage baissé sur son bras meurtri? Le sang ne coulait plus. L'épanchement ne lui avait guère laissé le choix. Avant de sombrer dans la torpeur il avait déniché un robuste morceau de bois et posé un garrot dans le pli de l'épaule. Le lambeau de chemise avait certes compressé l'artère contre l'os, mais à présent il ne sentait plus son bras. Sa catatonie s'était-elle prolongée longtemps? Trop sans doute. Les tissus allaient se nécroser, et s'il tentait de desserrer le garrot maintenant, le brusque afflux d'acide lactique et de potassium risquait de l'empoisonner.

Il se dressa sur ses jambes, cligna des paupières, surpris de constater la tombée de la nuit.

Il fit un pas en avant. Quelle douleur intolérable! Le chien avait foncé sur lui bille en tête. Pas de détour, pas de feinte, aucune hésitation. Il avait visé la gorge. Yves n'avait pu qu'entrevoir la blancheur des crocs, l'écarlate des gencives, avant de sentir la morsure sur son bras levé en protection. La pierre dans son autre main avait frappé la gueule de l'animal presque de sa propre initiative. Le coup manquait de précision, impuissant à repousser l'attaque. Les canines recourbées avaient trouvé l'artère humérale.

Yves supposait qu'en pleine possession de ses moyens le molosse aurait brisé le radius, mais le coup l'avait sonné. Profitant de l'étourdissement passager, il avait frappé une deuxième fois le museau de l'animal. Ce dernier avait alors lâché prise, reculant avec des aboiements furieux. Yves n'avait prêté aucune attention au flot d'hémoglobine sur son bras, car l'assaillant entamait déjà une manœuvre de contournement. Pas question d'attendre l'assaut passivement! Yves avait lancé la pierre de toutes ses forces. Et le projectile avait touché sa cible.

Le morceau de roche émit un bruit sourd, étrangement creux. Yves s'étonna qu'avec un tel impact la calotte n'eût pas éclaté. Le chien poussa un hurlement affreux en tournant sur lui-même. De grandes giclées de bave et de sang éclaboussèrent son thorax.

En proie à des gesticulations incontrôlables, désorienté, il se débattit longtemps contre lui-même avant de tomber inanimé au sol.

Yves, lui, cherchait déjà de quoi endiguer l'écoulement.

Il procéda avec des gestes précis, calculés. Déchirer d'abord la manche dans le sens de la longueur, nouer la bande en demi-cabestan, pratiquer un tourniquet avec un morceau de bois... Mais dès qu'il eut stoppé l'hémorragie il céda à une profonde hébétude, incapable d'accomplir un mouvement supplémentaire. On eût dit qu'un interrupteur venait d'être actionné, coupant brutalement toute source d'énergie en lui.

Maintenant les étoiles scintillaient au-dessus de sa tête. Son bras pendait à son flanc comme une chose déjà morte. Le chien, lui, avait disparu.

Il pivota lentement sur lui-même, tâchant de s'orienter. Ces foutues étoiles étaient les mêmes partout. Il regrettait de ne pas avoir écouté plus attentivement les leçons d'astronomie élémentaire que son père avait essayé de lui dispenser dans sa jeunesse. Avec le recul, il n'était même pas sûr que son paternel en ait su beaucoup plus que lui aujourd'hui.

D'autres aboiements résonnèrent dans le lointain. Il

s'immobilisa, l'oreille tendue, sans respirer. Quand les aboiements reprirent il estima qu'ils se rapprochaient. Pas besoin d'avoir une boule de cristal pour s'aviser que les renforts mentionnés par Michel arrivaient. Tonton Hippolyte n'allait pas être content du traitement qu'il avait réservé à son neveu, sans parler du chien. Yves regarda autour de lui. Où était passé ce satané cabot d'ailleurs ? Une tache sombre sur le chemin forestier, lui-même obscurci par la nuit, indiquait que l'animal avait perdu beaucoup de sang. Peut-être s'était-il enfui pendant qu'Yves était dans le cirage, s'éloignant à l'aveugle ou tentant de rejoindre son maître... À vrai dire les possibilités ne manquaient pas. Yves doutait en tout cas qu'il se soit attardé dans les parages. Un animal trop mal en point pour achever sa proie se hâtait de gagner un abri, soit pour se soigner, soit pour y crever. Dans le monde civilisé, la médecine et l'industrie pharmaceutique avaient gauchi ce paradigme élémentaire, sur lequel reposait au fond toute l'idée de nature : ou la douleur était d'intensité modérée et on en guérissait, ou elle s'avérait trop forte et elle ne durait pas. Les hôpitaux avaient créé une troisième voie, un univers spécial qui achevait de couper l'homme de ses origines : au sein des unités de soins palliatifs, les patients pouvaient subsister pour un temps indéfini dans un état intermédiaire qui n'était ni la rémission ni le trépas, mais plutôt une condition proche du cauchemar éternel. Qui pouvait consentir à pareille aberration ? Quel être doué de raison pouvait accepter de donner sa contribution, même involontaire, à cette effarante invention du progrès ? Oui, qui, sinon l'homme moderne ?

Yves coupa court à ces divagations. La fatigue l'égarait. Il ferma les yeux pour mieux écouter la rumeur nocturne. Les aboiements, encore. Maintenant qu'il les avait remarqués, il n'entendait plus qu'eux. Pure illusion auditive, bien sûr, fruit bien juteux de la paranoïa et de l'épuisement physique. Ne pas paniquer. Ne pas laisser les jugements fallacieux obscurcir la raison.

Il récapitula les points essentiels : plus de véhicule, plus de guide, aucun moyen de savoir où il se trouvait, et le bras menacé de gangrène. Pour couronner le tout, il avait sur les talons un groupe de types armés, décidés à le rayer de la surface de la terre. Dans ces conditions, de quelles alternatives disposait-il ? Il pouvait suivre la voie forestière, mais ce serait la première piste que choisiraient les chasseurs. Il pouvait essayer de les contourner et reprendre la route dans leur dos : une manœuvre grossière à laquelle la meute ne se laisserait pas prendre...

Il hésitait encore lorsque, tout à coup, il repéra un point lumineux dans la partie la plus dense de la forêt. Quatre points fixes, en réalité, et parfaitement alignés. Quelqu'un dans les bois enténébrés avait allumé toutes les lampes de son habitation.

CINQUANTE-DEUX

Anna arpentait doucement la zone dégagée à l'arrière de la maison, non loin des cages ouvertes. Les restes de nourriture, plumes et os, ainsi que les excréments desséchés jonchaient le sol. Anna posait un pied après l'autre sur la terre, avançait comme une ballerine sur un parquet ciré. Elle respirait ainsi que Chloé le lui avait enseigné. Bouche fermée, l'air circulait uniquement à l'intérieur du nez, coulait dans la gorge jusqu'aux bronches. Le souffle pénétrait en elle, frais et sec, puis après être passé à travers toutes les cellules de son corps – de la pointe des orteils au sommet de la tête – en ressortait tiède et humide. La fillette se concentrait sur les mouvements de son ventre, la nouvelle fermeté de la sangle abdominale, les élévations amples de sa poitrine. Elle accompagnait chaque respiration du début à la fin, avec la certitude qu'aucune d'elles ne devait échapper à sa vigilance. Elle écoutait également les sons qui l'entouraient, le bruissement des feuillages, le jacassement d'une pie invisible, un infime acouphène au creux de l'oreille.

Des centaines de lucioles montaient dans l'atmosphère, effleuraient ses mains, ses bras, le haut de ses épaules. Elle se déshabillait à présent sans difficulté pour mieux ancrer son corps dans le présent. Chloé disait que pour les animaux le passé n'existait plus, et l'avenir pas encore. Par conséquent l'éternité dont ils faisaient partie se résumait à l'immédiat. Quand Anna lui avait demandé des précisions, Chloé avait répliqué que l'actuel se déplaçait sur la ligne du temps physique. Selon elle, il suffisait de le suivre, d'y adhérer, pour accéder à une dimension d'une profondeur infinie. En d'autres termes, affirmait-elle, l'instant mesuré non par la montre mais par le ressenti dévoilait l'inconnu, il ouvrait la porte sur une perception différente de soi, de l'univers et des événements. Elle appelait ce présent animal «force de vie».

La jeune fille leva les mains devant ses yeux. Les doigts semblaient avoir raccourci, de petites touffes de poils blancs, aussi fins qu'un duvet d'oisillon, poussaient entre les doigts sans qu'elle s'en alarme. Une odeur de musc doucereux imprégnait sa peau. Tout allait bien, tout allait très bien. Elle suivait la force de vie.

Quand elle s'humecta les lèvres, sa langue râpeuse parut tapissée de minuscules crochets.

Les renards étaient là, autour d'elle, elle sentait leur présence. Furtifs, silencieux, ils se déplaçaient sans un bruit dans les broussailles, s'immobilisaient au moindre frémissement.

Des zones plus sombres apparurent dans son champ de vision, similaires à des interférences du champ magnétique ou à des points de voile sur un film photographique exposé. Grâce à ces altérations, la fillette localisait les visiteurs. Elle avait l'impression de posséder une véritable boussole interne, comme si des cristaux biominéralisés dans les lobes frontaux jouaient le rôle d'une pierre de magnésie.

Le premier à émerger du couvert était bien entendu celui qui n'avait que trois pattes, l'éclaireur. Anna se courba en avant, posa ses mains au sol. Les paumes rebondies ressemblaient de plus en plus à des coussinets. Elle flaira l'animal, il la flaira en retour. Il signala d'un feulement amical qu'il la reconnaissait, peut-être même la considérait-il comme une congénère. Les cinq adultes restants – trois femelles, deux mâles – sortirent des taillis.

Anna entendait maintenant les bruits à un kilomètre à la ronde. Une créature se déplaçait au nord-est. Ses oreilles pivotèrent en même temps que celles des animaux qui l'entouraient. Depuis quand possédait-elle des oreilles si mobiles, si grandes ? Les renards se sentaient attirés par la créature en mouvement. La fillette partageait leur sentiment.

Mais Anna était-elle encore une fillette ?

Quand la troupe se mit en marche, Anna se joignit à elle le plus naturellement du monde.

CINQUANTE-TROIS

Chloé regarda partir la jeune fille. Nue, à quatre pattes, et entourée d'un groupe de renards domestiqués, anciens pensionnaires du refuge, la gamine avait rapidement disparu dans les fourrés, engloutie à la fois par la végétation et par l'obscurité de la nuit. La gardienne songea que la fillette – quoique sous l'emprise d'un puissant psychotrope – se déplaçait avec une agilité extraordinaire. Elle faisait preuve d'un mimétisme saisissant en compagnie des *Vulpes vulpes*. La fillette devait réellement se croire revenue à un stade antérieur, primitif; stade dont le renard était un remarquable représentant.

La mort de Zymansky avait provoqué d'insurmontables difficultés financières pour le refuge. L'absence de fonds l'avait finalement contrainte à relâcher les animaux. Les sujets qu'ils avaient élevés à la ferme étaient partiellement revenus à leur condition sauvage. Toutefois, s'ils obéissaient aux instincts basiques de leur espèce, ils avaient conservé une grande proximité avec l'homme, ceci grâce à la subsistance en eux du gène SorCS1, caractéristique de 60 % des animaux domestiqués. L'apprivoisement du chien, par exemple, restait mystérieux alors qu'il s'était produit dix mille ans auparavant. Certaines recherches montraient qu'en cinquante ans de sélection génétique on pouvait obtenir des renards dont les oreilles commençaient à pendre, les pattes et le museau à raccourcir, et la tête à s'élargir. Selon le processus de la résurgence des traits juvéniles, les glandes surrénales devenaient plus actives, le niveau de sérotonine augmentait, les pulsions agressives s'atténuaient.

Il était troublant de constater, songeait Chloé, qu'on retrouvait le gène SorCS1 chez l'être humain, et qu'il correspondait à certains syndromes autistiques, à des troubles bipolaires, ou à des états de conscience modifiée. L'amanite tue-mouches permettait certes d'accéder avec une réelle efficacité à de tels états, mais les tendances autistiques que Chloé avait détectées chez Anna constituaient sans doute le facteur déterminant, et une des raisons pour lesquelles elle avait jeté son dévolu sur la fillette. L'ancienne scientifique s'était également intéressée à sa jeune pensionnaire en vertu d'arguments bien moins rationnels : des cheveux aux reflets roux, une longue cicatrice sur la jambe, et une prophétie annoncée plus d'une décennie auparavant. Un homme aux airs de faune lui avait proposé un marché : une protection contre le froid et les intempéries, une aide matérielle en échange d'un poste de sentinelle au pied d'une tour en ruine, dont on prétendait qu'elle accueillait les âmes égarées. Chloé préférait reléguer ces dernières indications dans une zone obscure du préconscient, de peur qu'elles ne dévoilent avec trop de franchise à quel point les années d'isolement avaient détérioré ses facultés mentales. Pourtant, elle n'avait tout de même pas inventé les inconnus qui passaient parfois par la villa. Elle n'avait pas inventé non plus le lien qui l'unissait aux descendants des pensionnaires du refuge, et qui l'aidaient à guider les fuyards : ceux que les montagnards avaient laissés filer.

Chloé pensa à Anna, qui courait à présent en pleine forêt. On ne pouvait pas la classer dans la catégorie des fuyards, enfin pas précisément car elle n'avait pas rencontré la population des hameaux. Peut-être d'ailleurs eût-il été préférable qu'elle le fît, car ce à quoi elle se trouvait confrontée se révélait bien pire. Chloé ignorait si elle pouvait accorder foi à son histoire d'homme à tête d'oiseau. Ce tueur existait-il vraiment ? La gamine affirmait qu'il la pourchassait, mais elle semblait vivre dans un monde où se mélangeaient passé et futur, fiction et réalité, faits réels et chimères. Ses difficultés psychologiques, peut-être héréditaires si Chloé en croyait l'effrayant portrait maternel, entachaient ses récits d'incohérences, perturbaient l'intellection. Le fait qu'Anna se trouvât livrée à elle-même la plupart du temps aggravait encore la situation… mais jouait en faveur de Chloé. Les gendarmes qui étaient passés au refuge n'avaient pas seulement parlé de deux cadavres au camping et d'un sac rempli d'argent, ils avaient mentionné une découverte épouvantable. Chloé ne savait pas si la fillette refoulait cette information ou si elle l'ignorait. Elle n'avait pas osé dévoiler ce triste aspect de l'enquête à sa petite invitée. Inutile de préciser qu'elle obéissait à ses propres projets, qu'elle respectait un autre programme que celui de la fillette.

Anna devait maintenant se prendre pour un des renards, se dit-elle. Ses compagnons roux la mèneraient où il faudrait, ils prendraient soin d'elle, elle n'avait aucun doute à ce sujet.

Chloé avait su, dès que la petite fille avait débarqué, qu'elle représentait ce qu'elle espérait depuis des années. Comment qualifier cet événement ? Une relève, un don, un soulagement ? Peu importait. La gardienne attendait depuis trop longtemps un désastre qui serait aussi une belle chose. Elle ignorait si toutes les années écoulées à la suite de son accident de voiture se rapportaient à un songe qui n'avait pas eu lieu, ou à un phénomène encore plus dérisoire, mais elle avait vécu avec l'idée que Bois-aux-Renards révélerait en elle une faiblesse, une fêlure mortelle qui l'exonérerait de sa propre existence. Cette attente touchait à sa fin.

Anna s'était montrée étonnamment réceptive, surtout pour une adolescente légèrement handicapée, que le monde civilisé avait déjà beaucoup abîmée. La fillette réagissait, s'adaptait avec une aisance confondante, et pas uniquement au niveau mental, mais aussi physique. Depuis son arrivée son corps avait minci, ses muscles s'étaient tonifiés. Processus de résurgence des traits juvéniles, disait-on en biologie. Elle avait un regard plus clair, plus aiguisé, et elle était plus attentive aux choses. Il semblait même que sa pilosité eût adopté des nuances plus cuivrées.

Chloé n'avait pas beaucoup de certitudes, mais une conviction inébranlable persistait en elle : le hasard n'existait pas. Le coup de klaxon qu'elle et Anna avaient entendu en début de soirée, suivi du hurlement d'Orco (Chloé reconnaissait la signature vocale de tous les chiens de la communauté), le lui avait confirmé.

Quand elle fut certaine qu'Anna s'était trop enfoncée dans la forêt pour revenir en arrière, quand elle ne douta plus qu'elle atteignît sa destination, elle fit le tour des pièces et alluma toutes les bougies qu'elle trouva sur son passage. Il s'agissait d'être vu de loin.

CINQUANTE-QUATRE

Hippolyte se redressa au bord du ravin, il épousseta son pantalon. Le chef de groupe s'était accroupi pour examiner de plus près, à la lueur d'une lanterne, le sol caillouteux du chemin forestier. Jusque-là ils s'étaient déplacés dans l'obscurité, mais Hippolyte estimait qu'à présent cela n'avait plus grande importance. Les hommes et les chiens se tenaient immobiles autour de lui, dans l'expectative.

Hippolyte désigna la tache sombre à ses pieds. « Du sang. Beaucoup.

— D'accord, fit un premier homme. Mais quel sang ? Celui de Michel, celui d'Orco, ou bien celui de notre ami ? »

Hippolyte baissa les yeux vers le fossé. Comme les autres, il avait entendu le hurlement de son fidèle compagnon, et cela n'allait pas sans le contrarier. « Les traces de pneus virent à cet endroit-là. Ils ont plongé directement au fond. L'un d'eux est remonté. Il n'y a pas trente-six manières de connaître son identité. »

L'autre s'étonna. « Maintenant ? On ne peut pas attendre le lever du jour ? »

Un murmure de mécontentement parcourut les rangs. Ils marchaient depuis des heures, dans le noir complet. Cette lenteur excessive comparée à leur vitesse de progression habituelle tenait beaucoup aux manœuvres dilatoires d'Hippolyte. Celui-ci s'était ingénié à les retarder au maximum. Il avait multiplié des détours superflus, avait insisté pour qu'on vérifie des endroits dont il savait pertinemment qu'ils ne dissimulaient rien. Autant dire qu'il avait fait tout son possible pour que Michel, s'il avait besoin d'aide, la reçoive trop tard. Toutefois ces manigances avaient eu un effet indésirable : comme les hommes se doutaient que les choses ne tournaient pas rond au hameau, on était pressé de rentrer, et le retard avait quelque peu irrité les plus impatients.

Hippolyte se gratta la tête, nerveux. Il jouait une partie cruciale cette nuit. Il ne s'agissait pas simplement de rattraper un fugitif, ni même de prêter main-forte à un jeune initié, ainsi qu'ils l'avaient déjà fait à de nombreuses reprises dans le passé, mais de procéder en douceur, avec doigté, à une passation de pouvoir. Si son plan avait fonctionné, Admète n'était plus responsable de la communauté. Les femmes, vindicatives, s'étaient occupées de lui et attendaient le retour du premier lieutenant. Oui, Hippolyte se disait qu'elles avaient probablement éliminé ce chef trop vieux, qui devenait tyran, persuadées qu'il avait ordonné l'assassinat de l'une d'elles. Il était d'ailleurs de notoriété publique que l'ancêtre désapprouvait les idées de Marjolaine. Marjolaine et sa volonté de sédition, Marjolaine et ses désirs de modernité, Marjolaine et les réflexions perfides qu'elle inspirait aux jeunes de son âge, Michel le premier. Un membre pourri gangrenait tout l'organisme. Comment ne pas penser qu'excédé, et terrifié par la remise en cause de l'autorité, Admète ait opté pour une solution radicale ? C'était en tout cas le bruit qu'Hippolyte s'était chargé de répandre.

Quant à savoir si les hommes accepteraient, eux, de se ranger sous sa bannière, Hippolyte avait conscience que c'était une autre histoire. Admète avait assuré la cohésion de la communauté avec ses contes à dormir debout, ses fables et ses tours d'illusionniste. Hippolyte était conscient qu'il ne possédait ni son charme retors, ni son imagination, et encore moins ses talents d'orateur. Il ne pourrait compter que sur son aplomb naturel et sa force. S'il avait de la chance Hermione le soutiendrait. Autrement il trouverait un moyen de se débarrasser d'elle également, mais il lui faudrait du temps. Mieux valait ne rien négliger durant cette expédition nocturne.

« Non, décréta-t-il, on ne peut pas attendre. Examinons le ravin maintenant. » Et comme il sentait que l'hésitation persistait, il ajouta ce que tout le monde désirait entendre : « Nous rentrerons plus tôt au hameau. »

Les hommes approuvèrent, et Jean se porta volontaire pour descendre en rappel au fond de l'encaissement.

On perçut ses jurons, on vit sa lanterne danser parmi les amas de métaux froissés, la tôle sèche et coupante des véhicules inutilisables qui moisissaient là depuis des lustres. Comment Michel et José avaient fait leur compte pour basculer dans le fossé ? s'interrogea Hippolyte. Et pourquoi Michel n'avait-il pas opté pour la forêt ou les conques, plus pratiques que ce foutu cimetière ? Quelqu'un avait klaxonné, c'était sûr, puis avait réussi à remonter sur le sentier. Quelqu'un s'était battu, quelqu'un avait saigné, quelqu'un avait survécu.

Finalement la troupe entendit un juron plus sonore que les autres, et Jean tira sur la corde pour qu'on le hale.

« C'est Michel », dit-il simplement quand, légèrement essoufflé, il eut repris pied sur la terre battue.

Hippolyte demeura pensif un instant. Les autres attendaient. Ce fut Gilbert qui rompit le silence. « Là, regardez. »

Les lumières de la villa se distinguaient nettement sur l'écran opaque de la forêt. La vieille folle avait allumé son refuge comme pour une veillée de Noël. Hippolyte grimaça. Personne ne le vit car on avait de nouveau éteint la lanterne.

Gilbert ajouta : « S'il n'est pas allé mourir dans les sous-bois, il est parti dans cette direction. La nana du refuge ne s'y prendrait pas autrement pour l'attirer chez elle. Qu'est-ce qu'on fait ? On pousse jusque là-bas ? »

Hippolyte se mordit le pouce. Il avait coché les cases les plus importantes : l'élimination d'Admète, la disparition de Marjolaine et le décès de Michel. Sa prise de pouvoir ne s'accommodait pas d'éléments contestataires susceptibles de propager la révolte au sein de la communauté.

« Rentrons, décida-t-il enfin. La femme du refuge n'a qu'à se débrouiller seule. »

Il fit mine de tourner les talons, espérant donner par son exemple le signal de la retraite, mais l'un des chasseurs le retint par le bras. Déjà les objections, déjà la protestation, déjà les querelles. Il reconnut le timbre nasillard de Jean. « Attends. Tu laisses filer le type ? »

Hippolyte se dégagea d'un geste sec. « Tu crois qu'il va aller voir les flics ? Pour leur raconter quoi ? Ce qu'il a fait ?

— Non, mais... »

Hippolyte ne lui laissa pas le temps de continuer : « Michel a manqué son coup, tant pis pour lui.

— Et si l'autre enfoiré va chez Chloé ? Elle sera...

— Tu ne comprends pas ? tempêta Hippolyte. La dingue du refuge, les vieilles croyances, le trip mystique, c'est fini tout ça. Réveille-toi ! Réveillez-vous, tous ! » Il sentait autour de lui les corps pesants, couverts de sueur et de crasse, les masses fatiguées de bouger. « Un nouveau chapitre s'ouvre pour nous. Retournons au hameau, et vous verrez. » Non, décidément, il n'avait pas les talents d'orateur de son prédécesseur. « On va renouer avec ce qu'on a été, dit-il plus doucement. On va redevenir des chasseurs. Juste ça. Des chasseurs. »

La conviction l'emporta enfin, laborieusement.

La troupe s'ébranla. Les chiens suivirent. Mais la promesse d'un bonheur retrouvé pouvait-elle jamais être autre chose qu'une trahison ?

CINQUANTE-CINQ

Une course dans les herbes folles, à quatre pattes, nue. Anna galopait, sinuait, gouvernée par un instinct primaire dont elle ne cherchait pas à connaître l'origine. D'autres animaux l'accompagnaient, couraient avec elle parmi les tiges inclinées, se jouaient des obstacles que les espaces dans la végétation dévoilaient au dernier moment. Où se dirigeaient-ils ? La guidaient-ils, ou Anna accordait-elle ses enjambées à un parcours prédéfini qu'elle ne faisait qu'épouser ? Quelle obsession les poussait en avant ? Le pelage de ses compagnons était similaire au sien, les longs poils roux frémissaient tandis que les muscles se contractaient en cadence pour livrer le corps à l'élan. Foulées souples. Anna haletait. Son souffle ne lui avait jamais paru si fluide, si profond. Le groupe de renards auquel elle appartenait déroulait dans les étendues vertes de larges sinusoïdes, qui ressemblaient aux fils des notes sur une partition orchestrale parfaitement harmonisée. Plus loin apparaissait la tour, que les arbres, le lierre et l'érosion avaient partiellement mise à bas. On devinait les pierres entassées contre le mur d'enceinte, larges et trapues.

À la périphérie de sa vision, Anna apercevait les dents recourbées de ses frères carnivores et les langues, très roses, émergeant de gueules qui semblaient sourire même au cœur de l'effort.

Elle évita de justesse une souche d'arbre couché franc, donna du jarret, poursuivit sur sa lancée avec une rapidité redoublée.

Brusquement ses voisins partirent à l'oblique. Elle ne discerna plus d'eux que des éclats fauves intermittents, qui se perdirent vite dans les broussailles. Comme obéissant à un signal inaudible mais puissant, les membres de la harde s'étaient séparés, les trajectoires déployées en éventail, manœuvre d'encerclement avant de converger en un point précis au pied de la tour.

Les herbes s'écartèrent, dévoilant la créature qui les avait attirés.

Le chien blessé se déplaçait bizarrement, son arrière-train cédait à intervalles réguliers, comme si un puissant ressort dans ses reins lâchait pour se retendre aussitôt. Conséquence : il se tenait tantôt sur quatre pattes, tantôt sur deux, et dans ces moments-là rampait plus qu'il ne marchait. Quand Anna le vit, il tournait en rond à proximité du tas de pierres carrées recouvertes de mousse et de joubarbes. Un morceau d'os émergeait sur le côté de son crâne, la boîte présentait ainsi une forte concavité au niveau de la suture temporo-pariétale, qui paraissait avoir cédé. Des bulles écarlates crevaient avec régularité au coin de sa gueule. Que lui était-il arrivé ? Quel traitement, quel accident, quel châtiment avait pu infliger pareille mutilation ? Il possédait un gabarit plus imposant, plus massif que les renards. Mais ces derniers étaient plus nombreux, et leur proie diminuée, agonisante, ne leur échapperait pas.

Le mastiff noir taillé pour l'attaque avait peu de prédispositions pour la défense. L'épais collier à pointes ne le protégerait pas cette fois. En d'autres temps il avait traqué, débusqué et tué de nombreux représentants des espèces nuisibles, au premier rang desquels figuraient les renards. Mais aujourd'hui il était blessé, désorienté. Il savait malgré tout que si les hommes – ses anciens maîtres – le retrouvaient, ils le tueraient. Pas par méchanceté mais par souci pratique : pourquoi nourrir un animal quand il ne servait plus à rien ?

Les renards inclinèrent les oreilles, entamèrent une ronde silencieuse autour de l'estropié. Celui-ci tournait vaguement sur lui-même pour faire face aux agresseurs les plus menaçants. Peine perdue. Ils étaient tous menaçants.

Il retroussa faiblement les babines. Anna lut dans ses yeux une résignation absolue. Il mourrait sans tristesse. Si elle l'observait plus attentivement, sans doute verrait-elle que sous d'autres cieux, durant les nuits creuses ou les jours calmes, il avait rêvé d'être doux. Peut-être jouait-il avec des enfants dans une clairière ou s'ébattait-il au soleil dans les herbes, heureux d'exister. Peut-être se reposait-il au coin d'un feu de cheminée, sous la caresse d'un maître amical. Et lorsqu'il arrivait à la vieillesse, on le déposait sur une couverture épaisse afin qu'il retrouve, dans la chaleur de l'étoffe, quelque chose du giron maternel. Ces moments-là lui avaient donné l'impression d'incarner une présence claire et bienveillante.

Comme tout s'évanouissait vite ! Réunis dans un même songe, beauté et infamie prirent fin au moment où les renards lancèrent l'assaut et où Anna, mâchoires ouvertes, planta ses dents dans le corps fatigué de l'animal.

CINQUANTE-SIX

La lumière.

Un trou dans la toile inversée de la nuit.

Yves s'était focalisé sur un seul des quatre points clairs au cœur de la forêt. La tâche était moins complexe pour son esprit enfiévré. Il avançait à tâtons, contournant les obstacles invisibles, les heurtant parfois. Certains d'entre eux l'emprisonnaient un moment, le retenaient avec d'autant plus de persévérance qu'il tentait de leur échapper ; les ronces, les épines, les lacis végétaux croisés comme les doigts de mains en prière s'accrochaient à lui, à ses vêtements ; il se débattait, les contraignait à lâcher prise, puis progressait encore de quelques mètres. Une branche lui griffa le visage et se retira dans l'ombre avant qu'il puisse riposter. Une racine desséchée le fit trébucher. Il se cogna rudement le genou, mais se releva aussitôt.

Il perdait parfois le point lumineux de vue, et dans ces instants-là une panique indescriptible le saisissait, il avait l'impression de rompre le dernier lien qui l'unissait au monde, de devenir un nouveau-né aveugle et infirme, privé de cordon ombilical. Mais la lueur réapparaissait toujours, lorsqu'il avait contourné les épais troncs d'arbre qui lui barraient la route, quand il ressortait des fourrés où il s'était enfoncé ou bien après qu'il avait surmonté une élévation hérissée de buissons, triomphé d'un pli aux allures de graben. Quelle grâce, alors, quel transport ! Il redoublait d'énergie. Un espoir de salut dont il ne cherchait même pas à définir les contours le galvanisait, l'opiniâtreté s'accentuait. Un seul but : la lumière. Ensuite tout irait mieux.

Dans son dos, la rumeur confuse des chiens se mélangeait aux mille bruits de la vie nocturne, qu'il percevait avec une acuité exacerbée. Au tumulte de son propre déplacement – branches cassées, feuillages arrachés, roulade des pierres sous ses talons, souffle rauque – s'ajoutait le vacarme plus scandaleux encore de son imagination. Deux pièges : s'étonner du pire comme d'une chose nouvelle, et croire qu'on était le premier à en mesurer les excès. Il n'évitait ni l'un ni l'autre. La discrétion devenait le cadet de ses soucis, la hantise l'éperonnait.

À un moment donné il s'immobilisa sous une trouée pour reprendre haleine. Depuis son entrée dans les bois les frondaisons occultaient le firmament. Il leva les yeux au ciel. Tout là-haut, parmi les étoiles en apparence statiques, brillaient les feux de position rouge et vert d'un avion de ligne en mouvement. Comme il était loin ! Plusieurs milliers d'années-lumière, au moins. Il paraissait témoigner d'un univers totalement étranger. Yves se figura les passagers assoupis dans le confort d'une cabine pressurisée, il les vit en train de lire ou bien de siroter une boisson, installés dans leur siège réglable, la nuque calée sur un repose-tête moelleux. L'hôtesse de l'air circulait de siège en siège pour vérifier qu'aucun voyageur ne manquait du désirable. On aurait pu croire à son sourire que tout ce que la technologie moderne offrait en matière de sécurité et d'harmonie se situait à portée de main. Oui, ce tableau appartenait vraiment à un autre univers.

Il s'ébroua et replongea dans l'opacité du sous-bois, neuvième cercle d'un enfer végétal. Celui des quatre points lumineux sur lequel il avait fixé son attention semblait avoir grossi, mais d'autres loupiotes se mettaient à danser dans son champ de vision. Il connaissait le caractère illusoire de ces dernières, créations d'une baisse de tension artérielle. Bientôt les phosphènes se multiplieraient, les vertiges orthostatiques provoqueraient une succession rapprochée de chutes… Étape suivante : l'évanouissement. Il força le pas.

Il lui avait glissé un mot, simple morceau de papier plié en quatre qu'elle avait discrètement conservé sous le tiroir de sa caisse enregistreuse afin de le lire le soir, lorsqu'elle aurait terminé son service. Il ne la connaissait pas vraiment. Juste bonjour – bonsoir quand ils se croisaient dans les couloirs de l'étage administratif où se concentraient les bureaux, la pointeuse et les vestiaires. Yves l'avait également saluée à plusieurs reprises en franchissant la zone de paiement pour se rendre à la cafétéria. Comme le restaurant d'entreprise se situait tout au fond du magasin, il fallait passer par les caisses pour y accéder. Yves, alors chef du rayon produits frais, choisissait le poste de Bernadette chaque fois qu'il en avait l'occasion.

Il l'avait trouvée belle dès qu'il l'avait vue.

« Qui c'est, la petite à la caisse 5 ?

— La brune aux cheveux courts ? Elle est arrivée hier. Bernadette je crois. Elle t'a tapé dans l'œil, mon cochon ?

— Non, je me renseignais, rien de plus. Il me semblait l'avoir rencontrée quelque part.

— C'est ça, j'allais t'en parler. »

S'il voulait sympathiser avec elle, Yves devait l'approcher avec subtilité. Ses collègues jasaient à la moindre occasion, et les syndicats ne verraient pas d'un très bon œil qu'un chef de rayon s'amuse à séduire le petit personnel.

Il lui avait donc écrit un message. Rien d'emprunté ni de recherché, mais quelques mots simples et francs. « Voudriez-vous prendre un café avec moi ? Le soir qui vous conviendra. Si vous êtes libre, bien entendu. »

Il ne s'était pas risqué à l'aveuglette. Il avait remarqué, aux regards qu'elle lui lançait, à sa manière de le saluer, qu'il ne la laissait pas indifférente non plus.

Comme au bout d'une semaine elle n'avait toujours pas répondu, il avait rédigé un deuxième billet : « Je vous trouve très belle. Mon offre tient toujours. Faites-moi signe (dans le cas contraire, n'ayez crainte, je n'insisterai plus). »

Deux jours plus tard elle avait accepté sa proposition. Il n'avait plus jamais cessé de l'aimer.

Peut-être que ces préliminaires l'avaient touchée par leur courtoisie, par la façon dont, sans apprêt, Yves avait manifesté son intérêt. Ou bien elle avait été attendrie par la réserve avec laquelle il gommait la maladresse éventuelle de sa persévérance.

Yves n'avait même pas songé à la questionner sur son ressenti initial, car dès leurs premières minutes en tête à tête, au fond d'une brasserie modeste près de la gare (à l'époque elle devait prendre deux trains pour arriver sur son lieu de travail), une relation d'un naturel stupéfiant s'était établie entre eux. Il avait eu l'impression de la connaître de toute éternité. Bernadette avait les qualités d'une âme sœur. Il sentait qu'il pouvait tout lui confier et qu'elle ne lui dissimulerait rien.

Toutefois il avait gardé le silence sur un seul détail, mais pas par malveillance. Il l'avait observée à la dérobée quand, après avoir donné sa fiche de reddition, elle avait déplié le papier au pied de l'escalier réservé au personnel. Depuis lors, il chérissait l'image secrète de son sourire comme on noue un talisman autour de son cou, comme on grave un cœur sur l'écorce d'un chêne, comme on incruste avec une aiguille et de l'encre le nom d'un être cher sous sa peau.

Ce sourire, il le rappelait à lui chaque fois qu'il se sentait chavirer, chaque fois que l'écueil paraissait insurmontable. Et aujourd'hui encore, dans les ténèbres de Bois-aux-Renards, dans cette nuit au bord du gouffre, il se dessinait, incandescent.

Les voix se chevauchaient dans son crâne. La sienne et celle de Bernadette. En réalité il s'agissait d'une unique partition, car ils avaient toujours parlé à l'unisson. L'un *était* l'autre, et vice versa.

« Bernadette, je t'aime. »

« Cette bague est magnifique. C'est une manière de dire que tu voudrais m'épouser ? »

« Je te reçois comme époux et je me donne à toi sous le regard du Christ. »

« Je te reçois comme épouse et je me donne à toi sous le regard du Christ. »

« Comment s'est déroulée ta journée au magasin ? Bien ? »

« Je suis enceinte. Enfin enceinte. Tu es content ? »

« Si c'est un garçon, on l'appellera Romain. »

« Je sors de l'hôpital demain. Tout est prêt à la maison ? La chambre, les commodes, le placard, les gigoteuses, le berceau, le mobile, la veilleuse, la table à langer, les couches, la poussette, les jouets, le... Excuse-moi, je ne voulais pas pleurer. Je suis fatiguée, ça va passer. »

« Chérie, c'est moi, je suis rentré. »

« Le chauffe-eau est tombé en panne. Le réparateur dit qu'il faut le changer, la facture est salée. »

« Chérie, c'est moi, je suis rentré. »

« Je sais que tu aimerais reprendre le travail. Mais Romain a besoin de sa mère. Et puis on ne manque de rien, n'est-ce pas ? »

« Chérie, c'est moi, je suis rentré. Où est Romain ? »

« Qu'est-ce que tu as fait, Bernadette ? »

« Cette puanteur ! Il est resté trois jours enfermé là-dedans, à température ambiante. On n'a plus le choix, il faut nous débarrasser de lui. »

« Bénissez-moi, mon père, parce que j'ai péché... »

« J'ai vu une femme qui fait son jogging tous les soirs. »

« Tue ! Vas-y, tue-la ! »

« Regarde, chérie, celle-là est pour toi. »

« Finis-la ! »

« Bernadette, je t'aime. »

Le sourire. Ce premier sourire qu'il n'oubliait pas. Il s'en rendait compte maintenant qu'il courait dans les bois pour échapper aux chiens et aux fusils : toute sa vie il n'avait poursuivi qu'une vision, il n'avait vécu que pour en retrouver l'authenticité. Le sourire de Bernadette.

Les lèvres à peine maquillées, doucement étirées aux commissures ; la fossette qui se creusait sur la joue, dont les bords évoquaient les légers renflements d'un édredon ; le faisceau des rides minuscules au coin de l'œil ; la paupière étrécie que bordait une rangée de cils recourbés, doux comme des fils de lin : tout cela s'évanouissait à présent qu'il approchait de la lumière, et qu'à travers les branches étonnamment tordues des derniers arbres, véritables excroissances d'arthritiques, il distinguait la nette découpe d'une baie vitrée, le profil d'une solide maison.

La villa semblait attirer à elle tous les silences du monde. Yves n'entendait même plus le bruit de ses semelles sur le sol parsemé de feuilles et de brindilles. Sa respiration, ses grognements, le souffle de son halètement avaient acquis des propriétés acoustiques que l'on rencontrait uniquement dans les profondeurs marines. Les lueurs de la villa – quoique déclinées dans un spectre de couleurs chaudes – palpitaient à la cadence d'un film muet, en 16 images par seconde.

Ce fut dans cette ambiance controuvée qu'il effectua ses derniers pas.

Ses jambes se dérobèrent brutalement sous lui, mais juste avant de sombrer il vit une silhouette approcher : une femme aux cheveux argentés, fermement charpentée et affectée d'une curieuse claudication.

Ensuite, plus rien.

Il s'éveilla au petit matin, allongé sur le dos contre une dalle de béton tiède. Le soleil n'avait pas encore franchi la ligne d'horizon, cependant les oiseaux, stimulés par la nécessité d'obtenir pitance, s'égosillaient.

Une intolérable douleur thoracique lui donnait envie de vomir, il respirait trop vite, trop fort, à la manière d'un poisson échoué. Quand il voulut se tourner sur le flanc il se heurta à une grille verticale, composée d'un maillage résistant en métal. *Qu'est-ce que… ?* Il tenta de rouler à l'opposé. Même résultat.

Au-dessus de lui, à la perpendiculaire, une grille également. L'épais quadrillage se détachait nettement sur l'aube grise, que le soleil invaincu, avec sa couronne d'or, ne tarderait pas à enflammer.

Il se serait pincé pour y croire : on l'avait traîné dans une cage. Comme un animal nuisible, comme un fauve… ce qu'il était sûrement d'un certain point de vue. Son bras en charpie, son entaille au front et ses vêtements déchirés avaient sûrement produit une impression défavorable. Il concevait sans peine que son irruption nocturne eût provoqué l'émoi, mais enfin est-ce qu'on traitait ainsi les gens à l'agonie ? La charité élémentaire, la loi de la montagne, le code d'honneur des ermites – quel que fût le terme employé pour désigner les obligations relatives à l'accueil des voyageurs dans ce coin de forêt – prescrivaient obligatoirement d'autres usages qu'une séquestration pure et simple.

Les nausées ne cessaient pas. Son cœur s'emballait, l'instant d'après il se calmait, pour mieux reprendre sa galopade ensuite. La souffrance se répandait jusqu'aux reins. Yves ne tarda pas à en comprendre la cause. Dès qu'il eut examiné son bras blessé, il sut qu'il souffrait d'une acidose ou d'une hyperkaliémie.

La connasse qui lui était venue en aide – pour peu qu'il s'agisse de la femme qu'il avait entraperçue, et que l'on puisse qualifier d'aide le déclenchement d'une intoxication sanguine majeure – avait retiré le garrot sans précaution, provoquant un trou anionique dans le métabolisme. Son bras mutilé noircissait déjà. Le long du premier radial et du pronateur ses veines gonflées de sang vicié répandaient le poison dans le reste du corps. Il était en train de pourrir sur place. Les jurons et les blasphèmes qu'il aurait dû inventer pour la circonstance dépassaient ses actuelles capacités intellectuelles.

La cage se révélait trop étroite pour qu'il puisse se retourner ou s'asseoir. Il rua, avec l'espoir de briser la porte, mais ses tentatives s'avéraient vouées à l'échec : il ne possédait pas assez d'élan pour dégonder le cadre ou desceller le grillage.

Est-ce que la folle qui l'avait enfermé comptait le garder prisonnier ?

D'autres cages voisinaient avec la sienne. On aurait dit qu'il se trouvait dans une espèce de chenil abandonné.

Même la villa, qu'il apercevait un peu plus loin, paraissait sinon inoccupée, du moins négligée de longue date.

Un grand parterre de feuilles mortes, d'excréments desséchés et de branchages tapissait l'aire dégagée à l'arrière de la maison. Yves remarqua des gamelles de nourriture disposées çà et là. Les mouches s'activant autour des récipients attestaient que les lieux n'étaient pas aussi dépourvus d'activité qu'on aurait pu le penser.

Il appela d'une voix faible, éraillée. Personne ne lui répondit. Peut-être n'avait-il plus assez de coffre pour attirer l'attention.

Avec son bras valide il appuya de toutes ses forces sur le grillage en surplomb. Les muscles étaient trop faibles pour exercer une pression suffisante. Il nota cependant une forte oxydation du grillage sur le bord supérieur droit, à hauteur de son visage. Un documentaire animalier sur les chiens d'élevage clandestin lui revint en mémoire. Le film montrait des bouledogues, des huskies, des borders tenter d'arracher les mailles des grilles renforcées avec leurs dents pour échapper à leurs déplorables conditions de détention. Yves médita une seconde. S'il n'avait plus assez de tonus pour pousser, et pas assez de marge pour frapper, il pouvait encore tirer. Il suffisait d'accrocher ses doigts aux entrelacs et de hisser sa bouche jusqu'au métal grêlé de rouille. D'une certaine manière, songeait-il, il avait de la chance : les cages avaient manifestement été conçues pour des animaux plus petits et moins puissants que les chiens, en conséquence de quoi il ne s'attaquerait pas à d'épais barreaux en acier galvanisé.

Les mailles demeuraient assez larges pour qu'il puisse insérer les incisives. Quant à savoir si sa dentition allait résister, il n'y avait qu'une manière de s'en aviser. La corrosion déposa un goût de raccordement sanitaire sur sa langue.

CINQUANTE-SEPT

La Mercedes noire stationnée devant la caravane ressemblait à l'embarcation de quelque Charon en attente de passagers, durant l'absence du nocher. Destination l'enfer. Les portières ouvertes invitaient à monter dans le véhicule, alors que précisément l'habitacle désert constituait une menace. Anna avait hésité un court instant avant de renoncer. Elle se souvenait du jeune clerc de notaire qui avait pris place dans le fiacre du comte, et de ce qu'il lui était arrivé ensuite dans le film qu'elle avait vu la semaine précédente. Le panache gris à l'embouchure du pot d'échappement de la Mercedes entretenait de troublantes similitudes avec les nuages de condensation crachés par les naseaux des chevaux ténébreux attelés à l'hippomobile. Le long-métrage peuplé de vampires en tenue de bal l'avait beaucoup effrayée. Sans doute aurait-elle dû louer l'impression qu'il lui avait faite.

Elle avait poursuivi sa route pour entrer dans la caravane.

Ce rêve-là, ou plutôt cette réminiscence, était beaucoup

plus clair que les autres. On aurait dit que le temps avait nettoyé les impuretés brouillant habituellement la perception. Il demeurait possible que cette étrange lucidité découlât également d'un état particulier du psychisme de la fillette.

Elle avait parcouru la cuisine du regard. Même désordre, même odeur de poudre. Tina avait rabattu les stores, calfeutré le lanterneau comme lorsqu'elle voulait regarder la télévision, mais la gamine savait qu'en cette période sa mère n'allumait pas le poste. Tina vivait une nouvelle phase de léthargie, d'autant plus profonde que l'euphorie précédente s'était révélée intense. Dans la petite habitation livrée à la pénombre, le rayon de lumière en provenance de la porte ouverte ressortait de manière accrue.

Quand Anna s'était tournée vers l'espace banquette, elle avait vu son reflet sur l'écran noir. Son sac à dos reposait au bas de la penderie. Elle savait qu'il contenait encore de l'eau et un en-cas, car elle était allée se balader la veille et n'avait pas vidé sa besace dans l'intervalle.

Ses doigts crasseux s'étaient refermés sur l'anse du sac. Elle avait tourné le regard en direction de la banquette. Tina dormait allongée sur le flanc, les cheveux sur le visage. La fillette avait esquissé un geste pour prendre son chargement, mais quelque chose l'avait retenue, un détail que d'abord elle n'avait pas su définir.

Elle s'était approchée de sa mère, l'avait observée plus attentivement.

Les cheveux rabattus sur la joue droite de Tina recouvraient le nez et la bouche. Pas un seul brin ne frémissait.

La respiration, pourtant, aurait dû agiter le délicat entrelacs. Anna vit sa main, comme celle d'une étrangère, effleurer le visage de la dormeuse, écarter doucement les mèches gênantes. *Maman, réveille-toi, c'est moi.*

Tina ne sommeillait pas. Elle avait les yeux grands ouverts et, cette fois-là, un tri s'opérait dans la vision d'Anna. Il ne s'agissait pas d'un film. *Maman ?* Tina fixait le vide sans ciller. La gamine avait relevé les cheveux sur la tempe. Un trou noirâtre apparaissait sur le front de sa mère. De toute évidence profond, l'orifice ne semblait pas l'incommoder.

La fillette s'était mise à trembler. Un film, juste un film, s'était-elle dit, un reflet dans l'écran de télévision allumée. Y avait-elle seulement cru ? Sur le moment il le fallut bien, et après aussi. Mais à présent que les illusions se dissipaient, elle savait que tout ce qu'elle avait contemplé appartenait au monde réel.

Elle avait laissé les cheveux retomber sur le visage de sa mère, guimpe et suaire. Puis elle avait aussitôt pivoté et, embarquant son sac, était sortie en vitesse de la caravane.

Elle avait croisé l'ancêtre du camping, qui revenait du village avec son litre de vin. Il l'avait apostrophée : « T'éloigne pas trop par là-bas, petite, c'est Bois-aux-Renards. » Elle se le rappelait à peine.

Anna reprit conscience dans un pré semé de raides fougères et de jonquilles à la haute collerette. La lumière l'éblouit. La première goulée d'air dans ses poumons avait un parfum de terre sèche. Elle passa la langue sur ses lèvres, y détecta un goût âcre, vestige du repas que Chloé lui avait préparé la veille. Ensuite ? Quelques images de son périple lui revenaient, surnageant d'un grand flou. Visions fantasmatiques ou souvenirs authentiques, qui s'en souciait ? Une course dans la forêt ; son cœur battant à un rythme accéléré, mais curieusement régulier ; ses muscles plus forts et plus vifs que ceux d'une jeune fille normale ; des animaux à ses côtés, éclairs roux entraperçus dans la végétation ; sa peau recouverte d'un duvet identique à la fourrure de ses compagnons ; l'air dans ses poumons, embaumant mille senteurs inconnues ; des taches d'un bleu sombre déformant bizarrement la vision, perturbations du champ magnétique terrestre causées par les palpitations cardiaques de proies éventuelles ; sensation de devoir suivre une direction précise...

La fillette reconstitua à la manière d'un puzzle les étranges détours qu'elle avait suivis durant la nuit, les méandres chimériques qu'elle avait longés en quête d'un soulagement à l'instinct d'une autre créature qu'elle.

À ces visions, à ces sensations s'ajoutait un rêve récurrent, un souvenir qui n'avait cessé de la hanter depuis qu'elle était à Bois-aux-Renards. Cette fois, cependant, le songe avait eu une lisibilité supplémentaire. La mort de Tina cessait de constituer un point aveugle. Anna sentait que le drame s'était dévoilé sous l'action de pouvoirs qui la dépassaient. Avait-elle pleuré dans son délire ? Avait-elle, au comble de l'hallucination, gémi de douleur ? Elle se souvenait tout juste que sa découverte, révélation de ce qu'elle avait oublié, s'était accompagnée d'un puissant haut-le-cœur.

Elle n'était toutefois pas au bout de ses épreuves. Un autre spectacle macabre l'attendait dans le pré.

Elle se dressa sur un coude, s'essuya les lèvres. Encore ce sale goût dans la bouche. Un coulis malodorant près d'elle, tas de matière organique à demi digérée, lui indiquait qu'elle avait sûrement rendu une partie de son dîner. Elle reconnut dans l'agglomérat informe les restes de champignons, mélangés à une substance plus compacte. De la viande peut-être. Pourtant Chloé ne lui avait pas préparé de viande.

Anna se leva sans véritable difficulté. D'une façon surprenante elle se sentait très en forme. Avait-elle inventé sa transformation, son équipée nocturne avec la meute et la mise à mort du chien blessé ? Oui, bien sûr, elle ne voyait pas d'explication rationnelle à une pareille aventure. La substance active des champignons, libérée dans l'organisme, l'avait intoxiquée avant de provoquer hallucinations et vomissements, divulgation et purge. Une interprétation simple et cohérente.

Elle avança pieds nus dans l'herbe. L'absence de vêtements ne la faisait pas frissonner. Par réflexe elle s'orientait vers la tour, comme guidée par un sextant imaginaire. L'édifice constituait l'unique trace de présence humaine – certes révolue – que l'on pouvait discerner dans le paysage.

Une scène horrible, dont elle ne comprit pas immédiatement la signification, la stoppa net.

Le corps reposait dans l'herbe tachée d'ocre, mais était-ce un corps ? Des poches luisantes s'enguirlandaient de festons de lymphe, des tiges d'ivoire se dressaient dans une substance crue et violacée, de lâches tendons rompus à leurs attaches formaient des motifs recroquevillés. Élévations de cartilage, tuméfactions mordues et dévorées, vagues d'écume solidifiée dans l'aurore, nids à mouches bientôt asiles de la vermine : ainsi se présentaient les poignantes excroissances de la chair inerte. Chacune d'elles évoquait une supplication qu'on avait fait taire.

Anna se détourna. Qui avait pu… ? Elle se demandait depuis combien de temps le cadavre était là. Des charognards avaient-ils apaisé leur faim sur un gibier laissé à l'abandon ? Contemplait-elle les reliefs du chien dont elle croyait avoir rêvé sous l'empire des amanites ? La dépouille se trouvait dans un tel état de corruption, d'éparpillement, que la jeune fille peinait à reconnaître en elle un représentant de l'espèce canine. Cette incertitude désamorçait l'alarme.

Opérant un écart pour ne pas ajouter au désordre du navrant tableau, la fillette continua de progresser vers le castelet vétuste.

Elle comprenait confusément que le chien n'avait pas d'importance en lui-même. Il avait, selon la logique de Chloé et celle de Bois-aux-Renards – qu'elle apprenait à connaître –, servi de révélateur à un élément plus fondamental. En prenant conscience de la disparition de sa mère, la fillette était désormais libre d'épouser d'autres règles, de mener une autre vie que celle qui avait été la sienne jusqu'à présent. Elle ne serait pas obligée de retourner dans le monde normal. Qui la chercherait d'ailleurs, qui la protégerait dans ce monde-là ? Les policiers, les assistants sociaux, les psychiatres et les services d'aide ? Les anciens amants de Tina ? Les acteurs de films et les héros de séries télévisées ? Elle n'avait plus personne.

Anna sut à ce moment-là qu'elle ne quitterait plus Bois-aux-Renards.

Quant au corps de sa mère ou à celui du chien, ils obtiendraient sans doute une forme de miséricorde en se conformant aux lois de la dissolution. Des lois égales pour tous.

CINQUANTE-HUIT

Yves entra dans la villa d'un pas résolu. La porte d'entrée n'était pas fermée, les mamelons des gonds avaient pivoté en silence dans leurs pentures.

Les seaux et les cordes empilés dans le vestibule l'interpellèrent un court instant, mais il entendit des bruits dans la cuisine : il continua donc sa route.

La femme lui tournait le dos. Elle s'affairait sur un plan de travail, occupée, semblait-il, à découper des légumes. Le levant jetait ses premiers feux par la lucarne en hauteur. Combien de temps Yves avait-il mis à s'extraire de son piège ? Une heure, deux heures ? Et simultanément la pourriture continuait de détruire les cellules de son corps. Les rayons du soleil donnaient quelque lustre aux cheveux de la femme, cependant elle accusait son âge : Yves lui donnait au moins soixante ans. Elle portait une jupe midi. Une vilaine cicatrice courait sur sa jambe droite, ce qui expliquait la claudication qu'il avait détectée avant de tomber en syncope.

L'intérieur de la maison s'accordait à son aspect extérieur.

Malgré un niveau de propreté qu'Yves imaginait honnête, quoi qu'il ne correspondît pas, loin de là, à ses standards, il y régnait une ambiance d'abandon, de délaissement, de précarité alimentée de longue date. Comme si cette femme n'était pas la véritable occupante des lieux, ou qu'elle ne désirait plus l'être.

Ces considérations importaient peu finalement. Il chercha une arme des yeux. Il lui fallait quelque chose de pratique, d'expéditif : il n'avait plus qu'un bras valide. Du reste ses forces avaient sérieusement décliné depuis vingt-quatre heures. Il ne trouva rien qui pût servir ses desseins : une table basse, des livres, une poignée de bougies à moitié consumées... Encore une fois la sensation que tout était disposé à titre provisoire, dans l'attente d'un événement proche, le troubla. Il avait prévu d'entrer, d'en finir sans hésiter avec cette dingue, et de repartir en emportant ce qu'il pourrait trouver d'utile à sa survie. La difficulté à cerner le malaise provoquait un flottement en lui, un sentiment diffus... Qui était le prédateur, qui était la proie ?

La propriétaire se retourna enfin. Le couteau de cuisine dans sa main était long et très aiguisé.

« Pourquoi vous m'avez enfermé ? demanda stupidement Yves. Pourquoi vous avez enlevé le garrot sans vérifier le débit sanguin ? »

La femme lui adressa un regard interrogatif et Yves s'aperçut qu'elle n'avait pas compris un traître mot de ce qu'il racontait. Il avait la bouche en sang : quatre de ses incisives avaient sauté quand il avait mordu le grillage. Pris d'une sorte de frénésie, exalté par le goût de rouille qui, mélangé à la salive et au sang, annonçait une victoire possible, il s'était dit que si ça ne suffisait pas il rongerait la grille avec ses gencives nues. Il s'était en outre entaillé les lèvres en de multiples endroits. La cavité buccale réduite à l'état de lambeaux lui permettait à peine d'articuler. Il désigna son bras ravagé, histoire d'indiquer les séquelles de la décompression.

La femme ne bougeait pas, ne réagissait pas. Elle ne paraissait ni effrayée ni chagrinée. Elle tenait son couteau avec beaucoup de décontraction. Est-ce qu'elle se rendait compte qu'il était en train de crever ? s'interrogea Yves. Il lui trouvait un regard étrange, comme si ses yeux pailletés d'or, contemplant une réalité inaccessible, réduisaient les éléments de l'univers palpable à des détails insignifiants. Il se secoua. Ne pas se laisser distraire. Cette femme n'avait pas toute sa tête. Il se gardait cependant de mésestimer la dangerosité de son instrument de cuisine. Comment l'approcher ? Il ne pouvait même pas s'exprimer de façon intelligible.

Les lèvres de la femme remuaient. Il tendit l'oreille. Elle répétait pour elle-même une phrase en boucle : « Chaque balle a son billet, chaque balle a son billet... » Yves ne cherchait même pas à comprendre le sens de cette litanie. *Complètement toquée, cette nana.*

Bien qu'il lui en coûtât, il envisageait maintenant la fuite pure et simple. Au diable la vengeance ! Mais au moment où il s'apprêtait à reculer, une détonation lointaine retentit par la lucarne : un coup de fusil.

La femme détourna la tête une fraction de seconde et Yves sut qu'il devait saisir sa chance. Il plongea vers elle.

Ils luttèrent un instant. Lui avec un seul bras, elle avec le poids des ans. Yves résolut l'affrontement d'un formidable coup de tête, qui atteignit la femme entre ses deux yeux dorés. Elle lâcha le couteau, bascula en arrière. Il suivit le mouvement, plaqua son corps contre le sien pour l'empêcher de se relever. Il empoigna le couteau et planta sèchement la lame dans le peaucier du cou : la pointe ouvrit la langue entre les prémolaires, perfora en oblique le palais mou avant de s'enfoncer dans les strates inférieures du lobe temporal. Il n'eut pas la force de retirer le couteau pour assener un deuxième coup, alors il vrilla l'acier meurtrier dans la blessure, tandis que le corps de Chloé s'animait de soubresauts. Il poursuivit les mouvements de rotation, infligeant un maximum de dégâts au cerveau, jusqu'à ce que cessent les spasmes.

Après une ultime contraction les muscles de la femme se relâchèrent définitivement. Il demeura pantelant sur son corps, presque aussi mort qu'elle. Quels que fussent les démons en compagnie de qui elle séjournait, il venait de l'en libérer.

Il resta longtemps sur elle, dans une position analogue à un coït pétrifié, une simulation qu'aucune souveraineté ne paraissait susceptible d'interrompre ou d'achever.

La blessure à son front s'était salement rouverte quand il l'avait frappée. L'épiderme béait à la jointure du crâne et de la face, dévoilant peut-être une portion d'os. Un râle sifflant s'échappait d'entre ses lèvres barbouillées d'humeurs.

Il passa sa langue enflée, à moitié anesthésiée, sur le pourtour de sa bouche. Les lambeaux de peau formaient des barbillons charnus, excroissances contre nature émanant des orbiculaires réduits en charpie. Plus aucune sensation dans la mâchoire, idem sur le côté gauche du corps. L'infection se répandait d'autant plus vite dans son organisme que son cœur, stimulé par la petite séance de gymnastique, frôlait la tachycardie. Combien de temps lui restait-il ? Quelques heures ? Moins ? Romain, perdu. Bernadette, morte. Il était traqué en pleine nature par une bande de fanatiques du tir sur cibles mobiles et du lancer de renards, tous les gendarmes du département rêvaient de lui mettre le grappin dessus, et pourtant il s'obstinait à respirer, chacune de ses initiatives procédait d'une volonté d'exister, tous ses gestes s'effectuaient en vue d'une dérisoire préservation.

S'il s'accrochait en dépit du bon sens, se disait-il, si son pouls continuait à battre avec autant d'insistance, il devait bien y avoir une raison, non ?

CINQUANTE-NEUF

« Orco est revenu ? »

Telle fut la première question d'Hippolyte quand il franchit en tête de cortège les limites de la place centrale du hameau.

Hermione se tenait seule devant l'entrée du bâtiment principal, assise sur une vieille chaise qu'on avait prise dans la maison. De l'extérieur, le seuil de la bâtisse se résumait à un rectangle noir : celui du vestibule plongé dans une impénétrable obscurité dès les premières lueurs du jour. La matriarche courbait son corps chétif contre le dossier du siège, ses mains jaunes et parcheminées s'accrochaient comme des serres de faucon au bâton noueux qui lui servait de canne. Elle regarda calmement approcher Hippolyte. Lorsqu'il fut plus près, elle dit simplement : « Non. »

Le premier lieutenant digéra la nouvelle. Si son compagnon n'était pas reparu à cette heure-ci, c'est qu'il était mort. Il promena son regard le long du bâtiment. Ses hommes se massaient derrière lui.

Les femmes, qui à l'arrivée de la troupe s'adonnaient à

leurs activités matinales – le linge, les gosses, ménage et rafistolage –, vinrent les unes après les autres se regrouper autour de la doyenne.

Le regard d'Hippolyte se posa sur la charrette où l'on avait allongé la dépouille de Bernadette. Celle-ci reposait le menton contre la poitrine, la bouche légèrement entrouverte. La rigidité cadavérique contractait le buccinateur, si bien que la lèvre supérieure dévoilait une fine rangée de dents grises. Hippolyte reporta son attention sur Hermione.

« Et le vieux, c'est fait ?

— On s'est occupées de lui. »

Il indiqua le cadavre de Bernadette. « Je pensais que vous mettriez Admète sur la charrette, avec elle. On ne va pas faire deux voyages pour se débarrasser des corps.

— Il m'a chargée de te transmettre un message, éluda l'ancienne.

— Admète ? Qu'est-ce qu'il a bien pu trouver pour se justifier ?

— Il voulait que tu n'oublies pas ce qu'il t'avait enseigné. Vous vous connaissiez depuis ta naissance, n'est-ce pas ? Trente-six ans.

— J'écoute. » Le lieutenant masquait mal son irritation. Dans une certaine mesure il était disposé à se montrer diplomate, conciliant, au moins au début, pour amadouer les femmes. Mais il pensait déjà qu'il ne faudrait pas qu'Hermione pousse le bouchon trop loin.

« Tu te souviens de ses explications sur la nature des choses et la mesure de l'homme ? Rien n'est stable, les gouffres infinis du passé et de l'avenir s'ouvrent autour de nous. Alors puisque tout s'écoule et se mêle, il ne faut pas s'enfler d'orgueil. L'ordre divin, auquel on contribue même en dormant, convient à l'homme : il ne lui appartient ni de le dédaigner ni de le redouter.

— Où tu veux en venir ?

— Attends une minute, mon garçon. Tu te souviens aussi qu'il disait qu'il ne fallait ni se tourmenter ni se plaindre dans ce tourbillon ?

— Oui. C'était avant.

— Oh non, Hippolyte, tu te trompes. C'est maintenant, ce le sera toujours. Tu ne dois craindre ni la douleur ni la mort.

— Qu'est-ce que… ? »

Hippolyte détecta un mouvement dans son dos. Il sentit un souffle d'air, puis le contact froid du métal contre sa nuque. Rien qu'au toucher il reconnaissait le diamètre intérieur et la densité des canons juxtaposés : le vieux calibre 16 de Jean. Il entendit sa voix nasillarde. « Je suis désolé. »

L'instant d'après, foudroyé par quatre cent quatre-vingt-dix grammes de plomb ajustés au-dessus de l'atlas, il s'effondra d'un bloc.

Nul parmi les hommes et les femmes présents ne s'émut de cette fin inscrite dans le déroulé immuable du Tout. On avait l'habitude de la mort.

Admète émergea alors de l'ombre du vestibule. Le vieillard eut un bref ricanement et esquissa un petit pas de danse autour de la dépouille. « Il a voulu aller trop vite, il a cru que la parole était morte. Mais tout ce qui existe n'est pas mort. Or la parole existe. Donc elle n'est pas morte. C'est là son pouvoir immense : Hippolyte l'a sous-estimé. Le monde n'existe que parce qu'on en parle. »

Il se tourna vers les hommes. Aucun d'eux n'avait bougé pour s'interposer. « Mettez-le sur la charrette avec l'autre. » Clin d'œil facétieux. « On ne va pas faire deux voyages pour se débarrasser des corps. »

Hermione pianota du bout de ses ongles longs sur l'extrémité du bâton, elle leva ses yeux minuscules au ciel. « Les hommes… »

SOIXANTE

Quand il franchit la margelle de la baie vitrée et prit pied à l'extérieur, les renards l'attendaient. Cinq goupils à queue rouge, déployés en demi-cercle à l'arrière de la maison. Yves hésita. Épuisé, exsangue, physiquement ruiné, il ne pouvait espérer lutter contre cinq animaux de cette taille, même pas contre un seul. Mais deux renards s'écartèrent alors. Ils semblaient lui livrer passage, l'inviter à s'engager dans les sous-bois. Ce que fit Yves sans trop s'interroger sur cette singularité de l'éthologie, pressé de fuir. Il ne désirait pas seulement échapper à la villa et au massacre qu'il avait perpétré, échapper aux chasseurs, aux flics, aux renards, échapper au visage immergé de Romain, au regard flamboyant de Bernadette, mais il tentait de se soustraire à quelque chose de plus vaste, de plus profond. Il ignorait quoi.

La progression se révéla relativement aisée au début, et il en fut assez surpris. Il se déplaçait en crabe, traînait sa jambe gauche ankylosée derrière lui, lourde comme une ligne de traîne prise dans un banc de sable. En comparaison de son infirmité, la claudication de la femme aux yeux d'or ressemblait à des entrechats de danseuse. Son bras infecté lui battait le flanc. Lorsqu'il fermait les yeux, il voyait son front largement ouvert, le bas de son visage en lambeaux. Il avait regardé un peu trop fixement son reflet dans la baie vitrée avant de sortir, comme hypnotisé par son propre état de délabrement.

Les renards le suivaient. Curieux animaux, songeait Yves. Il sentait que s'il avait le loisir de les observer plus attentivement, il s'en faudrait de peu qu'il ne leur prêtât des intentions humaines. L'occasion cependant ne se présenta pas. D'une part son escorte se dissimulait dans les buissons, n'apparaissait qu'aux moments où la végétation s'espaçait, et trop brièvement pour qu'il puisse distinguer autre chose que des mouchetures rousses dans les feuillages, d'autre part il mobilisait l'ensemble de ses forces pour tenir debout.

Un serpent se hâta de ramper à couvert lorsqu'il écarta plusieurs broussailles pour se frayer un chemin. Une nuée d'oiseaux prit son envol. À ras du sol, d'autres animaux – peut-être des lièvres – filèrent en direction de leur terrier. Il aperçut l'arrière-train d'un sanglier, au moment où celui-ci se ruait dans les buissons comme pour se dérober à son regard. Même les mouches semblaient répugner à son contact. Elles se retiraient par nuages entiers dès qu'il avançait ou faisait un geste. Cigales, bourdons, guêpes paraissaient se taire à son approche, de peur d'être repérés. On eût dit que toutes les créatures bondissantes, rampantes ou volantes prenaient le large pour éviter de se trouver à proximité de lui. Était-ce une conséquence de son sang vicié, de la puanteur toxique qu'il dégageait ? Ou plus simplement une crainte générale inspirée par sa condition de paria ? Il se faisait l'effet d'un maillon désolidarisé depuis longtemps de la grande chaîne des principes universels, sa solitude n'était plus seulement conjoncturelle, elle constituait l'essence de ce qu'il était devenu, de sa nouvelle place dans l'agencement naturel du monde. Il comprenait à présent ce que le prêtre avait voulu dire, avant de se réfugier dans la sacristie : « C'est trop tard, vous êtes perdu. » L'officiant ne parlait pas uniquement de la mort de son enfant mais d'une disposition plus ancienne, plus intime, qui avait commencé d'œuvrer en lui bien avant la disparition de Romain, bien avant son refus de dénoncer Bernadette, bien avant l'amour inconditionnel et les meurtres... L'épisode du Gérasénien selon saint Luc lui revint en mémoire : *Comme il mettait pied à terre, vint à sa rencontre un homme de la ville, possédé de démons. Depuis un temps considérable celui-ci n'avait pas mis de vêtement ; et il ne demeurait pas dans une maison, mais dans une tombe.*

Il gravissait à présent une légère inclinaison. Les renards ne semblaient pas uniquement l'accompagner : ils orientaient son parcours. Chaque fois qu'Yves faisait mine de modifier sa trajectoire, de rompre le tracé logique ou de rebrousser chemin, l'un des quadrupèdes se chargeait de le contraindre à respecter le circuit. Il se postait en travers de sa route, jappait jusqu'à ce qu'il renonce. Si cela ne suffisait pas, il allait jusqu'à le tirer par le pantalon ou lui mordiller les mollets. Les animaux coordonnaient parfois leurs actions, faisant barrage à plusieurs pour l'obliger à suivre l'itinéraire prévu. Le meneur était un spécimen amputé de la patte arrière gauche. Malgré son handicap il se déplaçait avec une surprenante dextérité, et même une rapidité supérieure à ses congénères.

De guerre lasse Yves se pliait à leur volonté. Il n'avait plus les ressources de soutenir une épreuve de force. Tout son corps était à présent animé de frissons. Il mourait de froid alors que si l'on se fiait à l'intensité du jour le mercure dépassait les trente degrés. Son cœur battait à un rythme effréné, s'arrêtait, repartait de plus belle, provoquant des élancements terribles dans la poitrine.

Il apercevait maintenant les contours d'une construction en ruine, tout en haut de l'éminence. À en juger par la découpe du bâtiment sur le ciel bleu, on aurait dit une vieille tour, un ouvrage de défense érigé à une époque reculée, que le temps avait affaibli, mais pas abattu. Il marchait par automatisme, chaque pas menaçait d'être le dernier, mais dès qu'il manifestait l'envie d'abandonner un renard le poussait en avant.

Il approchait de la tour. Une petite silhouette se détachait au pied de la construction. Il plissa les yeux. Cette silhouette, il la reconnaissait, il l'avait longtemps cherchée, et croyait ne jamais la retrouver.

S'il avait pu étirer ses lèvres, qui pour l'heure n'existaient plus qu'à l'état de rature écarlate et noir, il aurait souri. Et s'il avait eu la totalité de ses incisives, il aurait montré les dents.

SOIXANTE ET UN

Anna regarda venir l'homme à tête d'oiseau. Celui qui piquait avec son vilain bec. Mais elle n'avait plus peur de lui. À vrai dire, elle le reconnaissait à peine : d'étranges poils aigus comme des dents de brochet lui poussaient sur le menton, une barbe brun et rouge maculait le bas de son visage. Son front semblait muni d'une crête horizontale, double visière couronnant un blanc d'os. Il gravissait la pente très lentement, presque à cloche-pied, appuyé sur une seule jambe. Malgré sa chemise déchirée il avait pris la peine, Anna ignorait pourquoi, de dissimuler son bras gauche dans une bande de tissu rouge, toute de plis et de bourrelets. Est-ce qu'il souriait ?

Anna repensa à Maurice et à son couteau. Avait-il souri lui aussi, lorsqu'il avait dit : « Tu veux jouer à un jeu, Anna ? » ? Elle songea ensuite à Jimmy, à Gilbert, à Fred... Les amis de sa mère entraient dans la caravane, s'installaient un moment, puis disparaissaient quand Tina changeait de camping, quand elle reprenait la route. La fillette les passa en revue, les uns après les autres. Ils tombaient désormais dans le gouffre du temps, qui avait peut-être la forme d'un puits.

Robert Mitchum, Kojak, Michael Jackson et Garou-Garou se dissolvaient, réintégraient l'imaginaire sous l'aspect de flux d'électrons voués à la dispersion. Sidney et Monsieur, dans le gouffre aussi ! Anna prit une grande inspiration. Les cinq renards escortaient l'homme à tête d'oiseau. Elle relâcha son souffle. Plus personne ne pouvait lui faire de mal. Elle maîtrisait sa propre existence. Ici, au sommet de la colline, les hommes n'étaient rien.

Elle revit sa mère, ses yeux brillants, son amour brûlant qui débordait et menaçait de tout renverser, puis les périodes où son regard s'éteignait. Alors il n'y avait plus d'amour, plus de sentiment, plus rien qu'un vide par lequel elle se laissait aspirer. Connaissait-elle le puits sans le savoir ? Anna se disait que certaines âmes trop fragiles, trop vives, trop pures pour le monde réel faisaient l'expérience des abîmes sans qu'il fût nécessaire de gagner Bois-aux-Renards ou de pénétrer dans la tour.

Mais alors que Tina renaissait invariablement, alors qu'ensuite la situation s'améliorait et qu'un nouvel ami s'installait avec elle dans la caravane, la béance attendait son retour. Quelle torture, ces va-et-vient ! Quel supplice, l'hésitation !

Anna n'avait plus peur, non. Le trop-plein et l'absence étaient une même chose, et on pouvait les affronter.

SOIXANTE-DEUX

Yves tomba à genoux. Il lui restait une dizaine de mètres à parcourir, mais c'était comme si la fillette se situait à mille lieues. Il n'allait pas y arriver. Mieux valait s'allonger là, se reposer, le reste n'avait pas d'importance. C'est ça, oui, fermer les yeux, abandonner les maigres certitudes qu'on avait pu glaner durant son séjour terrestre, n'être plus qu'une présence sans soutien, sans désir, sans appréhension. Le renard à trois pattes mordit son bras valide. Pas très fort. Juste assez pour l'extraire de sa torpeur.

Yves battit des cils. La sueur ou le sang brouillait sa vision. Une soif intolérable lui rongeait les entrailles. La fillette, oui, se concentrer sur la fillette. Il s'étonnait à peine, trop confus pour raisonner, qu'elle fût intégralement nue. Elle ressemblait à une nymphe ou une dryade venue d'un mystérieux jardin des Hespérides contemporain pour s'établir à Bois-aux-Renards. Certes il ne possédait pas de hache d'Érysichthon, mais n'aurait pas besoin de grand-chose pour la tuer. Une pierre, un bâton feraient l'affaire.

La gamine semblait plus fière, plus grande que dans son

souvenir. Elle se tenait plus droite. Sa chevelure scintillait de reflets roux qu'il n'avait pas remarqués la première fois, mais sa mémoire lui jouait peut-être des tours. Boucler la boucle, boucler... Le renard le mordit de nouveau.

Il n'était pas rare que, pour jouir un peu plus de la vision de Bernadette, déesse vêtue d'une blouse de caissière, il s'attarde en fin de journée à proximité de la zone d'achats. Les clients passaient à débit continu devant le tapis roulant. Ceux qui voulaient afficher leur statut, montrer aux autres leur importance, avaient les chariots les plus remplis. Est-ce qu'un seul d'entre eux savait aimer comme lui il aimait Bernadette ? Est-ce qu'un seul d'entre eux était capable d'en payer le prix ?

Il se leva avec un gémissement. La plainte survenait d'un endroit si reculé dans sa poitrine qu'on aurait pu croire à l'écho d'un fantôme, au souffle d'une vie enfuie. Encore un pas, deux pas sur l'herbe courte, sous le soleil, dans le ciel immense.

La fillette attendait près d'un pan de mur effondré. Yves songea distraitement que la tour paraissait dépourvue d'entrée, hormis une brèche pratiquée par l'érosion, les intempéries, ou les violents efforts de quelque désespéré.

Quand il fut presque à portée de main de la gamine, elle se détourna et entra dans l'édifice sans un mot.

Un instant plus tard il la suivit.

SOIXANTE-TROIS

Les renards s'assirent sur le versant de la colline, le museau dirigé vers la tour silencieuse. S'étaient-ils laissé guider par leur instinct, attirés vers les ruines par une anomalie du champ magnétique plus puissante que les autres ? Avaient-ils obéi à la fiction des lieux, tissée de mythes et de légendes ? Leur immobilité suggérait une vague contemplation, mais qui n'était focalisée sur aucun objet en particulier. Leurs larges oreilles remuaient imperceptiblement à l'écoute des bruits de la nature. Un vent léger se leva. Les herbes ondulèrent doucement. Le pelage des animaux, parcouru d'infimes impulsions, régulait les variations thermiques des mouvements atmosphériques, leur truffe humide frémissait, réceptive aux moindres odeurs que transportaient les courants d'air.

Finalement le renard à trois pattes se leva, imité par ses compagnons. La troupe descendit alors en direction de la forêt de Bois-aux-Renards, où elle passerait le reste de la journée comme à l'ordinaire, sans se soucier ni des hommes ni des dieux.

Ainsi s'achève le cahier intitulé Bois-aux-Renards (Contes, légendes et mythes). *L'auteur a adapté en grande partie des récits puisés dans un ouvrage éponyme pour enfants. Quelqu'un a ajouté une phrase manuscrite sur la dernière page intérieure du volume. L'écriture est différente. Il s'agit peut-être d'une citation :* Tout est réconcilié.

DU MÊME AUTEUR

Aux Éditions Gallimard

L'EMPIRE DES CHIMÈRES, Série Noire, 2018 (Folio Policier nº 894).

PUR, Série Noire, 2013 (Folio Policier nº 801).

UNE HISTOIRE D'AMOUR RADIOACTIVE, Série Noire, 2010 (Folio Policier nº 713).

ANAISTHESIA, Série Noire, 2009 (Folio Policier nº 618).

VERSUS, Série Noire, 2008 (Folio Policier nº 547).

AIME-MOI, CASANOVA, Série Noire, 2007 (Folio Policier nº 582).

Chez d'autres éditeurs

2030, L'ODYSSÉE DE LA POISSE, Baleine, 2010.

SIX PIEDS SOUS LES VIVANTS, La Tengo Éditions, 2009 (Pocket Thriller nº 15232).

DANS LA MÊME COLLECTION

JUAN SASTURAIN, Le dernier Hammett
RON RASH, Plus bas dans la vallée
PATRICK PÉCHEROT, Pour tout bagage
SÉBASTIEN RUTÉS, Pas de littérature !
JEAN-BERNARD POUY, En attendant Dogo
ELSA MARPEAU, L'âme au fusil
TIM WINTON, La cabane du berger
SHELBY FOOTE, Tourbillon
CAROLINE DE MULDER, Manger Bambi
SHELBY FOOTE, September September
SÉBASTIEN RUTÉS, Mictlán
RON RASH, Un silence brutal
WILLIAM GAY, Stoneburner
HERVÉ PRUDON, Nadine Mouque

Direction artistique : Anne Lagarrigue
Maquette de couverture : Martin Corbasson

Composé en Greta Sans, Caponi Text et Times Europa
Achevé d'imprimer en novembre 2022
Imprimeur : Normandie Roto Impression s.a.s.
N° d'impression : 2205649
Dépôt légal : novembre 2022
ISBN : 978-2-07-285770-6

356056

LA NOiRE

LA NOiRE
LA NOiRE
LA NOiRE
LA NOiRE
LA NOiRE
LA NOiRE
LA NOiRE

LA NOiRE

LA NOiRE
LA NOiRE
LA NOiRE
LA NOiRE
LA NOiRE
LA NOiRE
LA NOiRE